古典文學研究輯刊

二三編

曾永義 主編

第 20 冊

石麟文集（第五卷）：
「雙典」之外的章回小說臆說

石 麟 著

國家圖書館出版品預行編目資料

石麟文集（第五卷）：「雙典」之外的章回小說臆說／石麟 著 --
初版 -- 新北市：花木蘭文化事業有限公司，2021〔民110〕
目 2+292 面；19×26 公分
（古典文學研究輯刊 二三編；第 20 冊）
ISBN 978-986-518-359-2（精裝）
1. 章回小說 2. 中國文學 3. 文學評論
820.8   110000435

ISBN-978-986-518-359-2

9 789865 183592

古典文學研究輯刊
二三編　第二十冊   ISBN：978-986-518-359-2

石麟文集（第五卷）：「雙典」之外的章回小說臆說

作　　　者　石　麟
主　　　編　曾永義
總　編　輯　杜潔祥
副總編輯　楊嘉樂
編　　　輯　許郁翎、張雅淋　美術編輯　陳逸婷
出　　　版　花木蘭文化事業有限公司
發 行 人　高小娟
聯絡地址　235 新北市中和區中安街七二號十三樓
　　　　　　電話：02-2923-1455／傳真：02-2923-1452
網　　　址　http://www.huamulan.tw 信箱 service@huamulans.com
印　　　刷　普羅文化出版廣告事業
初　　　版　2021 年 3 月
全書字數　231245 字
定　　　價　二三編 31 冊（精裝）台幣 82,000 元

石麟文集（第五卷）：
「雙典」之外的章回小說臆說

石麟　著

作者簡介

石麟，1953 年出生於湖北省黃石市。曾任湖北師範大學文學院教授，中南民族大學文學院教授，現為湖北大學客座教授。同時擔任中國《水滸》學會會長，中國《三國演義》學會副會長，中國散曲學會理事，湖北省屬高校跨世紀學科帶頭人，湖北省有突出貢獻中青年專家。先後出版專著《章回小說通論》《話本小說通論》《中國傳統文化概論》《中國古代小說批評概說》《說部門談》《稼稗兼收》《李攀龍與後七子》《野乘瑣言》《傳奇小說通論》《通俗文娛體育論》《中華文化概論》《從「三國」到「紅樓」》《閒書謎趣》《中國古代小說評點派研究》《稗史迷蹤》《石麟論文自選集‧戲曲詩文卷》《中國古代小說文本史》《從唐傳奇到紅樓夢》《古代小說與民歌時調解析》《石麟文集類編》（五卷本）《中國古代小說批評史的多角度觀照》《施耐庵與〈水滸傳〉》《俗話潛流》二十三部，與人合著《明詩選注》《金元詩三百首》二書，主編教材三套，參編參撰書籍十種，撰寫《中華活頁文選》六期，並在《文學遺產》《明清小說研究》《戲劇》《古代文學理論研究》《藝術百家》《文史知識》《中國文學研究》《中華文化論壇》等刊物上發表學術論文二百二十多篇。

提　　要

中國章回小說史上，《三國演義》《水滸傳》並稱「雙典」，加上《西遊記》《金瓶梅》，合稱「明代四大奇書」。而後，有人捨《金瓶梅》更換《紅樓夢》，則成為中國古代小說「四大名著」之定論。所有這些，均為中國古代章回小說第一流作品。此外，從明初到清末，還有上千部水平參差不齊的章回小說作品。這些小說，雖然在整體上均不及一流典範之作，但也寫得各有千秋，甚至在某些局部對名著亦有所超越或突破。本冊所選文章多達三十餘篇，有長有短，除了對《西遊記》《金瓶梅》《紅樓夢》這些小說名著的評價之外，還有一些是對二三流作品評論鑒賞的篇什，撰寫時，筆者儘量做到發掘其不同層次的價值和作用，使它們不至於被名著的光輝所掩蓋。

心猿意馬的放縱與收束——《西遊記》主題新探 … 1

孫悟空形象的多層文化解讀 ……………………… 9

《西遊記》的多重文化意蘊 ……………………… 17

《西遊記》及其三種續書的哲理蘊涵 …………… 29

略論《西遊記》續書三種——《續西遊記》《西遊
　　補》《後西遊記》 …………………………… 45

中國小說史上的一代新人——西門慶與「金瓶
　　梅」 …………………………………………… 53

《金瓶梅》中潘金蓮形象的時代意義和歷史地位 … 69

李瓶兒性格轉變的多重因素 …………………… 83

回流耶？漩渦耶？——明代其他類型的章回小說 … 93

順藤摸瓜易，借樹開花難——「續書」說略 …… 107

有關《南宋志傳》書名問題的一點線索 ……… 117

《南宋志傳》書名探疑 ………………………… 119

關於《後西遊記》的兩種版本 ………………… 125

《金雲翹傳》與婦女小說的獨立 ……………… 139

才子佳人小說六篇賞析 ………………………… 151

　　《飛花詠》 ………………………………… 151

　　《麟兒報》 ………………………………… 154

　　《賽紅絲》 ………………………………… 157

　　《玉支磯》 ………………………………… 161

　　《畫圖緣》 ………………………………… 164

　　《英雲夢》 ………………………………… 167

「這三聲」與「那三聲」 ……………………… 173

賈寶玉‧杜少卿‧譚紹聞——《紅樓夢》《儒林外
　　史》《歧路燈》中的「敗家子」比論 ……… 175

《紅樓夢》乃曹雪芹家族集體創作芻議 ……… 187

析《紅樓夢‧聽曲文寶玉悟禪機》 …………… 197

目
次

黛玉品格及其文化承載 …………………………… 201

也說「葬花」 ……………………………………… 213

混沌之美與成熟之悲——史湘雲小議 …………… 215

漫話「湘雲」 ……………………………………… 219

「呆霸王」薛蟠小議 ……………………………… 221

《紅樓夢》小人物贊 ……………………………… 225

《紅樓夢》內外的曹雪芹「意外」 ……………… 229

悲劇氛圍中的喜劇意味——以王熙鳳、薛蟠、劉
　姥姥為例 ………………………………………… 245

說不完道不盡的世界——《紅樓夢》影響述略 … 251

羽狀結構，不落窠臼——《歧路燈》藝術淺談之
　一 ………………………………………………… 253

描寫人情，千態畢露——《歧路燈》藝術淺談之
　二 ………………………………………………… 257

析《廿載繁華夢》第一回 ………………………… 265

銀子的本色——好動不喜靜 ……………………… 267

誘人而又害人的正途「當官資格」 ……………… 271

「能員」面面觀 …………………………………… 279

「尋人啟事」與「失鶴零丁」 …………………… 289

心猿意馬的放縱與收束
——《西遊記》主題新探

　　眾所周知,《西遊記》中的故事由「大鬧天宮」和「西天取經」兩大板塊組成,二者之間以「唐僧出世」過渡。問題在於,我們應當怎樣看待對這兩大塊故事之間的關係。這牽涉對《西遊記》的主題思想和主要人物的認識、評價。

　　如果用簡單比附的方法,當然可以取得一點淺層的效果。譬如,把天庭比作人間社會,玉帝比作人間帝王,太白金星等當然指文臣,托塔天王輩自然是武將。孫悟空呢?是一個反抗英雄;西天路上的妖魔嘛,自然是地主豪強的土圍子!這麼一說,似乎也滿有道理,但仔細一琢磨,問題就來了。孫悟空在大鬧天宮時是一個叛逆者、造反英雄,怎麼壓了五百年就變成了一個護法弟子?七十二變中恐怕沒有這一「變」吧。再者,孫悟空在花果山占山為王時,除了「吃人」這個問題外,與西天路上的妖魔有什麼本質區別?不要忘記,孫猴子與牛魔王還是拜把子兄弟哩!如果牛魔王們是「土圍子」,開始時的孫悟空也是「土圍子」;反過來,如果孫悟空是「叛逆者」,牛魔王們也都是「叛逆者」。那麼,西天路上孫大聖的降妖除魔又怎樣解釋?是「土圍子」打「土圍子」呢,還是「叛逆者」打「叛逆者」?或者說,竟是孫悟空先叛逆天庭,後又叛逆了原來的叛逆思想,而以一個「受招安者」的身份去打其他叛逆者罷。弄來弄去,越弄越糊塗。於是,有人便採取快刀斬亂麻的方式,乾脆認定「大鬧天宮」與「西天取經」兩大塊故事內容的意義是矛盾對立的,孫悟空的形象是前後分裂的。甚至可以進一步推論,《西遊記》原本就不是一部

書，而是由兩部以上的書拼湊而成的，那些思想內容的矛盾與人物形象的分裂，則是拼湊不嚴密而留下的痕跡。這樣的看法，似乎可以彌補一些漏洞和矛盾之處，但仍不足以服人，因為它仍未脫出以簡單的比附來研究一部神魔怪異小說的樊籬。

　　如果換一種方式，情況將要好得多。那就是拋開這種簡單的具體比附的方法，比較抽象地看問題。或者說，在孫悟空身上體現了一種堅忍不拔的民族精神；或者說，孫悟空是一個具有「崇高美」的神話英雄人物；或者說，《西遊記》反映了光明與黑暗、正義與邪惡、善良與兇殘之間的矛盾衝突；或者說，孫悟空的大鬧天宮是為了解放自我，而西天取經則是為了普渡眾生，其中具有從佛教中的「小乘」到「大乘」轉化的意味。總之是不再在那神猴與某種現實中人、天庭與社會現實之間劃一個全等於符號，而是力圖站在美學的、哲學的角度來評價一部神魔怪異小說。無論上述觀點正確與否，但至少這種思路和方法是可取的，是對《西遊記》之類的神魔怪異小說的一種高層次的研究。

　　《西遊記》是一部源於現實生活而又超於現實的神魔怪異小說，它不像《三國演義》《水滸傳》《金瓶梅》等作品那樣直接反映現實生活。它的作者採取的是另一種創作方式，是將現實生活中的種種狀況經過概括以後而形成一種理念，然後再將這某種理念形象化，從而創造出一個超現實的奇異世界，最終曲折地反映現實。它的創作過程不像那些現實主義的小說一樣，只須通過現實——反映——效果這麼一個直線反映的發展過程，而要經過現實——理念——超現實——影射——效果這樣一種曲線思維過程。我們研究《西遊記》這樣的作品，切不可將那影射現實的超現實部分與原始的現實部分直接掛鉤、對號入座，而忽視那至關緊要的理念化階段，因為作者的創作宗旨、甚至作品的主題思想正存在於這「理念」之中。如果再深入一步，甚至可以說，凡是優秀的神魔怪異小說，它的主題一定是具有哲理性的；不包含哲理意味的神魔怪異小說，只能是小說創作中的次品、廢品或者是宗教迷信的宣傳品。《西遊記》，絕不是小說中的次品、廢品，也不是宗教迷信的宣傳品，因為它的主題思想和主要人物都孕含著哲理性。

　　那麼，《西遊記》作者的理念化思維過程的結晶是什麼？這中間孕含著什麼樣的哲理？或者說，《西遊記》一書的思想主題是什麼？孫悟空這一形象究竟具有何種意義？筆者認為，這就是本文的標題——心猿意馬的放縱與

收束。

在《西遊記》中,「心猿」、「意馬」這兩個概念屢屢出現,不僅出現在正文中,而且出現在回目上。除了心猿、意馬之外,還有「正法」、「禪主」、「金公」、「木母」、「黃婆」、「金」、「木」、「土」等概念。將這種種概念運用於回目之中,使之帶有一重玄妙的意味,也正是《西遊記》在回目標題方面有別於其他章回小說的一大特色。一般說來,上述概念分別指的是小說中的某一具體人物。其中,「心猿」、「金公」、「金」均指孫悟空,「木母」、「木」均指豬八戒,「黃婆」和「土」則指沙僧,「意馬」即指白龍馬,而所謂「正法」、「禪主」所指即唐僧。這些指代的概念,其來源非佛即道,此不贅言。我們且看書中的描寫:如第三十回,「邪魔侵正法,意馬憶心猿」,寫的就是二十八宿的奎木狼下界作亂,趁唐僧趕走孫悟空之機,擒拿沙僧、威儡八戒,又將唐僧變成老虎而欺騙寶象國王。在這種情況下,白龍馬與奎木狼交戰不利,心中明白只有請大師兄來方脫得此厄。因此,求八戒去請行者。在這裡,作者寫道:「那時節,意馬心猿都失散,金公木母盡凋零,黃婆傷損通分別,道義消疏怎得成?」指代十分明確。再如第五十三回:「禪主吞餐懷鬼孕,黃婆運水解邪胎」,寫的是唐僧誤飲子母河之水,結成胎氣。沙僧趁悟空與如意真君纏鬥之機,取得落胎泉水以救唐僧之厄。禪主、黃婆,所指亦甚明。還有第八十九回:「黃獅精虛設釘耙宴,金木土計鬧豹頭山」,寫的是在各自兵器被黃獅精盜去之後,悟空、八戒、沙僧三人一齊到豹頭山索繳兵器的故事。金、木、土的指代,一看可知。因此,在一般情況下,遇到上述概念,徑可分別作唐僧師徒五人視之,斷然無誤。

在這裡,我們要特別注意「心猿」「意馬」這兩個概念。它們除了分指孫悟空和白龍馬之外,還共同代表了另一含義——「人」的欲念和臆想。在佛、道兩家的用語中,心猿意馬常用以比喻人的思緒飄蕩散亂,不可把捉。萬曆刻本《西遊記》陳元之序云:「舊有序……其序以為孫,猻也,以為心之神;馬,馬也,以為意之馳。」在一般人看來,心猿意馬指的也就是與見性成佛相背離的世俗雜念。例如,與吳承恩同時的散曲家馮惟敏在他的《海浮山堂詞稿》中就曾多次運用這一概念。一忽兒,他用「鎖不住心猿意馬,便做道見性成佛待子麼」來描寫思凡的僧尼。(《仙侶點絳唇·僧尼共犯第一摺》);一忽兒,他又用「罷罷罷將意馬牢拴,準準準把心猿緊鎖」來描寫剪髮的女性(《黃鐘醉花陰·剪髮嘲羅山甫》;一忽兒,他又用「珠絡索牢栓住心猿意馬,錦纏

頭打迭起路柳牆花」來描寫青樓誓詞（《仙呂步蟾宮·四誓·剪髮》）。總之，在佛道用語的影響下，心猿意馬的特殊含義已為一般人所習慣和接受。人心如猿、人意似馬，既可無邊無際地漫遊，當然也可加以一定的管束。那麼，由誰來管束人的心猿意馬呢？回答是：「正法」「禪主」，亦即人心所固有的佛性。作為「禪主」化身的唐三藏在《西遊記》第十三回與眾僧討論佛門宗旨時就曾說：「心生，種種魔生；心滅，種種魔滅。」何以謂「魔」？佛教認為一切不利於修行的心理欲念都是魔。「魔非他，即我也，我化為佛，未佛皆魔。」（幔亭過客《西遊記題詞》）在這一「我化為佛」的過程中，佛不在外，而在我心中。「是心作佛，是心是佛。」（《觀無量壽經》）質言之，心的放縱便是魔，心的收束便是佛。一部《西遊記》，寫的就是「心猿意馬」未加管束時的放縱以及受到管束後對「法」與「禪」的皈依。準乎此，我們就會將書中「大鬧天宮」與「西天取經」這兩大板塊的故事視為一個有機的整體，前者寫的是心猿意馬的放縱狀態，後者寫的則是心猿意馬的收束過程。至於兩者之間的「唐僧出世」一段，也並非單單是情節結構上的過渡，而是標誌著將那種「心」的放縱轉化為收束的主導力量——正法、禪主的登臺。

　　《西遊記》中的孫悟空，總與「心」有著某種聯繫，作者不僅在書中反覆以「心」「心猿」「心主」「心神」指代孫悟空，而且還通過大量的描寫來體現孫悟空與「心」的聯繫。在猴王出世時，他那「受天真地秀、日精月華，遂有靈通之意」的出身，正是「人心」的混沌純潔狀態。之後，猴王訪師，所到之地乃「靈臺方寸山」、「斜月三星洞」，皆是一個「心」字。爾後，須菩提祖師給猴王取名孫悟空，這個名字中的「孫」字，乃是由猢猻之「猻」去了獸旁，「子者，兒男也；糸者，嬰細也。正合嬰兒之本論。」實乃赤子之心的意思。而法名「悟空」則與其師「須菩提」一脈相承，因為「菩提」就是「覺悟」的意思，所謂「悟徹菩提」，當然是「心」之悟。後來，須菩提祖師問悟空想學「道」字門中三百六十傍門的哪一門，悟空因為「術」「流」「靜」「動」諸門均非長生之術，一概不學；最後，終於在師父的暗示之下，學得「都來總是精氣神」的「內丹」之術。而這種內丹之術恰恰是比須菩提祖師「與眾說法，談的是公案比語，說的是外像包皮」要深奧得多的內心之學，無怪乎師父要囑咐悟空「謹固牢藏休漏泄」了。由此可見，從孫悟空的出身、拜師、學法直到悟徹，正是一個由「心性修持大道生」到「斷魔歸本合元神」的過程。

　　如果孫悟空謹記其師父的教誨，將「精氣神」「休漏泄，體中藏」，「屏除邪欲得清涼」，那麼，他很快就會「功完隨作佛和仙」了。但他並非一般的修行之人，而是一隻猿、一隻心猿。心猿、心猿，心是內質，猿是表象。他的「心」的一切躁動都要通過「猿」的表象體現出來，而「猿」的好動行為又很準確地表示了他「心」的躁動。這樣的如猿之心，不讓他放縱便不能收束，不讓他經受磨難便不能返本歸元。你看，那心猿剛剛學得一些本領，便按捺不住，要在師兄們面前「抖擻精神，賣弄手段」，變化成一棵松樹。他那大徹大悟的師父早已敏銳地看到了這一點，因而，趁機趕他離去，並預言他此去「定生不良」，只提出一個十分寬容的條件：「憑你怎麼惹禍行兇，卻不許說是我的徒弟。」這樣，其實是放縱「心猿」脫離了靈臺方寸山、斜月三星洞這「心」的固定場所的束縛，而讓他到更廣闊的世界裏去遨遊。

　　果不其然，心猿下山後，便體現了對「絕對自由」的追求。他鬧龍宮，強取「如意金箍棒」；他鬧地府，勾銷「猴類生死簿」。從此，他「超生三界之外，跳出五行之中」。不料，心猿的自由追求驚動了玉皇大帝。玉帝以弼馬溫拘束他，他「官封弼馬心何足」；玉帝以齊天大聖牢籠他，他「名注齊天意未寧」。在天宮「今日東遊，明日西蕩，雲來雲去，行蹤不定」。後來，又無事生非，偷蟠桃、盜御酒、竊仙丹，直到扯起大旗，公然與天庭對抗。後來，雖在天庭聯合勢力的圍剿下身敗被擒，但刀砍斧剁、雷劈火燒，均不能傷損其一毫，終被置於太上老君的八卦爐中鍛鍊。誰知七七四十九天之後，心猿「將身一縱，跳出丹爐」，「卻又大亂天宮，打得那九曜星閉門閉戶，四天王無影無形」，直打到「通明殿裏，靈霄殿外」，並公然對前來救駕的佛祖說：「常言道：『皇帝輪流做，明年到我家。』只教他搬出去，將天宮讓與我，便罷了；若還不讓，定要攪攘，永不清平。」

　　「大鬧天宮」是《西遊記》中最熱鬧的文字，極其恣肆、極其瀟灑。但讀過之後，我們平心靜氣地想一想，這段文字的內在含蘊究竟是什麼？恐怕各人的回答難以一致。表面看來，這裡的確是體現了美猴王孫悟空的叛逆精神，但實質上體現的卻是「人心」的極度放縱。謂予不信，有詩為證：「猿猴道體配人心，心即猿猴意思深。大聖齊天非假論，官封弼馬是知音。馬猿合作心和意，緊縛牢栓莫外尋。萬相歸真從一理，如來同契住雙林。」（第七回）作者說得再清楚不過了，鬧天宮的猴王只是色相，放縱的「人心」才是真靈。人類生活在凡塵世界中，有無窮無盡的災難、束縛、痛苦、折磨，但人類的心

靈卻永遠期待著沖決這一切而進入自由的天地。人類渴望著無拘無束、自由自在的生活，但這種生活在現實世界中是永遠不能實現的。於是，孫悟空這麼一位戰天鬥地、敢於掙脫一切束縛的美猴王，便成為人心放縱的載體，去上下求索、攪攘乾坤，去爭取那理想的生活、自由的空間。孫悟空所幹的，正是人們想幹而無法實現的事；心猿的所作所為，正是人類心靈無以遏制的大放縱的流程。

然而，正如同人類追求自由的放縱之心到底掙脫不出塵世的羅網和傳統文化的圈束一樣，那「心猿」儘管跳出了「八卦爐」中，卻終於被壓在了「五行山」下。從此，「放心」告終，「收心」開始。整個「西天取經」的一系列故事，就是「心猿」收束所經歷的重重磨難的全過程。

《西遊記》第十四回，是「收心」的起點，回目便是「心猿歸正，六賊無蹤」。何謂「六賊」？即佛教所認為的眼、耳、鼻、舌、身、意，亦即人類宣洩眾多欲望的幾大渠道。六賊隨心，心既已歸正，六賊自然無蹤。作者唯恐讀者不明此理，還在這一回的回首詩中寫道：「佛即心兮心即佛，心佛從來皆要物，若知無物又無心，便是真如法身佛。」為了遏制心猿歸正後的反覆無常，觀音菩薩還特地在孫悟空的頭上生生套上一個「緊箍兒」，以便禪主唐三藏隨時管束那潑猴。至此，作者仍恐讀者不明此意，特地又補充說明式地寫下了「鷹愁澗意馬收韁」一節，作為「心猿歸正」的陪襯。

然而，儘管心猿被套上了金子打就的緊箍，意馬被籠上了紫絲扭成的繩索，但要想把心猿意馬真正拴住，還有一個艱苦的過程。一方面，世俗的欲望不斷地侵擾著這一收束過程；另一方面，心猿本身還有著經常性的衝動，甚至會分裂成「二心」。作為世俗的代表，取經集團中又收容了一個西天路上的凡夫俗子——豬八戒，一個完完全全的「人慾」至上的典型。這一形象，如同一面鏡子，自始至終映照著心猿意馬的收束過程。而此後不久又收容的一個人物沙和尚，則以其皈依後的赤忱、篤厚，扮演著與豬八戒絕然相反的角色，成為心猿收束過程中的另一面鏡子。這麼一來，西天路上這一師四徒的小集團，便成為一個相互映照著的矛盾統一體。他們中間的每一個人物，都具有各自的象徵意義。心猿意馬象徵著已被圈束卻仍然活蹦亂跳的「人心」，禪主唐僧象徵著收束人心的動力和工具，豬八戒象徵著人心未能被收束的狀態，沙和尚則象徵著正在接受收束、效果較好的人心。而將他們綜合在一起，所象徵的恰恰是「人心」收束過程中的複雜狀態。

在西天取經途中，除了那些重複多次的對「心猿意馬」的收束過程進行阻礙和考驗的情節之外，有幾個關鍵之處尤為重要。

一處是在第十九回，當唐僧剛剛收得凡夫俗子的豬八戒這一孽障之後，作者隨即讓唐三藏從烏巢禪師那兒領受了《多心經》。烏巢禪師叮囑道：「若遇魔瘴之處，但念此經，自無傷害。」這部《多心經》，其實就是「無心經」、「空心經」，也就是西天路上師徒五眾的座祐銘，是作者給唐僧增加的收束心猿意馬的又一思想武器。

第二處是在第五十八回，作者憑空幻造出一個六耳獼猴，讓他與孫悟空一假一真、一邪一正，「二心攪亂大乾坤」，鬥得天翻地覆。其實，哪裏來的什麼六耳獼猴？它不過是心猿的另一面而已。是與真心相對的假心，與正心相對的邪心，與被圈束之心相對的未圈束之心。天地大乾坤容不得二心，有二心便天翻地覆；人身小宇宙也容不得二心，有二心便神智顛倒。這樣的理解，絕非筆者強加給讀者和作者，作者在書中有詩為證：「人有二心生禍災，天涯海角致疑猜。」書中的佛祖也對菩薩金剛們講得分明：「汝等俱是一心，且看二心競鬥而來也。」直到假心猿被佛祖消滅之後，真心猿也道出了自己的「二心」之處：「上告如來得知，那師父定是不要我，我此去，若不收留，卻不又勞一番神思？望如來方便，把鬆箍兒咒念一念，褪下這個金箍，交還如來，放我還俗去罷。」若論起「心猿」的神通，一個跟斗便可到西天取得經文。但是，「猿」到「心」不到，終究不成。不僅「心」要到，而且要「一心」到達。此時的孫行者，有此「二心」，如何到得極樂世界？如何「我化為佛」？因此，必須摒除「二心」，靜養「一心」。

第三處是在全書的最後一回，當唐僧等五人一一被封為佛與羅漢之類以後，孫悟空尚有一念之差，他要求唐僧「趁早兒念個鬆箍兒咒」，要將金箍兒「脫下來，打得粉碎」。而師父到底高一層境界，回答說：「當時只為你難管，故以此法制之，今已成佛，自然去矣，豈有還在你頭上之理？你試摸摸看。」悟空舉手一摸，果然無之。真所謂酒不醉人人自醉，花不迷人人自迷。人世間的一切圈束，都是人類心靈的自我禁錮。認識到這一點，才是真正的解脫，真正地進入了自由世界。這便是《西遊記》在演出了心猿意馬的「放心」到「收心」之後所要達到的「空心」境地。

由上所述，我們大體上可以摸索到作者創作《西遊記》時的思想宗旨和思維線索。他以「大鬧天宮」的故事體現了心猿意馬的放縱，又以「西天取

經」的故事描寫了心猿意馬的收束。而「心猿意馬」的真實含義卻是人心人意，書中所要表達的中心思想乃是人類心靈中的欲念臆想的放縱與收束。作者通過一隻天產石猴最終成佛的過程的描寫，形象地描繪了他所認為的正常「人心」的運行軌跡圖，即：赤子之心──機巧之心──放縱之心──收束之心──空靈之心。由「無心」到「有心」，又由「有心」到「無心」。而這一認識，正是作者將現實生活理念化之後又形象地還原出一個超現實的藝術世界這一創作過程中的「理念」階段的結果。

有趣的是，吳承恩儘管比較好地處理了他自己筆下的心猿的放縱與收束的關係，卻沒有能控制住他自己靈臺的心猿在放縱（神思）與收束（理念）之間的關係。他神遊八極、情繫九天，豐富的想像將那乾癟的理念擠壓得蹤跡杳然。因此，讀《西遊記》的人們，便大多只注目於那大鬧天宮的孫大聖、那西天取經的猴行者，至於「心猿」何物，並不在意，至多在大腦中一閃而過：「心猿就是孫悟空吧。」讀者們從《西遊記》中感受得最深切的乃是孫悟空的崇高美、豬八戒的喜劇美以及那五彩繽紛的傳奇故事和神奇瑰麗的藝術世界。殊不知這正是讀者與作者、書中人物一起發生的心靈大放縱。然而，我們感到慶幸的也正是《西遊記》作者的這種放縱神思的失控，因為這才是藝術家的本色，因為這樣，我們才能享受到一份回味無窮的藝術美。反之，如果作者將那「心猿意馬的放縱與收束」問題寫得太嚴密、太理性，那留給我們的將不是如此絢爛多彩的《西遊記》，而只能是一部枯索無味的「西遊證道書」。所以，恕筆者斗膽直言，有的時候，人心的放縱比收束好，尤其是在藝術世界之中。

（原載《湖北師範學院學報》1995 年第二期）

孫悟空形象的多層文化解讀

　　在中國古代小說的人物畫廊中，真正能稱得上具有深厚文化意蘊的人物形象其實並不多。其中，最突出的有兩個——《三國志通俗演義》中的關羽和《西遊記》中的孫悟空。關羽的問題我們另作別論，這裡只探討孫悟空形象的多層文化意蘊。

一

　　我們中國的讀者從孩提時代就「認識」了美猴王孫悟空，但一直到飽經滄桑的垂暮之年，只怕有許多人還不敢說自己就真正「讀懂」了這位從孫大聖演變而成的鬥戰勝佛。造成這種複雜現象的原因有很多，但其中最重要的一條就是：《西遊記》中的孫悟空這一成功的藝術典型，他身上包含著多層的文化意蘊。不同年齡層次，不同社會閱歷，不同文化水平的讀者，會對他產生截然不同的理解。甚至同一位讀者，在不同的年齡段和心境之下對這一形象也會呈現出迥然有異的解讀。橫看成嶺側成峰，對孫悟空這一文化含蘊極為豐富的藝術形象的解析永遠沒有標準答案。

　　《西遊記》是一部積累型的小說名著，它之所謂「積累」，還不同於《三國演義》《水滸傳》《東周列國志》那種從歷史真實到民間流傳再到話本戲劇的演出直至文人加工整理再創造的故事題材或人物塑造的積累，而是一種多層文化的積累，儒家的、道教的、佛教的乃至於許多不登大雅之堂的民間宗教、迷信、崇拜的文化積累。這樣，就產生了對書中的主人公孫悟空的多層文化解讀。

　　先說一些顯而易見的東西。就五行學說而言，孫悟空屬「金」。《西遊記》

文本中曾多次以「金」或「金公」一類的概念代指孫悟空，僅以回目為例就有不少，如：「金木參玄見假真」、「金木垂慈救小童」、「金公施法滅妖邪」、「金木土計鬧豹頭山」等等。最有代表性的是書中第三十回寫道：「那時節，意馬心猿都失散，金公木母盡凋零，黃婆傷損通分別，道義消疏怎得成？」這裡所說的「金」「金公」指的都是孫悟空，而「木」「木母」則是豬八戒，至於「土」「黃婆」就是沙和尚了。就生命科學而言，孫悟空屬「心」，作品中不知有多少次以「心猿」指代孫悟空。如果從童話學的角度看問題，則孫悟空毫無疑問是一隻猴子。這一點連三歲小孩都知道，就用不著我們展開「闡述」了。當然，就此又可延伸開去。孫悟空這隻猴子是「國貨」呢，還是「進口貨」呢？（胡適《中國章回小說考證》）甚或是一隻「國產」與「進口」相結合的「混血猴」呢？對此，學術界多有爭論。但無論如何，他是一隻猴子，這卻是最樸素而且是最正確的觀念。

如果從文藝學的角度看問題，則有一種觀點是可取的。孫悟空是「人」「神」「猴」三者的統一體，是一個成功的藝術典型。「人」的一面體現了他的社會性，「神」的一面體現了他的傳奇性，而「猴」的一面則體現了他的生物性。（胡光舟《吳承恩和西遊記》）而且，這種人、神、物「三結合」的創作模式，不僅適用於孫悟空，而且適用於所有神魔怪異小說中神魔形象（尤其是那些由動物或植物幻化而成的神魔形象）的塑造。

如果從原型學說的角度看問題，孫悟空身上所體現的則是「夸父」的文化因子。雖然孫悟空的自然身材頗為瘦小，但他的「精神身材」卻是一個十足的夸父——偉岸的丈夫。夸父是悲劇的，孫悟空也是悲劇的；夸父是執著的，孫悟空何嘗不執著？夸父所追趕的不僅僅只是太陽，而是一切；孫悟空所追求的也不僅僅是「西天」，也是一的一切、一切的一。

從宗教學說的角度看問題，孫悟空所代表的乃是兩層境界的轉變。從佛教的小乘境界（自我完善）到大乘境界（普渡眾生）的轉換。《西遊記》中的大鬧天宮是孫大聖追求自我完善的過程，而西天取經則是孫行者實施普渡眾生的嘗試。

從比較文學的角度，我們還可以將孫悟空與塞萬提斯筆下的堂·吉訶德進行比較：「吉訶德與孫悟空所以能具有較高層次的審美內涵，是因為在這兩個人物身上都具有悲劇色彩，而這兩個形象的悲劇色彩又都是隱在文字遊戲之下的。」（于洪笙、胡小偉《理想的鬥士——孫悟空與吉訶德之比較》）他們

乃是不同國度的作者用遊戲之筆塑造的悲劇英雄形象。

以上諸種看法，都是很有道理的，或者說，站在各自的角度都得到了孫悟空的一個方面。然而，筆者更願意認為孫悟空是一種象徵、一種積澱，一種帶有哲學或美學意味的象徵和積澱。

二

上文我們提到孫悟空屬「心」，又是一隻「猿」，如果將這兩點結合在一起，孫悟空就是一隻「心猿」。這「心猿」既不屬於生命科學的範疇，也不屬於童話學的範疇，而屬於哲學的範疇。具體而言，孫悟空這隻「心猿」是在宋明心學的影響之下，又結合許許多多傳統文化積澱而形成的一種具有哲學意味的象徵物。

在《西遊記》中，「心猿」這個概念出現的頻率非常之高。那麼，「心猿」究竟何所指呢？當然，最明顯不過的解釋就是：「心猿」乃孫悟空也。但孫悟空又意味著什麼？或者說，心猿真正的文化密碼指向什麼？回答是，「心猿」孫悟空象徵著「人心」——人類的欲念和臆想。

《西遊記》中的孫悟空，總與「心」有著某種聯繫。開篇第一回寫他那「受天真地秀，日精月華，遂有靈通之意」的出身，正是「人心」的純潔狀態。之後，猴王訪師，所到之地乃「靈臺方寸山」、「斜月三星洞」，皆是一個「心」字。而後，須菩提祖師給猴王取名孫悟空，這個名字中的「猻」字，乃是由獼猻之「猻」去了獸旁，「子者，兒男也；系者，嬰細也。正合嬰兒之本論。」實乃赤子之心的意思。而法名「悟空」則與其師「須菩提」一脈相承，因為「菩提」就是「覺悟」的意思，所謂「悟徹菩提」，當然是「心」之悟。後來，須菩提祖師問悟空想學「道」字門中三百六十傍門的哪一門，孫悟空選擇了「都來總是精氣神」的「內丹」之術，亦即較之「公案比語」「外像包皮」要深奧得多的內心之學。由此可見，從孫悟空的出身、拜師、學法直到悟徹，正是一個由「心性修持大道生」到「斷魔歸本合元神」的過程。

孫悟空並非一般的修行之人，而是一隻心猿。心轅、心猿，心是內質，猿是表象。他的「心」的一切躁動都要通過「猿」的表象體現出來，而「猿」的好動行為又很準確地表示「心」的躁動。這樣的如猿之心，不讓他放縱便不能收束，不讓他經受磨難便不能返本歸真。你看，那心猿剛學得一些本領，便按捺不住，要在師兄們面前「抖搜精神，賣弄手段」，變成了一棵松樹。他

那大徹大悟的師父早已敏銳地看到了這一點，因而，趁機趕他離去，並預言他此去「定生不良」，只提出一個十分寬容的條件：「憑你怎麼惹禍行兇，卻不許說是我的徒弟。」這樣，其實是放縱「心猿」脫離了靈臺方寸山、斜月三星洞這「心」的固定場所的束縛，而讓他到更廣闊的世界裏去遨遊。

心猿下山後，開始了他的「逍遙遊」──對「絕對自由」的追求。鬧龍宮，強取「如意金箍棒」；鬧地府，勾去「猴類生死簿」。從此，「超生三界之外，跳出五行之中」。不料，他的自由追求驚動了玉皇大帝。玉帝以弼馬溫拘束他，他「官封弼馬心何足」；玉帝以齊天大聖牢籠他，他「名注齊天意未寧」。只是在天宮「今日東遊，明日西蕩，雲來雲去，行蹤不定」。後來，又無事生非，偷蟠桃、盜御酒、竊仙丹，直到扯起大旗，公然與天庭對抗。「大鬧天宮」是《西遊記》中最熱鬧的文字，極其恣肆、極其瀟灑。但讀過之後，我們平心靜氣地想一想，這段文字的內在含蘊究竟是什麼？恐怕各人的回答難以一致。表面看來，這裡的確是表現了美猴王孫悟空的叛逆精神，但實質上體現的卻是「人心」的極度放縱。謂予不信，《西遊記》第七回有詩為證：「猿猴道體配人心，心即猿猴意思深。大聖齊天非假論，官封弼馬是知音。馬猿合作心和意，緊縛牢拴莫外尋。萬相歸真從一理，如來同契住雙林。」作者說得再清楚不過了，鬧天宮的猴王只是色相，放縱的「人心」才是真靈。

人類生活在世界上，有無窮無盡的災難、束縛、痛苦、折磨，但人類的心靈卻永遠期待著沖決這一切而進入自由的天地。人類渴望著無拘無束、自由自在的生活。但這種生活在現實世界中是永遠不能實現的。於是，孫悟空這麼一位企圖掙脫一切束縛的美猴王，便成為人心放縱的載體，去上下求索，攪攘乾坤，爭取那理想的自由空間。孫悟空所幹的，正是人們想幹而無法實現的事；「心猿」的作為，正是人類心靈放縱的流程。

然而，正如同人類追求自由的放縱之心到底掙脫不出塵世的羅網和傳統文化的圈束一樣，那「心猿」雖然跳出了「八卦爐」中，卻被壓到了「五行山」下。此後，整個「西天取經」的一系列故事，就是「心猿」收束所經歷的重重磨難的全過程。

所謂「五行山」者，乃「五行」之大山（重負）也。何以謂之「五行」，曰：金、木、水、火、土，亦即在古人心目中的物質世界的總和。明乎此，我們就可以進一步明白：孫悟空這一「人心」的象徵者被壓在了五行山下，它的內在含義就是人心被物質世界所壓抑，而物質世界正是人世塵網的重要組

成部分。

　　除了來自物質世界的重壓之外，當然還有來自精神世界的折磨。《西遊記》第十四回，意味著心靈放縱的終結和心靈收束的開始。這一回的回目說得很清楚：「心猿歸正，六賊無蹤」。何謂「六賊」？即佛教所認為的眼、耳、鼻、舌、身、意，亦即人類宣洩眾多欲望的渠道。心既已歸正，六賊自然無蹤。追求自由的心靈已經被圈束，還能向哪裏去宣洩欲望？作者唯恐讀者不明此理，還在該回的回首詩中寫道：「佛即心兮心即佛，心佛從來皆要物。若知無物又無心，便是真如法身佛。」為了遏制心猿歸正後的反覆無常，觀音菩薩還特地在孫悟空頭上生生套上一個「緊箍兒」，以便禪主唐三藏隨時管束那潑猴。緊箍兒是什麼？就是人類社會用來束縛自身的法律、道德、宗教、倫理、輿論等許許多多的精神枷鎖的象徵。它所圈束的哪裏是什麼猴王的腦袋，分明是人類心靈的欲求。

　　然而，心猿不是輕易就能被束縛的，人類的欲求也不是說滅就滅。要想把心猿真正地拴住，還有一個艱苦的過程。一方面，世俗的欲望不斷地侵擾這一收束過程；另一方面，心猿本身還有著經常性的衝動，甚至會分裂成「二心」。

　　《西遊記》第五十八回，作者憑空幻造出一個六耳獼猴，讓他與孫悟空一假一真、一邪一正，「二心攪亂大乾坤」，鬥得天翻地覆。其實，哪裏來的什麼六耳獼猴，它不過是心猿的另一面而已。是與「真心」相對的「假心」，與「正心」相對的「邪心」，與被圈束之心相對的未圈束之心。天地大宇宙容不得二心，有二心便天翻地覆；人體小宇宙也容不得二心，有二心便神智顛倒。作者在書中將這一點說得非常明白：「人有二心生禍災，天涯海角致疑猜。」書中的佛祖也對金剛菩薩們講得十分清楚：「汝等俱是一心，且看二心競鬥而來也。」直到假心猿被消滅之後，真心猿也道出了自己的「二心」之處：「上告如來得知，那師父定是不要我，我此去，若不收留，卻不又勞一番神思？望如來方便，把鬆箍兒咒念一念，褪下這個金箍，交還如來，放我還俗去罷。」有此還俗之「二心」，如何到得極樂世界？因此，必須摒除「二心」，靜養「一心」，最終達到「空心」的境界。這一點，在全書的最後一回得到了充分的反映。當唐僧等五人一一被封為佛與羅漢之後，孫悟空尚有一念之差，要求唐僧「趁早兒念個鬆箍兒咒」，將金箍兒「脫下來，打得粉碎」。而師父到底高一層境界，對他說：「當時只為你難管，故以此法制之，今已成

佛，自然去矣，豈有還在你頭上之理？你試摸摸看。」悟空舉手一摸，果然無之。真所謂酒不醉人人自醉，花不迷人人自迷。人世間的一切圈束，都是人類心靈的自我禁錮。認識到這一點，才是真正的解脫，真正地進入了自由世界。這便是《西遊記》在演出了心猿的「放心」與「收心」之後所要達到的「空心」境地。

由上所述，我們大體上可以觸摸到作者創作《西遊記》時的思想宗旨和思維線索。他以「大鬧天宮」的故事體現了心猿的放縱，又以「西天取經」的故事描寫了心猿的收束。而心猿的真實含義卻是人心人意，書中所要表達的中心意思乃是人類心靈中的欲念臆想與節制收束。通過孫悟空形象的塑造，深刻地表達了作者所認為的正常「人心」的運行軌跡圖：赤子之心──機巧之心──放縱之心──收束之心──空靈之心。由「無心」到「有心」，又由「有心」到「無心」。

進而言之，作者對孫悟空形象如此的塑造，是建立在深厚的傳統文化、尤其是宗教文化的土壤之中的。在佛、道兩家的用語中，心猿（有時還加上小說作品中白龍馬所象徵的「意馬」）常用來比喻人的思緒飄蕩散亂、不可把捉。陳元之《全相西遊記序》云：「舊有敘，……其敘以為孫，猻也，以為心之神；馬，馬也，以為意之馳。」人心如猿、人意似馬，既可無邊無際地漫遊，當然也可加以一定的管束。那麼，由誰來管束人的心猿意馬呢？回答是：「正法」「禪主」，亦即人心所固有的佛性。作為禪主化身的唐三藏在《西遊記》第十三回與眾僧議論佛門宗旨時就曾說過：「心生，種種魔生；心滅，種種魔滅。」第十九回，作者又寫烏巢禪師向唐僧傳授《多心經》時說：「若遇魔瘴之處，但念此經，自無傷害。」何以謂「魔」或「魔障」？佛教認為一切不利於修行的心理活動都叫魔。「魔非他，即我也，我化為佛，未佛皆魔。」（幔亭過客《西遊記題詞》）也就是說，心滅，種種魔障亦隨之而滅。在這一「我化為佛」的過程中，佛不在外，而在我心中。《觀無量壽經》說得清楚：「是心作佛，是心是佛。」心的放縱便是魔，心的收束便是佛。一部《西遊記》，寫的就是「心猿」未加管束時的放縱以及受到管束後對「法」與「禪」的皈依，而孫悟空所象徵的正是「人心」在不同階段的種種表現。

三

以上，我們是站在「同情」作者的角度來解讀孫悟空這一人物形象的。

但是，如果我們轉換一下視覺，站在讀者（不是某一個讀者，而是一個巨大的「歷史讀者群」）的角度來解讀孫悟空，那又將讀出這一不朽藝術典型的另一層或另一面。

孫悟空是一個帶有崇高美、甚或悲劇美意味的英雄人物。

孫悟空身上的崇高美，至少可以包括兩個層面。其一，在孫悟空身上，凝聚了人類、尤其是中華民族的廣大民眾數千年來所積澱的許許多多的優秀品質、傳統美德、崇高精神。在這裡，幾乎具備了人們所公認的所有美好的東西。如信念堅定、敢作敢為、勇敢機智、詼諧幽默、心胸開闊、一往無前、除惡務盡、疾惡如仇、抱打不平、同情弱者、不畏強暴、要求平等、追求自由、反對束縛、蔑視傳統、否定權威、百折不撓等等。這些東西，對於每一個讀者而言，雖然並不能全面接受，但對於全人類而言，卻能夠完整地接受。換言之，孫悟空身上的這些美好的東西，代表著一種「崇高」，每一位讀者都能從中瞻仰、喜愛乃至於效法某些方面。孫悟空具有一種中華民族集體無意識的「榜樣」的力量，而這一榜樣並非某一個統治者或某一個政治集團有意樹立的，它是一種建立在不知不覺的基礎之上而又根深蒂固的集體觀念。

其二，孫悟空能將廣大讀者帶到一個廣袤無垠的理想世界，或者說，他在一定程度上代表和體現了人類對未來世界的理想化追求。人類對大自然的認識總是從低級到高級、從感性到理性、從蒙昧到科學的。而且，在一定的歷史階段，有些事情對於人類而言是可望而不可及、想幹而無法達到的。那麼，就需要有一種想像的產物來作為人類憧憬未來的載體。孫悟空就是這麼一個人類崇高夢想的載體。你想上天入地、倒海翻江嗎？做不到！但孫悟空可以「幫助」你做到。你想千變萬化甚至將自身「克隆」千百遍嗎？做不到！但孫悟空有七十二變，並且可以拔根汗毛變做千百個「自我」。更有意味的是，當年人類未能實現的事物，今天卻一個又一個地實現了；今天人類尚未能實現的事物，保不定明天就可能實現。但在沒有真正實現之前，人類為什麼不能先在文學藝術中「享受」一番呢？這裡有一個公式：需求──想像──實現，這就是人類崇高的文明追求，而孫悟空的崇高美恰恰是體現在「需求」與「實現」之間的一個不可或缺的「想像」環節。從這個意義上講，豐富想像是嚴謹科學的父親。一個缺乏想像力的民族必然是不可能長足進步的民族，一個缺乏想像力的人恐怕也不可能成為傑出的科學家。進而言之，人類的想

像力都是有限度同時又有彈性的，孫悟空形象的偉大意義之一就是「拉長」人們的想像力。一方面使人們在充分「想像」的前提下去追求充分的「實現」，另一方面，這種想像力的被「拉長」，本身也是一種「快感」，一種審美快感。當這種審美快感流遍全身時，人們會暫時忘卻現實生活中的苦惱、憂愁、煩悶，而進入另一個世界，一個日常生活以外的剩餘精力充分、自由發洩的境界，從而得到一種真正的「崇高美」的享受。

同時，我們又必須指出，孫悟空這一形象的「崇高美」又帶有頗為濃厚的「悲劇」意味。孫悟空其實是一個悲劇人物，他最終被封為「鬥戰勝佛」，固然體現了他的崇高，同時又體現了他的悲劇，因為他在《西遊記》中所表現的一切便是一個「鬥」字，而且永遠是一種逆境中的奮鬥。從與天庭對抗的時候開始，孫悟空就陷入以個人的力量對抗一個龐大的整體的困境。因此，大鬧天宮的孫大聖，一方面固然是其樂無窮，另一方面其實又是其悲無比。至於被壓在五行山下的漫長歲月，簡直就是孫猴子的煉獄。西天路上的孫行者，也仍然是個孤獨的英雄，雖然西天路上是師徒五眾同行，但孫行者的心路歷程卻與其他四眾截然不同。孫悟空在《西遊記》中所受到的種種磨難，其實是好強而好勝的某些「中國人」悲劇人生和崇高人格的綜合的藝術再現。

四

孫悟空是什麼？他是許多東西，但又什麼都不是。孫悟空究竟是什麼，別說我們這些作為孫悟空子孫的讀者不知道，就是作者也未必知道，就是孫悟空本人也未必知道。然而，孫悟空的魅力就在這裡，就在這永遠的「不知道」之中。如果有人一定要認為只有自己得到了作者之文心，認為只有自己才的的確確知道了孫悟空是什麼，那他其實是什麼都沒有知道。「橫看成嶺側成峰」，這才是永遠的孫悟空、不朽的美猴王。

（原載《廈門教育學院學報》2008 年第一期）

《西遊記》的多重文化意蘊

　　一部《西遊記》，其間蘊含的文化意味是異常複雜的。這裡有對現實生活的集中、提煉和概括，有超乎歷史事實、生活真實的傳奇化描寫所造成的魔幻意趣，還有書中的故事和人物給讀者留下的永無止境的審美回味，至於其間蘊含的哲理思考，無論是宗教的、哲學的，還是其他方面的，又都給人以深刻而又雋永的啟示。而將這一切結合在一起進行考察以後，一個饒有趣味的問題就橫亙在我們面前：多年來，《西遊記》的主題思想之所以眾說紛紜、見仁見智、各執己見、爭論不休，其間關鍵的關鍵就在於大家都是從自己認為正確的角度去展開闡述，而忽視了這部魔幻現實小說的文化內涵的多義性。為此，我們要深入研究《西遊記》、尤其是研究其思想內涵，就必須做到「橫看成嶺側成峰」的多角度透視，深入挖掘其多重文化意蘊。

　　本文主要圍繞四個方面展開探討。

一、生活

　　我們雖然無法確定《西遊記》的作者究竟是誰，但有一點卻是可以肯定的：這部小說產生於明代中葉的嘉靖年間。之所以做出這樣的判斷，除了來自版本方面的證明外，還有來自文本內部的證明。如：車遲國國王受三個妖道欺蒙，舉國抓和尚，「且莫說是和尚，就是剪鬃、禿子、毛稀的，都也難逃。四下裏快手又多，緝事的又廣，任你怎麼也是難脫」。（第四十四回）這便是對明代特務政治的真實寫照。隨後，作者又借孫悟空之口對車遲國國王說：「望你把三教歸一：也敬僧，也敬道，也養育人才。我保你江山永固。」（第四十七回）這種「三教合一」的思想，正是明代文化的一大特色。再如：當朱

紫國王跪在孫悟空面前表示只要救得他的金聖宮娘娘，他便願意將一國江山盡讓與神僧時，豬八戒在一旁呵呵大笑：「這皇帝失了體統！怎麼為老婆就不要江山，跪著和尚？」（第六十九回）明中葉的正德、嘉靖二帝，恰恰都是為了女人而幾乎不要江山的荒唐天子。更妙的是，當唐僧師徒在布金禪寺吃齋時，作者居然節外生枝，借沙僧之口說道：「二哥，你不曉的。天下多少『斯文』，若論起肚子裏來，正替你我一般哩。」（第九十三回）這又是對明代盛行的不學無術的「假斯文」的嘲諷。

我們舉出以上例證，並非僅僅為了論證《西遊記》是明代中葉的作品，更重要的一點還在於說明《西遊記》這部神魔怪異小說的「現實性」。涉及這個問題，例子就更多了。玉皇大帝作為人間帝王的象徵，表面無比威嚴，實際上卻是一個昏庸、獨斷、兇殘、虛偽的統治者的典型。孫悟空大鬧天宮，他束手無策，及至借他人的力量抓到孫悟空後，他又是那麼殘忍地戕害猴王。不僅對孫悟空這樣的反叛者如此，就是對捲簾大將、鳳仙郡侯那樣的小有過失者，玉帝也實行了超乎尋常的嚴厲懲罰。玉帝如此，上上下下的眾佛群仙也好不到哪裏去。賄賂公行、不知廉恥，是天國許許多多神佛的真實寫照。酆都判官崔玨因為故人魏徵的一封書信，平白無故給唐太宗增加了二十年陽壽。（第十回）佛前兩大尊者阿儺、伽葉居然公開向千辛萬苦前來取經的唐僧索要禮品，否則就傳給無字經。（第九十八回）道教祖師爺太上老君為了煉出孫悟空吃進的仙丹，要將猴頭置於八卦爐中化為灰燼。（第七回）佛祖如來居然也在西天佛地感歎將經書給人家誦了一遍，只換得三斗三升米粒黃金真是忒賣賤了。（第九十八回）更有甚者，唐僧等人在西天路上所遇到的許多妖魔，居然有不少是神佛們的「親屬」。例如：黃袍怪是二十八宿中的奎木狼，金角大王、銀角大王是太上老君的看爐童子，假烏雞國王是文殊菩薩的坐騎青毛獅子，通天河的精怪是觀者菩薩蓮花池中的金魚，黃眉大王是彌勒佛的司磬赤眉童子，比丘國國丈是壽星所騎的白鹿，獅駝山三個妖精分別是文殊、普賢二菩薩的坐騎青獅和白象以及佛祖如來的「舅舅」大鵬鳥，陷空山無底洞的鼠精是托塔李天王的義女，麒麟山的賽太歲是觀音菩薩跨下的金毛㺜，如此等等，不一而足，無怪乎孫悟空要指責神佛們「縱放家屬為邪」了。（第三十五回）所有這些，都投影般地再現了現實生活中的「關係網」現象。

當然，如果僅僅憑上述這些例證來判斷《西遊記》的現實性是遠遠不夠

的。因為這部神魔怪異小說不僅成功地再現了政治生活的現實，而且還給我們留下了頗具情趣的日常生活的細膩描寫。

這其實是一個十分有趣的問題。比較《三國志通俗演義》、《水滸傳》、《西遊記》這三部作品，就其所描寫的對象而言，應該說是《西遊記》裏那個神魔世界離我們更加遙遠一些，但是，當我們欣賞了那西天路上一個又一個趣味盎然的故事之後，有一種奇特的感覺會在我們心中油然而生：孫悟空等神魔形象較之諸葛亮、宋江等現實生活中的人物形象離我們更近，使我們感到更親切一些。這真是一種奇怪的親切，越是遙遠就越親切！

造成這種「遙遠的親切」的原因自然是多方面的，但其中最重要的一點恐怕是《西遊記》的作者尤其重視「生活化」描寫之所致。這一點，《三國》與《水滸》遠遠不及《西遊記》。《三國志通俗演義》寫得最成功的是歷史上的英雄人物，這些人物的故事儘管也很動人，但他們與我們讀者有著「時間」上的距離和隔閡。《水滸傳》寫得最成功的是江湖上的英雄好漢，他們的故事當然也讓讀者心旌搖動，但卻與那生活在正常社會秩序中的人們有著若干「空間」上的距離和隔閡。《西遊記》則不然，它借助於神奇的背景，所反映的卻是實實在在、地地道道的日常生活，與一般讀者幾乎是「零距離」。謂予不信，請看兩個方面的有趣現象。

其一，西天路上唐僧們所遇到的障礙來自三個方面：自然的、人為的、自身的。自然界險山惡水的障礙如火焰山、通天河等，自身的心理障礙如「四聖試禪心」、「真假美猴王」等，但這些險阻出現的頻率不是很高，出現次數更多的則是來自妖魔鬼怪的人為設置的障礙。我們進一步而論，那些妖魔阻礙唐僧師徒西行的動機是什麼，或者說，這些妖魔究竟要從唐三藏身上得到什麼？他們的行為究竟是一種什麼行為？是政治行為嗎？是學術爭議嗎？是民族糾紛嗎？是宗派械鬥嗎？都不是！他們，這些妖魔的行為兩個字就可以概括——「食」與「色」。他們或者要吃唐僧肉，或者要拉唐僧做老公取其元陽，而這兩方面的目的最終又指向同一個點——長生不老。眾所周知，「食色，性也」。食欲與性慾是人類個體生命的底蘊，誰在這兩方面有所缺陷，那他就不是一個完整意義上的「人」。《西遊記》通過妖精們的「非法攝取」，所宣洩的其實是人類的「合理要求」。這樣一些講述作為「人」的生命個體最本質、最自然的要求的故事，難道不會使那些作為普普通通的「人」的讀者倍感親切嗎？

其二，西天路上的唐僧等人一師四徒的取經集團，儼然是人間一個家庭、集體的象徵。在這個小小的人群中，各種最具特色的人性各自頑強地表現著最通常的「自我」，而且都是特具代表性的「自我」。這裡有居於領袖地位但其實並無多大能耐的師父唐僧，他是西天取經的旗幟、偶像和招牌，當然，除了這種「標誌性」特色而外，他一無所能。這是一個由於「歷史的誤會」被推上領袖位置的典型人物。這裡有聰明伶俐、神通廣大的孫悟空，西天路上他最辛苦，功勞也最大，但是，他個性極強，也最不聽話，使得唐僧只有依靠「緊箍咒」方能領導他。這是一個有本領有辦法但又不大好指揮的能人典型。這裡有大事做不來，小事又不做的豬八戒，而且經常打打小報告，占點小便宜，許多行為令人啼笑皆非，又好氣，又好笑。這是一個小私有者的典型，屬於「好人」隊伍中的落後分子。這裡還有那「天地間和為貴」的沙和尚，師父咒師兄，他勸阻；大師兄對二師兄玩笑開得過分，他也勸阻。他就是西天路上的一劑「黏合劑」。這種「和事佬」的形象在每一個社會集體中自有其存在的合理性和必要性。最後，我們可不要忘了唐僧最小的徒弟白龍馬，他沒有功勞也有苦勞，不是馱唐僧就是背行李，更大的特點是不聲不響地做著一切，從不知表現自己。這是一個默默無聞的「奉獻者」的典型。談到這裡，我們應該可以感覺到西天路上的取經集團該是多麼溫馨，多麼具有人情味了吧？與歷史上唐僧孤身奮進的西行之旅相比，這樣的由一師四徒組成的集團行軍該是多麼具有生活情趣。不僅如此，這種平庸的領導、調皮的能人、可愛的小丑、有利於團結的和事佬以及默默無聞的奉獻者，在從古到今的日常生活中何處不能見到？

由上述兩方面，至少從上述兩方面，我們已經可以得出結論，表面看來，《西遊記》似乎寫的是遠離我們的妖魔神佛，而實際上，通過作者極具「生活化」的描寫，作品給我們留下的正是一種「最遙遠的親切」。

二、傳奇

「親切」，是由生活化描寫造成的，而「遙遠」，亦即理論家們所謂「審美距離」，則是由「傳奇化」描寫造成的。

目前所知，最早給唐僧取經故事賦予傳奇色彩的正是歷史上的唐僧本人。唐玄奘回到長安的第二年，就口述其西行經歷，由其弟子辯機整理成《大唐西域記》一書。後來，又由唐僧的另外兩個弟子慧立和彥悰撰寫了《大唐

慈恩寺三藏法師傳》一書，記載了玄奘生平業績。由於這兩本書在歷史事實的基礎上夾雜了一些宗教故事乃至神異傳說，故而使「西天取經」一事帶上了頗為濃厚的傳奇色彩。

隨即，將取經故事的傳奇色彩愈演愈烈的是唐宋以降的說話藝術。據考，當時應該有多種講述唐僧取經故事的話本流行於世，但保留到今天的卻只有《大唐三藏取經詩話》（別本名《大唐三藏法師取經記》）一種。該話本共有十七節，（現存十六節，第一節缺佚）共一萬六千多字，文字粗俗，情節簡單，從閱讀欣賞的角度來看當然沒有多大價值。但是，這話本在「西遊」故事的演變歷程中卻至關重要，尤其引人注目的有以下兩點。其一，該書第二節就已出現了一個化作「白衣秀才」的「猴行者」，自稱是「花果山紫雲洞八萬四千銅頭鐵額獼猴王」，「來助和尚取經」。並聲言「此去百萬程途，經過三十六國，多有禍難之處」。而此後這位猴行者果然一路斬妖除怪，屢建功勳。這位猴行者無疑是《西遊記》中孫悟空的早期形態，他的出現，一方面意味著取經主角的暗中更換——由唐僧換成猴行者，另一方面又意味著取經故事性質的轉變——由歷史故事演變成神異傳奇故事。其二，該書第八節，出現了一位「深沙神」，自云「項下是和尚兩度被我吃你，袋得枯骨在此。」後來，在唐僧的教誨之下，他改邪歸正，將一座金橋「兩手托定」，度唐僧等人過了險阻。毫無疑問，此神怪應該是《西遊記》中沙和尚的最早形態。所有這些，都增強了取經故事的傳奇色彩。

然而，使取經故事傳奇化的文學作品絕非《大唐三藏取經詩話》一種。還有若干個與之相同或相近的話本，儘管並沒有完整地保存下來，但卻有相關資料可以證明它們曾經存在並對《西遊記》的成書起過很大的作用。專家們推測元代有一本「西遊記平話」，較之《大唐三藏取經詩話》更接近章回小說《西遊記》。證明這「平話」曾經存在的資料主要有兩條：一是明初《永樂大典》中的一段題為「夢斬涇河龍」的遺文，一是古代朝鮮人學習漢語的教科書《朴通事諺解》中的一篇「車遲國鬥聖」。那裡有較之《大唐三藏取經詩話》更多的傳奇故事。

話本而外，還有戲曲。取經故事還在宋、金、元時代被搬上戲劇舞臺，保存至今的一些劇目足以說明問題。宋元南戲有《陳光蕊江流和尚》、《王母蟠桃會》、《西池王母瑤臺會》、《魏徵斬龍王》等名目，金院本中有《瑤池會》、《蟠桃會》、《王母祝壽》、《淨瓶兒》、《唐三藏》等名目，元雜劇中關乎取經故

事的作品就更多了，有楊顯之《劉泉進瓜》、吳昌齡《唐三藏西天取經》、鍾嗣成《宴瑤池王母蟠桃會》、佚名《二郎神醉射鎖魔鏡》、楊景賢《西遊記》等。上述戲曲作品或存或佚，或留下殘篇斷簡，它們之間所表述的故事，可能相互間有些交叉重複，但都為取經故事的傳奇化添磚加瓦。

章回小說《西遊記》的作者從神話傳說、民間故事以及釋、道二教的典籍中吸取營養、借助意象，充分發揮了神魔怪異小說的特點，為讀者留下了一個五彩斑斕的極富傳奇色彩的神話世界。

這個神話世界是完整有序的，同時又是新鮮活潑的。這裡有雲霧縹緲的神國，有碧波蕩漾的東海，有生意盎然的花果山，有陰森恐怖的森羅殿，還有西天路上的險山惡水和千奇百怪的妖洞魔窟，……這一切，就像五光十色的萬花筒一樣，是那麼絢麗多姿、變幻無常，給人以極大的審美享受。同時，也正是在這麼一個傳奇色彩格外濃烈的世界裏，作者以魔杖一般的生花妙筆為我們演繹著日常生活中的種種矛盾、鬥爭和人世間的幸福與悲哀。

不僅這神奇的世界是招人注目的，那活動於這一奇特世界裏的「眾生」也是令人洗眼觀賞的。孫悟空的七十二般變化、十萬八千里的筋斗雲、能大能小的金箍棒以及他身上那千變萬化的毫毛等等，足以引發我們的想像力，跟隨作者去作一次心靈的漫遊。同樣，那些妖精們不同凡響的特異功能，法力無邊的寶貝兵器，也足以使我們在替孫大聖捏一把汗之餘得到一份出乎意外的審美愉悅。至於那一物降一物的鬥法、鬥寶、鬥變化、鬥神通的描寫，這在令人感到眼花繚亂、美不勝收以後，更可得到一份雋永的哲理思考。

三、審美

孫悟空和豬八戒是兩個美學價值極高的藝術典型。孫悟空是一個帶有崇高美、甚或悲劇美意味的英雄人物。他的崇高美，至少可以包括兩個層面。

其一，在孫悟空身上，凝聚了人類、尤其是中華民族的廣大民眾數千年來所積澱的許許多多的優秀品質、傳統美德、崇高精神。在這裡，幾乎具備了人們所公認的所有美好的東西。如信念堅定、敢做敢當、勇敢機智、詼諧幽默、心胸開闊、一往無前、除惡務盡、疾惡如仇、抱打不平、同情弱者、不畏強暴、要求平等、追求自由、反對束縛、蔑視傳統、否定權威、百折不撓等等。這些東西，對於每一個讀者而言，雖然並不能全面接受，但對於全人類而言，卻能夠完整地接受。換言之，孫悟空身上的這些美好的東西，

代表著一種「崇高」，每一位讀者都會去瞻仰、喜愛乃至於效法其中的某些方面。

其二，孫悟空能將廣大讀者帶到一個廣袤無垠的理想世界，或者說，他在一定程度上代表和體現了人類對未來世界的理想化追求。人類對大自然的認識總是從低級到高級、從感性到理性、從蒙昧到科學的。而且，在一定的歷史階段，有些事情對於人類而言是可望而不可及、想幹而無法達到的。那麼，就需要有一種想像的產物作為人類憧憬未來的載體。孫悟空就是這麼一個人類崇高夢想的載體。你想上天入地、倒海翻江嗎？做不到！但孫悟空可以「代替」你做到。你想千變萬化甚至將自身「克隆」千百遍嗎？做不到！但孫悟空有七十二變，並且可以拔根汗毛變做千百個「自我」。更有意味的是，當年人類未能實現的事物，今天卻一個又一個地實現了；今天人類尚未能實現的事物，保不定明天就可能實現。但在沒有真正實現之前，人類為什麼不能先在文學藝術中「享受」一番呢？這裡有一個公式：需求──想像──實現，這就是人類崇高的文明追求，而孫悟空的崇高美恰恰是體現在「需求」與「實現」之間的一個不可或缺的「想像」環節。從這個意義上講，豐富想像是嚴謹科學的父親。一個缺乏想像力的民族必然是不可能長足進步的民族，一個缺乏想像力的人恐怕也不可能成為傑出的科學家。進而言之，人類的想像力都是有限度同時又有彈性的，孫悟空形象的偉大意義之一就是「拉長」人們的想像力。一方面使人們在充分「想像」的前提下去追求充分的「實現」，另一方面，這種想像力的被「拉長」，本身也是一種「快感」，一種審美快感。而當這種審美快感流遍全身時，人們會暫時忘卻現實生活中的苦惱、憂愁、煩悶，而進入另一個世界，一個日常生活以外的剩餘精力充分、自由發洩的境界，從而得到一種真正的「崇高美」的享受。

同時，我們又必須指出，孫悟空這一形象的「崇高美」又帶有頗為濃厚的「悲劇」意味。孫悟空其實是一個悲劇人物，他最終被封為「鬥戰勝佛」，固然體現了他的崇高，同時又體現了他的悲劇，因為他在《西遊記》中所表現的一切便是一個「鬥」字，而且永遠是一種逆境中的奮鬥。從與天庭對抗的時候開始，孫悟空就陷入以個人的力量對抗一個龐大整體的困境。因此，大鬧天宮的孫大聖，一方面固然是其樂無窮，另一方面其實又是其悲無比。至於被壓在五行山下的漫長歲月，簡直就是孫猴子的煉獄。西天路上的孫行者，也仍然是個孤獨的英雄，雖然當時有師徒五眾同行，但孫行者的心路歷

程卻與其他四眾截然不同。孫悟空在《西遊記》中所受到的種種磨難，其實是好強而好勝的某些「中國人」悲劇人生和崇高人格綜合的藝術再現。

再看豬八戒，這是一位世俗意味特別濃厚的喜劇美的典型，同時又是孫悟空形象的正面陪襯和逆向補充。就西天取經路上所起的重要作用而言，豬八戒僅次於孫悟空，就人物塑造的成功程度而言，這豬精較之猴王毫不遜色。豬八戒在作品中的表現往往是自相矛盾的：英勇戰鬥與畏葸不前同在，吃苦耐勞與好吃懶做共存。他一會兒幫助孫大聖大打出手，一會兒又死死扯住猴行者的後腿。有時他頗有「氣節」，有時卻又臨陣脫逃。他貪吃、貪睡、貪色、貪圖享受，同時又天真、憨直、樂觀、甚至帶有幾分豪爽。他善於說大話、說謊話、說別人的壞話，同時，他又熱情待人、熱愛生活、熱烈追求愛情。他狡黠而不奸詐，粗鹵而不刁蠻，貪小利而不忘大義，報復快而不記深仇。如此等等，不一而足。他身上的這些東西，不管是優秀還是低劣，無論是美好還是醜陋，總之是一種實實在在的矛盾的存在，而且，是一種公開的、透明的、毫不掩飾的存在。他的一切，就好像他的長嘴大耳朵一樣，永遠是那麼本色、那麼天然、那麼蒸騰著生活氣息。人們在鑒賞豬八戒的時候，會覺得他可愛而不可惡、可笑而不可恨，從而會得到一種美的感受，一種神經的調節，一種快意的滿足。而這，恰恰是豬八戒這個喜劇人物所產生的審美效應。

孫悟空是崇高的，豬八戒是平凡的；孫悟空是悲劇的，豬八戒是喜劇的；孫悟空催人奮進，豬八戒使人樂觀；孫悟空是充分理想化的，豬八戒是極端現實化的；猴王豬精相反相成而又相映成趣。從嚴格的意義上講，一部《西遊記》洋洋一百回，只寫得猴王、豬精兩個成功的人物，但有此二人便足以使這部小說不朽，因為在這兩個人物身上所體現的乃是中華民族精神的底蘊。

四、哲理

《西遊記》是一部積累型的小說名著，它之所謂「積累」，還不同於《三國志通俗演義》《水滸傳》《東周列國志》那種從歷史真實到民間流傳再到話本戲劇的演出直至文人加工整理再創造的故事題材或人物塑造的積累，而是一種多層文化的積累，儒家的、道教的、佛教的乃至於許多不登大雅之堂的民間宗教、迷信、崇拜的文化積累。這樣，就產生了對書中的主人公孫悟空

的多層文化解讀。進而言之，解讀了孫悟空，也就解讀了《西遊記》。

孫悟空是一種象徵、一種積澱，一種帶有深刻哲學意味的文化積澱。

在《西遊記》中，作者反反覆覆用「心猿」指代孫悟空。這「心猿」既不屬於生命科學的範疇，也不屬於童話學的範疇，而屬於哲學的範疇。具體而言，孫悟空這隻「心猿」是在儒、釋、道三教合一的宋明心學的影響之下，又結合許許多多傳統文化積澱而形成的一種具有哲學意味的象徵物。進而言之，「心猿」孫悟空象徵著「人心」——人類的欲念和臆想。而《西遊記》借助孫悟空這一藝術形象所要表達的，乃是心猿的放縱與收束，亦即人心的放縱與收束。

《西遊記》中的孫悟空，總與「心」有著某種聯繫。開篇第一回寫他那「受天真地秀，日精月華，遂有靈通之意」的出身，正是「人心」的純潔狀態。之後，猴王訪師，所到之地乃「靈臺方寸山」、「斜月三星洞」，皆是一個「心」字。而後，須菩提祖師給猴王取名孫悟空，這個名字中的「猻」字，乃是由猢猻之「猻」去了獸旁，「子者，兒男也；糸者，嬰細也。正合嬰兒之本論。」（第一回）實乃赤子之心的意思。而法名「悟空」則與其師「須菩提」一脈相承，因為「菩提」就是「覺悟」的意思，所謂「悟徹菩提」，當然是「心」之悟。徒弟較師父更甚，要「悟」到「空」的地步，故名「悟空」。後來，須菩提祖師問悟空想學「道」字門中三百六十傍門的哪一門，孫悟空選擇了「都來總是精氣神」的「內丹」之術，亦即較之「公案比語」「外像包皮」要深奧得多的內心之學。由此可見，從孫悟空的出身、拜師、學法直到悟徹，正是一個由「心性修持大道生」到「斷魔歸本合元神」（第二回）的過程。

心猿下山後，開始了他的「逍遙遊」——對「絕對自由」的追求。鬧龍宮，強取「如意金箍棒」；鬧地府，勾去「猴類生死簿」。前者是其「意志」的延伸，後者是其「生命」的延續。這種意志力與生命力雙重擴張的結果，就是「大鬧天宮」。那麼，大鬧天宮的內在含蘊究竟是什麼呢？表面看來，它表現了美猴王孫悟空的叛逆精神，但實質上體現的卻是「人心」的極度放縱。謂予不信，《西遊記》第七回有詩為證：「猿猴道體配人心，心即猿猴意思深。大聖齊天非假論，官封弼馬是知音。馬猿合作心和意，緊縛牢拴莫外尋。萬相歸真從一理，如來同契住雙林。」作者說得再清楚不過了，鬧天宮的猴王只是色相，放縱的「人心」才是真靈。

人類生活在世界上，有無窮無盡的災難、束縛、痛苦、折磨，但人類的

心靈卻永遠期待著沖決這一切而進入自由的天地。人類渴望著無拘無束、自由自在的生活。但這種「生活」只是渴望而已，在現實世界中是永遠不能實現的。於是，孫悟空這麼一位企圖掙脫一切束縛的美猴王，便成為人心放縱的載體，去上下求索，攪攘乾坤，爭取那理想的自由空間。孫悟空所幹的，正是人們想幹而無法實現的事；「心猿」的行旅，正是人類心靈放縱的流程。然而，正如同人類追求自由的放縱之心到底掙脫不出塵世的羅網和傳統文化的圈束一樣，那「心猿」雖然跳出了「八卦爐」中，卻被壓到了「五行山」下。此後，整個「西天取經」的一系列故事，就是「心猿」收束所經歷的重重磨難的全過程。

為了遏制心猿歸正後的反覆無常，觀音菩薩還特地在孫悟空頭上生生套上一個「緊箍兒」，並教唐僧以「緊箍兒咒」，以便禪主唐三藏隨時管束那潑猴。「緊箍兒咒」是什麼？且看觀音菩薩對唐僧的交代：「我那裡還有一篇咒兒，喚做『定心真言』；又名做『緊箍兒咒』。」這裡說得很清楚，是「定心真言」，為束縛猴子的放縱之心的真言。這當然是一種象徵，將它還原到現實之中，就是人類社會用來束縛自身的法律、道德、宗教、倫理、輿論等等許許多多的精神枷鎖。

然而，心猿不是輕易就能被束縛的，人類的欲求也不是說滅就滅。要想把心猿真正地拴住，還有一個艱苦的過程。一方面，世俗的欲望不斷地侵擾這一收束過程；另一方面，心猿本身還有著經常性的衝動，甚至會分裂成「二心」。

《西遊記》第五十八回，作者憑空幻造出一個六耳獼猴，讓他與孫悟空一假一真、一邪一正，「二心攪亂大乾坤」，鬥得天翻地覆。其實，哪裏來的什麼六耳獼猴，它不過是心猿的另一面而已。是與「真心」相對的「假心」，與「正心」相對的「邪心」，與被圈束之心相對的未圈束之心。天地大宇宙容不得二心，有二心便天翻地覆；人體小宇宙也容不得二心，有二心便神魂顛倒。作者在書中將這一點說得非常明白：「人有二心生禍災，天涯海角致疑猜。」書中的佛祖也對金剛菩薩們講得十分清楚：「汝等俱是一心，且看二心競鬥而來也。」直到假心猿被消滅之後，真心猿也道出了自己的「二心」之處：「上告如來得知，那師父定是不要我，我此去，若不收留，卻不又勞一番神思？望如來方便，把鬆箍兒咒念一念，褪下這個金箍，交還如來，放我還俗去罷。」有此還俗之「二心」，如何到得極樂世界？因此，必須摒除「二心」，靜養「一

心」，最終達到「空心」的境界。

這一點，在全書的最後一回得到了充分的反映。當唐僧等五人一一被封為佛與羅漢之後，孫悟空尚有一念之差，要求唐僧「趁早兒念個鬆箍兒咒」，將金箍兒「脫下來，打得粉碎」。而師父到底高一層境界，對他說：「當時只為你難管，故以此法制之，今已成佛，自然去矣，豈有還在你頭上之理？你試摸摸看。」悟空舉手一摸，果然無之。真所謂酒不醉人人自醉，花不迷人人自迷。人世間的一切圈束，都是人類心靈的自我禁錮。認識到這一點，才是真正的解脫，真正地進入了自由世界。這便是《西遊記》在演出了心猿的「放心」與「收心」之後所要達到的「空心」境地。

作者對孫悟空形象如此的塑造，是建立在深厚的傳統文化、尤其是宗教文化的土壤之中的。在佛、道兩家的用語中，心猿（有時還加上小說作品中白龍馬所象徵的「意馬」）常用來比喻人的思緒飄蕩散亂、不可把捉。陳元之《全相西遊記序》云：「舊有敘，……其敘以為孫，猻也，以為心之神；馬，馬也，以為意之馳。」人心如猿、人意似馬，既可無邊無際地漫遊，當然也可加以一定的管束。那麼，由誰來管束人的心猿意馬呢？回答是：「正法」「禪主」，亦即人心所固有的佛性。作為禪主化身的唐三藏在《西遊記》第十三回與眾僧議論佛門宗旨時就曾說過：「心生，種種魔生；心滅，種種魔滅。」第十九回，作者又寫烏巢禪師向唐僧傳授《多心經》時說：「若遇魔瘴之處，但念此經，自無傷害。」何以謂「魔」或「魔障」？佛教認為一切不利於修行的心理活動都叫魔。「魔非他，即我也，我化為佛，未佛皆魔。」（幔亭過客《西遊記題詞》）也就是說，心滅，種種魔障亦隨之而滅。在這一「我化為佛」的過程中，佛不在外，而在我心中。《觀無量壽經》說得清楚：「是心作佛，是心是佛。」心的放縱便是魔，心的收束便是佛。一部《西遊記》，寫的就是「心猿」未加管束時的放縱以及受到管束後對「法」與「禪」的皈依，而孫悟空所象徵的正是「人心」在不同階段的種種表現。

除了上面講到的生活、傳奇、審美、哲理等層面外，我們探討《西遊記》的文化意蘊當然還有其他很多角度。但是，篇幅有限，只好另作他論了。

（原載《淮海工學院學報》2009 年第一期）

《西遊記》及其三種續書的哲理蘊涵

　　本文旨在探究《西遊記》與其續書之間的內在聯繫。

　　《西遊記》的續書有兩大系列：一是明末清初的一批，主要有佚名《續西遊記》一百回、董說《西遊補》十六回、佚名《後西遊記》四十回等，可稱之為本色的「西遊」續書；一是晚清的一批，主要有陸士諤《也是西遊記》二十回、李小白《新西遊記》三十回、冷血《新西遊記》五回（未完）等，可稱之為變異的「西遊」續書。此所謂本色續書，指的是按照傳統的續書方式，與原著保持著基本精神的一致，至少在主旨上有密切聯繫；而所謂變異續書，則指的是僅僅借用原著的名頭而另起爐灶，寫成別出心裁的作品。對於《西遊記》變異續書系列作品，我們暫置勿論，這裡主要針對明末清初的《西遊記》本色續書三種與原著的關係來談談它們之間在寓意方面的聯繫與區別。

一

　　眾所周知，《西遊記》的主要故事是唐僧師徒到西天求取真經。那麼，什麼是「真經」呢？從文獻的角度講，當然就是書中所寫的唐僧在佛祖那兒取得的「三十五部」「五千零四十八卷」（第九十八回）佛教經典。但是，如果換一個角度追問，《西遊記》所謂「真經」的文化密碼所指何物？那可就要費一番周折了，而且每個人的答案很有可能見仁見智，大相徑庭。

　　筆者認為，《西遊記》所謂「真經」的文化密碼正蘊藏在書中的頭號主人公身上，那就是「悟空」，真心的悟徹空靈。究其實，整部《西遊記》只寫了「悟空」二字。九九八十一難是「悟」的過程，取得真經是「空」的結果。因

為「真經」其實就是一個字：「空」。

孫悟空是「人心」的象徵，關於這個問題，筆者在一些拙著、拙文中早已屢屢言及，此處再將此意補充發明之。

孫悟空是「每受天真地秀，日精月華」（第一回）而化作的石猴，這是人類「自然之心」的象徵。

孫悟空學道的地方乃是靈臺方寸山，斜月三星洞，這都指向一個「心」字。靈臺：指心。《莊子・庚桑楚》：「不可內於靈臺。」郭象注：「靈臺者，心也。」方寸：亦指心。唐・賈島《易水懷古》詩：「我歎方寸心，誰論一時事。」斜月，乃一斜勾；三星，乃斜勾上的三點。「斜月三星」加在一起，仍然是個「心」字。可見「靈臺方寸山，斜月三星洞」實乃心靈修煉之所在。

孫悟空的師父是須菩提祖師。須菩提：梵語 subhūti 的音譯，意譯為「善現」、「善見」、「善吉」、「空生」等。須菩提是古印度拘薩羅國舍衛城長者鳩留之子，出家為釋迦牟尼十大弟子之一，以「解空第一」著稱。請注意，這位須菩提祖師實際上就是「解空」大師，也就是悟空大師、覺悟大師。不然，他為什麼給那位最能得到其真傳的弟子猴兒取個法名叫「悟空」呢？

《西遊記》第二回的回目「悟徹菩提真妙理」，寫的就是孫悟空得到須菩提祖師真傳的過程。什麼叫做「菩提」？乃是佛教名詞梵文 Bodhi 的音譯，意譯則為「覺」、「智」、「道」等。佛教用以指豁然徹悟的境界，又指覺悟的智慧和覺悟的途徑。唐・玄奘等著《大唐西域記・婆羅疱斯國》：「太子六年苦行，未證菩提，欲驗苦行非真，受乳糜而果正。」

我們不妨再看孫悟空那幾樣與眾不同的本領，其實也都與「心」緊密聯繫。他的七十二般變化，想變什麼就變什麼，正是人類隨心所欲的追求的幻化。他的拔一根汗毛變作千百個小猴，正是人類分身有術亦即分心有術的期望。他的十萬八千里的筋斗雲，正是人類心靈遠遊的象徵。

至於孫悟空的鬧三界，也是人類心靈欲望的變形表現。一鬧龍宮，最後結果是得到「如意金箍棒」。所謂「如意」者，當然是如人心意。二鬧地府，最後結果是使自己和「全猴類」都得到解放，想活多久就活多久。這難道不是人心解放的另一種表現嗎？三鬧天宮，更是「人心」極度膨脹的結果。請看第四回的回目：「官封弼馬心何足，名注齊天意未寧」。你看，關鍵詞就是心意的不滿足、不安寧。既然不滿足、不安寧，那就要繼續「鬧」下去。鬧到什麼程度呢？按照孫悟空的說法：「皇帝輪流做，明年到我家。」（第七回）這

真是心比天高、膽大妄為了。

從《西遊記》第一回到第七回,看似五彩繽紛,令人目不暇接。其實只寫了一件事:孫悟空的所作所為象徵著人心的大放縱。緊接著,便是人心在壓抑狀態下經受的重重磨難以及一步一步的收束。或者說,是人類充滿欲望之心經歷過一次一次的「悟」,最終「悟」到「空靈」的過程。

首先是「五行山下定心猿」。所謂五行山也者,乃佛祖「將五指化作金、木、水、火、土五座聯山」。(第七回)進而言之,金、木、水、火、土是古人認識範圍內的物質世界的總和。孫悟空被壓在五行山下,象徵著人心在經受著物質世界的重壓。而且,一壓就是五百年。這裡的五百年,其實也就是一個「長時間」的代名詞,我們可以理解為五千年甚至五萬年,總之是很久很久。正如同那西天路上經歷的九九八十一難一樣,那不過是一個「多重災難」的代名詞。因為「九」是個位數中最多的數,「最多」乘以「最多」,當然是「最最多」,也就是無窮無盡的意思。

孫悟空被一位得道高僧從五行山下拯救出來了,代表人心的猿——「心猿」擺脫了來自物質世界的重壓,下一步,他該面臨著什麼呢?答曰:去掉種種欲望的心靈純潔的革命。君不見,孫悟空舉起了自由之棒一下子就打死了六個毛賊嗎?那六位剪徑的大王喚做什麼名諱?曰:眼看喜、耳聽怒、鼻嗅愛、舌嘗思、意見欲、身本憂是也。所謂「六賊」,就是每一個人對外界交流的六個渠道,或者說是人類宣洩欲望的六個端口。孫悟空打死了六賊,正象徵著人心向著眼、耳、鼻、舌、意、身這六大「心魔」的宣戰。因為「六賊」並不在身外,它們正深藏在我們每一個人的心中。

人心的淨化是一個艱難的過程,僅僅戰勝六賊是不夠的。因為人心本身也會有不時的越軌和衝動。那麼,用什麼東西來約束人心呢?答曰:緊箍咒。觀音菩薩騙孫悟空戴在頭上的金箍兒以及教會唐僧念的緊箍咒,其實正是人心新的牢籠。如果說,孫悟空被壓在五行山下是代表著人心受到物質世界重壓的話,那麼緊箍咒則象徵著人心受到來自精神領域的圈束。

在漫長的西天路上人心遭受磨難的痛苦過程中,還有兩件事尤其值得注意。

一是書中第十九回,烏巢禪師給唐僧送來了一部《多心經》。這部經典,「乃修真之總經,作佛之會門也」。(第十九回)其實,此《多心經》就是「無心經」「空心經」,它是使人類從多欲之色心轉變成為無欲之空心的經典。因

此，它最能代表漢傳佛教的內在精神實質。尤其是經文中的這幾句：「色不異空，空不異色；色即是空，空即是色。……是故空中無色，無受想行實，無眼耳鼻舌身意，無色聲香味觸法。」簡直就是漢傳佛學的精髓。《西遊記》中，緊接著「心猿歸正」「意馬收韁」之後，烏巢禪師突然給取經隊伍的「禪主」唐三藏送來這部「心經」是大有用意的。從最淺的層次來理解，就是給唐僧約束孫悟空等人送來了思想武器。因為西遊的過程，其實就是由「多心」趨向「無心」的「悟空」過程。

　　二是書中第五十七回，寫一個六耳獼猴幻化為孫悟空，攪得天翻地覆。面對兩位美猴王，誰也分不出真假。沒有辦法，最後只好找佛祖解決問題。果然佛祖十分了得，一句話就向眾弟子點出了問題的實質：「汝等俱是一心，且看二心競鬥而來也。」（第五十八回）原來六耳獼猴是「真心」孫悟空分化出的「假心」，或者說，六耳獼猴與孫悟空共同完成了「人心」對立統一的兩個方面：真與假、善與惡、正與邪、是與非。原來人類的心靈一輩子都是在這真假、善惡、正邪、是非之間競鬥。

　　經歷了千辛萬苦，唐僧師徒終於到達了西天佛地，並取到了真經。然而，他們所取得的不過是「紙上真經」，而真正的「真經」卻並非寫在紙上。

　　那麼，「真經」在哪裏？或者回到我們一開始的那個話題：人心的「悟空」過程是否也隨著紙上真經的取得而最後完成了呢？非也！「真經」在心中，而人類閱讀「真經」也不是用眼看、用耳聽，而是用心悟！代表「人心」的孫悟空感悟真經的最後一道關口，其實是他與師父將紙上真經送到大唐後又回歸西天時的一段對話。當佛祖將孫悟空封為「鬥戰勝佛」之後，孫行者對唐僧說：「師父，此時我已成佛，與你一般，莫成還戴金箍兒，你還念甚麼緊箍咒兒掯勒我？趁早兒念個鬆箍兒咒，脫下來，打得粉碎，切莫叫那什麼菩薩再去捉弄他人。」唐僧到底是曾經當過師父的人，認識自然更為深刻一些。你看他的回答：「當時只為你難管，故以此法制之。今已成佛，自然去矣。豈有還在你頭上之理！你試摸摸看。」（第一百回）行者舉手去摸一摸，果然無之。表面上看，孫悟空的箍兒是觀音菩薩給他套上的，而實際上卻是孫悟空自己套上的。因為他的「難管」，所以招來了「管」他的箍兒。如今他不需要「管」了，箍兒也就消失了。當然，如果碰到一位較真的讀者，一定要問孫悟空頭上的金箍兒究竟哪裏去了。那答案其實也是現成的：箍兒還在孫悟空身上，不過沒戴在頭上，而是深入到心中去了，或者說已經「內化」到

他的三魂六魄之中去了。質言之，此時的孫悟空並非完全不需要管束，而是不需要來自他人「外力」的管束，因為他的內在定力足以管束自己。他完全可以自牧，而不需要「他牧」。只有到了這種境界，他才算是名副其實的「悟空」了。

然而，《西遊記》寫到這裡，還是遺留下了一個大大的問題。在這本書結束的時候，真正「悟空」的只有孫悟空等人，而他們給大唐的芸芸眾生送去的只是紙上真經。那麼，東土的人們是否也能「悟空」呢？或者說，他們是否也能領會到「真經」之「真諦」呢？《西遊記》沒有回答這個問題。這就給《西遊記》續書的作者們提供了馳騁想像的廣闊天地和藝術創造的無垠空間。

二

《續西遊記》一書對「真經」的理解主要是「機變」，亦即萬事萬物永遠都是變化的，有的時候甚至向著對立面發生相反相成的變化。這種理解是基本符合漢傳佛教精神的，至少是符合《西遊記》裏所謂佛教精神的。謂予不信，我們且看《西遊記》中寫佛祖如來在甄別「二心」時正在給弟子們宣講什麼：「那如來正講到這：不有中有，不無中無。不色中色，不空中空。非有為有，非無為無。非色為色，非空為空。空即是空，色即是色。色無定色，色即是空。空無定空，空即是色。知空不空，知色不色。名為照了，始達妙音。」（第五十八回）這是什麼？這就是「變」，對立統一的「變」。這就是「變」中的「不變」，「不變」中的「變」。這與《西遊記》中烏巢禪師送給唐僧的《多心經》的核心內容也是一致的。

最為有趣的是，在《續西遊記》中，作者居然能將「變化」與上述理論融為一體，向讀者展示了對漢傳佛教精髓的形象解釋。

我們還是先從佛祖及其弟子說起。《續西遊記》第二回，寫佛祖欲選一人暗中協助唐僧師徒將「紙上真經」護送回東土大唐，有人推薦善於變化的靈虛子。於是，如來便令靈虛子當面變化。當靈虛子變成極大之物「頂天立地橫闊四隅大漢子」後，如來道：「此何足為大？凡吾所言大者，外無所包。今子所變，尚在乾坤之內，非大也。」當靈虛子又變成極小之物「焦螟蟲兒」後，如來又道：「此何足為小？凡吾所言小者，內無所破。今子所變焦螟，尚有腸腑，食微塵，何以為小也。」

該書第三回，有這麼一段耐人尋味的描寫。當佛祖認為孫悟空難取真經時，行者聽了，急躁起來道：「佛爺爺呀！我弟子千辛萬苦，隨師遠來，如何取不得？」如來道：「只因你本一機變，與吾經一字也不合，怎麼取得？」行者乃向如來前，抓耳撓腮，打滾撒潑，道：「弟子這機變心，縱不如師父的志誠，卻勝似八戒的老實。就是機變，也不過臨機應變，又不是姦心、盜心、邪心、淫心、詐心、偽心、詭心、欺心、忍心、逆心、亂心、歹心、誣心、騙心、貪心、嗔心、噁心、瞞心、昧心、誇心、逞心、凶心、暴心、偏心、疑心、奸心、險心、狠心、殺心、癡心、恨心、爭心、競心、驕心、媚心、諂心、惰心、慢心、妒心、忌心、賊心、讒心、怨心、私心、忿心、恚心、殘心、獸心！」行者一氣隨口說出許多心，如來閉目端坐，只當不聞。比丘僧到彼乃屈指說道：「悟空不可多說了，你說一心便種了一心之因，種種因生則種種怪生。」

這就是所謂「心生，種種魔生；心滅，種種魔滅」。（《西遊記》第十三回）上述這麼多「心」，都是人類心頭的魔鬼。而孫悟空的「機變心」，則具有兩重性。一方面，它也是人類心頭的魔鬼，是所謂「內魔」；另一方面，它又是人類心靈的利器，可用以戰勝「外魔」。當然，到「機變心」戰勝了外魔的最後時刻，它還得自燃自焚，將自身燒得個乾乾淨淨。或者說，人類戰勝外魔，僅僅是皈依佛門的第一步，最後，必須戰勝內魔，才進入靈山聖境。《西遊記》將孫悟空封為「鬥戰勝佛」，大體也是這個意思。

明白了這一點，我們就可以進一步明白《續西遊記》所講的故事是：歷盡機變，戰勝外魔，方護真經；《續西遊記》所包含的內蘊是：歷盡機變，焚燒內魔，方見真心。

機變描寫差不多貫穿了《續西遊記》全書，我們且看幾次最具哲理蘊涵的片斷。

書中有一個隱士陸地仙，與正邪兩派人物俱有來往。孫悟空為了深入妖精鸞簫、鳳管的巢穴，變成陸地仙想蒙混過關，不料被妖精詐言說破：「鳳管妖聽了，向鸞簫笑道：『魔王錯認了定盤星。俗說：瞧著靈床，與鬼說話。你看這隱士，可真乃陸地仙？分明孫行者變化來的！』鳳管妖原非看破，乃是故意猜疑，提出這句話。行者一時裝假，自驚道：『是妖魔認出來了！』忍不住的露出本相來，往洞外飛走。……風管妖道：『……如今他又弄假來愚我，我便弄個假去捉他。』說罷，飛走出洞，搖身也變了個陸地仙。……行者聽

得，忙把慧眼放出一看，笑道：『好妖精，又來弄老孫。』乃掣出禪杖劈面就打，女妖飛星走了。行者急跟將來，女妖卻不回洞，一直只往陸地仙洞中走，道：『長老，我分明要與你去洞中說方便，你如何倒怪我，趕打將來？』行者哪裏答應，只是趕著。卻不知比丘僧與靈虛子，在院後樹林遠遠見行者趕著隱士、口裏罵著妖精，靈虛子竊來聽知，隨變了陸地仙迎上路來道：『唐長老的高徒，趕的是哪裏妖魔，假變我真形。』鳳管女妖只當是真隱士來了，自覺沒趣，他現了原相，飛奔回洞去了。行者忙上前，又把妖魔拿了唐僧三個、搶去經擔的話說出，求隱士方便。」（第二十五回）

敵、我、友三方都變成了「中間人物」，這說明什麼呢？說明「中間人物」的活動餘地是最大的。任何一場戰爭，都必須有緩衝地帶，「中間人物」就是敵、我、友三方之間的緩衝地帶。這是一層哲理。再者，孫悟空變作陸地仙，被鳳管妖識破；而鳳管妖變成陸地仙，又被孫悟空識破；最終靈虛子也變成陸地仙，孫悟空與鳳管妖卻都沒有識破。這體現了什麼呢？孫悟空、鳳管妖與靈虛子之間的關係是「異」，而孫悟空與鳳管妖之間是「同」。進而言之，鳳管妖識破孫悟空是「無意」的，而孫悟空識破鳳管妖卻是「有意」的，這又是在「識破」的前提下的「同」中之「異」。可見萬事萬物之間不僅有「同」有「異」，而且「異」中有「同」，「同」中有「異」。這是第二層哲理。還有，鳳管妖無意間識破孫悟空，是瞎貓碰見死老鼠，道行最低；孫悟空有意間識破鳳管妖，當然比鳳管高出一籌；然而，憑著孫悟空如此高的道行居然無法識破靈虛子，說明靈虛子的道行最高。那麼靈虛子的道行究竟高在什麼地方呢？除了他「主觀」上的因素以外，還有一個客觀因素，那就是他乃「旁觀者」。俗話說：當局者迷，旁觀者清。這便是這段描寫的第三層哲理。但不管是多少層哲理，都是因為「機變」而造成的。

更為有趣的是在該書第二十九回，作者乾脆讓妖魔概念化。且看孫悟空等人這次遇到的三個魔頭：「只見寨中設著三張交椅，正中坐著三尸魔王，左右坐著七情、六欲兩個強人。」何謂「三尸」？道家稱在人體內作祟的三種神叫「三尸」或「三尸神」，每於庚申日向天帝呈奏人的過惡。也有人認為「三尸」指的是人類自身的三種不良性格：倨傲之性，質見之性、矯戾之性。何謂「七情」？指的是人類七種感情或情緒：喜、怒、哀、懼、愛、惡、欲。何謂六欲？指的是人的六種欲望或欲望載體：生、死、耳、目、口、鼻。

這還不算，緊接著，作者居然讓「七情」與「八戒」相互變化：「八戒見

了把自己臉一抹，即變了七情模樣。行者見八戒變了七情，便把七情噴了一口氣，隨變了八戒。那眾嘍囉認錯了，一齊上前把七情變的八戒棍棒亂打。」（第三十回）

什麼叫做「七情」，上面已經清楚。那什麼叫做「八戒」呢？佛教指在家信徒一晝夜受持的八條戒律。即：不殺生，不偷盜，不邪淫，不妄語，不飲酒食肉，不著花鬘瓔珞、香油塗身、歌舞倡伎故往觀聽，不得坐高廣大床，不得過齋後吃食。《西遊記》裏將其簡化為「五葷三厭」。（第十九回）

由上可知，「七情」者，人類欲望也；「八戒」者，清規戒律也。殊不知「七情」可變「八戒」，「八戒」亦可變「七情」。連人類欲望與清規戒律這永遠鬥爭的兩極都可以互相變化，人世間還有什麼東西不能「變化」？

只有把「變化」推演到極盡絢爛的狀態之後，它才有可能回歸「不變」的寧靜狀態。這種狀態是「初始」的，也是「終極」的。萬事萬物，其生存、生長到終結的全過程，都是這麼一個大大的「圓圈」。人生如此，人類如此，大自然如此，全世界都是如此。《續西遊記》告訴我們的「真解」，亦乃如此。

三

《西遊記》續書中，《西遊補》是頗為難懂的一部。是書雖然只有短短的十六回，然其中的哲理蘊涵卻是非常深刻的。

讀《西遊補》，少於三遍不可能得其中三昧。讀一遍，得到兩個字：魔幻；讀兩遍，又得兩個字：現實；讀第三遍，庶可得到最後兩個字：哲理。這至少是筆者再三閱讀《西遊補》的感受。

《西遊補》是時空交錯的魔幻。書中有天上世界、人間世界、地下世界，還有過去世界、現在世界、未來世界。書中人物所做之事，也令人匪夷所思。孫悟空化齋居然來到什麼「新唐國」，靈霄寶殿忽然間被盜失落，孫悟空找秦始皇借什麼「驅山鐸」，美猴王又跑到古人世界變成虞美人，孫行者又到了未來世界當了半日閻羅天子，孫大聖又到蒙瞳世界，唐僧交桃花運竟然娶了一位美人，這位聖僧又官運亨通當了殺青大將軍，豬八戒參軍當了伙夫，孫悟空混進部隊當了先鋒，一交戰就遇上波羅蜜國大蜜王，誰知這位王爺居然是孫悟空與「嫂嫂」鐵扇公主的私生子，誰叫孫猴子隨便鑽到女人肚子裏去呢？大蜜王趁著生身之父的尷尬殺死了小月王和唐僧，……正在萬分無奈之時，

孫悟空聽到一聲斷喝：「住在假天地裏久了！」（第十六回）斷喝者乃虛空主人。原來孫悟空剛才所見統統都是幻象，而之所以產生幻象乃是被「鯖魚氣」所迷。當猴王回到師父身邊時，不料「鯖魚精」變成小和尚，正在欺騙唐僧。最後孫悟空消滅了鯖魚精，繼續保護唐僧西天取經而去。

透過《西遊補》的魔幻描寫，我們可以看到它對現實的影射和批判是異常強烈的。例如第四回寫那群看榜的舉子的醜態，幾乎可以與《儒林外史》相媲美。而且，還有一段借太上老君之口發出的相當沉痛的批評文字：「哀哉！一班無耳無目，無舌無鼻，無手無腳，無心無肺，無骨無筋，無血無氣之人，名曰秀才；百年只用一張紙，蓋棺卻無兩句書！做的文字，更有蹊蹺：混沌死過幾萬年還放他不過；堯、舜安坐在黃庭內，也要牽來！呼吸是清虛之物，不去養他，卻去惹他；精神是一身之寶，不去靜他，卻去動他！你道這個文章叫做什麼？原來叫做『紗帽文章』！會做幾句，便是那人福運，便有人抬舉他，便有人奉承他，便有人恐怕他。」再如第九回，作者又借陰間高總判之口，罵盡了天下高官：「爺，如今天下有兩樣待宰相的：一樣是吃飯穿衣娛妻弄子的臭人，他待宰相到身，以為華藻自身之地，以為驚耀鄉里之地，以為奴僕詐人之地；一樣是賣國傾朝，謹具平天冠，奉申白玉璽，他待宰相到身，以為攬政事之地，以為制天子之地，以為恣刑賞之地。秦檜是後邊一樣。」

更為引人注目的是，在書中第二回，作者借一個宮女的自言自語，道出了下面這些令人觸目驚心的話語：「只是我想將起來，前代做天子的也多，做風流天子的也不少；到如今，宮殿去了，美人去了，皇帝去了！……這等看將起來，天子庶人，同歸無有；皇妃村女，共化青塵！」《西遊補》為明末清初時董說所寫，該書最早版本為明崇禎間刊本。也就是說，這部小說出版時明代還沒有滅亡。但是，明亡時的慘狀卻被董說於數年之前不幸而言中了。聯繫明代亡國之君崇禎帝自縊於煤山的慘狀以及他臨死前在宮中追殺妃子、公主的恐怖情景，我們再來閱讀「天子庶人，同歸無有；皇妃村女，共化青塵」的話語，難道沒有一種傾聽「預言」的感覺嗎？所以說，《西遊補》在極其魔幻的同時，也是極端現實的。

然而，《西遊補》的價值更在於它深邃的哲理蘊涵。

相對於《西遊記》和《續西遊記》而言，《西遊補》更重視對「情」的描寫。書中所寫的「青青世界」其實就是「情情世界」，「鯖魚精」就是「情慾

精」，而「小月王」三字組合在一起，仍然是一個「情」字。孫悟空象徵人心，進入了情慾世界，為「情」所迷。因此，他所看到的一切都是情慾世界的色相。孫悟空為這些欲界的色相所迷惑、所感動、所痛苦，也就是佛家所謂心魔纏結。因此，只有在虛空主人的斷喝之下，心猿孫悟空才能跳出魔障，回歸取經征途。

這樣的理解，絕非筆者胡言。在《西遊補》的正文和序言、評點中，可以看到大量的這方面的文字。

先看全書最後虛空主人將悟空喚醒後對他說的偈子：「也無春男女，乃是鯖魚根。也無新天子，乃是鯖魚能。也無青竹帚，乃是鯖魚名。也無將軍詔，乃是鯖魚文。也無鑿天斧，乃是鯖魚形。也無小月王，乃是鯖魚精。也無萬鏡樓，乃是鯖魚成。也無鏡中人，乃是鯖魚身。也無頭風世，乃是鯖魚興。也無綠珠樓，乃是鯖魚心。也無楚項羽，乃是鯖魚魂。也無虞美人，乃是鯖魚昏。也無閻羅王，乃是鯖魚境。也無古人世，乃是鯖魚成。也無未來世，乃是鯖魚凝。也無節卦帳，乃是鯖魚宮。也無唐相公，乃是鯖魚弄。也無歌舞態，乃是鯖魚性。也無翠娘啼，乃是鯖魚盡。也無點將臺，乃是鯖魚動。也無蜜王戰，乃是鯖魚鬨。也無鯖魚者，乃是行者情。」說到底，一切都是「鯖魚」，而鯖魚是什麼呢？就是孫悟空、或曰每一個人的「情慾」。

與作者鼓桴相應的還有一些《西遊補》評論者所寫的序跋、批語中的說法。

嶷如居士在《西遊補序》中說：「補《西遊》，意言何寄？作者偶以三調芭蕉扇後，火焰清涼，寓言重言，覺情魔團結，形現無端，隨其夢境迷離，一枕子幻出大千世界。」

靜嘯齋主人在《西遊補答問》中說：「四萬八千年俱是情根團結，悟通大道，必先空破情根；空破情根，必先走入情內；走入情內，見得世界情根之虛，然後走出情外，認得道根之實。《西遊補》者，情妖也；情妖者，鯖魚精也。」

至於三一道人在評閱《西遊補》時所寫的評語中，也多有這方面的言論。例如：「救心之心，心外心也。心外有心，正是妄心，如何救得真心？蓋行者迷惑情魔，心已妄矣；真心卻自明白，救妄心者，正是真心。」（第十回回末總評）「收放心，一部大主意卻露在此處。」（第十一回回末總評）「五色亂是心猿出魔根本，乃《西遊補》一部大關目處。」（第十五回回末

總評）「一部《西遊補》，總是鯖魚世界；結處才見，是大手筆。」（第十六回回末總評）

四

如果說，《續西遊記》和《西遊補》還只是在具體描寫過程中體現出對《西遊記》唐僧等人所取「真經」的一些各自的解釋的話，那麼，《後西遊記》則公開打出了求取「真解」的旗號。

《後西遊記》第五回的回目是「唐三藏悲世墮邪魔，如來佛欲人得真解」。該回書中如來佛與唐三藏有這樣一段對話。如來道：「我這三藏真經，義理微妙，一時愚蒙不識，必得真解，方有會悟，得免冤愆。可惜昔年傳經時，因合藏數，時日迫促，不及令汝將真解一併流傳，故以訛傳訛，漸漸失真。這也是東土眾生，造業深重，以致如此。」唐三藏又合掌禮拜道：「世尊既有真解，何不傳與弟子，待弟子依舊傳送到長安，以完前番取經的善界。」如來道：「東土人心，多疑少信，易於沉淪，難於開導。若將真解輕輕送去，他必薄為不真，反不能解了。必須仍如求經故事，訪一善信，叫他欽奏帝旨，苦歷千山，勞經萬水，復到我處求取真解，永傳東土，以解真經。使邪魔外道，一歸於正。……」唐三藏道：「謹領金旨！」如來道：「來之程途，汝所經歷，自然知道，不須再記。但要叮嚀那求解人，求解與求經不同。求經文字牽纏，故生多難。求解須直截痛快，不可遲疑，又添掛礙。」

那麼，如來要東土大唐之人求取的解釋「真經」的「真解」之精神實質是什麼呢？其實，佛祖在以上對話中已經給唐僧作了暗示：「求解須直截痛快」。關鍵就在這「直截痛快」四字。

我們不妨看看「取解」集團四個人物的法號名諱。代替唐三藏的是唐半偈，言外之意就是解釋三藏真經的實乃半句偈語，這不是「直截痛快」是什麼？接替孫悟空的是孫履真，乃祖千辛萬苦悟到空靈，此孫一步到位腳踏實地，豈非又是「直截痛快」？豬八戒的接班人是豬一戒，阿爹之「戒」有八，何等繁瑣？阿兒之「戒」以一當八，又何等「直截痛快」。沙和尚之名必須經過解釋，人們才明白「和尚和尚，和為尚也」，而小沙彌取名沙致和，一語道破，何等「直截痛快」！

當然，對於師徒四眾法號名諱的解釋還只是一種文字遊戲般的暗示。如果我們進一步追究則可發現，漢傳佛教的「教下八宗」，若論「直截痛快」，

則統統趕不上「教外別傳」的禪宗，尤其是禪宗中的南禪「頓悟」。因此，筆者認為，《後西遊記》中的所謂「真解」，就是南禪頓悟之說。

南禪頓悟之說，其實與「心學」有著血脈關係。或者應該反過來說，心學之實質就是南禪頓悟之說與儒、道兩家的相關理論相互滲透、有機結合的結果。

《後西遊記》中這種內心之學的描寫，其根源當然在《西遊記》。然而，《後西遊記》對《西遊記》的這一點並非簡單的模仿或繼承，而且是有過之而無不及的發揚光大。

《西遊記》中，鬥戰勝佛的鬥爭對象主要是來自自然界和社會中的敵人，但到了《後西遊記》中，小行者的敵人卻是一些「概念」。為了說明問題，我們不妨先看幾個例證。

唐半偈師徒在書中第十三回碰到了一個「缺陷大王」，這大王從何而來又幹了些什麼呢？請聽書中人物的介紹：「只因葛籐兩姓人多了，便生出許多不肖子孫來，他不耕不種，弄得窮了。或是有夫無妻，或是有衣無食，活不得。他不抱怨自家懶惰，看見人家夫妻完聚，衣食飽暖，他就怨天恨地，只說天道不均，鬼神偏護。若是良善之家，偶遭禍患，他便歡歡喜喜，以為快意。……又不期這一片葛籐乖戾之氣，竟塞滿山川，忽化生出一個妖怪來，神通廣大，據住了正西上一座不滿山，自稱缺陷大王。」「若是富貴人家，有穿有吃，正好子子孫孫受用，不是弄絕他的後嗣，就是使你身帶殘疾，安享不得。若是窮苦人家，衣食不敷，就偏叫你生上許多兒女，不怕你不累死。夫妻相好的，定要將他拆開。弟兄為難的，決不使你分拆。」

「缺陷大王」的這種性格，正是我們民族長期以來的一種劣根性。具有這種劣根性的人，看見別人「進步」，他不是自己努力趕上或超過別人，而是拉著別人的腿、抱著別人的腰，讓別人和自己一起「落後」。這種劣根性，也正是導致我們的民族、國家長時間不能大踏步前進的根本原因之一。

第二十八回，唐半偈們又碰到「陰陽」二大王。他們又是什麼德行呢？且看知情人的介紹：「前面這座山，東邊叫做陽山，西邊叫做陰山。合將來總名叫做陰陽二氣山。陽山上有個陽大王，為人甚是春風和氣。陰山上有個陰大王，為人最是冷落無情。他二人每和一處，在天地間遊行。若遇著他喜時，便能生人；撞著他怒時，便能殺人。」

這種按照自己的喜怒哀樂處分眾生的權豪勢要，不要說在古代中國那個

「人治」的時代泛濫成災，就是在追求「法治」過程中的今天，難道不也是不絕如縷嗎？

更可怕的還是書中第第十七回出現的「解脫大王」，請看這位魔頭手下小妖對著孫履真的吹噓：「你原來不知我這解脫山，天生了一個解脫大王，曾對天發下洪誓大願，要解脫盡天下眾生，方成佛道。故今守定此山，逢人便殺。」「我這解脫大王，身長體壯，兩臂有萬斤力氣，使一口無情寶刀，砍筋劈骨，如摧枯之易。又據著三十六坑，七十二塹的天險，任是英雄好漢，走到此山，也要骨軟筋酥，心昏意亂，只好延頸聽我大王斬戮。」

那麼，這「三十六坑，七十二塹」究竟有哪些厲害呢？且看以下名目。

三十六坑依次為：斬頭，瀝血，刖足，劓鼻，剝皮，剔骨，臠身，裂身，剜眼，燒眉，截腰，斷臂，刎頸，吮腦，吸髓，刳心，屠腸，割肚，剖腹，刺喉，破膽，穴胸，折肋，犁舌，敲牙，噬臍，射影，抽筋，摳睛，分屍，鉗口，鞭背，抉目，滅趾，刳肝，磔肉。

七十二塹依次為：喜，怒，哀，樂，酒，色，財，氣，悲，痛，傷，嗟，愛，惜，歡，悔，愁，苦，怨，恨，憐，念，思，想，慚，愧，笑，罵，詛，咒，仇，謗，疑，慮，昏，迷，貪，嗔，狂，妄，邪，淫，蠱，惑，諂，佞，媚，誕，暴，虐，殘，忍，騙，詐，陷，害，驕，傲，矜，誇，驚，慌，私，詭，慘，刻，毀，譽，酷，惱，欲，夢。

明眼人不難看出，上面這麼多坑塹都是有所寓意的。三十六坑多半指的是對人類肉體的摧殘，而七十二塹則指的是對人類精神的束縛。所謂解脫，也就是對上述這些坑塹「失陷」後的「脫離」。但是，對於佛家弟子而言，這種「解脫」還是有「牽纏」的，不算徹底乾淨。那麼，「佛」所謂的解脫又是一種什麼樣的境界呢？請看唐半偈與解脫大王的一段對話。

> 老怪聽了大笑道：「你要解脫不難，我這解脫法兒，甚是捷徑，只消一刀，包管你萬緣皆盡。」唐半偈道：「如斯解脫，愈入牽纏。此大王所以萬劫為妖也。」老怪大怒道：「賊禿，怎敢罵我為妖！」唐半偈道：「貧僧非敢罵大王為妖，但大王所說解脫之義，與我佛所說解脫之義大相懸絕。佛既為佛，則大王自未免為妖也。貧僧不敢打誑語，故直言有觸大王之怒，望大王真正解脫，赦貧僧之罪。」
>
> 老怪道：「你且說佛的解脫又是怎麼？」唐半偈道：「佛的解脫，比大王的解脫更捷徑。大王只消回過心來，將寶刀放下，不獨這三十

六坑、七十二塹一時消滅，即大王萬劫牽纏縛束，亦回頭盡解脫矣。」（第十八回）

這就是所謂「苦海無邊，回頭是岸」，「放下屠刀，立地成佛」。也就是一種最簡潔、最乾淨的解脫方式——迴心轉意。

然而，人類如果在碰到坑塹以後再迴心轉意儘管也可以解脫，但實際上已經陷入「第二義」。能否防患於未然，在還沒有碰到坑塹時就脫離開去呢？當然可以！但基礎是「清心寡欲」「絕聖棄智」，如此方能達到枯淡之心、空靈之心。關於這方面，《後西遊記》也有十分深刻的表述。

書中第三十回，孫履真他們碰到了一位造化小兒，這位奇怪的魔頭使用的武器也是萬分奇怪——各色各樣的「圈兒」。當孫小聖與其交手時，就嘗到了這些「圈兒」的厲害。

我們不妨先看造化小兒對他秘密武器的介紹：「我的圈兒雖只有一個，分開了也有名色，叫做名圈、利圈、富圈、貴圈、貪圈、嗔圈、癡圈、愛圈、酒圈、色圈、財圈、氣圈，還有妄想圈、驕傲圈、好勝圈、昧心圈，種種圈兒，一時也說不了。」

小行者不知好歹，偏要挑戰「圈兒」。好在他不是一般人物，好不容易跳過了若干圈兒。但最後終於還是被一個圈兒牢牢套住。那麼，這是一個什麼圈兒，小行者又是如何「脫套」的呢？且看孫履真與路過此地的李老君的一段對話。

李老君道：「與你說明白了吧，造化小兒那有甚麼圈兒套你？都是你自家的圈兒自套自。」小行者道：「這圈兒分明是他套在我身上，怎反說是我自套自？」李老君道：「圈兒雖是他的，被套的卻不是他。他把名利圈套你，你不是名利之人，自然套你不住；他把酒、色、財、氣圈兒套你，你無酒、色、財、氣之累，自然輕輕跳出；他把貪、嗔、癡、愛圈兒套你，你無貪、嗔、癡、愛之心，所以一跳即出。如今這個圈兒我仔細看來，卻是個好勝圈兒，你這潑猴子拿著鐵棒，上不知有天，下不知有地，自道是個人物，一味好勝。今套入這個好勝圈兒，真是如膠似漆，莫說你會跳，就跳遍了三十三天也不能跳出。不是你自套，卻是那個套你？」

最後，孫小聖在李老君的教誨之下，平心靜氣「轉了好勝之念」，果然輕輕跳出這「好勝圈兒」。不！應該說是好勝圈兒自動離開了他。於是，這小猴

兒喜得抓耳揉腮，滿心快活道：「原來無邊解脫，只在一念，那些威風氣力都用不著。」

這一段書的回目叫做「造化弄人，平心脫套」。我們生活在現實世界的芸芸眾生，哪一個不受到「造化」的愚弄，哪一個不在連續不斷地跳著生活中的圈兒，但又有多少人能夠平心靜氣地脫離「圈套」呢？能夠做到這一點的人，就立地成佛了。

讀到這個時候，我們應該大致明白《後西遊記》對《西遊記》是怎樣一個「後」法了。《西遊記》主要寫象徵人心的「心猿」是怎樣與天鬥、與地鬥、與人鬥而其樂無窮，《後西遊記》則告訴我們更重要的則是與「己」鬥。《西遊記》告訴我們應該怎樣戰勝那些來自自然界和人類社會的魔鬼，《後西遊記》則告訴我們應該如何戰勝自己的「心魔」。《西遊記》雖然也涉及「心生，種種魔生；心滅，種種魔滅」，但《後西遊記》則通過大量的描寫告訴我們人心的「內魔」是多麼可怕。

前面講過，《後西遊記》中孫履真的敵人大多是一些概念，這些概念其實就是內魔，也就是人類與生俱來的種種欲望、劣根性和心理缺陷。缺陷大王、陰陽大王、解脫大王、造化小兒難道不都是如此嗎？《西遊記》告訴我們，歷盡磨難方能取得真經；而《後西遊記》則告訴我們平心便可脫套，回頭就可解脫。一句話，《後西遊記》就是《西遊記》明心見性、悟徹菩提的「快捷方式」。

※　　　　　　※　　　　　　※

綜觀《西遊記》及其「本色」續書三種，《西遊記》寫了「悟空」的艱難歷程，《續西遊記》寫了「變化」的最高境界，《西遊補》寫了「情慾」的終將磨滅，《後西遊記》寫了「解脫」的快捷方式。然而，不管它們從哪一個角度，哪一個層次來展開象徵性的描寫，它們的終極目標卻都指向了一個充滿禪機的去處——空無。

（原載《內江師範學院學報》2010 年第十一期）

略論《西遊記》續書三種
——《續西遊記》《西遊補》《後西遊記》

　　續書是我國章回小說史上的一種常見現象，尤其是對於某些名著，所續者更多。一般說來，續作與原著的關係有如下三種類型：

　　其一是基本上按照原書的思路寫下去。例如《水滸傳》之續書《水滸後傳》、《後水滸傳》，《三俠五義》之續書《小五義》、《續小五義》，《說唐前傳》之續書《說唐小英雄傳》、《說唐薛家府傳》、《說唐征西傳》、《反唐演義全傳》等等。這種情況，多見於英雄俠義一類小說。續作或寫原書中的英雄人物再舉宏圖；或寫原書中的英雄後代繼承父志：或寫某英雄投胎轉世而為另一英雄，又幹出一番驚天動地的大事業云云。總之，續作對原著極少突破，大體上不過是原著的一種影子般的重複而已。這類續書，最容易為一般讀者所接受而廣泛流傳。然而，之所以造成這種為廣大讀者所喜聞樂見的局面，固然離不了續作者的一份辛勞，但更多地卻是借助於原著的巨大影響。

　　其二是完全無視原著的基本精神，隨意而為之。其中最典型的無過出現於清中、後期那一大批《紅樓夢》的續書了。這些續作者們完全不顧曹雪芹的苦心孤詣，各自想入非非地胡謅一通，極其惡劣地糟蹋和踐踏原著。對此，一般讀者是難以接受甚至相當反感的，恐怕只有那些續作者自己或其同儕之類才會從中求得某些自我滿足和欣賞。這類續書基本上是失敗的，根本無法與原著相提並論、同日而語。即使其中某些作品的某些具體地方出現比較「高明」的寫法，也只能作為小說史上的某種異常現象而供研究者們參考。從根本上講，它們失去了廣大讀者，受到歷史的冷遇。推究其失敗的原因，同樣

是因為原著實在太深入人心了，欲反其道而行之而不能。

其三是既在一定程度上繼承原著的總體精神，又在某些問題上有所突破；既借鑒原著的某些成功的藝術經驗，又充分體現出續作者的創作個性。這種續作，往往比續書者重新創作一部作品更為困難。這類續書，在通常情況下也難於被一般讀者很快接受，但讀者們如果經過一番審美活動之後，往往會發現：就續作而言，這一類的確是最為成功的。它畢竟是一種創造性的勞動，既非死搬硬套，更非一派胡言。它們之於原著，恰恰是一種若即若離、不黏不脫的關係，既有所繼承，又有所創發，而這種在繼承基礎上的創發，正是推動小說史向前發展的一股最為強大的力量。本文所要分析的《西遊記》續書三種——《續西遊記》、《西遊補》、《後西遊記》，正是屬於這一類型的續作。

平心而論，《西遊記》作為我國章回小說中神魔怪異一類的典範之作，若續諸其後，將是一件吃力不討好的事。《西遊記》那正義戰勝邪惡的主體精神，續作者難以突破；《西遊記》那神奇瑰麗的想像，續作者難以超越；《西遊記》中孫悟空、豬八戒這兩個崇高美或喜劇美的典型，續作者難以改變；《西遊記》那詼諧諷刺的筆調，續作者也不得不奉為楷模。《西遊記》以其極為強大的藝術生命力，將其續書作者們擠到一條條艱難曲折的鳥道羊腸上去，使他們基本不存在全面超越《西遊記》的可能。在這種情況下，續作者要想寫成一部既具《西遊》風采、又具各自特色的續書，必須在借鑒原著藝術經驗的基礎上，各自尋找一定的突破點，來發揚各自的創作個性和特長。毫無疑問，這樣做是十分困難的，但三部續書卻分別不同程度地做到了這一點。概而言之：《續西遊記》得《西遊記》情節之變化曲折而發展之，《西遊補》得《西遊記》之批判現實精神而發展之，《後西遊記》則得《西遊記》哲理之深邃雋永而發展之。從而，也就形成和顯示了這三部續書各自最突出的思想價值和藝術成就。

《西遊記》往往通過曲折細膩的情節描寫，來實現鬥爭情勢的瞬息萬變。《續西遊記》深得其趣，不少情節的構思、細節的描繪都達到了「摹擬逼真」的境地。如第二十五回，先寫孫悟空變成一個曾與妖魔有舊的隱士陸地仙，前去誆騙妖精，卻被妖精一句話說得心虛，「忍不住的露出本相來，往洞外飛走。」這是第一層曲折，接著，又寫女妖鳳管「搖身也變了個陸地仙」，即以其人之道，還治其人之身，反過來去捉弄行者，卻被行者「把慧眼放出

一看」，識破偽裝，「掣出禪杖劈面就打，女妖飛星走了。」這是第二層曲折。殊不料，如來派遣暗中保護唐僧四眾的靈虛子見他們變來變去，不覺技癢，「隨變了陸地仙迎上路來」，「鳳管女妖只當是真隱士來了，自覺沒趣，他現了原相，飛奔回洞去了。」靈虛子不僅瞞過女妖，甚至連行者也一齊瞞過，又是第三層曲折。在短短的小半回書中，接連寫三人都變成陸地仙去誆騙對方，卻不使人感到絲毫的累贅重複，反倒覺得新奇有趣。如此段落，誠可謂深得《西遊記》堂奧，極盡曲折變化之妙；而其尺水興波的本領，甚至可以說超過了《西遊記》。再如第三十回，唐僧等人碰到「七情」「六欲」等一夥強人，八戒被抓了過去。正在無可奈何之際，孫行者變成蒼蠅，飛到八戒耳邊提醒：「八戒，何不弄個神通，到此還依老實！」八戒依計而行，趁「七情」強人走近之時，八戒「把自己臉一抹，即變了七情模樣。行者見八戒變了七情，便把七情噴了一口氣，隨變了八戒。那眾嘍囉認錯了，一齊上前把七情變的八戒棍棒亂打。七情越叫是『我』，那嘍囉越打，道：『不是你是哪個！』打得七情往寨前走，八戒變的七情在後又叫嘍囉著實打。那寨前嘍囉見了，又齊齊亂打將來。」八戒變七情、七情又變八戒，且不說其間寓意若何，僅如此變來變去，亦可謂妙趣橫生，同時，又充分顯示了猴兒的機靈多智與老豬得勢不饒人的性格。如此段落，即置於《西遊記》中，也令人刮目相看。

　　《續西遊記》中，由於孫悟空、豬八戒、沙和尚三人的兵器俱被如來收繳，他們手中只有挑經卷的木棍，因此，當各路妖魔前來糾纏時，鬥勇往往難以奏效，而只能鬥智、只能靠「機變」去取勝。在這裡，作者實際上有意把自己推到了一個極為難堪的創作境地。但反過來說，孫大聖無「用武」之地了，作者卻恰恰能在極有限的圈子內施展渾身解數。正是在這種極其難堪的情況下，作者以其機巧靈活、遊刃有餘之筆，生動地描繪了孫行者一次又一次的機變，使故事情節更為曲折、細節描寫更為逼真，從而也就充分顯示了作者藝術構思之巧妙與描摹事物之能力，誠可謂置於絕地而後生也。

　　眾所周知，在我國章回小說的歷史演義、英雄傳奇、神魔怪異三大類題材的作品中，那些英雄好漢們幾乎全都離不開各自所執的、足以補充和說明其性格的某種兵器。而《續西遊記》的作者卻大膽地摒棄了這一現成而有效的道具不用，而將全部注意力都集中在對人物行為本身的描寫上，進而體現人物性格，這大概也算是一個小小的嘗試與發明吧！而這種嘗試所取得的成果便是迫使自己在情節描寫方面更注重逼真細膩、曲折多致。這一點，恰恰

又標誌著《續西遊記》最為顯著的特色。但同時又應看到：過於重視細微末節的描摹，難免失之纖巧，而這種纖巧，又會導致全書總體格調的卑弱。《續西遊記》的長處之所在，又正是其短處之所在。它的致命弱點，正在於缺乏《西遊記》所具有的那一種渾成之美。《續西遊記》作者才力不逮之處，正在於《西遊記》作者在推動情節時所具有的那一種揮筆如椽、大起大落的胸襟氣魄以及由此而充分展示的英雄孫悟空的那一種一往無前、睥睨萬物的豪邁氣勢。

通過神奇莫測的神魔世界的描寫，投影般地反映現實，從而顯示出作者強烈的批判現實的精神。這是《西遊記》的又一大特色。而《西遊補》對《西遊記》的補充、發明正在於此。《西遊補》所展示的那個「青青世界」，比《西遊記》所描寫的天庭、地府、龍宮、魔窟更為奇異，乃至達到了怪誕的地步。在那裡，沒有任何時間與空間的約束，過去、現在、未來，天上、地下、人間，古士、今人、來者，全都集中於作者為讀者所安排的這麼一個奇異荒誕的世界之中。這是一個現實生活中根本不存在的世界，但又是一個人類靈臺上確鑿存在的世界。這裡，「心猿」孫行者所闖蕩的，正是有如作者那樣的苦悶、彷徨的知識分子心靈遠遊的歷程。更有意味的是：作者越是將這個「青青世界」寫得詭異至極、荒謬絕倫，反而愈使人感到一種強烈的現實感。這是一種極度魔幻的現實，極其荒誕的人生，是一個充滿著嬉戲的悲慘世界。在那撲朔迷離的「四萬八千年俱是情根團結」的描寫背後，所蘊含著的正是作者對幾千年來黑暗現實的絕望、痛苦然而又是執著、冷峻的理性思索。夢醒了而無路可走的作者以其遊戲三昧之筆向那仍沉迷於夢夢之中的人們所發出的，乃是悲愴純真的招魂一般的呼喊。《西遊補》，比《西遊記》更為迷離恍惚，卻比《西遊記》更具批判精神。

先看是書第二回，寫一宮女自言自語：「呵呵，皇帝也眠，宰相也眠，綠玉殿如今變做『眠仙閣』哩！……只是我想將起來，前代做天子的也多，做風流天子的也不少；到如今，宮殿去了，美人去了，皇帝去了！……這等看將起來，天子庶人，同歸無有；皇妃村女，共化青塵！」在這種貌似詼諧、實乃悲哀的語言中，我們是否可以感覺到作者對國家、民族即將危亡的擔憂和預感？是否可以領略到作者那一份深沉的歷史憂患意識呢？

再如第九回，作者借高總判之口說：「如今天下有兩樣待宰相的：一樣是吃飯穿衣娛妻弄子的臭人，他待宰相到身，以為華藻自身之地，以為驚耀鄉

里之地，以為奴僕詐人之地；一樣是賣國傾朝，謹具平天冠，奉申白玉璽，他待宰相到身，以為攬政事之地，以為制天子之地，以為恣刑賞之地。秦檜是後邊一樣。」後面，又通過秦檜自白：「爺爺，後邊做秦檜的也多，現今做秦檜的也不少，只管叫秦檜獨獨受苦怎的？」唐時孫行者，竟審判宋時秦丞相，且預言「後邊做秦檜的也多。」在這極端混淆不清的時空概念背後，充滿著作者對歷史的、現實的權臣、姦臣、賣國賊的極端憤懣之情。天下烏鴉一般黑，千年烏鴉黑一般。試看明代末年，該有多少攬政事、制天子、恣刑賞、賣國傾朝的秦丞相，又有多少放縱豪奴、魚肉鄉里，置國家、民族於不顧的臭大臣啊！

在《西遊補》中，還有那爭相看榜、醜態百出的眾士子，（第四回）還有那恬不知恥、自吹自擂的楚霸王，（第七回）如此等等，不一而足。所有這些，無一不是現實中人與事的概括和投影。在那嘈嘈雜雜的鬼蜮大合唱背後，我們應該聽到作者那被啃齧的、正在悸動的靈臺的嗚咽悲鳴。這正是神魔怪異小說中上乘之作之所以取得成功的奧秘，也正是《西遊補》從《西遊記》那兒攝取而又廓大的六魄三魂。

然而，《西遊補》似乎命定是專給那些具有一定的歷史知識和政治閱歷的人看的。對於一般讀者，它畢竟隔了一層，不如《西遊記》那樣通俗明瞭。作為以影射現實為出發點而寫的神魔小說，是隔好，還是不隔好？這恐怕要視各不同讀者的審美習慣和文化層次而定，不好絕對地揚此抑彼。但過於虛幻怪誕，造成與讀者的極大隔閡，恐怕難免於事倍功半。

《西遊記》是一部神魔小說，也是一部現實小說，同時還是一部哲理小說。《後西遊記》對《西遊記》所繼承、發揚的，主要在於哲理性的一面。《後西遊記》的作者似乎非常願意對社會中的種種矛盾進行刨根究底的剖析，並把許多社會問題、人生問題提升到哲理的高度予以認識、概括和闡發。書中所描寫的許多故事，如缺陷大王、陰陽大王、解脫大王、造化小兒等段落，都是那麼富有哲理性、那麼寓意深刻。試看第三十回，那個神通廣大的造化小兒，憑著手中各色各樣的圈兒，欲制服小行者，結果全都落空。最後，卻有一個圈兒將小行者牢牢套住，使這位孫大聖的後繼者頓不開、解不脫，抓耳撓腮，百般無奈。那麼，這個圈兒是怎樣套上的呢？且看李老君與小行者的一段對話：

李老君道：「與你說明白了吧，造化小兒那有什麼圈兒套你？

都是你自家的圈兒自套自。」小行者道：「這圈兒分明是他套在我
身上，怎反說是我自套自？」李老君道：「圈兒雖是他的，被套的卻
不是他。他把名利圈套你，你不是名利之人，自然套你不住；他把
酒、色、財、氣圈兒套你，你無酒、色、財、氣之累，自然輕輕跳
出；他把貪、嗔、癡、愛圈兒套你，你無貪、嗔、癡、愛之心，所
以一跳即出；如今這個圈兒我仔細看來，卻是個好勝圈兒，你這潑
猴子拿著鐵棒，上不知有天，下不知有地，自道是個人物，一味好
勝。今套入這個好勝圈兒，真是如膠似漆，莫說你會跳，就跳遍了
三十三天也不能跳出。不是你自套，卻是那個套你？」

小行者聽了這一番話以後，大徹大悟，轉了好勝之念，果然輕輕跳出此圈。
好勝，是小行者及至乃祖孫悟空的性格特徵之一。在《西遊記》中，作者更多
地是寫孫悟空在對外界（包括自然與他人）的鬥爭中其好勝心所受到的挫折
和頑強不屈的精神；而在《後西遊記》的這一段「造化弄人，平心脫套」的故
事中，卻充分體現了小行者孫履真在與自己的鬥爭中終於超越自我的過程。
在現實生活中，一個人要戰勝來自外界的種種阻力似乎還比較容易，而要戰
勝自己卻更加困難。一個能夠戰勝自我、超越自我的人，才能在對外界的鬥
爭中無往而不勝。這裡，小行者所跳過的那麼多圈兒，每一個讀者不是在現
實生活中已然跳過或尚未跳過嗎？正在跳圈兒的讀者們，如果看看小行者是
如何跳圈兒的，是否可以領會到幾分人生的哲理呢？

我們有理由說，《後西遊記》某些地方尤其是它包含哲理之處，往往比
《西遊記》更為深刻。但是，我們又應看到，《後西遊記》的作者寓意太深，
並加入大量人工化的對白來闡揚哲理，又不如《西遊記》那樣色彩斑斕、絢
麗多姿。這就使讀者在領會作者的苦心孤詣的同時，相應地失去了濃厚的審
美興味。人們畢竟是在看小說，而不是在讀哲學論著啊！

綜上所述，對《西遊記》而言，《續西遊記》得其情節之曲折變化而發展
之，但失之於氣格纖弱；《西遊補》得其批判現實精神而發展之，又塗上過多
的荒誕色彩；《後西遊記》得其哲理意味的一面而發展之，但又顯得描寫過於
枯奧。當然，這只是就三部續書各自的主要方面而言，並非全面的概括。實
際上，《續西遊記》中何嘗沒有哲理包含其中？如第三回，如來「至大至小」
之論；如第十二回，悟空越自大越覺包袱沉重一段；均含哲理。而《西遊補》
中又何嘗沒有婉曲多致的情節？試看第六回至第七回，悟空變作虞美人一

段，曲曲折折，妙不可言。再說《後西遊記》中，又何嘗不閃爍著批判現實的光芒？誠如第十二回那自利和尚霸佔田產的卑鄙行為，誠如第二十三回那文明天王「既以文壓人，又以財壓人」的惡劣行徑，無不是對黑暗現實的指責批判。我們在這裡不是對這三部續書作全面的評判，而僅僅是從續書的角度出發，分析這三部作品在續《西遊》而作時所取得的主要成就及其不足。

談到不足，最後總括幾句。這三部作品較之於《西遊記》，優勝之處各各不同，而不足之處卻可歸結到一點：即它們都趕不上《西遊記》所具有的那種引發讀者想像的藝術動力。任何一個審美功能正常的讀者，其想像力都是具有彈性的。一個高明的作者，尤其是神魔小說的作者，既不能遷就讀者尚未展開想像的原始狀態，把作品寫得毫無生氣；又不能超出讀者想像力的應有限度，把作品寫得莫名其妙；而應該通過各種手段來引發讀者的想像力，讓讀者在不知不覺中展開想像的翅膀，在無垠的審美空間中自由翱翔。這個引發的過程，是創作中最艱苦的過程，也是最見作者藝術功力的過程。在這一過程中，過於「實」了不行，過於「幻」了也不行；讓讀者捉摸不定不行，讓讀者一目了然也不行。最好是在真真假假之間，虛虛實實之間，撲朔迷離與水落石出之間，鋒芒畢露與壁壘森嚴之間。在這方面，《西遊記》堪稱神魔小說的典範，而《續西遊記》「匠」氣太深，《西遊補》過於空靈，《後西遊記》則太理性化了。續書難，續名著尤難，於此可見一斑。

（原載《明清小說研究》1990 年第二期）

中國小說史上的一代新人
——西門慶與「金瓶梅」

　　寫出一代新人，是《金瓶梅》最大的特色之一。書中的男主人公西門慶無疑是「新人」的代表，而「金瓶梅」——潘金蓮、李瓶兒、龐春梅這三位女主人公毫無疑問也是時代新人的典型。這裡所謂「新人」，主要指的是中國小說史乃至中國文學史上從未出現過的人物形象，是小說創作發展到某一時代所必然塑造出的人物形象。

一

　　作為時代新人，西門慶之所謂「新」，主要體現在他的人生觀和處世態度。西門慶從本質上講是一個商人，他不是老牌的封建地主，也不是傳統的封建官吏。這，就是我們評價西門慶言行的基礎。

　　蘭陵笑笑生在《金瓶梅》開卷第一回就擺出訓誡世人的架勢，而訓誡的主要內容就是酒、色、財、氣這「四貪」。然而，在「四貪」之中又有重點。作者說：「只這酒色財氣四件中，惟有『財色』二者更為利害。」（本文所引《金瓶梅》原文及張竹坡評語均據齊魯書社 1987 年版《張竹坡批評第一奇書金瓶梅》）張竹坡也在第一回的評點文字中劈頭就說：「此書單重財色。」而作為《金瓶梅》中頭號主人公的西門慶，則無疑是一個貪財好色的角色。

　　如果西門慶的貪財好色與此前的文學作品中所有或貪財或好色的人物一無二致的話，那麼，他就算不上什麼時代新人。西門慶可貴之處就在於，他

在許許多多的方面與眾不同，尤其在貪財好色方面的傑出表現，大有「前不見古人」的獨特性。進而言之，這種獨特性又表現在他的貪財好色均帶有濃厚的暴發戶商人氣味。

西門慶喜歡女人，但他並不怎麼喜歡那種溫情脈脈的深閨少婦，也沒有怎麼青睞那多愁善感的貴族千金，而是更願意和那些潑辣的、放縱的、淫蕩的、妖冶的市井婦女廝混。西門慶做愛的方式，也絕沒有什麼花前月下的悠閒，更沒有詩詞歌賦所營造的高雅，甚至連最古老的儀式和掩人耳目的過場都不講，而是赤裸裸的性慾發洩以及在性交方式上的不斷花樣翻新。這就是一種暴發戶商人所具有的拋棄傳統的新式男女性愛。

如果哪一位讀者僅僅注目於西門慶的好色，認為西門慶不過是大色狼而已，那他就大錯特錯了。《金瓶梅》寫西門慶最為成功的地方並不僅僅在於他的好色，而更在於他的貪財，他對金錢的永無止境的佔有慾。甚至就連勾引婦人、娶小妾，西門慶所看重者首先是錢財，其次才是色慾。他娶孟玉樓，跳過她的花容月貌，看到了這一富孀身後的珠光寶氣。他勾引李瓶兒，人從牆頭爬過去，財從牆頭運回來。因此，我們可以這麼說，《金瓶梅》最精彩的地方乃是對西門慶與金錢的關係的描寫。我們要讀懂《金瓶梅》，必須首先讀懂西門慶；要讀懂西門慶，又必須首先讀懂西門慶與金錢的關係。

西門慶對金錢的認識是極其超前的，不僅超越了他所處的那個時代，甚至「先鋒」了幾百年。這絕非筆者危言聳聽，請看以下分析。

首先是金錢的流通意識

西門慶曾經說過銀子那東西「是好動不喜靜的」（五十六回），這便是從貨幣流通的角度對金錢最本質的認識。在西門慶之前，中國的財主千千萬萬，又有誰能高屋建瓴地認識到這一點？正因為達到了這樣一個認識高度，西門慶絕不願意讓他的銀子在一個地方呆著不挪窩，更不會愚蠢到挖個地窖將銀子藏起來傳給兒孫後代，甚至連購買土地、房產這樣來錢比較慢（當時並沒有炒房地產這種發財的「快捷方式」）的斂財方式他都不願採用。那麼，西門慶的銀子用來幹什麼呢？首先是用來再生產、再投資、擴大經營項目和規模，一句話，讓固有的錢「生」出更多的錢。

只要讀過《金瓶梅》的人都知道，西門慶的父親西門達留給他的主要是一個「大大的生藥鋪。」（第一回）也就是說，他父親只是一個販賣藥材的商人。但是到西門慶手上以後，他們家的生意發展到什麼水平呢？且看西門慶

臨終前對女婿陳敬濟所作的生意上的交待：「段子鋪是五萬銀子本錢，……絨線鋪，本銀六千五百兩；吳二舅綢絨鋪是五千兩，……印子鋪占銀二萬兩，生藥鋪五千兩，……松江船上四千兩……。」（七十九回）此外，他還和親家喬大戶合夥做過淮鹽生意。在《金瓶梅》中，西門慶做過各種買賣，唯獨有一種中國封建時代稍許有點錢的人都想做的買賣他卻沒有做，他沒有投資土地。這正是一種有別於老牌封建地主階級的暴發戶商人的現實心理的反映。由此可見，西門慶的生意是不斷擴大的，其主要資金也是用來擴大經營項目和規模的，而且是那種賺錢最快的投資。這就是一個商人對金錢的最本質的認識。

其次是金錢的消費意識

西門慶不僅是一個頗有「遠見」的經濟掠奪者，而且還是一個極其「現實」的享樂主義者。他十分明白，金子是黃色的、銀子是白色的，如果讓它們睡覺，永遠只是這種顏色；而用金銀去換取享樂，則會使他的生活變得「五光十色」。西門慶是一個十足的「現實主義」者，他只管眼前，不管以後；只管生前，不管死後；只管自己，不管兒孫；只管今生，不管來世。因此，他抓緊時間儘量地吃喝嫖賭，盡情地享受著人世間可能得到的他所認為的一切美好「享受」。西門慶的最突出之處，乃在於他做了金錢的主人，而不願做金錢的奴隸。他能夠運用一切手段去掠奪錢財，也能夠採取一切方式去揮霍錢財。

然而，談到西門慶與金錢的關係，最重要的還是第三點──錢權交易。

西門慶對「錢權交易」的認識，有一個逐步發展的過程，這一過程大致可分為初級、中級、高級三大階段。

初級階段：以錢買權

一開始，西門慶掠奪錢財的手段主要是通常的巧取豪奪，如開生藥鋪、放高利貸、霸佔親戚產業、謀取富孀家財等等。而後，又用這些巧取豪奪得到的錢財去收買官府，倚仗官府權勢而求得自己的利益或掩蓋自己所犯下的罪行。這樣的例子太多了，聊舉一二為證。如西門慶毒死武大郎，怕事情敗露，於是以「一錠雪花銀子」賄賂仵作團頭何九叔，要他「殮武大的屍首，凡百事周旋，一床錦被遮蓋則個。」（第六回）後來，當武松到縣衙門告狀，為哥哥伸冤時，縣官在大庭廣眾之下居然不准武松的狀紙，就是因為西門慶「叫

心腹家人來保、來旺，身邊帶著銀兩，連夜將官吏都買囑了」。（第九回）再如西門慶誘姦了僕人來旺兒的妻子宋蕙蓮，來旺兒借酒發了一些牢騷，西門慶採取誣陷的辦法，將來旺兒告到官府，並「先差玳安送了一百石白米與夏提刑、賀千戶」。後來，受賄的官員竟將來旺兒「當廳責了四十，論個遞解原籍徐州為民」。（二十六回）如此例子多多，西門慶在錢權關係的初級階段，就是這樣以錢買權，利用官府的力量來達到自己的目的。

中級階段：以權賺錢

在多少次地以錢買權以後，聰明的西門慶終於發現了一條更為寬廣的生財之道——自我的官商一體。與其倚仗官府，不如自己擁有政治特權；與其去趨附別人，不如讓別人巴結自己；與其通過旁人之手去曲線盤剝，不如親自登上政治舞臺去直接壓榨。「則幸分我一杯羹」，在西門慶看來已填不滿肚皮；他要的是具有相對獨立性的剝削權力。而當時的政治經濟形勢又恰恰對西門慶有利，正好能讓他將這一「遠見卓識」變成事實。當時的封建統治階級正面臨著極其嚴重的經濟危機，它需要富商們來自經濟方面的接濟，為此，封建統治者可以將政治權力部分地出賣；而西門慶這樣的暴發戶商人恰好擁有相當的財富，正好藉此機會通過一定的金錢去換取相應的政治特權。在這些主客觀因素的影響和作用之下，西門慶巴結上了「一人之下萬人之上」的宰相蔡京。而蔡京在得到西門慶諸多「孝敬」之後，「即時僉押了一道空名告身劄付，把西門慶名字填注上面，列銜金吾衛衣左所副千戶、山東等處提刑所提刑」。（三十回）後來，西門慶又由理刑副千戶當到理刑正千戶，成為管理一方刑事的要員。西門慶，終於以其不同凡響的眼光與魄力，在「強盜」與「法官」之間劃上了一個等號。當然，西門慶的頭腦始終保持著清醒狀態，他之所以取得這麼一個位置的真正目的，既不是為了光宗耀祖，也不僅僅為了滿足虛榮，當然更談不上真心實意地為朝廷效力了。他的目標明確而且毫不動搖，賺錢，拼命地賺錢。這方面的例子只舉一個就足以說明問題了。有一個叫做苗青的人，謀害了主人苗員外，本是死罪。結果，「苗青打點一千兩銀子，裝在四個酒罈內，又宰一口豬，約掌燈已後，抬送到西門慶門首」。西門慶受賄之後，與夏提刑平分銀兩，貪贓枉法，不僅判苗青無罪，還讓他「奪了主人家事」。（四十七回）在當時，這真是無本萬利的勾當。西門慶自從取得政治特權之後，不僅可以利用手中的權力直接掠奪財富，還可以「官官相護」，與其他官員相互借助，攫取更多的金錢。這樣，就使西門慶由一個一般

的富戶,成為一個擁有十萬家私的暴發戶。

高級階段:感情投資

在以權賺錢的過程中,西門慶逐漸又明白了一個更深刻的道理──官場中的感情投資。具體而言,就是花費一定的錢財去籠絡那些剛剛取得政治地位而在經濟上尚未具有實力的新貴──新科進士、狀元以及剛剛當官而躊躇滿志的新官僚,而後,又利用這些新貴所掌握的權利去獲取更多的金錢。且看一個饒有意味的例子:書中第三十六回寫蔡京的管家翟雲峰給西門慶寫去一封信,其中涉及一個問題:「新科狀元蔡一泉,乃老爺之假子,奉敕回籍省視,道經貴處,仍望留之一飯,彼亦不敢有忘也。」西門慶心領神會,隨即對這位新科狀元以及隨行的同榜進士安忱進行了熱情的接待。擺酒接風、開筵唱戲、後院聽曲,當二位上路之時,西門慶又送給他們很多財物:「蔡狀元是金緞一端,領絹二端,合香五百,白金一百兩。安進士是色緞一端,領絹一端,合香三百,白金三十兩。」本來,這點東西對於西門慶而言,實在算不得什麼,對於那些達官貴人而言,則更是小菜一碟。然而,這兩位新進之士得了西門慶這些東西以後,卻表現出不合身份的感激:二人俱出席謝道:「此情此德,何日忘之!」為什麼會出現這種反常的表現呢?道理很簡單,這些新進之士雖然在政治上翻了身,但在經濟上卻暫時處於窘迫境地,因為他們在當時還不是「官」,只是取得了做官的資格而已。「當官發財」,真正的「發財」只能在「當官」之後。謂予不信,且看他們的自白。安進士是「因家貧為續親」,順路「打秋風」者。蔡狀元則更是目的明確,他趁更衣的時候,拉著西門慶說話:「學生此去回鄉省親,路費缺少。」而西門慶早知其意,隨即給他一個定心丸:「不勞老先生分付,雲峰尊命,一定謹領。」那麼,經過這樣的感情投資以後,西門慶是否能得回報?他所獲的「感情投資利潤」又有多少呢?當蔡狀元當了巡鹽的蔡御史之後,西門慶就向當年的被投資者開口了。請看以下描寫:

> 西門慶道:「去歲因舍親在邊上納過些糧草,坐派了些鹽引,正派在貴治揚州支鹽。望乞到那裡青目青目,早些支放,就是愛厚。」因把揭帖遞上去。蔡御史看了,上面寫著:「商人來保、崔本,舊派淮鹽三萬引,乞到日早掣。」蔡御史看了笑道:「這個甚麼打緊。」一面把來保叫至跟前跪下,分付:「與你蔡爺磕頭。」蔡御史道:「我到揚州,你等徑來察院見我,我比別的商人早掣一個月。」(四

十九回）

那麼，西門慶和他的舍親（親家喬大戶）在這一「納粟中鹽」的過程中，究竟賺了多少銀兩呢？他們共投入了不到一千兩銀子「納粟」，而後來將「三萬引」鹽賣掉之後，隨即置辦了價值約三萬兩銀子的綢絹等貨物，其中的利潤是本錢的三十倍！這就是感情投資的超級效用。

總而言之，西門慶對金錢的力量、金錢的作用、金錢的花費方面的深刻認識是空前的。為了金錢，西門慶可以「愛」，也可以恨。可以以金錢作為迫害人的手段，也可以視金錢為處罰人的目的。他派人邏打蔣竹山，用的是欠債作幌子。他揮鞭指向李瓶兒，是因為這女子竟然資助蔣某人與自己搶生意。總之，金錢至上是西門慶的人生信仰，金錢萬能是西門慶的處世哲學。對此，西門大官人毫不隱諱，說得清楚明白：「咱聞那佛祖西天，也止不過要黃金鋪地。陰司十殿，也要些楮鏹營求。咱只消盡這家私廣為善事，就使強姦了姮娥，和姦了織女，拐了許飛瓊，盜了西王母的女兒，也不減我潑天的富貴。」（五十七回）如此透徹而又囂張的言論，在西門慶以前有哪一部文學作品中的人物曾經說過？毫無疑問，西門慶是超前的，在有些方面，他甚至並不亞於當今世界那些「亦官亦商」的「新潮」人物。

二

西門慶而外，《金瓶梅》中的「金瓶梅」——潘金蓮、李瓶兒、龐春梅這三位女主人公形象也無一不是「時代的新人」，當然，她們也是「新」得各有特色的。

潘金蓮的「新」，就「新」在她是一個產生於特定的社會環境中的特定的墮落女性，也是我國章回小說中最早出現的、塑造得最為成功的被社會扭曲了的畸形人物的代表。

潘金蓮的出身是很苦的，而她的生命歷程也就是一個被社會所污染、所扭曲的過程。書中寫道：「這潘金蓮，卻是南門外潘裁的女兒，排行六姐。因他自幼生得有些姿色，纏得一雙好小腳兒，所以就叫金蓮。他父親死了，做娘的度日不過，從九歲賣在王招宣府裏習學彈唱，閒常又教他讀書寫字。他本性機變伶俐，不過十二三，就會描眉畫眼，傅粉施朱，品竹彈絲，女工針指，知書識字，梳一個纏髻兒，著一件扣身衫子，做張做致，喬模喬樣。到十五歲的時節，王招宣死了，潘媽媽爭將出來，三十兩銀子轉賣與張大戶家，

與玉蓮同時進門。大戶教他習學彈唱。金蓮原自會的，甚是省力。金蓮學琵琶，玉蓮學箏，這兩個同房歇臥。主家婆余氏，初時甚是抬舉二人，與他金銀首飾裝束身子。後日不料白玉蓮死了，止落下金蓮一人，長成一十八歲，出落的臉襯桃花，眉彎新月。張大戶每要收他，只礙主家婆利害，不得到手。一日，主家婆鄰家赴席，不在。大戶暗把金蓮喚至房中，遂收用了。」（第一回）後來，由於張家主婦的妒嫉，她又被迫嫁給賣炊餅的武大郎。當這個原本正常的女孩子步入人生時，就像一件物品一樣被人隨意買賣。數年之間，她不斷被糟蹋、幾次被轉手。殘酷的社會，使潘金蓮的肉體受到摧殘；邪惡的現實，又使她的靈魂受到污染。潘金蓮在畸形的生活環境中畸形地成熟了。她不甘心做武大這麼一個社會地位低下而又猥瑣不堪的男人的妻子，還時時與張大戶勾搭。張大戶死後，她積習難改，經常打扮得花枝招展地在家門口勾引男人。「那婦人每日打發武大出門，只在簾子下嗑瓜子兒，一徑把那一對小金蓮故露出來，勾引浮浪子弟，日逐在門前彈胡博詞，撒謎語，叫唱：『一塊好羊肉，如何落在狗口裏。』油似滑的言語，無般不說出來。」（同上）這時的潘金蓮，主要是想滿足以性慾為主的某些生活欲望。她是令人可鄙、可厭的，但還沒有達到令人可怕、可恨的程度。從某種意義上講，她也是受害者。

然而，這種受迫害的處境卻沒有使潘金蓮產生一種正常的反抗情緒，而是使她逐步滋生了一種反常的反抗情緒——對全社會的仇視乃至報復。而這種仇視和報復所體現的，其實是一種人性的墮落。潘金蓮的真正墮落，是從她與西門慶的認識開始的。西門慶以自己的人生哲學、生活態度影響著潘金蓮、污染著潘金蓮，使這個本來就沾有污點的女性迅速滑向罪惡的深淵。且看作者對潘金蓮謀殺親夫武大郎的描寫：「那婦人先把砒霜傾在盞內，卻舀一碗白湯，把到樓上，叫聲：『大哥，藥在那裡？』武大道：『在我席子底下枕頭邊，你快調來我吃。』那婦人揭起席子，將那藥抖在盞子裏，將白湯沖在盞內，把頭上銀簪兒只一攪，調得勻了。左手扶起武大，右手把藥便灌。武大呷了一口，說道：『大嫂，這藥好難吃！』那婦人道：『只要他醫得病好，管甚麼難吃！』武大再呷第二口時，被這婆娘就勢只一灌，一盞藥都灌下喉嚨去了。那婦人便放倒武大，慌忙跳下床來。武大『哎』了一聲，說道：『大嫂，吃下這藥去，肚裏倒疼起來。苦呀，苦呀！倒當不得了。』這婦人便去腳後扯過兩床被來，沒頭沒臉只顧蓋。武大叫道：『我也氣悶！』那婦人道：

『太醫分付，教我與你發些汗，便好的快。』武大再要說時，這婦人怕他掙扎，便跳上床來，騎在武大身上，把手緊緊的按住被角，那裡肯放些鬆寬。」（第五回）

　　就這樣，潘金蓮與西門慶通姦，害死武大，最後又做了西門慶第五房的妾，成為西門慶這個官、商一體的大家庭中的一員。她由一個下層社會的一般婦女變成了上層社會家庭的半個主子，同時，也由一個可憐的女人變成了一個可怕的魔鬼。她的社會地位提高了，而人性卻泯滅了。

　　進入西門慶家門以後，潘金蓮面臨著嚴峻的挑戰。在西門慶的影響下，潘金蓮很快認識到金錢和權力對她的重要性。然而，認識到金錢和權勢的力量的潘金蓮卻恰恰最缺少金錢和勢力。在西門慶的六房妻妾中，潘金蓮的經濟狀況很可憐，地位也比較低下。她只比房裏丫頭出身的孫雪娥稍高一點，與院中唱曲出身的李嬌兒可勉強比一比。吳月娘是正妻，不好比得。孟玉樓、李瓶兒都有豐厚的陪嫁。潘金蓮巧婦難為無米之炊，只好望錢興歎。她只有一樣東西可以降人，可以作為依靠，那就是姿色。於是，她就及時地、千方百計地發揮自己姿色之所長，企圖去擊敗一個又一個對手，去討好西門慶。在這場殊死的爭鬥之中，聰明的潘金蓮很能夠正確地給自己定位，並且能夠根據西門慶家庭內部複雜的情況決定自己的鬥爭方略。由此，來滿足她自己各方面的欲望：性慾、金錢、權力、地位以及好勝心與虛榮心。

　　就在這樣一種思想狀態之中，潘金蓮徹底地墮落了。墮落後的潘金蓮，成天只想著三件事：縱慾、爭寵、害人。而這聯繫在一起的三個方面實質上卻表明了一個問題：潘金蓮的心目中唯有自己，沒有其他任何人。為了滿足自己，她可以不顧一切地於壞事。她在西門慶的妻妾中拉一派打一派，鬧得雞犬不寧；她將婢女春梅奉獻給西門慶，以求多一個心腹幫手；她惡毒挑唆西門慶，害得宋蕙蓮含羞自縊；她以非人的手段，將李瓶兒為西門慶所生的獨子殘害致死。這時的潘金蓮，已不再是一個一般的道德敗壞的淫婦，而是一個集殘忍、刻薄、嫉妒、狡詐於一身的變態女性，是一個畸形人物形象。且看這個已經變態的女人是怎樣用非人的手段迫害李瓶兒的兒子官哥兒這個無辜嬰兒的：「卻說潘金蓮房中養的一隻白獅子貓兒，渾身純白，只額兒上帶龜背一道黑，名喚『雪裏送炭』，又名『雪獅子』。……每日不吃牛肝乾魚，只吃生肉，調養的十分肥壯。毛內可藏一雞彈。甚是愛惜他，終日在房裏用紅絹裹肉，令貓撲而撾食。這日也是合當有事，官哥兒心中不自在，連日吃劉婆

子藥，略覺好些。李瓶兒與他穿上紅段衫兒，安頓在外間炕上頑耍，迎春守著，奶子便在旁吃飯。不料這雪獅子，正蹲在護炕上，看見官哥兒在炕上，穿著紅衫兒一動動的頑耍，只當平日哄喂他肉食一般，猛然望下一跳，將官哥兒身上皆抓破了。只聽那官哥兒呱的一聲，倒咽了一口氣，就不言語了，手腳俱風搐起來。」（五十九回）

畸形的生活現實，使潘金蓮養成一種畸形心理：要想自己舒服，不必顧忌到別人是否舒服、甚至可以讓別人不舒服。而這種將自己的快樂建立在別人的痛苦之上的心理，又在她落腳於西門慶家中時得以最終形成，成為她性格的基調。我們前面分析過，西門慶是一個以錢買權、又以權賺錢的暴發戶。這種暴發戶的特點就是貪婪與揮霍相結合。他們骨子裏並不相信什麼仁義道德、倫理綱常的封建主義說教，也並不注重什麼因果報應的封建迷信思想，甚至不屑於蒙上一層道貌岸然或溫情脈脈的面紗，而是赤裸裸地表現著他們的本性——對金錢、權勢的頂禮膜拜和全力攫奪。這種思想，在當時是否有什麼意義，那是另一回事，但確乎是一種新的東西。西門慶的這一套生活邏輯，對潘金蓮不可能不產生影響。在西門慶的妻妾中，潘金蓮是最聰明、最敏感、也最能真正瞭解西門慶的一個。在西門慶的影響下，潘金蓮確實無誤地認識到了自己的價值和權力，她要處處使用這個價值、爭奪這個權利，並且企圖與漢子並駕齊驅地取得這一切。從這個意義上講，潘金蓮也是中國文學史上從來未曾出現過的「時代新人」。

不錯，潘金蓮是「時代新人」，而李瓶兒又何嘗不「新」？與潘金蓮相比，李瓶兒的「新」，恰恰就體現在她進入西門家前後的生活態度、處世方法的極端不一致性。

李瓶兒是西門慶的第六房小妾，而西門慶則是李瓶兒的第四任丈夫。為了說明問題，我們不妨先來看看李瓶兒的婚姻史。書中寫道：

> 原來花子虛渾家姓李，因正月十五所生，那日人家送了一對魚瓶兒來，就小字喚做瓶姐。先與大名府梁中書為妾。梁中書乃東京蔡太師女婿，夫人性甚嫉妒，婢妾打死者多埋在後花園中。這李氏只在外邊書房內住，有養娘伏侍。只因政和三年正月上元之夜，梁中書同夫人在翠雲樓上，李逵殺了全家老小，梁中書與眾人各自逃生。這李氏帶了一百顆西洋大珠，二兩重一對鴉青寶石，與養娘走上東京投親。那時花太監由御前班直升廣南鎮守，因任男花子虛沒

妻室，就使媒婆說親，娶為正室。太監到廣南去，也帶他到廣南。
住了半年有餘。不幸花太監有病，告老在家，因是清河縣人，在本
縣住了。如今花太監死了，一分錢多在子虛手裏。（第十回）

然而，當李瓶兒勾上西門慶以後，對花子虛由氣到恨、由恨到厭，終至對丈
夫破口大罵，且看:「花子虛打了一場官司出來，沒分的絲毫，把銀兩、房舍、
莊田又沒了，兩箱內三千兩大元寶又不見蹤影，心中甚是焦燥。因問李瓶兒
查算西門慶使用銀兩下落，今還剩多少，好湊著買房子。反吃婦人整罵了四
五日，罵道:『呸，魍魎混沌！你成日放著正事不理，在外邊眠花臥柳，只當
被人弄成圈套，拿在牢裏，使將人來教我尋人情。奴是個女婦人家，大門邊
兒也沒走，曉得甚麼？認得何人？那裡尋人情，渾身是鐵，打得多少釘兒，
替你添羞臉，到處求爹爹告奶奶。多虧了隔壁西門大官人，看日前相交之情，
大冷天，刮得那黃風黑風，使了家下人往東京去，替你把事幹得停停當當
的。你今日了畢官司，兩腳站在平川地，得命思財，瘡好忘痛，來家到問老婆
找起後帳兒來了，還說有也沒有。你寫來的帖子現在，沒你的手字兒，我擅
自拿出你的銀子尋人情，抵盜與人便難了！』……幾句連揉帶罵，罵得子虛
閉口無言。」（第十四回）由此直至花子虛「嗚乎哀哉，斷氣身亡」，李瓶兒再
也沒有給丈夫一絲兒體貼和溫柔。

花子虛死後，李瓶兒等著西門慶娶她進門，不料西門慶的親家陳洪出了
大事，無暇顧及李瓶兒的事。李瓶兒由此產生誤解，以為西門慶拋棄了她，
因此而得病。這時，草澤醫生蔣竹山借著給李瓶兒看病的機會，乘虛而入，
取得了這位富孀的好感，終至使李瓶兒坐產招夫，並在街面上給蔣竹山開了
一家藥鋪。不料，這種行為卻惹惱了西門慶，他收買打手，將蔣竹山的藥鋪
翻了個底朝天，並將蔣竹山弄到縣裏痛責三十大板，還要冤枉交給兇手三十
兩紋銀。西門慶的行為本來主要是生意上的爭奪，而李瓶兒卻誤以為西門大
官人是為了自己而爭風吃醋，於是，毅然決然地將蔣竹山「休」了，趕出家
門。請看李瓶兒對蔣竹山的惡劣態度:「卻說蔣竹山提刑院交了銀子，歸到家
中。婦人那裡容他住，說道:『只當奴害了汗病，把這三十兩銀子問你討了藥
吃了。你趁早與我搬出去罷。再遲些時，連我這兩間房子，尚且不夠你還人。』
這蔣竹山自知存身不住，哭哭啼啼，忍著兩腿疼，自去另尋房兒。但是婦人
本錢置的貨物都留下，把他原舊的藥材、藥碾、藥篩、藥箱之物，即時催他搬
去。兩個就開交了。臨出門，婦人還使馮媽媽舀了一盆水，趕著潑去，說道:

『喜得冤家離眼睛。』當日打發了竹山出門。」（第十九回）

　　這些描寫表明，李瓶兒對前夫花子虛和蔣竹山都是很沒有情義的，然而，到了西門慶家中以後，她卻來了個一百八十度的急轉彎，對西門慶是那樣的溫柔體貼，對潘金蓮的挑釁一再忍讓，對全家上下人等一味周旋。為什麼同是一個李瓶兒，前後判若兩人？李瓶兒性格轉變的原因是什麼？她這種奇特的婚姻史、性生活史究竟說明了什麼？所有這些，都是我們必須正視的問題。

　　李瓶兒發生性格轉變的原因是多方面的，但其中最主要、最核心的則是由於其婚姻史的流程所導致的她自身深層心理的劇烈變化。就未入西門家以前的個人生活道路而言，李瓶兒與潘金蓮恰是一種反向運動。潘金蓮的人生經歷是一條上升的直線：貧窮女兒——歌女丫環——小市民妻——暴發戶妾；而李瓶兒的婚姻史則是直線下降：達官侍姬——富家正室——招夫富孀——暴發戶妾。金、瓶二人是通過完全不同的生活道路而同歸於西門慶的。這種反向來歸的不同經歷，決定了她們二人在西門家截然相反的處身態度。潘金蓮是由一種極端自卑心理轉而成為一種極端自尊心理，因此，她以攻擊人、陷害人為能事，以壓倒別人為目的，以求得自己的心理平衡。而李瓶兒對於地位、金錢，不像潘金蓮那麼敏感，在物質生活方面，她早已得到相當的滿足。她並未打算像潘金蓮那樣利用自己的「色」去搏取西門慶的錢財，恰恰相反，她倒是以己之「色」易西門慶之「欲」，甚至以己之「財」去換取西門慶的歡心。因此，當她一旦成為西門慶的愛妾之後，便心滿意足，只要平平靜靜地保持現狀就行了，用不著去捉狹、攻擊、陷害他人以求得心靈的慰藉。正是這種由經濟地位所造成的心理因素，決定了李瓶兒在西門家的溫和寧靜。同時，李瓶兒之所以在西門慶面前服服帖帖，還有一個重要原因，那就是「性慾」的滿足。李瓶兒的前夫花子虛「逐日醉生夢死，……每日只在外胡撞」，（第十七回）招贅之夫蔣竹山就更糟糕了，當他「圖婦人歡喜，修合了些戲藥，買了些景東人事、美女相思套之類」獻給李瓶兒時，卻被那女人罵了個狗血淋頭：「你本蝦鱔，腰裏無力，平白買將這行貨子來戲弄老娘！把你當塊肉兒，原來是個中看不中吃蠟槍頭，死忘八！」（第十九回）而西門慶呢？用李瓶兒自己的話說：「誰似冤家這般可奴之意，就是醫奴的藥一般，白日黑夜，教奴只是想你。」（第十七回）對於李瓶兒這樣的從梁中書家中走出來、見過大世面的婦人而言，山珍海味、綾羅綢緞、畫棟雕欄、寶物珍玩，她

見得多了，這些東西已不能對她有多大刺激。她又不是什麼封建淑女，不會在詩書禮樂方面去尋求精神寄託。同時，她也不是市井貧婦，不需要為油鹽柴米去耗費心機。那麼，剩下來的、賴以填補其生活空虛的，就只有性慾、赤裸裸的性慾滿足了。當她在這方面得不到滿足時，她就對那胡撞漢花子虛、蠟槍頭蔣竹山產生怨恨心理，怨恨之餘，便是採取各種方式來嘲弄、諷刺、辱罵乃至報復；而當像西門慶那樣的「醫奴的藥一般」的可意人兒滿足了她的慾火時，她便緊緊貼跐上去，百般溫柔，唯恐失去這種「歡樂」。

由上可見，李瓶兒的婚姻史、性生活史是一種象徵，它象徵著舊的貴族之家是怎樣在衰落，新的暴發之家是怎樣在崛起。在那混亂的年代，一個封疆大吏的侍姬、一個有權有勢的太監的侄媳、一個堂堂的貴族婦人，竟然落腳於一個新興商人的家庭，並且那樣馴服地貢獻出自己的一切，這難道不是當時社會中的一件大大的新奇之事嗎？而作為這樣一件大奇事的主人公的李瓶兒，難道還算不上一個前所未有的時代「新人」嗎？

至於潘金蓮貼身而又貼心的大丫鬟龐春梅，就其基本性格特徵而言，應該說是對潘金蓮性格的一種延續、補充、發展乃至變異。春梅本是吳月娘房中的丫頭，西門慶偷娶潘金蓮後將她放到了金蓮房內。「那個春梅，又不是十分耐煩的。」（第十一回）仗著西門慶對自己的寵愛，又有潘金蓮的調教，最終成為潘金蓮的影子和幫手。

在當丫鬟的時候，龐春梅最大的本領就是既能討好西門慶，又能使潘金蓮對她感恩不盡，即便在西門慶與潘金蓮發生矛盾時，她也能做到快刀切豆腐——兩面光。如書中第十二回寫潘金蓮私通琴童，西門慶有所察覺，又是打耳刮子，又是抽馬鞭子。當潘金蓮反覆辯解時，西門慶要春梅來作個見證。作者在這裡對春梅進行了非常精彩的描寫：「（西門慶）因叫過春梅，摟在懷中，問他：『淫婦果然與小廝有首尾沒有？你說饒了淫婦，我就饒了罷。』那春梅撒嬌撒癡，坐在西門慶懷裏，說道：『這個爹，你好沒的說！我和娘成日唇不離腮，娘肯與那奴才——這個都是人氣憤俺娘兒們，做作出這樣事來。爹你也要個主張，好把醜名兒頂在頭上，傳出外邊去好聽？』幾句，把西門慶說的一聲兒沒言語，丟了馬鞭子，一面叫金蓮起來，穿上衣服，分付秋菊看菜兒，放桌兒吃酒。」就這樣，龐春梅既討好了西門慶，又保護了潘金蓮。這個聰明的通房大丫頭知道，保護潘金蓮，在某種意義上就是保護自己。甚至可以說，潘金蓮的今天，極有可能就是她龐春梅的明天。因為在西門慶家

中，龐春梅的地位雖然表面上不如潘金蓮，但實際上卻是不相上下的，她是西門慶沒有「正名」的第七房姨太太。而且，龐春梅的性格也有與潘金蓮極其相近之處，那就是追求淫慾的滿足。在後來的描寫中，我們完全可以看到這一點。龐春梅當丫鬟時既與西門慶的女婿陳敬濟有姦情，當了守備夫人以後仍繼續與陳敬濟暗中來往，及至陳敬濟被人殺死之後，她又與守備府老僕之子周義通姦，最終竟死在周義身上。由此可見，聰明伶俐、能言善辯、妒忌潑辣、乃至縱慾亡身，這些方面，龐春梅較之潘金蓮有過之而無不及，她們兩人從本質上講是一樣的。

但龐春梅的性格也有與潘金蓮相異的一面，她比潘金蓮倔強一些，有志氣一些，氣度要大一些，甚至有時還帶有一點傲視、睥睨一切的意味。且看潘金蓮、龐春梅二人與陳敬濟的姦情被吳月娘識破以後，龐春梅被賣離開西門慶家時的表現：「這春梅跟定薛嫂，頭也不回，揚長決裂，出門去了。」（八十五回）然而，當龐春梅成為周守備的夫人以後重遊西門慶家舊池館的時候，所表現的那一種大度，卻是一般人所不能達到的。這段文字頗長，不便引錄，讀者可參看《金瓶梅》第九十六回的前半部分。

總之，潘金蓮雖然當過姨太太，但為人處事更像一個卑賤的奴婢，而龐春梅即便是在當丫鬟的時候，也具有夫人的氣質。潘金蓮小氣，龐春梅大氣，這就是這一對主僕的性格在相同的前提下的相異之處。而像龐春梅這樣的丫鬟形象，這樣的由奴婢上升為主子的女性形象，這樣的性格極其複雜的人物形象，在此前的文學作品中也從未出現過，因此龐春梅也是「新人」。

三

進而言之，在《金瓶梅》中不僅西門慶是一代新人，「金、瓶、梅」是一代新人，幾乎書中所有的重要人物都是「新人」。那身居正妻之位，卻又擔心西門慶「有了他富貴的姐姐，把我這窮官兒家丫頭只當亡故了的算帳」（第二十回）的吳月娘；那被西門慶在勾欄內打得火熱、「也娶在家裏，做了第二房娘子」（第一回），甚至將西門慶家「人情來往，出入銀錢」（第十一回）的大權都掌在手裏，而西門慶剛死就「盜財歸麗院」（第八十回）的李嬌兒；那帶著「手裏現銀子也有上千兩，好三梭布也有三二百筒」（第七回）的資財嫁給西門慶，西門慶死後又「戴著金梁冠兒，插著滿頭珠翠、胡珠子，身穿大紅通袖袍兒」而「愛嫁李衙內」（第九十一回）的孟玉樓；那「生的五短身材，有

姿色」（第九回），被西門慶從丫鬟「提拔」為第四房小妾，在西門慶家受盡欺凌，終於與西門家「走出的小廝來旺兒——改名鄭旺通姦，拐盜財物在外居住」（第九十回）的孫雪娥；那因父親獲罪而帶著「許多箱籠床帳傢伙」來岳父家避難，拿出「五百兩銀子，交與西門慶打點使用」（第十七回），不得已而僑居岳父家中，繼而調戲岳父小妾、私通岳父通房大丫頭，只知吃喝玩樂的典型社會大廢物陳經濟；那「內臣家勤兒，手裏使錢撒漫」，「在院中請表子，整三五夜不歸」（第十回），後來引狼入室、「因氣喪身」「嗚乎哀哉」（第十四回）的花子虛；還有那成天到晚跟著「錢」的背後垂涎三尺的幫閒篾片應伯爵、謝希大、祝實念、孫寡嘴、常峙節之流。……所有這些人物，都是屬於他們時代的「新人」，他們的言行舉止，都是前所未有，「新」得出奇。我們且看那些幫閒篾片們在妓院裏作東道請西門慶吃飯的一段精彩表演就足以說明問題了：

> 應伯爵道：「可見的俺們只是白嚼你家孤老，就還不起個東道？」於是向頭上拔下一根鬧銀耳幹兒來，重一錢；謝希大一對鍍金網巾圈，秤一秤，重九分半；祝實念袖中掏出一方舊汗巾兒，算二百文長錢；孫寡嘴腰間解下一條白布裙，當兩壺半酒；常峙節無以為敬，問西門慶借了一錢銀子。都遞與桂卿，置辦東道，請西門慶和桂姐。那桂卿將銀錢都付與保兒，買了一錢豬肉，又宰了一隻雞，自家又賠些小菜兒，安排停當。大盤小碗拿上來，眾人坐下，說了一聲「動箸吃」時，說時遲，那時快，但見：人人動嘴，個個低頭。遮天映日，猶如蝗蚋一齊來；擠眼掇肩，好似餓牢才打出。這個搶風膀臂，如整年未見酒和肴；那個連三快子，成歲不逢筵與席。一個汗流滿面，卻似與雞骨禿有冤仇；一個油抹唇邊，把豬毛皮連唾咽。吃片時，杯盤狼藉；啖頃刻，箸子縱橫。這個稱為食王元帥，那個號作淨盤將軍。酒壺番曬又重斟，盤饌已無還去探。正是珍羞百味片時休，果然都送入五臟廟。
>
> 當下眾人吃得個淨光玉佛。西門慶與桂姐吃不上兩鍾酒，揀了些菜蔬，又被這夥人吃去了。那日，把席上椅子坐折了兩張。……臨出門來，孫寡嘴把李家明間內供養的鍍金銅佛，塞在褲腰裏。應伯爵推逗桂姐親嘴，把頭上金琢針兒戲了。謝希大把西門慶川扇兒藏了。祝實念走到桂卿房裏照面，溜了他一面水銀鏡子。常峙節借

的西門慶一錢銀子，竟是寫在嫖賬上了。（第十二回）

這真是一個令人噴飯的場面，真是一群不齒於人類的角色，然而，我們要進一步追問一聲，是什麼東西造成了這些「可悲」而又「全新」的生命？答案是很明確的：《金瓶梅》的時代——「可悲」而又「全新」的時代。在這麼一個時代，許多傳統的、陳舊的東西正受到毀滅性的衝擊，而某些進步的、新鮮的東西又沒有正式形成。迷茫、混亂、墮落、超前，正是這個時代人們思想的最大特色。什麼是對，什麼是錯；什麼是好，什麼是壞；什麼是善，什麼是惡；什麼是美，什麼是醜；什麼是光榮，什麼是恥辱；什麼是偉大，什麼是卑微……在當時的許多人心目中，似乎一切都翻了個兒。人人都在這強大的時代潮流的衝擊下露出各自的本來面目，甚至可以說社會潮流在塑造著許多人新的「稟性」。在這場浩大的時代衝擊波中，最大的動力就是金錢的能量以及由這種能量所轉化成的新的生產關係、新的生活關係、新的人際關係。正因為有了這種新的時代，才有了新的思想；正因為有了這些新的思想，才有了新的人群；正因為有了這些新的人物，才有了全新的「奇書」《金瓶梅》。

其實，蘭陵笑笑生在《金瓶梅》開卷第一回寫「西門慶熱結十兄弟」時，就以其形象的描寫向我們展現了金錢在當時的巨大能量，幾乎無孔不入的巨大能量：「只見吳道官打點牲禮停當，來說道：『官人們燒紙罷。』一面取出疏紙來，說：『疏已寫了，只是那位居長？那位居次，排列了，好等小道書寫尊諱。』眾人一齊道：『這自然是西門大官人居長。』西門慶道：『這還是敘齒，應二哥大如我，是應二哥居長。』伯爵伸著舌頭道：『爺，可不折殺小人罷了！如今年時，只好敘些財勢，那裡好敘齒？』」

好一個「如今年時，只好敘些財勢」！在這劃時代的聲響中，我們完全應該明白《金瓶梅》「奇」在哪裏，而西門慶和他的「金瓶梅」們又「新」在何方了。

（原載《新疆教育學院學報》2006 年第三期）

《金瓶梅》中潘金蓮形象的
時代意義和歷史地位

　　《金瓶梅》中的潘金蓮，是一個產生於特定的社會環境中的特定的墮落女性的典型，是我國古典小說中最早出現的、塑造得最為成功的被社會扭曲了的女性形象的代表。這一人物，在我國古典小說的女性形象中所具有的獨特的時代意義和突出的歷史地位，是不可忽視的。要瞭解潘金蓮形象的時代意義，必須把這一墮落女性的墮落過程納入當時社會發展的進程中去考察，必須使人看到這一人物是怎樣從「他們的時代的五臟六腑中孕育出來的」。（巴爾扎克《人間喜劇序言》）潘金蓮的墮落，並不是階級地位的下降，並非由社會上層墮入風塵。恰恰相反，她是由一個小市民家庭出身的正常的女孩子，被社會扭曲成一個周身沾滿諸種毒素的怪物。在她身上體現的，乃是一種思想的墮落、人性的墮落。

　　潘金蓮的出身是很苦的。她原是一個裁縫的女兒，父親死後，母親將她賣給王招宣家學彈唱。王招宣死後，她又被賣到張大戶家。由於張家主婦的妒嫉，又被迫嫁給賣炊餅的武大郎。當這個正常的女孩子步入人生時，當時社會的邪惡勢力就把她當作可以任意侮弄又可以隨時賣掉的玩物。她像一件物品一樣，數年之間，被多方糟塌，又被幾次轉手。殘酷的社會，使潘金蓮的肉體受到摧殘；齷齪的社會，又使她的靈魂受到污染。潘金蓮在畸形的社會環境中，畸形地成熟了。她不甘於做武大這麼個社會地位低下的醜陋男人的妻子，還時時與張大戶勾搭。張大戶死後，她積習難改，經常打扮得花枝招展，在家門口勾引男人。這時的潘金蓮，主要是想滿足以淫慾為主的多種享

樂的欲望。她是令人可鄙、可厭的，但還沒有達到令人可怕、可恨的程度。讀者在看到她許多醜態時，一方面固然反感、厭惡；另一方面，也多少會產生一定的同情心。

潘金蓮真正的墮落，是從她與西門慶的認識開始的。西門慶這個沒落地主階級與新興商業資產階級二者的混血兒，以自己的做人哲學、生活方式影響著潘金蓮，污染著潘金蓮，使這個本來就沾有污點的女性迅速滑向罪惡的深淵。她與西門慶通姦，害死武大，最後又做了西門慶第五房的妾，成為西門慶這個官、商、地主三位一體的大家庭中的一員。她由一個下層社會的一般婦女變成了上層社會的半個主子；同時，也由一個可憐的女人變成一個可怕的魔鬼。她的社會地位提高了，而她的人性卻泯滅了。

墮落後的潘金蓮，成天只想著三件事：縱慾、爭寵、害人。而這三件事實質上都在表明一個問題：潘金蓮的心目中唯有自己，沒有其他任何人。為了滿足自己，她可以不顧一切地幹壞事。她在西門慶的妻妾中拉一派打一派，鬧得雞犬不寧；她將婢女春梅奉獻給西門慶，以求多一個心腹；她以非人的手段，將李瓶兒為西門慶所生獨子殘害致死；她讓西門慶用過量春藥縱慾亡身。……且看一個突出的例子：

西門慶與僕婦宋蕙蓮私通，這對潘金蓮來說是萬萬不能容忍的。為了爭寵，她是必欲置宋蕙蓮夫婦於死地而後快的。因此，當西門慶卻不過宋蕙蓮的一再請求，決定暫緩對宋的丈夫來旺兒的迫害、準備將這個奴僕放出監牢時，潘金蓮馬上在旁邊進行了惡毒的挑唆：「你空擔漢子的名兒，原來是個隨風倒舵、順水推船的行貨。……如今把奴才放出來，你也不好要他這老婆了。……你既要幹這營生，不如一狠二狠，把奴才結果了，你就占著他老婆也放心。」（二十六回）結果是潘金蓮如願以償，來旺兒充軍，宋蕙蓮自縊。事情很明白，西門慶是害死宋蕙蓮的兇手，但遞刀者卻是潘金蓮。可以說，宋蕙蓮是按照潘金蓮的願望死去的。

這時的潘金蓮，已不再是一般的道德敗壞的淫婦，而是集殘忍、刻薄、嫉妒、狠毒於一身的變態者，墮落者，是一個畸形的人。她一步一步地裸露出動物的本能，而毀滅著原始性的人性。

以上，就是《金瓶梅》中潘金蓮的基本情況。那麼，我們如何全面看待潘金蓮這個人物呢？她是尤物？是淫婦？是迫害者？是被害者？是西門慶害了她？是她害了西門慶？是社會欺凌了她？是她報復了社會？都是的，又都

不全是。對潘金蓮，我們痛恨她？厭惡她？鄙薄她？同情她？對的，又都不全對。

要真正瞭解潘金蓮，進而分析潘金蓮，孤立地、靜止地、片面地、表面地來看待她都是不行的。那將會有很多問題不好解釋。因此，我們有必要聯繫當時急劇變革的社會，聯繫潘金蓮所處的大小環境，聯繫這一人物性格轉變的過程，聯繫促使她墮落的諸方面因素來全面、深入地認識這一形象所具有的特殊性，認識這一人物所具有的社會的、時代的價值和意義。

一提到社會和時代的價值、意義，問題似乎很簡單，只要取得作品中的描寫和當時社會的記載相一致的材料就行了。潘金蓮不是好淫嗎？可以對上號，明中後期淫風正熾：「隆慶窯酒杯茗碗，俱繪男女私褻之狀。」（沈德符《萬曆野獲編》二十六「玩具」）潘金蓮不是追求享樂嗎？也有社會基礎：「由嘉靖中葉以抵於今，流風愈趨愈下，慣習驕奢，互尚荒佚，以歡宴放飲為豁達，以珍味豔色為盛禮。……酒爐茶肆，異調新聲，泊泊浸淫，靡焉勿振。」（《博平縣志》卷四《人道》六《民風解》）潘金蓮不是挑唆西門慶害死人命嗎？也有背景：「權門之利害如響，富室之賄賂通神；鈍口奪於佞詞，人命輕於酷吏。」（《明嘉靖實錄》）不錯，這些材料是寶貴的，是真實的，這些材料所反映的社會現實，對《金瓶梅》的形成也產生了巨大的影響，無疑可以作為潘金蓮這一人物產生的背景材料。然而，這裡要進一步提兩個問題：其一，這樣的時代能產生這樣的作品和人物，是不錯的，但是，它以前的時代為什麼不能產生這樣的作品和人物？其二，這些材料本身所表明的只不過是社會現象，難道可以說潘金蓮等形象僅僅只是反映了這些社會現象嗎？可見問題是如此，卻不止於此。我們要通過潘金蓮的言語行為去看她的精神實質，要通過與潘金蓮等形象相關的社會現象去看其所反映的社會實質。這才是潘金蓮這一形象所具有的社會的、時代的價值和意義。

潘金蓮的精神實質是什麼？是極端享樂主義和極端利己主義的結合。明代後期的社會實質是什麼？是垂死的封建主義與新起的早期資本主義在政治、經濟、文化、思想等各個方面的相互浸潤、相互影響、相互作用。《金瓶梅》之所以成為《金瓶梅》，因素當然是多方面的。其中最重要的因素之一，就在於《金瓶梅》真實地反映了當時社會那種從經濟基礎到上層建築的劇烈的變動。反映了當時那種封建主義思想意識與早期資本主義思想意識相互滲透的必然情勢。而《金瓶梅》中最主要的人物如潘金蓮、西門慶等，就必須、

也必然地會從各自的角度本質地反映社會發展的這一個階段、過程，而不是任何別的階段和過程。

中國的封建社會，是一個漫長的社會。封建制度在中國，有它的形成、發展、鼎盛、衰微的各個不同歷史階段。到明代後期，封建社會已到垂死的階段。然而，也僅僅是垂死而已。它並未滅亡，還有強大的勢力，甚至於在以後的清代還出現所謂「康、乾盛世」的迴光返照，甚至在一八四○年以後、一九四九年以前的百多年時間裏，中國的社會性質除了半殖民地以外，還有半封建的一面。因此，我們在認識明末清初這麼一個特定的歷史時期的中國社會時，必須看到當時封建制度的兩重性：一是它的腐朽性，一是它的頑固性。

中國沒有經歷資本主義社會，但資產階級是有的，資本主義思想也是有的。中國資本主義的萌芽並不算太晚，至遲在明代後期可以說已經出現。然而，就從明代後期算起，歷時四百餘年，直到無產階級奪取政權，中國始終沒有形成資本主義社會。其原因當然是多方面的，但中國資產階級本身的軟弱性、動搖性卻是一個不可忽視的因素。因為它的軟弱、動搖，所以，在它的思想體系尚未形成之前，它的思想觀念中某些落後的因素往往就與頑固的封建思想觀念合流，形成一些既含封建思想、又含資本主義落後因素的意識形態。而極端享樂主義與極端利己主義相結合的思想意識，就是其中的一種。但是，軟弱也罷，合流也罷，從整體而言，中國的資本主義一旦萌芽了，就必然對封建主義進行衝擊，不管這種衝擊力有多大，畢竟總是一種不可遏制的、推動性的衝擊。

封建制度的頑固和腐朽，處於萌芽狀態的資本主義對封建制度的衝擊及其自身的軟弱，二者之間這種既相互破壞又相互融合的狀態，這些因素交織在一起，就形成了我國從明後期到鴉片戰爭以前的社會發展的總特徵，首先是形成了明末清初時期一切都在翻個個兒，一切都在重新開始的我國歷史上的一個特殊的時代，而《金瓶梅》就隨著這個時代的產生而產生，潘金蓮的形象就隨著這個時代的出現而出現。那麼，在潘金蓮的身上，這種時代的總特徵是怎樣得到體現的呢？是怎樣得到她的獨特體現的呢？

潘金蓮這一人物的性格特徵是特定的，但不是單一的；是複雜的，但又不是捏合的。在她身上，有那麼一種對封建制度的破壞因素，但又是一種畸形的破壞；也有那麼一種對新的願望的追求，但又是一種歪曲的追求。她那

種對生活中諸多欲望的強烈渴望、爭取，本身就是一種獨特而又複雜的意識和行為。這種意識和行為，既符合於當時的封建統治者的思想意識，又不容於當時的封建統治者的思想意識；同樣，她的這種意識、行為，表面上接近當時新起的資本主義萌芽思想，實際上卻又遠離當時新起的資本主義萌芽思想。這真是一樁怪事，但實際就是如此。

讀《金瓶梅》，看到潘金蓮那種糜爛的生活方式、生活內容、生活態度，今天的讀者似乎不好理解。其實，只要我們稍稍瞭解一下當時社會腐朽的程度，瞭解一下當時封建貴族腐朽的情況，就可能產生一個感覺：潘金蓮在這方面實不過一「小巫」耳！一種社會制度，當它瀕臨滅亡的時候，這種歷史發展的趨勢是任何人也改變不了的。更何況，當時的統治者們根本就不想改變這種局面，或者根本就看不到這種局面。雖有一二海剛峰、甚或幾群「清流」奮袂吶喊其間，也不過杯水車薪而已。絕大部分的統治階級人物，都忙於兩件事：爭權奪利和恣意享樂。在比《金瓶梅》稍後、產生於明末的小說《西遊補》中，作者董說就借書中人物高總判之口，對當時統治階級的中心人物作了這樣的評判：「如今天下有兩樣待宰相的：一樣是吃飯穿衣、娛妻弄子的臭人，他待宰相到身，以為華藻自身之地，以為驚耀鄉里之地，以為奴僕詐人之地；一樣是賣國傾朝，謹具平天冠，奉申白玉璽，他待宰相到身，以為攬政事之地，以為制天子之地，以為恣刑賞之地。」（第九回）這真是對當時的封建大官僚一針見血的揭露。這些統治者們，只是坐在他們看見的或沒有看見的棺材邊上竭盡全力地吮吸著能夠攫取得到的百姓們的血液和骨髓。極端的享樂主義，正是封建貴族們臨死也不肯拋棄的信條之一。為了證明這一實質性的問題，我們還是再看幾個例證：先看正德朝，「正德十三年，駕幸昌平，民間婦女驚避」。（《明史》卷一八一《毛思義傳》）「武宗在留都，中使傳旨，令泗州進美人」。（《列朝詩集》丙集卷十六《汪應軫傳》）「正德十一年冬，帝將置肆於京師西偏。之鸞上言曰：『近者花酒鋪之設，或謂朝廷將以臨幸，或謂將收其息。陛下富有四海，貴為天下之主，何至競錐刀之利，至於倡優館舍乎？』」（《明史》卷二〇八《齊之鸞傳》）可知好色好利，正是正德皇帝的本性。再看嘉靖朝，「世宗好神仙，給事中顧存仁等皆以直諫得罪。會方士殷朝用以所煉白金器百件，因郭勳以進，帝立召與語，大悅。朝用因言帝深居，無與外人接，則黃金可成，不死之藥可致。帝益悅，令廷臣議太子監國」。（《明史》卷二〇九《楊最傳》）可見好黃白，乞不死，正是嘉

靖皇帝的企求。再看萬曆朝,「大理寺評事雒于仁,進酒色財氣四箴⋯⋯」。
(《明朝小史》卷12「萬曆十七年十二月」)「二十年來,郊廟、朝講、召對、
面議均廢」。(《明史》卷二三○《馬孟楨傳》載其萬曆三十九年上疏)可說酒
色財氣並興,朝廷政治俱廢,正是萬曆皇帝的寫照。皇帝如此,大臣呢?上
有好者,下必甚焉。這裡不必再羅列各方面大量的事實,只引魯迅先生的一
段話足以概括:「成化時,方士李孜僧繼曉已以獻房中術驟貴,至嘉靖間而
陶仲文以進紅鉛得幸於世宗,官至特進光祿大夫柱國少師少傅少保禮部尚書
恭誠伯。於是頹風漸及士流,都御史盛端明布政使參議顧可學皆以進士起
家,而俱借『秋石方』致大位。瞬息顯榮,世俗所企羨,僥倖者多竭智力以求
奇方,世間乃漸不以縱談闈幃方藥之事為恥。」(《中國小說史略》第十九章)
隨著封建制度的崩潰,封建統治階級分子的思想崩潰了。他們只能向極端的
享樂中去追求心理的平衡,用生理的滿足來代替心理的滿足。這樣的社會現
實,加以文學的描述,就是《金瓶梅》這樣的書;這樣的現實中人,加以藝術
的概括,就是潘金蓮、西門慶之流。潘金蓮的腐朽生活,潘金蓮的極端享樂
主義的心理,不是與她所處的那個時代、與她已經爬上去的那個階級的精神
面貌完全合拍嗎?這是潘金蓮的意識、行為符合於當時封建統治者思想意識
的一面。

相反相成。我們再來看潘金蓮的意識、行為不容於統治階級思想意識的
一面。這裡有一點須先說明:當時的統治者們雖然實際上荒淫已極,但在口
頭上、表面上,卻還要加緊宣揚一套一套的倫理綱常、禮義廉恥的封建道
德。同時,他們愈是要使婦女成為他們縱慾的工具,便愈加對婦女祭起一條
又一條的緊身索。要說明這個問題,最好還是看一些當時來自官方的禁令和
規矩。正德十六年十二月,有這麼一條官方禁令:「為父兄者,有宴會,如元
宵俗節,皆不許用淫樂琵琶、三弦、喉管、番笛等音,以導子弟未萌之欲,致
乖正教。府縣官各行禁革,違者治罪。」(歸有光編次《莊渠先生遺書》卷九
「公移」)萬曆年間,又有這麼一件事:「萬曆庚寅,各鎮貰馬二三百匹,演劇
者皆穿鮮明蟒衣靴革,而襆頭紗帽滿綴金珠翠花。⋯⋯郡中士庶,爭挈家往
觀,遊船馬船,擁塞河道,正所謂舉國若狂也。⋯⋯壬辰,按院甘公嚴革,識
者快之。」(范濂《雲間據目抄》卷二「記風俗」)這是對整個社會而言的禁
令,包括男人和女人都在內。此外,還有對婦女的特別要求。當時的婦女,不
僅不准遊樂,還要做到「在家則為賢女,出嫁則為賢妻,嫁而生子,則為賢

母」。(任啟運《女教經傳通纂序》)不僅要賢,還要節烈:「明興,著為規條,巡方督學,歲上其事。大者賜祠祀,次亦樹坊表。……乃至僻壤下戶之女,亦能以貞白自砥。」(《明史》卷三〇一《列女傳序》)對這多重的規矩、禁令,潘金蓮遵守了嗎?她遵守得了嗎?沒有,絲毫沒有。嫁給武大時,他偷西門慶。嫁與西門慶後,她偷陳經濟。西門慶死後,她還與王婆之子王潮兒通姦。她在西門慶家中一貫煽風點火、搬是弄非、撒嬌放潑、爭權奪利。什麼「賢」啦「節」啦,對她而言,不過是油布上的雨滴、沙漠間的蜃景,壓根兒就沾不上邊。恰恰相反,潘金蓮是以她自己的所有行為,大大地破壞著封建的規矩、衝擊了封建的禁令。這樣的意識和行為,顯然又為當時封建統治者的意識所不容。

透過現象看實質。潘金蓮的行為,符合的正是當時封建社會腐朽性的一面。不符合的恰恰又是封建社會頑固性的一面。於是,問題又來了:潘金蓮破壞封建規矩的思想武器是什麼?動力是什麼?是新出現的資本主義萌芽思想嗎?是認識到自己的價值和權利去爭取個性解放、追求自由嗎?潘金蓮是站在時代的前列來反封建嗎?如果是,潘金蓮豈不成了一個反封建的女性英雄、民主戰士?如果不是,那又是什麼呢?這裡面的確有值得思索的問題。要分析這個問題,我們除了瞭解潘金蓮生活的社會大環境之外,還有必要深入瞭解她生活的小環境,獨特生活的小環境。

潘金蓮出身於小市民家庭,又在各不同社會階層的家庭中轉過幾個來回。對社會中形形色色的人物,她看得多了;對社會中那些爾虞我詐、損人利己的事,她司空見慣。尤其是那種社會給予她的不公平的待遇、那種畸形的生活環境,更逐漸養成她一種畸形的心理,那就是要想自己舒服,不必顧忌到別人是否舒服,甚至可以讓別人不舒服。而這種將自己的快樂建立在別人的痛苦之中的畸形的心理,又在她落腳於西門慶家中時得到了最後的形成,成為她性格的基調。西門慶是一個官、商、地主三位一體的人物,其中,又以商為主。他不是老牌的封建貴族,也不是以地租剝削為主要經濟來源的土地主,而是一個依靠孔方兄而取得權力、地位、女人等等一切的暴發戶。這種暴發戶的人生哲學就是貪婪與揮霍二者的結合。他們特別會抓錢,也特別會花錢。這種由破落戶轉化而成的暴發戶,與垂危而死硬的封建統治者有著一種政治上、經濟上的默契:他們憑藉雄厚的財力來為窘困於經濟的封建統治者助力,以取得自己政治地位的提高;而封建統治者又借助於他們的財

力來苟延殘喘，因而就不得不將這樣一批人容入自己的統治集團中來。雖然如此，但在思想意識、人生哲學、生活方式等方面，這些暴發戶卻與老牌的封建貴族和土財主有很大的區別。他們骨子裏並不相信什麼倫理綱常、因果報應一類封建主義的說教，甚至不屑於蒙上一層道貌岸然或溫情脈脈的面紗，而是赤裸裸地表現著他們的本性。他們頂禮膜拜的只是金錢，他們倚仗的只是金錢的力量。西門慶有一段自白：「咱聞那佛祖西天，也不過要黃金鋪地；陰司十殿，也要些楮鏹營求。咱只消盡這家私，廣為善事，就便強姦了嫦娥，和姦了織女，拐了許飛瓊，盜了西王母的女兒，也不減我潑天富貴。」（五十七回）這樣一種思想，在當時是否有什麼意義，那是另外一個問題。但在當時，它是一種新的東西，卻是可以肯定的。（當然，新的不一定全部都是好的、進步的）這一套新的生活邏輯，對潘金蓮不能說沒有影響。在西門慶的妻妾中，潘金蓮是最聰明、最敏感、也最瞭解西門慶的一個。然而，認識到金錢的力量的潘金蓮卻恰恰缺乏金錢的實力。她在西門慶的妻妾六人中，經濟地位是很低的，經濟狀況也是很可憐的。（比房裏丫頭出身的孫雪娥稍高一點，與院中唱的出身的李嬌兒差不多。吳月娘是正妻，不好比得。孟玉樓、李瓶兒都有豐厚的陪嫁。潘金蓮巧婦難為無米之炊，只好望錢興歎。）她只有一樣東西可以降人，可以作為依靠，那就是姿色。於是，她就及時地、千方百計地發揮自己姿色的長處，企圖去擊敗一個個對手，討好西門慶。（她的依賴姿色與西門慶的依賴金錢，實在是殊途同歸，本質上是一致的。）這在《金瓶梅》中是一個事實，但只是一個表面的事實。潘金蓮並非單以取寵西門慶而滿足，她要滿足的是自己各方面的欲望：性慾、虛榮心、好勝心、權力、地位、金錢等等。在西門慶的影響下，潘金蓮確實無誤地認識到了自己的價值和權利，而且處處要使用這個價值，爭奪這個權利，並且企圖與漢子並駕齊驅地取得。男人可以玩弄女人，可以同時玩弄幾個女人，那麼，女人為什麼不能玩弄男人，同時玩弄幾個男人？男人玩弄女人是為了一種動物本能的滿足；女人玩弄男人不同樣也是這種滿足嗎？就是在這一心理的支配下，她敢於、樂於與西門慶的女婿通姦、與西門慶的小廝通姦。男人在社會上、官場中爭奪權利、排除異己，女人為什麼不能在家庭中爭權奪利、排除異己？男人為了自己可以害人、殺人，女人為了自己不是也可以害人、殺人嗎？男人為了自己可以背叛、欺騙所有的人，包括老婆、小老婆；女人為了自己，為什麼不可以背叛、欺騙所有的人，包括漢子、野漢子？總之是男人能做的、做

過了的，她潘金蓮也要幹幹；別人能得到的，已經得到了的，她潘金蓮也要得到，大家都是「人」嘛。並且，所有一切都是假的、無所謂的，唯有自己是真的、有所謂的。這是西門慶的哲學，也是潘金蓮的哲學，是西門慶默默地告訴潘金蓮、而潘金蓮比西門慶領會得更透徹的哲學。

這樣的一種人生哲學，顯而易見，並不能將它全部歸入封建主義的道德範疇。但是，同樣也不能將它完全隸屬於萌芽狀態的資本主義思想。表面看來，潘金蓮是認識到了自我的價值和權利，並在爭取她的個性的「解放」和「自由」，爭取與漢子的平等，但實質上並不是這麼回事。

封建社會後期的中國，與歐洲中世紀的情況稍有不同。壓抑人的個性的主要不是神，而是人，是那種要求「存天理、滅人慾」的人。因此，當時中國如果也有人性解放的話，主要也就是破天理、興人慾，也就是打破封建主義的教義，把自己當作一個人來生活，滿足所有的人作為一個「人」的諸種欲望。由此，當時的思想界和文學界都有不少人出來大力表彰人的「性」和「情」，用以反抗、衝擊封建衛道士們所鼓吹的「理」和「禮」，當時的思想家李贄贊許古人「食色，性也」的話，並提出「穿衣吃飯，即是人倫物理」，（《焚書》卷一《答鄧石陽》）大概就是這個意思。當時的文學作品如《牡丹亭》、《玉簪記》及「三言」中的某些篇章的出現，大概也是這個意思。這可以說是當時意識形態領域的一場革命，是社會的政治、經濟即將發生變革的一種先兆。但是，這場革命的矛頭只能指向封建思想體系和它的衛道者，而不能指向中華民族傳統道德中的合理成分和維護這些成分的廣大人民；這場革命的性質歸根到底是反迫害，而不能是迫害；這場革命的要求是喚起所有人的個性的覺醒，而不是極端膨脹某一個個性而去戕殺其他的個性。而潘金蓮的人生哲學之所以不合於時代前進的節拍，恰恰在於她極端地、片面地來認識了人生、理解了人生。她的行為，雖然表面上也破壞了封建禮法，但她並不是為了破壞封建禮法而破壞之，而是為了單純地滿足她自己；她的行為雖然表面上也報復了她的迫害者，但同時她又使自己成為一個其他人的迫害者；她的行為，雖然表面上看有個性解放的苗頭，但同時她又在肆意踐踏別人的個性；她的行為雖然表面上也在企求著與漢子的平等，但即使她與西門慶平等了，也不能算真正的平等，因為西門慶本身就是不平等的產物。不難想像，如果像潘金蓮那樣，只要自己的人性解放，不要別人的人性解放；只要自己的欲望滿足，不要別人的欲望滿足；迫害別人是為了滿足自己，滿足自己又必須去迫

害所有相關的人。這樣的一種思想，能算是真正的人性解放嗎？按這種潘金蓮式的「解放」、「自由」下去，其結果必將是任何人都不可能解放，任何人都得不到自由。潘金蓮的這種思想意識，表面上好似一種新的追求，而實質上卻是一種舊的痼結。它並不能標誌著新起的資本主義思想去戰勝舊的封建思想，恰恰相反，卻正是新起思想中的落後因素（極端利己）與舊的思想中的陳腐因素（極端享樂）二者的結合。這樣的一種追求，貌似於人性解放的追求，追求到底，不過是一種人性的墮落，人性的毀滅，原始性人性的毀滅。正因如此，所以說潘金蓮的意識行為表面上接近當時新起的資本主義萌芽思想，實際上卻遠離了這種思想，用一句成語，叫做貌合神離。潘金蓮雖然也在毀壞著那一具封建主義的病軀，但她並非站在時代的前列，舉鋤頭為那病軀掘墳墓，揮鐵錘為那病軀敲喪鐘。而只能作為一個寄生蟲、一個癌細胞，在那病軀中寄存、擴散，從而也加速了它的死亡。

在任何一個社會大變動的時代裏，都會造就出各種各樣的人物，而所有的人物都在走著自己的路。社會是同樣的，但社會對人的薰陶、教育的角度、程度卻大不相同，因而，人的選擇也各各有異。落後的社會可以使人沉淪，也可以激人奮進；進步的思潮可以促人自新，也可以令人生畏；對落後的東西，有的人可能受其蒙蔽而維護它；對進步的東西，也有人可以受其感染而歪曲它。尤其是新舊思想相互交替、相互滲透的時代，情況就更為複雜了。而潘金蓮就出現於那麼一個複雜的社會環境之中，生活在那個複雜的生活圈子裏。從而，也就形成了她那種複雜的人生觀，養成了她那種奇特的個性。

潘金蓮的意識、行為，不僅有其複雜性，而且有其特定性。她出現於明後期這麼一個特定的社會，有西門慶這麼一個特定的人物作靠山和先導，她取得了西門慶最寵愛但又是最低下的特定的侍妾的地位，她有自己特定的曲折經歷，有特定的吳月娘、李瓶兒、宋蕙蓮那樣的對手，有特定的孟玉樓、龐春梅那樣的同盟。總之，潘金蓮在許多方面都是特定的。可以說，在《金瓶梅》出現之前沒有這麼一個潘金蓮，在《金瓶梅》出現之後沒有這麼一個潘金蓮，在《金瓶梅》中也沒有第二個潘金蓮。她不能代替任何人，任何人也不能代替她。這樣的一種特定性，再與時代性、複雜性結合在一起，就奠定了潘金蓮這一形象在我國小說史、文學史中的地位。作為一個「人」，讀者或許會鄙視她、嘲笑她、仇恨她或者同情她；而作為一個「形象」，一個「藝術典

型」，讀者卻會讚美她、喜歡她。因為她在《金瓶梅》中是出類拔萃的，什麼時候她出現了，什麼時候就有「戲」；還因為她在我國文學史上是獨一無二的，她的出現，真正打破了塑造人物類型化的方法。她是一個真正的「典型」人物。

僅就女性形象而言，在潘金蓮出現之前，我國戲曲、小說作品中並非沒有成功的人物形象，並非沒有「典型」。但從這些女性形象所具有的獨特性、複雜性，時代性諸方面進行綜合考察，卻很少有能比得上潘金蓮的。至於那些作品中所寫到的「壞女人」，卻可以說幾乎沒有一個能趕得上潘金蓮。先看那些最有名的作品中最成功的正面支柱吧：唐傳奇中的崔鶯鶯與霍小玉雖性格不盡相同，但總有些相類吧；宋話本中的白娘子和周勝仙雖很動人，但性格未免單一了一點吧；元雜劇中的李千金和張倩女，性格既複雜也不相類，但是若把她們放在唐、宋、元的任何一個朝代，其性格的光輝卻幾乎是一般無二的。而《金瓶梅》中的潘金蓮，我們既不能在《金瓶梅》以前的任何一部文學作品中找到她的同儕，也不能將她隨意放在任何一個時代，還不能說她屬於哪一類型的人物。如果再從「壞女人」的角度看問題，《金瓶梅》以前的戲曲，小說中就更難找到與潘金蓮相比併的形象了。在那些作品中，那些壞女人大都是壞得那麼單一，那麼浮淺，那麼沒有根基、沒有厚度，而且，壞得幾乎一個式樣。讀者除了從她們身上得到一個「壞」字以外，很難再得到更多的東西。《金瓶梅》中的潘金蓮雖也是個壞女人，但並不能單以一個「壞」字來概括。即使是只著眼於她的「壞」，她也「壞」出了名堂、「壞」出了魅力，「壞」得令人思索、使人難忘，「壞」得深深帶有那個時代中許多壞人的印記而又鮮明顯示出她與眾不同的特點。總之，這是我國文學史上出現的一個最壞的女人，也是第一個塑造得最成功的「壞女人」。

《金瓶梅》的作者能把潘金蓮這麼一個「壞女人」寫得如此動人，這正反映了我國古典小說創作中在如何將生活中的醜轉化為藝術中的美這個問題上邁出了一大步。現實生活中的事物有美的，也有醜的；現實中的人有好的，也有壞的。但作為文學作品，則無論它反映的事物是美的，還是醜的，無論其塑造的人物是好人，還是壞人，卻都應當是美的。不美便不成其為藝術。一部作品的好壞，一個人物形象塑造的成功與否，並不決定於事物本身的美或醜，人物本身的好或壞，而在於作者是否揭示了事物的本質，是否在對事物深刻理解、深入體察的基礎之上，真實地再現某一人物在特定的環境中特

有的思想、感情、神態、心理、語言、行為等等。在這一點上，《金瓶梅》的作者取得了成功。潘金蓮這個現實生活中的壞女人，這個生活中「醜」的化身，經過作者的辛勤勞動，終於成為一件藝術美的珍品，這正是被大家所肯定的《金瓶梅》中的現實主義精神之所在。但是，僅僅從本質上揭示其醜、誇大其壞，使人感到厭惡是不夠的。雖然讀者也可以從對「醜」的厭惡之情的宣洩中感到一種微妙的愉悅，但這僅僅是第一步。緊跟著的是第二步，甚至可以說是同時邁出的一步，那就是在揭示「醜」的本質的同時，還應該從反面肯定美。作者不僅要能使讀者從「醜」的本身得到美的感受，還應該讓讀者從醜的形象的折射中領略到藝術家美的理想的光輝。在這一方面，《金瓶梅》的作者卻做得不夠。這倒不是說《金瓶梅》全書中沒有什麼正面人物、理想人物，也不是說潘金蓮這個「壞女人」沒有幹什麼好事。我們不能要求每一部文學作品都必須去寫高尚的人、美好的事。但即使對那些專寫「醜」的作品，我們卻應該要求其中能蘊藏著美的寶藏。果戈理的《欽差大臣》中沒有一個正面人物佔領舞臺，但卻有一個最大的正面人物隱藏在幕後，並潛入讀者、觀眾的心扉，那就是「笑」——對一切醜行的嘲笑、諷刺、鞭撻。實際上也就是一種批判的力量。盡量地表現醜，同時又盡情地鞭撻醜，才能算作是盡力地歌頌了美。而《金瓶梅》的作者在潘金蓮身上，在西門慶身上，在這部作品中許多醜的形象身上，所施的批判的力量簡直是太小了。相反，更多的時候，作者反而沉浸在那一片醜惡之中，欣賞那些醜惡的東西。作者把社會中醜的一面給人看，而他自己卻也只看到了這一面。缺乏對醜的批判，就達不到對美的頌揚。在現實主義精神中摻雜著嚴重的自然主義因素，就掩蓋了理想主義的光輝，就不能達到現實主義的高峰。這是潘金蓮這一形象塑造上的一個嚴重缺陷，也是《金瓶梅》這部小說的一個嚴重缺陷，也是《金瓶梅》遠遜於《紅樓夢》、潘金蓮遠遜於王熙鳳的根本原因之一。

然而，有缺陷並不等於不成功。潘金蓮這一形象從「典型」的角度看，還是成功的。尤其是與她以前的「壞女人」相比，這個形象可以說是空前的成功。我們要瞭解明後期那畸型的社會是如何擠、壓、雕、塑出那些畸型人物的，可以去問潘金蓮；我們要瞭解當時新起的資本主義思想中的落後因素是如何與傳統的封建思想融合的，可以去問潘金蓮；我們要瞭解一種新的社會思潮可能怎樣被歪曲地理解而變成另一種東西的，可以去問潘金蓮；我們要瞭解我國文學史中的「壞女人」是如何由「類型」之偏廈中走出來而

登入「典型」之殿堂的，可以去問潘金蓮；要瞭解我國古代文學家們是怎樣將複雜性、獨特性、時代性三者有機地統一在一個人物典型身上的，可以去問潘金蓮；甚至於要瞭解《金瓶梅》為什麼只能是現實主義與自然主義的分水嶺，而不能作為現實主義文學的高峰，也可以去問問潘金蓮。……將這些問題向潘金蓮問清楚了，潘金蓮這一形象的歷史地位也就自然而然地顯示出來了。

潘金蓮的形象雖然被成功地塑造出來了，並且具有不可動搖的歷史地位，但這並不是《金瓶梅》作者一個人的功勞。歷史發展到那個時代，文學史發展到那個時期，雖不能說一定要產生《金瓶梅》，一定會出現潘金蓮的形象，但卻可能產生《金瓶梅》，可能出現潘金蓮。結果是，它產生了，她出現了。這是社會發展史演變的結果，也是文學發展史積累的結果，當然，也是作者辛勤勞動的結果。

潘金蓮這樣的帶有深刻的時代性、鮮明的獨特性、深厚的複雜性的女性形象的出現，在人物塑造的方式方法上，不僅對她產生以前的女性形象是一個開創性的總結，而且，對她以後出現的女性形象也有深遠的影響。就拿明末清初這段時期的小說創作來說，就以同是體現著人性的墮落的這類女性形象而言，已有不少作品中的人物受到她的影響。如《世無匹》中，那個終日在枕頭邊上教導丈夫坑害人的喬氏；《女才子書》中，那個成天監視、迫害夫妾的馮氏婦；《金雲翹傳》中，那個對花奴從肉體到精神進行雙重折磨的宦小姐；《醒世姻緣傳》中，那個虐待侍婢致死的童寄姐，那個為滿足自己的私欲而迫害丈夫、迫害公婆、迫害一切不順眼的人的薛素姐，那個無論何時何地、甚至身陷囹圄也要宣淫的珍哥兒等等。這些女性，都不同程度、不同方式地體現著極端享樂主義和極端利己主義精神的結合。在她們身上，雖然或多或少地可以找到潘金蓮的遺傳因子，但卻沒有一個能趕得上潘金蓮那麼生動、豐滿、真實，那麼具有強烈的時代感。真正能把潘金蓮比下去的墮落型女性當然也有，她就是那現實主義精神最強烈的《紅樓夢》中的璉二奶奶。不過，王熙鳳比潘金蓮要小一百多歲，時過境遷，她所具有的時代性、獨特性又有了新的意義，並且到她面前，典型化的方法也有了新的發展。無論從社會發展史還是從文學發展史的角度來看，她又是在更新的階段、更高的層次上的開創性的總結。更何況，這位璉二奶奶還多多少少有點兒像潘金蓮哩！

在歷史的潮流中沉下去，積攢著舊的波流遺留下的淤泥，吸收著新的浪潮席捲過的渣滓，而將自身凝成一個雜質的結晶體，一個前所未有的、奇形怪狀的結晶體。這，大概就是《金瓶梅》中的潘金蓮吧。

（原載《湖北師範學院學報》1986 年第二期）

李瓶兒性格轉變的多重因素

　　《金瓶梅》中的李瓶兒，對前夫花子虛無情無義，對招贅之夫蔣竹山也很不善。然而，到西門慶家裏以後，卻來了個一百八十度的大轉彎，對西門慶是那麼溫柔體貼；對潘金蓮的挑釁，她一再忍讓；對全家上下人等，她一味周旋。為什麼同一個李瓶兒，對前面兩個丈夫那麼狠毒無情，而對西門慶又那麼體貼溫柔？為什麼一進入西門家，李瓶兒就像換了一個人似的？是這個人物性格前後分裂嗎？是作者在寫這個人物時採取了隨意性的態度嗎？李瓶兒前後性格的轉變到底合理不合理？作者對這一轉變的描寫是成功還是失敗？我們有必要作出合乎實際的回答。

　　就未入西門家的個人生活道路而言，李瓶兒與潘金蓮恰是一種反向運行。潘金蓮由一個裁縫的女兒，入王招宣府中學彈唱，又被賣與張大戶家作丫頭，又被賞給炊餅武大郎為妻，最後，終於占到了西門慶第五房姨太太的高枝兒。李瓶兒呢？先是大名府梁中書的侍妾，後降而為花太監之侄花子虛為妻，又降而招贅醫生蔣竹山為夫，最後終於成為西門慶的第六房小妾。貧女——歌女——婢女——小市民妻——暴發戶妾，潘金蓮的人生經歷恰是一條上升的直線；達官侍姬——富家正室——招夫富孀——暴發戶妾，李瓶兒的婚姻史則是直線下降。金、瓶二人是通過完全不同的生活道路而同歸於西門慶的。這種反向來歸的不同經歷，決定了她們二人在西門家中截然相反的處身態度。潘金蓮由貧窮的賣炊餅婆娘一躍而成為富商家的姨太太，吃、穿、住、用等各方面的物質生活都發生了極大的變化，但有一點卻始終變不了，那就是她本身並沒有財產。她一切的物質享受都是西門慶賜予的，或者說是她以自己的色相換得來的。她十分敏感地意識到這個問題，並產生了一種自

卑心理，總覺得自己與眾妻妾相比，沒有雄厚的經濟作為爭寵的後盾。尤其與孟玉樓、李瓶兒這兩個財婆比起來，更覺不堪。這種極端自卑的心理因素在現實生活中的矛盾、糾紛的不斷刺激之下，又自然而然地醞釀成為一種極端的自尊心理。而這種奇特微妙的變態心理體現在行動上，就是爭強好勝、絕不饒人，以攻擊人、陷害人為己任，尤其是喜歡抓住別人的短處、甚至傷心處大做文章，以為樂趣，從而求得自己的心理平衡。而李瓶兒呢？她未到西門家之先，已於牆頭密約時將白銀三千兩、四箱櫃值錢珍寶之物寄存於西門慶家中。對於財物，她不像潘金蓮那麼敏感，那麼斤斤計較。在物質享受方面，她早已得到相當的滿足。她並未打算利用自己的「色」去搏取西門慶的錢財，恰恰相反，她倒是以己之色易西門慶之欲，甚至是以己之財去搏得西門慶的寵愛與歡心。因此，當她一旦成為西門慶的愛妾之後，便心滿意足，只要能平平靜靜地保持現狀就行了。在經濟問題上，她沒有潘金蓮那種由極端自卑而轉為極端自尊的變態心理。她不需要靠捉挾他人、攻擊他人、陷害他人而求得心靈慰藉。她處處以和氣、大度待人，常施小恩小惠，給下人們方便兒，以搏得「萬人無怨」的好名聲兒，鞏固已經得到的愛寵地位。因此，當我們探討李瓶兒何以在西門慶家中那麼「好性兒」的時候，不可忽視經濟方面的因素在其中所起到的作用。

接下來的問題是：既然李瓶兒能這樣對待西門慶，那她為什麼又不能同樣對待花子虛或蔣竹山呢？就算蔣竹山是個窮光蛋，花子虛家不是也很富有嗎？她何以不在花子虛家心安理得地保持現狀而非勾上西門慶不可？這個問題，似乎應當換一個角度來看，應當從「性慾」方面找找原因。有一次，西門慶與李瓶兒盡興淫慾了一番之後，西門慶戲問瓶兒：「當初花子虛在時，也和他幹此事不幹？」李瓶兒道：「他逐日睡生夢死，奴那裡耐煩和他幹這營生！他每日只在外邊胡撞，就來家，奴等閒也不和他沾身。……奴與他這般頑耍，可不砢硶殺奴罷了！誰似冤家這般可奴之意，就是醫奴的藥一般，白日黑夜，教奴只是想你。」（十七回）花子虛已不能可瓶兒之意，蔣竹山就更加不堪了：「卻說李瓶兒招贅了蔣竹山，約兩月光景。初時，蔣竹山圖婦人喜歡，修合了些戲藥，買了些景東人事、美女相思套之類，實指望打動婦人。不想婦人在西門慶手裏，狂風驟雨經過的，往往於事不稱其意，漸生憎惡。反被婦人把淫器之物，都用石砸的稀碎，丟弔了。又說：『你本蝦蟆，腰裏無力，平白買將這行貨子來戲弄老娘！把你當塊肉兒，原來是個中看不中吃蠟槍頭，死

忘八！』常被婦人半夜三更趕到前邊鋪子裏睡。於是一心只想西門慶，不許他進房。」（十九回）還有一次，當西門慶問「我比蔣太醫那廝誰強」時，李瓶兒乾脆將三人放在一起進行比較：「他拿什麼來比你！莫要說他，就是花子虛在日，若是比得上你時，奴也不恁般貪你了。」（十九回）對於李瓶兒這樣的從梁中書家中出來、見過大世面的婦人而言，山珍海味、綾羅綢緞、畫棟雕欄、寶物珍玩，她見得多了，這些東西已不能對她有多大刺激。她又不是什麼封建淑女，不會在詩書禮樂方面去尋求精神寄託。同時，她也不是那市井貧婦，不需要為油鹽柴米去耗費心力。那麼，剩下來的，賴以填補其生活空虛的，就只有性慾、赤裸裸的性慾滿足了。當她在這方面得不到滿足時，她就對那胡撞漢、蠟槍頭產生怨恨心理。怨恨之餘，便是採取各種手段來嘲弄、諷刺、辱罵、乃至於報復。而當像西門慶那樣的可意人兒滿足了她的慾火時，她便像得到妙藥一般，緊緊地貼附上去，唯恐失掉這種「歡樂」。《金瓶梅》中既然已經反覆寫到李瓶兒這種心理，我們就不能忽視它，就得承認這也是構成李瓶兒性格轉變的因素之一。

促使李瓶兒性格轉變的因素還有一層，那就是李瓶兒曾經孟浪行事，將許多財物過早地寄存於西門慶家中，落入吳月娘之手。她自作自受，使自己陷入受制於人的困窘境地。西門慶、吳月娘夫婦，對於「財」是看得極重的。他們充分利用了李瓶兒對財物粗心大意以及急於交好西門慶的心理，在花子虛未死之前就已將花家的大量財物從牆頭密運過來。對此，李瓶兒當時雖因色慾迷了心竅，但事後卻有所悔悟，尤其是當蔣竹山提醒之後，她深悔將「許多東西丟在他家，尋思半晌，暗中跌腳」（十七回）。假若李瓶兒不曾先將財物過去，以花子虛孀婦身份手握重金，或許西門慶會主動求其為妾。而一旦財物進入西門家中，那是斷斷不可能再吐出來的。於是，李瓶兒反而人隨賄遷，低聲下氣地哀求西門慶，要與他作妾。一忽兒說：「只靠官人與奴作個主兒。休要嫌奴醜陋，奴情願與官人鋪床疊被。」一忽兒又將沉香、白蠟、水銀等貴重物品再贈西門慶，並哀求道：「到家好歹對大娘說，奴情願與娘們做個姊妹，隨問把我做第幾個也罷。」一忽兒「與西門慶磕下頭去」，一忽兒「眼淚紛紛的落將下來」，一忽兒「把西門慶抱在懷裏」。（十六回）總之是「銀去財空，反求於人」，「不得不依人項下，作討冷熱口氣也」。（張竹坡評語，見十六回）試問，像這樣死求百賴地要嫁給西門慶，到了他家後還能像以前作為一家之主時那樣威福自如嗎？財物，在那個世道裏就是要威風的翅膀，李瓶

兒在西門慶面前早已羽翼摧折、威風掃地了，不俯首低眉又待如何？

　　作為大色狼的西門慶，雖能滿足李瓶兒的淫慾，但李瓶兒又何嘗料到，真正進入西門家後，卻無異於身陷狼窩。從西門慶起，月娘、玉樓、金蓮乃至家下丫頭人等，一開始都千方百計地戲侮李瓶兒，用各種軟的硬的方法來對付她。當李瓶兒正式嫁到西門慶家中時，她先託人去討西門慶示下，多少還想拿一點身份，不料西門慶竟說：「什麼下茶下禮？揀個好日子，抬了那淫婦來罷。」乃至「婦人轎子落在大門首，半日沒個人出去迎接」。西門慶要「奈何他兩日」，「一連三夜不進他房來」。李瓶兒傷心至極，上弔自盡，又被救下，結果呢？迎來了一陣風暴雷霆。「西門慶心中大怒，教他下床來，脫了衣裳跪著。婦人只顧延挨不脫，被西門慶拖翻在床地平上，袖中取出鞭子來，抽了幾鞭子。」（十九回）西門慶如此，作為一家主婦的吳月娘也深深忌恨李瓶兒有錢財，她對哥哥吳大舅說西門慶「有了他富貴的姐姐，把我這窮官兒家丫頭只當亡故了的算帳」。（二十回）就連一向城府頗深、隔岸觀火的孟玉樓也按捺不住，對李瓶兒小敲小打以示顏色，借著大家湊分子讓西門慶與吳月娘和好的機會，她對潘金蓮說：「和李瓶兒說去，咱兩個每人出五錢銀子，叫李瓶兒拿出一兩來。」結果，西門慶眾妾中，孫雪娥出一根銀簪子，「只重三錢七分」，李嬌兒身為管家婆，亦只出銀「四錢八五」，玉樓、金蓮各出五錢，李瓶兒竟拿出一塊銀子，「重一兩二錢五分」。（二十一回）至於那個一刻不害人就不快活的潘金蓮對李瓶兒的忌恨就更不用說了，她「背地唆調吳月娘，與李瓶兒合氣。對著李瓶兒，又說月娘容不的人」。（二十回）兩邊弄是非，坐山觀虎鬥。不僅西門慶眾妻妾如此欺侮李瓶兒，就連丫頭們也來打太平拳湊熱鬧。「小玉、玉簫來遞茶，都亂戲他」，一頓冷嘲熱諷「把個李瓶兒羞的臉上一塊紅，一塊白，站又站不得，坐又坐不住」。（二十回）李瓶兒一入西門慶家，上下人等就如此夾槍帶棒、軟硬兼施地圍攻上來，猛然進入這樣一種環境，任是戴髮嚙齒的男子漢也會應接不暇、無力還手的，何況李瓶兒？她哪裏見過這種陣勢？人在矮簷下，不得不低頭。李瓶兒只得心字頭上一把刀——忍了。只有暗地裏獨自歎氣：「我那世裏晦氣，今日大睜眼又撞入火坑裏來了！」（十九回）

　　隨著時間的推移，李瓶兒在西門家中的地位日趨變化，逐漸達到獨寵專房的地步。西門慶為什麼那樣寵愛李瓶兒？其中固然有如玳安兒所言：「為甚俺爹心裏疼？不是疼人，是疼錢」的緣故，（六十四回）但更重要的一條，還

是因為李瓶兒在西門家生了一個兒子。最有趣的是這個兒子還帶有許多附加的好處：其一，西門慶雖有財勢卻沒有兒子，突然得子，自然欣喜萬分；其二，此子降生之時，正是西門慶得官之日；其三，這位官哥兒與喬大戶家做親時，西門慶又恰恰發了一注不大不小的財。西門慶對此十分敏感，曾暗自想道：「李大姐生的這孩子，甚是腳硬，一養下來，我平地就得此官。我今日與喬家結親，又進這許多財。」（四十三回）母以子貴，更何況是「腳硬」孩兒之母？由此，西門慶處處將李瓶兒另眼相看，甚至把自己的這種思想在外人面前公開表露出來。他情不自禁地對前來給李瓶兒看病的任醫官說：「不瞞老先生說，家中雖有幾房，只是這個房下極與學生契合，學生偌大年紀，近日得了小兒，全靠他扶養，怎生差池的。」（五十四回）李瓶兒呢？自然也深知自己之所以受寵的重要原因乃是有了官哥兒。因此，為了維護這條命根子，實際上也是為了維護自己已然得到的地位，她索性在許多問題上作出讓步。對潘金蓮的爭寵，她採取迴避、忍讓的態度，一次又一次勸西門慶到金蓮房中歇宿，正如第四十四回張竹坡所評：「自生子後，凡入金蓮房中必用瓶兒勸去。」當潘金蓮故意指桑罵槐，借著丫頭指罵瓶兒時，李瓶兒毫不反撲，只是「摟著官哥兒在炕上就睡著了」。（四十一回）當西門大姐要李瓶兒去與潘金蓮「當面鑼、對面鼓」地幹時，李瓶兒只是說：「我對的過他那嘴頭子？只憑天罷了。他左右晝夜算計的只是俺娘兒兩個，到明日，終久吃他算計了一個去才是了當。」（五十一回）李瓶兒不願意與潘金蓮硬幹，主要是以兒子作為精神支柱和有力武器。她深知，在西門慶面前，有子就有寵。她固寵的手段，就是強調兒子的重要性。當她自己身染微恙時，就曾借機向西門慶暗示這一點：「倘或有些山高水低，丟下孩子，叫誰看管？」（五十四回）這一切，正如張竹坡所言：「蓋為有寵，不必爭耳。」（見五十一回批）及至潘金蓮害死官哥兒，卻又「每日抖擻精神，百般稱快」時，李瓶兒為什麼又「不敢聲言，背地裏只是掉淚」呢？（六十回）那則是因為她精神支柱已經摧折、有力武器已然失去，再爭又有何用處？更何況因失子之悲，李瓶兒自己也身染重病，自知不久於人世，再爭又有何益處？這時的李瓶兒，已無意苦爭春，她心灰意冷，大有聽憑命運擺佈之勢。因此，她才對孫雪娥說：「罷了，我也惹了一身病在這裡，不知在今日死明日死，和他也爭執不得了，隨他罷。」（五十九回）因此，她又對如意兒說：「我已是死去的人了，隨他罷了。天不言而自高，地不言而自厚。」（六十二回）有子之時，因子而得寵，無須爭之，李瓶兒於是

乎忍讓；喪子之後，慟病兩交加，無意爭之，李瓶兒於是乎又忍讓。對於一個小妾而言，對於一個西門慶家中的小妾而言，對於一個西門慶家中主要因有子而得寵的小妾而言，李瓶兒具有這麼一種精神狀態，採取這麼一種處身態度，不是也很自然嗎？

　　人，與一般動物的重要區別之一就是有感情，即便是像西門慶這樣的惡人，像李瓶兒這樣的淫婦，也並非毫無感情可言。一提到《金瓶梅》，人們往往會想到「人慾橫流」這四個字。但是，在《金瓶梅》中，是否也有星星點點的「情」的描寫呢？應該說是有的。至少在西門慶與李瓶兒之間，就有那麼一點並不完全等同於「欲」的「情」。李瓶兒得病時，西門慶曾哭著說：「我的姐姐，我見你不好，心中舍不的你」。李瓶兒垂死時，西門慶更是「如刀剜心肝相似」，鄭重表示：「有我西門慶在一日，供養你一日。」體貼而言：「我不睡了，在這屋裏守你守兒。」李瓶兒一死，「西門慶也不顧什麼身底下血漬，兩隻手捧著他香腮親著。……在房裏離地跳的有三尺高，大放聲號哭」。後又「在前廳手拍著胸膛，撫尸大慟，哭了又哭，把聲都哭啞了」。（六十二回）一直到給李瓶兒舉喪演戲時，「西門慶看唱到『今生難會面，因此上寄丹青』一句，忽想起李瓶兒病時模樣，不覺心中感觸起來，止不住眼中淚落，袖中不住取汗巾兒搽拭」。（六十三回）所有這些，應該說是西門慶真實感情的流露，而不是虛偽做作的。西門慶可以在陰冷的笑聲中將許許多多的人害得家破人亡，但卻在李瓶兒面前灑下了淋漓熱淚。在《金瓶梅》中，被西門慶玩弄過的女性至少有二十餘人，但幾乎全是作為他泄欲的工具，唯有李瓶兒，到底得到了西門慶的一點真情、得到了這份與眾不同的「恩寵」。這一點，李瓶兒在梁中書、花子虛、蔣竹山那裡何嘗得到過？在梁中書家，「夫人性甚嫉妒，婢妾打死者多埋在後花園中，這李氏只在外邊書房內住」。（十回）那裡只有恐怖的環境。花子虛呢？則經常「在院中請表子，整三五夜不歸。」（十回）那裡常有冷寂的空房。而蔣竹山則「自從與婦人看病，懷覬覦之心已非一日」，一聽瓶兒許親，動不動就「雙膝跪下」、「倒身下拜」，（十七回）完全是一副乞求面目。因此，李瓶兒在梁中書家，是畏夫人之威勢；在花子虛家，是恨丈夫之冷落；在蔣竹山那裡，又是惡漢子之猥瑣。欲既不得滿足，情更無法溝通，她是定然不會將心肝肺腑祖露出來的。自從與西門慶結交以來，先得到性慾之滿足，繼之以生子而專寵，最終又得到一份頗為真摯的濃情密意。感恩則圖報，既得桃，何妨報之以李？西門慶出遠門，「妻妾眾人擺設酒肴，和西門

慶送行」，大家僅喝酒而已，唯抱病缺席的李瓶兒閣著淚道：「路上小心保重。」（五十五回）李瓶兒自己病重，卻對著要讓西門慶去請醫生的吳月娘說：「休要大驚小怪，打攪了他吃酒。」（六十一回）當自己生命垂危時，李瓶兒竟勸廝守在旁的西門慶：「我的哥，你還往衙門中去，只怕誤了你公事。」當西門慶要花重金與她買棺材時，李瓶兒又說：「你休要信著人，使那憨錢，將就使十來兩銀子，買副熟料材兒。……你偌多人口，往後還要過日子哩。」尤其是臨死之前，李瓶兒對西門慶的一番囑咐，更是語重心長：「你家事大，孤身無靠，又沒幫手，凡事斟酌，休要一沖性兒。……你又居著個官，今後也少要往那裡去吃酒，早些兒來家，你家事要緊。比不的有奴在，還早晚勸你。奴若死了，誰肯苦口說你？」（六十二回）這些苦口婆心的話，不是動真情，焉能從肺腑中流出？一部《金瓶梅》，到處是爾虞我詐，霜劍風刀，唯有在西門慶與瓶兒之間，作者架起了這麼一葉頗富真情的獨木橋。既如此，李瓶兒又為什麼不能完成從冷酷無情到溫柔多情的性格過渡呢？

綜上所述，李瓶兒進入西門家之前後，其性格的轉變既非突然，又不悖於事理，且符合她那種為特定環境所規定的特殊心理。由獨持一家之主母，降而為小妾，並受下馬威之脅迫，眾蛾眉之忌妒，李瓶兒不得不低頭忍辱；由擁有資財到孟浪行事而受制於人，李瓶兒不得不下氣相求；由肉慾之滿足到獨寵專房進而兩情殷殷，李瓶兒何必再去爭鋒？由倚子而貴到子夭子而慟直至生命垂於旦夕，李瓶兒唯有泣命而已！所有這些，使李瓶兒由幾分歹毒變得十分溫柔，由唇槍舌劍變得「言語兒也沒些」。時、勢、命、運，限制著李瓶兒，色、欲、情、寵，蒙昧著李瓶兒，使她陷入深淵而不能自拔，使她沉於孽海而難以自明。在西門慶面前，李瓶兒徹底地交出了她的一切：金錢、歲月、肉體、感情，一直到整個生命，整個的肉與靈的生命。

這裡必須指出，《金瓶梅》的作者並非沒有意識到自己筆下李瓶兒這一人物性格的轉變，作者是清醒地寫出這一轉變的。在李瓶兒未進西門家之前，作者早就埋下了李瓶兒「溫柔」的伏筆。吳月娘曾讚李瓶兒「好個溫存性兒」。（十回）書中十四、十五兩回，作者縱筆鋪寫李瓶兒因欲嫁西門慶而在月娘等人面前頻獻殷勤、做小伏低，也暗示著她後來對眾人溫順無爭的必然性。就連與西門慶私挑，也寫得與潘金蓮不同，正如張竹坡所言：「描瓶兒勾情處，純以憨勝，特與金蓮相反。」（十三回回前）至於李瓶兒到西門家之後，也還留下若於早先那種不饒人的痕跡，不過不像潘金蓮那麼鋒芒畢露罷了。

當如意兒在王姑子面前大數金蓮惡行時，李瓶兒雖加以制止，但又淡淡地加上一句：「天不言而自高，地不言而自厚」。（六十二回）既是對金蓮極端鄙視，又含有「多行不義必自斃」的意味。李瓶兒病危之時，又對西門慶說：「奴若死了，誰肯苦口說你？」（六十二回）既表白了對西門慶的忠心癡情，又將月娘諸人一筆抹倒。至於李瓶兒臨死之前悄向月娘所說的一段話：「娘到明日好生看養著，與他爹做個根蒂兒，休要似奴粗心，吃人暗算了。」（六十二回）鋒芒所向，直指潘金蓮，意欲令其死無葬身之地。作者於此尚恐讀者不明，重筆直書：「看官聽說：只這一句話，就感觸月娘的心來。後次西門慶死了，金蓮就在家中住不牢者，就是想著李瓶兒臨終這句話。」這又頗有點兒「死瓶兒毒殺生金蓮」了。可見，歹毒時的李瓶兒何嘗不帶有幾分溫柔，而溫柔時的李瓶兒又何嘗不帶有若干歹毒？人是複雜的，何必強求其一律？人是變化的，又何必迫使其一致？

當我們對促使李瓶兒性格轉變的多重因素進行了初步分析後，似乎應當簡略地探討一下這種轉變能否給我們以某種啟示了。

產生於明代後期的《金瓶梅》，似乎向讀者透露了這麼一種潛藏在生活表象背後的社會信息，即正統的、老牌的封建統治者，在經濟上面臨著極大的危機時，便不得不在暴發的、新生的奸商富戶面前低著眉兒、厚著臉兒、放下架兒、伸出手兒、弄幾個錢兒。金錢的能量達到了空前未有的高度。作者在寫西門慶與相府總管翟雲峰、新科狀元蔡一泉、進士安鳳山、巡按宋松原等人的交往時，已透露出這一方面的信息，而更多的時候，則是寫這種趨勢蔓延到市井生活之中。西門慶與「十兄弟」結拜，他年歲並非居長，而眾人卻一齊亂嚷：「這自然是西門大官人居長。」為什麼？應伯爵說得透徹：「如今年時，只好敘些財勢，那裡好敘齒？」（第一回）於是乎，西門慶便堂而皇之地當上了大哥。但是請注意，這十人之中，謝希大「乃清河衛千戶官兒應襲子孫」，「還有一個雲參將的兄弟，叫做雲理守」，都是世家子弟，都來巴結財神爺西門慶，這且不論，因為他們都是已經敗家的破落戶。更值得注目的是場中還有一位花子虛，乃是「花太監侄兒，手裏肯使一股濫錢」，（第一回）然而卻屈居老四。這裡除了子虛本人孱弱之外，又因為他原是走下坡路的內相子侄，不如西門慶乃走上坡路的暴發富商。而李瓶兒恰恰本是這箇舊家之正室，幾經周折，又終於成為那新發之家的小星。李瓶兒的棄「暗」投「明」之舉，是否也帶有這種財產大轉化的劇烈社會運動所留下的痕跡呢？當她以混

雜著欲與情的憨態熱戀著西門慶時，西門慶卻早已冷靜地注目於她家的錢財了。在孔方兄面前，什麼禮義廉恥，什麼上下尊卑，全都滾到邊上去！在西門慶這樣的只要有了錢，「就使強姦了姮娥，和姦了織女，拐了許飛瓊，盜了西王母的女兒，也不減我潑天的富貴」（五十七回）的拜金主義者面前，翟總管、蔡狀元、安進士、宋巡撫們都抵擋不住的勁風，一個來自於內相之家的李瓶兒又豈能力挽狂瀾、我行我素？自從她勾上西門慶之日起，就決定了她必然在西門慶那孔武有力的雙臂中改變她的性格，洗心革面、重新做人。溫順地把一切交給西門慶，是她唯一的出路，也是她所處的大小環境對她的必然要求。

李瓶兒死了。她帶著她原本所屬的那個老牌的貴族階級的沒落情調「幸福」地瞑目於新生暴發戶西門大官人那充滿銅臭與慾火的懷抱之中；她以生前的百般溫順所換來的轟轟烈烈的大出殯場面向人們炫耀著她最後一個丈夫劃時代的威力；她以其不得已的自身性格的轉變向人們暗示著她曾經賴以生存的那個時代、社會、階級的許多不得已！

（原載《明清小說研究》1989 年第二期）

回流耶？漩渦耶？
——明代其他類型的章回小說

　　明代章回小說除了史傳、英雄、神異、家常四大潮流之外，其他類型的小說也偶露崢嶸。如風情小說、公案小說、社會小說均以各自的方式搶佔著說部市場，並且都擁有各自的讀者群。當然，這些類型的小說作品從整體上講是遠遠趕不上四大潮流的優秀之作的，但它們的存在也應該具有各自的價值，至少，它們體現了某一種小說類型的初露端倪。至於從小說史的角度看來，這些在明代不占主流地位的小說類型究竟是回流還是漩渦，甚或竟是一股逆流？每一位研究者自然可以得出見仁見智的結論，下面申述的只是筆者的看法。

一、人慾高漲時代的必然產物——風情小說

　　明代，尤其是明中葉以後，是一個人慾高漲的時代，聲色犬馬、嫖賭逍遙，社會各階層的人們都進行著竭盡全力的追求與享樂。且看：

　　「正德十一年冬，帝將置肆於京師西偏。之鸞上言曰：『近者花酒鋪之設，或謂朝廷將以臨幸，或謂將收其息。陛下富有四海，貴為天下之主，何至競錐刀之利，至於倡優館舍乎？』」（《明史》卷208《齊之鸞傳》）

　　「由嘉靖中葉以抵於今，流風愈趨愈下，慣習驕奢，互尚荒佚，以歡宴放飲為豁達，以珍味豔色為盛禮。……酒廬茶肆，異調新聲，泊泊浸淫，靡焉勿振」。（《博平縣志》卷4《人道》六《民風解》）

　　「幼時曾於二三豪貴家，見隆慶窯酒杯茗碗，俱繪男女私褻之狀，蓋穆

宗好內，故以傳奉命造此種。」（沈德符《萬曆野獲編》卷 26《玩具》）

「蜀人張岱，陶庵其號也。少為紈絝子弟，極愛繁華，好精舍，好美婢，好孌童，好鮮衣，好美食，好駿馬，好華燈，好煙火，好梨園，好鼓吹，好古董，好花鳥，兼以茶淫橘虐，書蠹詩魔。」（張岱《琅嬛文集・自為墓誌銘》）

正是在這樣一種時代風氣的影響之下，產生了《金瓶梅》《醋葫蘆》《檮杌閒評》《醒世姻緣傳》乃至「三言」「二拍」某些篇章中的色情描寫片斷，也造就了《浪史》等風情小說。或者竟可以說，這些風情小說就是《金瓶梅》這種家常小說向著人慾前進的一個分支。

《浪史》四十回，又名《浪史奇觀》，晚明作品，作者佚名。書敘人稱「浪子」的秀才梅素先行走風月場的過程，第一回算是楔子，第二回便寫浪子獵豔開始，第三回便漸次展開淫穢描寫。尤其是第五回寫浪子與文妃初會，第七回寫浪子與寡婦趙大娘苟合，第八回寫浪子與趙大娘、妙娘母女同歡，第十回寫浪子與妙娘調情，第十三回寫浪子與文妃月下宣淫，第十五回寫陸珠與俊卿、紅葉主婢廝混，第二十一回寫浪子與素秋通姦，第二十三回寫陸珠與俊卿縱慾，第二十七回寫浪子與文妃戲耍，第三十四回寫浪子與文如、櫻桃偷情，第三十六回寫浪子與安哥成奸，第三十九回寫浪子與文妃、安哥二妻秘戲，都是連篇累牘的性慾描寫。然而，對《浪史》，我們似乎不可一筆抹殺，在大量描寫男女穢事的同時，書中又常常體現出某些驚世駭俗、不同凡響的見解和認識。或者說，在某些地方，作者直截了當地表現了一種對於「人慾」的渴求，對於傳統觀念的沖決。許多在「正人君子」們看來大逆不道的話，許多平常人在腦子中盤桓而不敢公開道出的話，在這部風情小說的代表作中倒是一吐為快了。如第五回，文妃對浪子說：「若當初與你做了夫妻，便是沒飯吃、沒衣穿，也拼得個快活受用。」如第十八回，浪子買囑錢婆以豬兒打雄引動素秋，素秋長歎：「禽獸尚然如此，況於人乎？」如第二十二回，寫素秋正在快活難當處，道：「死也做一個風流鬼！」尤為突出的是第二十九回，浪子撮合妻子文妃與寵奴陸珠交合，文妃道：「這不是婦人家規矩，你怎地卻不怪我？」浪子道：「你怎麼地容我放這個小老婆，我怎不容你尋一個小老公？」更有甚者，《浪史》還偶而涉及社會問題，並發表作者議論。如書中第三十九回文妃說：「不肖有勢而進，賢才無勢而退；不肖倖進而欺人，賢才偶屈而受辱。」這實際上是作者借書中人物之口表達了自己對現實社會

的一種否定和不滿。再如第三十六回浪子對安哥說：「叔嫂之分，怎的做得夫妻？」安哥道：「大元天子，尚收拾庶母、叔嬸、兄嫂為妻，習以為常，況其臣乎？」浪子笑道：「君不正則臣庶隨之，今日之謂也。」既指出當時社會中上行下效君臣一片荒淫的現實，又對「天子」進行了隱隱的指責和諷刺。該書有些描寫，也頗富情趣，如第二十六回寫素秋臨死描容，酷似杜麗娘，以信物殉葬也很有人情味。如第三十一回寫陸珠與文妃在水池邊幽合：「陽精大泄，流到池中。許多金色鯽魚亂搶，吃了都化為紅白花魚，如今六尾花魚，即此種也。」如此描寫，大有美麗的淫穢之意味。

呂天成撰《繡榻野史》四卷，有萬曆刊本。書敘東門生姚同心及其變童趙大里多種淫穢事。如東門生將續弦妻子金氏讓大里耍弄，東門生弄丫鬟塞紅，金氏將塞紅獻與大里弄，大里又弄處女婢阿秀，東門生夫婦合謀賺大里母親麻氏弄之，總之是性生活的一派混亂。書中於淫亂描寫的同時偶露趣味，如大里與東門生的兩封帖兒，如以古事喻性交等。有些片斷，如寫寡婦四時寂寞、四季悲歌頗為真切，而東門生夫婦賺麻氏一段也曲折多致。最富民俗色彩的是麻氏、金氏和東門生在一起飲酒時所說的酒令和「急口令」。舉後者為例：「樓下弔了個牛，樓上放了個油，樓下牛曳倒了個樓，打翻了個油，壓殺了個牛，捉了牛皮賠了樓、牛油賠了油，賣油的客面上哭的兩淚交流。」放在今天，這也是學相聲者練習的好段子。當然，該書也有令人大倒胃口處，如金氏讓大里後庭花一段，如大里強姦處女一段，均不堪卒讀。是書亦有對後世小說之啟發處，如描寫金氏房間布置一段，可作秦可卿房間布置之先聲，二者相較，只不過此處直白粗俗而《紅樓夢》含蓄雅化一些而已，但兩者之間在「性勾引」方面的效用卻是相同的。當然，該書最後以東門生為僧、淫至極而為「空」作結，也對《紅樓夢》有所啟發，然這裡是勸十諷一，而《紅樓夢》乃大徹大悟矣。

《濃情快史》三十回，作者不詳。書之前半寫民間淫慾，而參以家常寫法；後半寫宮闈秘事，而參以史傳意味。相較而言，前半部分對男女情慾描寫雖較瑣碎污穢，然有層次感。若第二回媚娘與武三思相通一段，第三回張宗昌勾引媚娘一段，均慢慢勾起，逐層加級。第四回寫男女殉情，純然世俗意味，與稍早之《劉生覓蓮記》等文言風情小說迥然有異也。至第十回敘六郎、三思、白某、媚娘、李宜兒、玉妹等人交錯穢行，遂混雜不堪。此後，漸入宮闈，描寫亦漸粗疏。所用情節，亦真亦假，介乎史傳與風情之間也。又書

中第十四回頗為特出，寫狄仁傑判斷奸案，稍具公案性質。又書中第十一回，寫狄仁傑拒絕店中寡婦挑逗，一段心理描寫，幾番衝動、幾番壓抑，頗為真實，亦頗符合人物身份及心理。是書於武則天多寫其穢事，然亦不掩其果決性格，寫韋氏則只令人生厭。就情節而言，前半部分可讀性較強，二賊人騙媚娘一段，尤為曲折精彩。玉妹其人，迷狂後便吐真言，亦真實而可愛。然讀至後段，風采頓減，直是宮闈穢事之流水帳也。武則天也不如前半部分生動。據此可知，作者並不熟悉宮闈生活，故寫來捉襟見肘，終不如狀市井中小家碧玉偷情，寫來得心應手、妙筆傳神也。

　　《昭陽趣史》二卷，作者佚名。書敘漢成帝與飛燕、合德姐妹事。其主體應屬風情小說。然第一卷以敘狐精、燕精相鬥事為主，有神異小說意味。第二卷敘飛燕、合德出身，又具家常小說風格。然寫二女同事射鳥兒，已入風情。三、四卷方是濃欲豔情小說正編，敘漢宮種種穢事，令人駭目。尤甚者乃在第三卷，飛燕招射鳥兒及眾少年排陣大戰，可謂奇淫、至淫。是書末尾一片因果報應，無味至極。然書中亦有佳妙之處，如第一卷狀小燕急報口吻，結結巴巴；又如第三卷寫飛燕情怨蛺蝶及合德借機雙敲一段，可謂借景寫情法，亦妙。至若第四卷敘成帝以陽物自嘲，以天子之威而作閨中醜態，是將莊嚴與淫濫扭作一處，更顯其諷刺意味。

　　《玉閨紅》三十回，殘存前十回，有崇禎四年序，知佚名作者為明末人。書敘忠臣李世年彈劾魏忠賢因而遭難，夫妻雙亡，其女李閨貞攜婢女紅玉逃亡江湖故事。本為大好家常小說題材，且書中亦確有較好之世態人情描繪。如第四回寫小白狼「十兄弟」，模仿《金瓶梅》。如第五回對「窰子」的解釋以及對土娼和逼良為娼的描寫，也細膩真切。然作者似乎有性變態心理，在書中大寫淫慾，並且是變態描寫。如第一回寫魏忠賢以一半淫根與客氏幽會，如第四回寫張泰來如同西門慶一般死於妻子張小腳身上，如第八回細緻描寫忠臣之女被市井無賴圍攻、輪姦的過程，如第十回又寫小姐遭二十六人輪姦並有品簫、後庭描寫，如此等等，一片狼藉，可見作者在不良風氣影響下的心理變態。

　　《肉蒲團》二十回，作者不詳，或以為李漁著，不確。是書首尾各一回，乃色慾過後歸於正道之說教，無足觀也。唯第二回中，未央生與孤峰論辯，未央生一語，罵盡天下假斯文。此後，書中寫未央生與女子數人媾合情狀，頗為細緻，然亦多扯淡之處。此書頗會頓抑之法，若第六回敘未央生欲

得美人，被賽崑崙一番譏笑，頓釋此念，行文故作一頓。爾後敘未央生倚左道而壯陽，方一發而不可收。後數回，亦可分兩條線索：一壁廂敘未央生在外淫亂無度，一壁廂敘權老實欲報奪妻之恨而淫拐未央生之妻，頗有「花開兩朵，各折一枝」餘韻。是書人物，除「好淫」二字外，殊無個性。若未央生，若幾名女子玉香、豔芳、香雲、瑞珠、瑞玉、花晨等，均乃性慾工具而已。至若未央生一男四女聯床大會，更為惡趣。其中片斷，如第三回寫未央生與玉香模仿春宮圖，第四回寫賽崑崙向未央生介紹他人閨中秘事，第十回寫未央生與一醜婦及豔芳相次淫浪，第十二回寫未央生鑿牆偷會香雲，第十四回寫權老實偷窺玉香沐浴爾後私通，第十五回寫未央生與香雲、瑞玉、瑞珠輪流奸宿，第十七回寫未央生與花晨成其好事，第十七回寫未央生與四女子閨中嬉鬧、共枕而宿，第十八回寫玉香學得老妓風月豔技等，均乃極其淫穢之筆墨。唯第十一回，豔芳與未央生淫奔之前「心中思量」「既要淫，就要奔」的一段描寫，可算大議論，為天下淫奔女鳴不平也，亦充分體現此女子為情慾所迷而又敢作敢為的性格，乃全書精粹之所在。與上述諸同類作品相比，《肉蒲團》的性描寫似乎有一種帶理論化的傾向。書中人物常常按春宮圖冊、春意酒牌行事，而且還一邊進行體驗總結。如花晨曾對未央生講過「極有趣」的「三件事九個字」，即所謂「看春意、講淫書、聽騷聲」。再如玉香被賣到妓院以後，曾從鴇母顧仙娘學得風月場中「三種絕技」，對此，書中均有解釋性的描寫。如果摒棄其淫穢的一面，似乎可以從中看出與醫學養生之道的某種聯繫。

二、優劣之分野在於是否有夢幻神明描寫——公案小說

　　唐宋小說中，早已有公案之作，但這種清官斷案的故事大面積進入文學苑囿，則是在元雜劇舞臺上。明代章回小說中的公案之作，大多湧現於萬曆年間。有些公案小說，能體現清官的「精察」，唐代有的篇什甚至還能寫出清官的調查研究。但是，不少作品在寫作方法上卻存在一個很大的弊病——清官的正確斷案來自於夢幻或神明的啟發或告訴。這種不良寫法，在元雜劇中泛濫成災，就連關漢卿也未能免俗。此後，明清的公案小說就自然而然分成兩類：一是通過清官能吏自己的判斷推理、調查研究而後破案的，一是通過神明夢幻的啟發而破案的。其實，公案小說的優秀與低劣的分野正在於此。前者是好公案，後者則是劣作。當然，有些公案小說中的清官能吏裝神弄鬼

來「欺騙」犯罪分子的當屬於第一類，是佳作。

安遇時《包龍圖判百家公案》一百回，以包公為線索，實乃多題材內容的雜燴。該書案件主要有三大類：姦情、錢財、妖異。有的片斷描寫甚佳，尤以才子佳人、人情市井之作為甚，多得力於原材料的精彩，如第三回、第五回、二十五回、二十六回、二十八回、三十五回、五十五回、五十八回、七十四回，凡此等篇章，高出同類諸作之上。各篇往往先敘事，後出老包，有的篇章頗多詩作，至若老包手下「名捕」，或以「左右」代之，亦有署名的軍牌，如張龍、趙虎、李虎、鄭強、董超、薛霸、張千、李萬、黃勝、陳青、張辛、劉義、吳真、趙霸、李寶、柳辛、王興、李吉、馬萬、李超、張昭、董昭、王亮等「二十四名無情漢」。書中之與通俗文學史上掛下聯之片斷亦不少，如：第四回寫楊文廣、狄青征南事，第五回與《心堅金石傳》為同一題材，第八回與《鐵樹記》大有關聯，第二十六回乃陳世美故事的又一版本，第二十七回同於元雜劇《合同文字》，第四十四回與「追魚」故事關係密切，第四十九回有「八仙」中之曹國舅，第五十三回與《陳之美巧計騙多嬌》大同小異，第五十四回與《潘黃奇遇》如出一轍，第五十八回直接影響《三俠五義》，第七十三回近於元劇《陳州糶米》，第七十四回又是「天齊廟」仁宗認母的話頭，如此等等，不一而足，均可見該書在「包公」故事系列中的重要地位。又，全書一半以上的故事涉及夢幻、神明、妖異，亦可見通俗小說早期公案之作的一大特點。

佚名《龍圖公案》一百則，是包公判案故事又一文本，然亦有非包公所判之案也。除包公為貫穿全書之人物外，百則故事互不相連，實乃短製集成。是書受其他作品影響頗大，亦對後世小說發生影響。若《咬舌扣喉》同於「二拍」中之一篇，《臨江亭》之頗同於《水滸》中武二、潘金蓮故事，《金鯉》是為後世「追魚」之所本，《玉面貓》則前有淵源後有影響，《紅牙球》又與《鬧樊樓多情周勝仙》相似，《獅兒巷》有仿《魯齋郎》處、亦有學《西遊》片斷，《桑林鎮》更是傳統題材，《石碑》中有語直射《歧路燈》，《扯畫軸》則幾乎全同於「三言」之「鬼斷家私」。是書亦間有佳處，如《血衫叫街》《三娘子》等篇均寫得精彩，而《忠節隱匿》中之牢騷語、《屈殺英才》中之罵試官，亦時露精氣光華。然亦有殺風景處，如《廢花園》一篇，若置之蒲翁筆下，當成為極好篇章，卻不料被浪費了材料。又，是書之案件，非因姦情，即有神明，又乃當時市井趣味也。筆者略作統計，全書無神者僅三篇、無姦者亦三篇，

既無神又無姦者十五篇，三者相加，不過二十一篇，約占全書總篇數的五分之一，由此亦可見是書趣味之一斑。

余象斗集《皇明諸司廉明公案》二卷一百零五則，分類頗細，上卷分為「人命類」「姦情類」「盜賊類」，下卷則有「爭占類」「騙害類」「威逼類」「拐帶類」「墳山類」「婚姻類」「債負類」「戶役類」「鬥毆類」「繼立類」「脫罪類」「執照類」「旌表類」等眾多名目。其中「人命類」中的作品較好，多半情節曲折，尤以《劉縣尹判誤妻強姦》一篇最佳。該篇寫一人為試其妻是否貞節，遣三人調戲其妻，妻憤而反抗，殺一人後自殺。官府勘驗後，案得破，以其夫抵命。此篇站在婦女角度說話，與那種大男子主義的作品意趣截然不同。其他類別中也有些不錯的作品，如《陳按院賣布賺贓》《汪太府捕剪鐐賊》《武署印判賺柴刀》《林按院賺贓獲賊》《康總兵救出威逼》等，大都由調查、推理破案，甚至還有被害人協助破案的描寫。然該書有三大不足：第一，神明夢幻描寫。全書一百零幾篇作品，有十四篇涉及神明夢幻，雖占量不算大，但畢竟是一大缺陷。第二，無情節只有訴狀判詞之類應用文的篇章太多，竟有六十二篇，佔了全書的一大半。第三，有嚴重的宣傳封建倫理道德的篇章，尤其是最後一類的最後兩篇，一寫雷劈惡人，一寫割肝療親，簡直看得人透不過氣來。此書亦有小說史中承前啟後處，如《洪大巡究淹死侍婢》與《歡喜冤家·香菜根喬裝姦命婦》如出一轍，《汪縣令燒毀淫寺》即為「三言」之《汪大尹火焚寶蓮寺》，《董巡城捉盜御寶》改編自唐人小說《蘇無名》，《衛縣丞打櫃辨爭》又給《躋春臺·審煙槍》以啟迪，《滕同知斷庶子金》簡直就是「三言」中《滕大尹鬼斷家私》的翻版，至若《林按院賺贓獲賊》中的家長嫌貧愛富、小姐後園贈金、歹人殺死婢女、公子受屈含冤的故事模式影響的戲曲小說作品更不計其數。

余象斗集《皇明諸司公案》六卷五十九則，每卷一類案件，依次為「人命類」「姦情類」「盜賊類」「詐偽類」「爭占類」「雪冤類」。就其分類而言，較之上書更為系統合理一些。而此書更佳之處則在於絕多篇幅以智慧或調查破案，除最後一類有三兩篇涉及神明而外，其他諸篇大都無神明夢幻描寫，此乃選編者目光如炬處。此書最為優秀的幾篇如下：《許大巡問得真屍》寫豪強欺壓雇工，致死，官府通過分別審問干證而最終破案。《韓大巡判白紙狀》情節繁複，官府又是派人臥底，又是裝神弄鬼審問嫌疑人，最終破案。《韓主簿計吐櫻桃》案件雖小，但官府憑藉智慧破案，而且很科學。《王尚書判斬妖人》

寫妖人作亂，而且妖人竟為君王所寵，狐假虎威，盤剝百姓，此篇揭露社會矛盾頗為深刻。《齊大巡判易財產》寫兄弟二人互相懷疑對方多得遺產，官府令兩家互換，手法高明而合理，讓人心悅誠服。此外，該書若干篇章與其他作品大有關聯，如《陳巡按準殺姦夫》一篇可與《水滸傳》楊雄殺妻一段對讀，《顏尹判謀陷寡婦》略同於「三言」之《況太守斷死孩兒》，至於《唐縣令判婦盜瓜》和《梁縣尹判道認婦》兩篇，一以婦女不能同時抱瓜和抱兒故不可能為盜，一以婦女哺兒當堂露乳顯見賊人冒認他人妻子，均屬古代常見案例，為眾多公案小說所吸收。

葛天民、吳沛泉彙編《明鏡公案》七卷殘存前四卷二十五則，不少篇幅與《廉明公案》重出，這也是晚明公案小說的一個常見現象。是書雖有某些篇幅涉及夢幻神明描寫，但也有相當不錯的篇什。如《陸知縣判謀懦夫》寫姦夫謀殺本夫，而本夫愚懦至極，甚至不知「行房」何所謂，理解為「在房中周圍而行」，令人笑煞。再如《董巡城捉盜御寶》純然以智慧破案，是當時公案小說中最「高級」的案件。還有風格特異者，如《王御史判奸成婚》一篇，前半寫才子佳人故事，舉《西廂記》《嬌紅記》為例，甚至有色情描寫。再如《詹縣令判合幼婚》，則全篇以詩句串連。此書最為敷衍了事的是第一篇《朱太尊察非火死》，基本抄自《皇明諸司公案》，只是將其中人物改名換姓，但又粗糙至極，其中清官故事中已改姓夏，而篇名卻仍姓朱，可見此等書抄來抄去之弊病。

佚名《郭青螺六省聽訟新民公案》四十三則（缺二十一、二十二兩則），敘明萬曆間名臣郭子章判案事，書前有《郭公出身小傳》。此書並非全為郭子章判案實錄，有不少抄襲《諸司公案》《廉明公案》等作品。就其本身而言，大半智慧破案，小半依賴神明。有些案件寫得不錯，尤其是一些雞鳴狗盜、里巷糾紛的小案如《爭鵝判還鄉人》《判人爭盜茄子》等均寫得清楚明白、合情合理。是書較上述諸書更為市井化，語言更通俗，如《斷客人失銀》《騙馬斷還原主》等篇寫盡市井風情、細民心態。然此書亦有極為扯淡處，除宣傳迷信之外，還有大力表彰倫理道德，甚至到不合常情的地步。如《判決寡婦生子》寫母子共用一溺器，遂至寡母懷孕云云。又陰氣、陽氣胡扯一通，只為表彰節烈。更有甚者，此篇寫寡婦築高牆而居以示其貞節，亦乃太過。

李春芳《海剛峰先生居官公案傳》七十一回，每一回公案的後面均附有

相關的訴狀、判詞之類文牘。其中所寫故事雖託名海瑞，但亦有不少抄自他書者。此書寫海公手下捕快，學習包公，也有一些固定人物，如張權、謝龍、吳升、王英等，還有門人遊春、蕭成、韓福、高遷等。書中雖有二十三個故事涉及神明夢幻描寫，但占七十一篇故事的總數還不到三分之一。然書中有極其嚴酷的封建思想，如第五十五回《判誤妻強姦》寫一準備出門的丈夫要求妻子貞節，竟至到了不通情理的地步。丈夫說：「倘有一等之人，見你這般剛烈，持刀來強姦你，不由你不肯。」妻子說：「吾見其持刀者至，亦不受辱，任從他殺。」丈夫說：「倘人來得多，則何如？」妻子說：「吾便先自刎以潔身明志，此為上策，斷然不受其辱耳！」丈夫說：「若是則吾可去矣！」這樣一種極端利己的大男子主義真正令人髮指。是書與通俗文學史自然也少不了瓜葛，第五回有些接近「三言」中的《陸五漢硬留合色鞋》，第十六回則是《戒指兒記》《金瓶梅》《蔣興哥重會珍珠衫》的雜糅，第十七回又似「十五貫」故事，第二十二回又在《陸五漢硬留合色鞋》與《聊齋誌異·胭脂》之間承上啟下，第二十六回直接影響了晚清文言小說《豁耳嫗傳》，第二十九回則乾脆扯入「玉堂春」的悲歡離合，第五十九回的前半又酷似《滕大尹鬼斷家私》，最後一回亦與《況太守斷死孩兒》極其相似。

歸正寧輯《國朝名公神斷詳刑公案》八卷四十則，分為謀害、姦情、婚姻、奸拐、威逼、除精、除害、盜竊、搶劫、強盜、妒殺、謀占、節婦、烈女、雙孝、孝子等類。然而，這種分類極不合理，而且比例失調。姦情類最多，有九篇；最後四類，則一篇一類。是書夢幻神明描寫近二十篇，幾占一半篇幅。而書中對封建倫理道德鼓吹尤甚，節婦烈女，剜肝割股，令人窒息。該書雖有一些智慧破案的描寫，但並無特別傑出之作，唯有些故事揭露社會陰暗面讓人觸目驚心。如《周縣尹斷翁姦媳死》，寫太原一翁與二媳通姦，又強姦三兒媳，縊死之，令人髮指。又，《馮縣尹斷木碑追布》一篇中有一人謂其子曰：「創業難若登天，覆敗易如燎毛。」翻開清中葉章回小說《歧路燈》，開篇就是這一番言語。或許，此乃當時「老古話」也。

佚名《詳情公案》殘存七門二十二則，多有抄襲《國朝名公神斷詳刑公案》者，其中亦不乏夢幻神明等事，整體水平不高。然間有不錯篇什，如《判雪二冤》寫一案中案，錯綜複雜。另外，此書亦有與前後小說相關之作，如《寬宥卜者陶訓》所敘之事即反映了從唐人傳奇到清代擬話本反覆表現的「馮燕現象」。

三、迅速反映時事新聞的社會小說

　　晚明乃多事之秋，三條絞索使大明王朝走向滅亡。首先是無休無止的邊庭騷擾，北蒙南倭之後，東北方向的女真後裔崛起最終取明朝而代之。其次是神州大地風起雲湧的揭竿而起，最終攻進紫禁城。至於朝廷之中的黨派之爭，最後又形成閹黨與清流的殊死搏鬥，則一直延續到南明王朝。當時的小說、尤其是那些社會小說，往往直接而迅速地反映了這錯綜複雜的政治局面，也留下了不少頗具史料價值的說部篇章。

　　《征播奏捷傳》分為「禮」「樂」「射」「御」「書」「數」六卷，作者不詳，有萬曆刊本。該書雖號稱一百回，但每兩回共一偶句回目，敘事實際為五十回。書演萬曆朝播州宣慰司楊應龍反叛以及朝廷平叛事，當屬時事小說，故歸於社會小說類。書中所謂播州，即夜郎，今之遵義一帶也。自明太祖定都金陵，播州宣慰司楊鏗就率先朝貢，以示歸順。至萬曆間，楊應龍襲職，並娶當時張真人女兒為妻。後因楊應龍娶民女田玉娥為妾，此女驕悍囂張，挑唆楊應龍逐出張氏女，最終又殺死張氏。朝廷勘問此事，楊應龍勒騙有司，最終聚眾造反。朝廷派兵征剿，經連年戰鬥，楊應龍兵敗自刎，田玉娥及其數子、屬下被斬市曹。全書敘事水平不一，時而生動纏綿，時而套話連篇。如第十一至十四回，敘田禾盛與族妹偷姦，楊應龍勝日尋芳，田玉娥倚門望景等情節，頗為細膩真實。至若戰場打鬥描寫，則多半是從《三國》《水滸》等書中抄來的套話。書中亦有見識不錯處，如第二十八回楊應龍招募人才提出的幾條標準，非常科學適用。再如第四十四回的《運夫歌》通俗易懂，頗有民歌風調。當然，此書亦有不少「非文學性」的東西，如第四十一回全文照錄陳總兵的「軍法」十七款，繁瑣不堪。又書中插入大量的「玄真子」的「詩曰」「論曰」令人望而生厭，至於全書最後兩回，全都是「頌詩」「兵議」，無故事性，只能以贅疣對待了。另，此書尚有一引人注目處，在第九十五回，天子旌獎大將時，在每一位的前面冠以「武藝超群、威儀出眾」之類的褒詞，則出自《三國》中十七鎮諸侯討董卓時的描寫。

　　《戚南塘剿平倭寇志傳》首尾俱缺，僅存中間三十六節，不知全書多少章回，亦不知作者為誰。書敘戚繼光抗擊倭寇事蹟，然不侷限於此，乃當時與倭寇相關之政事的廣泛敘寫也。全書敘事半文半白，文字古拙，甚至有大段奏章照錄不誤，基本回復到明代史傳小說的水平，甚或等而下之。然其間偶有佳處：如「官軍買和汪五峰」一節中，汪直的一段議論頗為合理，寫盜魁

機智鎮定，而錢御史則自欺欺人。再如「阮都堂金花買陣」一節中，寫官兵殺良冒功、橫行市井，四學生員作《十苦謠》《十慨謠》，讀之動人心旌。是書行文，亦有小小曲折，如「劉都督回家祭祖」一節，插入一義夫節婦故事，乃行文之間色也。

《警世陰陽夢》作者不詳，有崇禎元年（1628）刊本。書含《陽夢》八卷三十回，《陰夢》兩卷十回。《陽夢》寫魏忠賢生平罪惡，《陰夢》寫魏忠賢陰曹報應，作品主題思想十分明確。此書有兩大特點，其一，反映現實極其迅速，書成於崇禎元年六月，距魏忠賢投繯自盡僅半年時間。其二，反映史實極其真切，如魏忠賢的生年和壽命，《明史》及野史筆記均未見明載，而該書第二十七回卻寫得明確：「魏忠賢在天啟七年三月十六日六十歲。」以此逆推，則可知魏忠賢生於明隆慶二年（1568）三月十六日，再證以魏忠賢自殺於明天啟七年（1627）十一月的歷史記載，可知魏忠賢罪惡的一生共有五十九年半光景，按傳統的虛歲算法也可以算作活了六十歲。正因為這兩點，我們便不能將此書視為歷史小說，而只能歸於迅速而直接反映現實的社會小說。當然，此書寫人敘事的生動性與稍後的同類題材之作《檮杌閒評》相比，終歸稍遜一籌，但也有頗為精彩處。如第五回魏進忠說道：「咦！如今的人只有錦上添花，那有雪中送炭的。常言道：『酒肉兄弟千個有，急難之中一個無。』」大概也算得上世俗之中的至理名言。再如第八回魏進忠講的一個「妙不可言」的笑話，也算得上下流至極而又妙不可言。尤其是第十回寫魏進忠遇見賣水人一大段描寫，更是市井風味十足。所有這些，使得這部小說堪可與以上二書伯仲之間。

陸雲龍《魏忠賢小說斥奸書》二十五回，亦有崇禎元年（1628）刊本。書未完，只寫到魏忠賢貶鳳陽途中便終結。但該書反映現實亦可謂異常迅速，可與《警世陰陽夢》媲美。該書前兩回敘魏忠賢貧賤時事，世情味兒十足。如第一回寫魏忠賢告貸，難兄難弟之間一貧如洗狀況如畫。第二回寫魏忠賢因債臺高築而無力償還，只好割勢淨身以求生路，亦頗為真切。然該書妙處，僅在前兩回，自第三回起，筆力大為減弱，由生動而逐漸呆板，蓋因作者只熟悉民間風情而不瞭解宮廷生活之緣故也。但後面二十多回書，亦間有令人注目處。如第十五回有「機戶」記載，可與「三言」中某些篇章對讀，瞭解早期資本主義生產關係的萌芽狀態。再如第二十回有一連串的「兒」化音描寫，也可算是語言學研究重要的第一手資料。

　　《近報叢譚平虜傳》二卷二十則，有崇禎三年（1630）序。該書材料來源或官方「邸報」，或民間「叢譚」，或二者相結合之「報合叢譚」，總之是史實與傳聞相結合而成。所敘乃崇禎二年秋冬至次年正月間明朝與後金之間的軍事鬥爭，然在崇禎三年即以刊出，可見速度極快，具有時事新聞小說的特點。此書旨在表彰義士烈女，表現了較為強烈的憂患意識。對於戰亂中民眾生活的描寫，時有細膩真實的片斷。如卷一第四則寫外敵攻入縣城，殺人如麻，甚是恐怖。再如同卷第五則寫敵兵淫亂婦女，滅絕人性。對義烈之士的表彰，也有精彩之筆，如卷二第二則寫綽號「莫須有」的壯士勇鬥可可孤山一段即可為例證。是書對當時頗有爭議的人物袁崇煥、毛文龍的態度比較客觀，如百姓「只怨不合殺毛文龍」，（卷二第二則）顯然對袁崇煥有所不滿，但當袁崇煥被縛以後，作者只是說「俟事久論定，閱邸報再詳」，（卷二第五則）並未匆忙做出評判。是書與通俗文學史亦不脫干係，如卷二第一則寫兩對夫妻在戰亂中換位互救且不及於亂，乃擬話本小說中常見話頭。再如卷一第九則細緻描寫了一個具有「會弄時遷勾當」的響馬的精彩表現，又可見《水滸傳》之影響。至於卷二第六則有如「大鬧禁魂張」的描寫，且有小偷秘訣，更可見宋元小說話本的迴光返照。

　　陸人龍《遼海丹忠錄》四十回，有崇禎刊本。該書所寫主要內容亦乃明朝與後金的遼海戰事，主人公是毛文龍與袁崇煥。但作者之態度與《近報叢譚平虜傳》不太一樣，在袁、毛二人的矛盾對立之間具有明顯的傾向性。全書重點寫毛文龍的戰績功勳，而袁崇煥則基本成為負面形象。歷史上袁崇煥殺毛文龍究竟出於何種原因？當時人並不暸解內情，甚至連崇禎帝也中了後金的反間計，以通敵之嫌將袁崇煥處死。當時人普遍認為毛文龍死得冤，而袁崇煥則罪有應得。正是基於這一認識，作者在小說中對毛文龍多所讚揚，而對袁崇煥嚴厲譴責。如第三十七回回目即為：「雙島屠忠有恨，東江牽制無人。」而後來寫袁崇煥被朝廷「剝去冠帶，拿送北鎮撫司」時，作者認為這「卻也是自作之孽，免不得帶索披枷。」（四十回）可謂褒貶分明。而實際上，直到清代《太宗實錄》修成之後，人們才知道袁崇煥殺毛文龍是因為毛文龍有冒功的行為，袁氏並未曾受敵人的指使。袁崇煥不待崇禎批准而擅殺大將，當然是過激的行為；但崇禎帝不明真相而枉殺袁崇煥，更屬糊塗透頂。毛文龍固然不當誅，而袁崇煥卻死得更冤枉。然而，這都是後人在暸解事實真相之後的認識，當時包括作者在內的普通民眾並不暸解內情，而作者

又希望盡快將這一重大事件以小說的形式表現出來以提高該書的銷售量，如此便自然形成對這一公案的「誤判」。因此，從反映現實的角度出發，這本小說有重大不足。同時，該書的藝術成就亦不高，這主要由三方面的原因造成。其一，對故事本身的描寫「粗枝大葉」，沒有做到曲折有致，如對毛文龍經營諸島，作者基本上是採取那種最粗糙的史傳小說的寫法。其二，大量引用「上疏」、「本章」甚至會議「具結」這些毫無文學意味的公文，這在第十四回、第十五回、第二十二回均可看到。其三，針對「忠孝節義」大發議論，這也是陸人龍先生的習慣，關於這一點，只要看看他的擬話本小說集《型世言》便可堅信不移。

佚名《鎮海春秋》殘存第十回至第二十回，據考，寫於崇禎三年（1630）至十七年（1644）間。是書與《遼海丹忠錄》為同時、同題材之作，且基本觀點亦相同：讚美毛文龍，仇視袁崇煥。毛文龍形象在書中被寫成忠肝義膽、智勇雙全的邊庭大帥，如第十回以數騎與努爾哈赤手下三百人周旋，如第十一回用反間計使努爾哈赤殺了得力幹將哈都，如第十七回將魏忠賢像置於門背後，甚至在第十二回又寫努爾哈赤睡夢中被毛文龍派來的金甲神人砍頭。尤其是毛文龍死時，作者竟然一連寫了十首詩哀悼之。袁崇煥則被寫成一個漢奸小人，第十五回寫他受禮通敵，第十八回寫他為了實踐與敵人的和約而假傳聖旨枉殺毛文龍，第十九回又寫他用銀兩收買毛文龍手下以平定軍心，第二十回被捕後不得已交出通敵的信札。但書中只寫到他被崇禎帝抓捕，並未寫其被凌遲處死，可能小說還未最終完成。是書雖與《遼海丹忠錄》同時又同題，但看不出二者之間相互的影響，應該是各自獨立成書而所見略同吧。此書表現手法也與《遼海丹忠錄》伯仲之間，整體上敘事比較雜亂，人物缺乏個性，語言倒還通達。有些片斷卻是學習前代作品，如毛文龍通過假信行反間計殺哈都來自《三國》周郎殺蔡瑁、張允的描寫，如袁崇煥假惺惺祭奠毛文龍學的又是《三國》中臥龍弔周郎。

《剿闖小說》十回，作者不詳，有明末刊本。書中敘及崇禎帝，稱「先皇帝」，可見書當成於南明年間。看其書名，便知此書是站在明王朝立場上敵對李自成的作品，且書中對吳三桂頗為表彰。全書文學性不強，基本上是史料和傳聞的大雜燴，而且各種文件照錄不誤，有大量野史雜記連綴而成的篇幅。書中「急就」意味很濃，有明顯的「傳說性」。如李自成號「闖踏天」，張獻忠作「張憲忠」，再如崇禎死前殺長公主二刀使之悶絕於地，將崇禎自縊之煤山

寫作「梅山」，真真假假，令人莫衷一是。此外，書中非「小說性」的內容亦不少。時而大量記載悼念明忠臣的文字，時而連篇附載「賊事奇聞」，令人不堪卒讀。

我們對明代章回小說的四大主流和若干支流進行一番匆匆的巡閱之後，發現一個有趣的現象自然湧現出來——長篇通俗小說形成之初，體現了一個在諸多方面不斷蜿蜒前行的「鏈」狀形態。例如，在取材方面越來越遠離歷史而靠近現實。史傳小說離歷史事實最近，英雄小說已漸離歷史真實而注目於傳奇意味，神異小說則在更加追求傳奇化的同時悄然融入對現實生活的狀寫，家常小說則純然是現實描寫，至於風情小說寫男女情慾、公案小說寫生活糾紛、社會小說寫時事新聞，則更是「現實」到了極點。再如，從審美追求方面又經歷著由「事之奇」到「情之奇」的迴旋往復。史傳、英雄、神異等類作品都追求故事情節的曲折性、奇特性，而且花樣翻新，愈寫愈奇，而家常、風情卻比較注重「奇人奇情」的描寫，尤其追求與傳統道德觀念不一致並能顯示時代底蘊的「新」的人物和情感。至於公案小說之重新追求故事的曲折奇特和社會小說過分看重作品的新聞性和轟動性，則可視為是一股回流漩渦。總之，這一種蜿蜒前進著的鏈狀形態，充分體現了作者與文本之間的關係越來越緊密，體現了作家本人對自己作品的有意「進入」和「投入」，進而又體現了在中國古代長篇通俗小說發展過程中創作主體的逐步「覺悟」和「自主」，而這種「覺悟」和「自主」，又毫無疑問地指示著中國古代通俗小說健康發展的遠大方向。（本文題目略有改動）

（原載《中國古代小說文本史》，中州古籍出版社，2013 年 11 月出版）

順藤摸瓜易，借樹開花難
——「續書」說略

　　我國古代小說家中，自有不少勇於創新者；然而，因循窠臼者亦不乏其人。最明顯的一種狀況，便是「續書」，而且是一而再、再而三地續下去，不嫌其煩、不厭其苦。尤其是章回小說中的名著，續者更多。有《三國志通俗演義》，就有《續三國》、《後三國志》；有《水滸傳》，便有《水滸後傳》、《後水滸傳》、《結水滸》（即《蕩寇志》）；有《西遊記》，就有《後西遊記》、《續西遊記》、《西遊補》；有《金瓶梅》，便有《玉嬌李》（已佚），還有《續金瓶梅》、《隔簾花影》、《金屋夢》（後兩種是前一種的改本，三書實為一流）；至於《紅樓夢》，續書更多，竟達數十種。與此同時，一些非名著的作品也有續作。如《英烈傳》——《續英烈傳》，如《禪真逸史》——《禪真後史》，如《蜃樓志全傳》——《蜃樓外史》，如《海公大紅袍》——《海公小紅袍》。至若《說唐全傳》，《前傳》之後有《後傳》、《後傳》之後有《三傳》；再如《三俠五義》，之後有《小五義》、《續小五義》，還有《續俠義傳》。更有甚者，《施公案》竟有十續之多，《彭公案》亦有八續之巨，而《濟公傳》到宣統年間則已有「十五」續，真可謂此「續」綿綿無盡期了。

　　然而，由於續作者自身思想水平、文化修養參差不齊，也由於他們對原作認識、分析的程度深淺有別，因此，各續作也就呈現出一種良莠不齊的狀況。有的續作，較原著失之毫釐、差以千里，有狗尾續貂之嫌；有的續作，使原著百尺竿頭，更進一步，呈錦上添花之勢。大致說來，「續書」有兩種情況。一種是順藤摸瓜，只是踏著原作的腳印走下去，結果，瓜越摸越小，水平愈

來愈低。另一種情況是借樹開花，借原著之大樹，開自家之新花，另闢蹊徑，別具手眼，結果，花越開越奇，甚至有超過原著之處。前者至為容易，因為那是懶惰者的做法；後者頗為艱辛，因為那是勤勞者的作為。下面，對這兩種情況分別予以闡述。

　　首先，我們來看一下關於演述隋唐之際故事的章回小說。一開始，它是以歷史演義的面目出現的。如《隋唐兩朝志傳》、《唐書志傳》、《隋煬帝豔史》等，多以歷史記載為主幹，敘一朝一代興亡事蹟。至明末，《隋史遺文》出現，改變了依歷史事實為主的寫法，轉而以草澤英雄為主人公，尤其是秦瓊這一形象，寫得更為細膩、深入。這樣，就由歷史演義演變為英雄傳奇。清初，《隋唐演義》又將帝王后妃的生活與草澤英雄的故事夾雜在一起描寫，成為一部兼歷史演義與英雄傳奇兩類特色的作品。稍後，《說唐演義全傳》出現，又以英雄故事為主體，基本上已擺脫歷史演義的羈絆，從而成為在民間流傳最廣的描寫隋唐故事的作品。

　　以上所言，只是清理一條關於隋唐故事的章回小說的演變線索，《說唐演義全傳》對於《隋唐兩朝志傳》等作品而言，只是改造，並非續作。下面言歸正傳。《說唐演義全傳》其實是一個總稱，嚴格地講，它應當分為《說唐前傳》和《說唐後傳》兩大部分。《說唐前傳》從秦彝託孤寫起，一直寫到李世民削平群雄為止，所敘故事以隋末唐初為背景，以瓦崗寨英雄為中心。至於《說唐後傳》，則又包括兩個部分，一是《說唐小英雄傳》（即《羅通掃北》），一是《說唐薛家府傳》（即《薛仁貴征東全傳》）。《說唐後傳》之後，又有《說唐三傳》，書又名《異說後唐三集薛丁山征西樊梨花全傳》。此外，屬於《說唐》系列的尚有《反唐演義傳》，敘薛丁山子薛剛等人故事；還有《粉妝樓全傳》，敘羅成後代羅焜、羅燦等人故事。

　　《說唐後傳》以下諸作，均可視為《說唐前傳》的續書，但從整體上沒有一部能超過原作。在這些續書中，有的僅以父子祖孫相繼的辦法，按前輩的套子寫後輩。如秦瓊之子秦懷玉，羅成之子羅通，羅成的後代羅焜、羅燦，薛仁貴之子薛丁山，這些人物均與他們的父祖輩性格相近、面目相同。有的作品則於英雄們沙場馳騁的同時，搬出飛刀神箭、神異鬥法的場面，已近乎神魔怪異一路。有的作品混編故事，情節雷同、結構拖沓，不合情理的描寫屢屢可見。有的作品思想庸俗，甚或大寫英雄美人的風流韻事。總之，均不及《說唐前傳》那樣情節曲折生動、人物性格鮮明，雖誇張虛構之處不少，但

不使人產生反感，全書虎虎有生氣。《說唐前傳》之續書一蟹不如一蟹的事實，有力地證明了續作如果只是在原著的老路上寫下去，儘管也能編出一些故事、湊成一些篇幅，但結果，只能是一種藝術上的倒退。

不僅「說唐」系列的小說如此，《施公案》、《彭公案》、《三俠五義》、《濟公傳》的續書也大略如是。過去，人們常把這種無窮無盡的續作稱之為「蔓活兒」，恰是一個很好的概括。這種將父子師徒之間的關係蔓延滋長地寫下去的做法，往往犯了小說創作之大忌──重複雷同，勢必成為懶婆娘的裹腳布──又臭又長，讓讀者大倒胃口。

如上所述，續一般比較好的作品已頗為困難，而要續名著，則難上加難了。尤其是像《水滸傳》《紅樓夢》這樣的作品，沒有通天徹地的手段，最好不要去續它。弄得好的，堪可如月邊的小星，或許能閃爍一點點光芒；弄得不好，則如草叢中的流螢，會被月的精華照射得循跡潛蹤。然而，小說史上就有這麼一群笨伯，偏要以螢火之光閃去比較月華之清輝。譬如那數十部《紅樓夢》續書的作者，除高鶚外，有幾人能步曹雪芹之後塵？恐怕多是望塵莫及，不啻霄壤之別矣！至於《後水滸傳》、《續西遊記》等書，亦只堪作明月之畔的小星星，然已徒費了續作者太多的心力，實在是事倍功半、得不償失。

幸好我們的小說家們並非全都是那樣的笨伯。有那麼一些作家，就有通天徹地的本領，偏能獨具慧眼，在吃透了原著的精髓之後又別開生面，借「續書」的形式來表達自己對世界的看法、對人生的領悟，使得自己的「續作」即使在彪炳千秋的名著面前也並不遜色，或者竟能翻出一層新的意蘊。

在這樣一些作家中，《水滸後傳》的作者與《續金瓶梅》的作者大致在一個水平線上。他們的貢獻主要在於能在原著的現實主義精神的基礎上，使自己的續作更具現實感、時代感。雁宕山樵在《水滸後傳序》中說得明白：「嗟乎！我知古宋遺民之心矣！窮愁潦倒，滿腹牢騷，胸中塊磊，無酒可澆，故藉此殘局而著成之也。」西湖釣叟在《續金瓶梅集序》中也指出該書「大而君臣家國，細而閨壺婢僕，兵火之離合，桑海之變遷」均為描寫對象。《水滸後傳》《續金瓶梅》二書，均產生於清初，它們的作者都經歷了明末的社會大動盪，因此，他們在續書時就十分自然地將各自對現實的深切感受打入書中，從而，使「動盪不安」的生活描寫成為二書的共同特色。《水滸後傳》在《水滸傳》的「以暴抗暴」的思想基礎上，有意識地更多描寫了民族矛盾和

鬥爭，寫出了國與國之間的「以暴抗暴」。《續金瓶梅》則由《金瓶梅》中以市井家庭為描寫中心的基礎上，用大量筆墨表現了兵火之離合，桑海之變遷，更增添了小說的時代感。其實，二書都是借宋與金的矛盾來反映作者對明與清的矛盾這麼一種現實感受，這就使二續書在秉承二原著的基本思想的同時，具有更多的貼近現實之處。當然，兩部續作的立意並不完全相同，《水滸後傳》乃是借古人之酒杯，澆胸中之塊壘，張揚續作者自己的民族意識；《續金瓶梅》則是以規勸世人為宗旨。相比較而言，《水滸後傳》之立意較之《續金瓶梅》又高出一籌，但二續書均在原著的基礎上有所發明這一點卻又是共同的。

在章回小說名著的眾多續書中，最傑出的當推《後西遊記》和《西遊補》。

平心而論，《西遊記》作為我國章回小說中神魔怪異一類的典範之作，欲續諸其後，也是一件吃力不討好的事。《西遊記》那「放心」與「收心」之間的劇烈衝突的主體精神，續作者難以突破；《西遊記》那神奇瑰麗的想像，續作者難以超越；《西遊記》中孫悟空、豬八戒這兩個崇高美或喜劇美的典型，續作者難以改變；《西遊記》那詼諧幽默的筆調，續作者也不得不奉為楷模。總之，《西遊記》以其強大的藝術生命力，將它的續作者們擠到一條艱難曲折的鳥道羊腸上去了，使續書基本不存在全面超過原著的可能。在這種情況下，續作者要想寫成一部既具《西遊》風采、又具自身特色的作品，必須在借鑒原著藝術經驗的基礎上尋找一定的突破點。毫無疑問，這樣做是十分困難的，但《後西遊記》與《西遊補》卻分別從不同角度做到了這一點，不同程度地做到了這一點。概言之，《西遊補》得《西遊記》之以魔幻批判現實的精神而發展之，《後西遊記》則得《西遊記》中人生哲理之深邃雋永而發展之。

通過對神奇莫測的神魔世界的描寫，投影式地反映現實，從而顯示出作者強烈的批判現實精神，這是《西遊記》的一大特色；《西遊補》對《西遊記》的補充發明亦正在於此。《西遊補》所展示的那個「青青世界」，比《西遊記》所描寫的天庭、地府、龍宮、魔窟更為奇異，乃至於達到了怪誕的地步。在那裡，沒有絲毫的時間或空間的約束，過去、現在、未來，天上、地下、人間，古士、今人、來者，全都集中於作者為讀者所安排的那麼一個奇異荒誕的世界之中。這是一個現實生活中根本不存在的世界，但又是一個人類靈臺上確鑿存在的世界。在這裡，心猿所闖蕩的，正是有如作者那樣的苦悶、彷徨的

知識分子們心靈遠遊的歷程。更有意味的是：作者越是將這個「青青世界」寫得詭異至極、荒謬絕倫，反而越使人有一種強烈的現實感在不由自主地產生。因為現實本來就是如此詭異、如此荒唐。這是一種極度魔幻的現實，是一個充滿嬉戲的悲慘世界。在那撲朔迷離的「四萬八千年俱是情根團結」的描寫背後，所蘊藏著的正是作者對幾千年來黑暗現實的痛苦絕望然而又是執著冷竣的理性思索。《西遊補》的作者是最理智的然而又是最迷狂的一個怪人，他以遊戲三昧之筆向那千年沉睡的同類發出了純真而又悲愴的呼喊。《西遊補》是現實寫意圖，也是人生招魂曲，它比《西遊記》更顯得撲朔迷離，卻比《西遊記》更具批判精神。

且看《西遊補》第二回，有一宮女自言自語：「呵呵！皇帝也眠，宰相也眠，綠玉殿如今變做『眠仙閣』哩！……只是我想將起來，前代做天子的也多，做風流天子的也不少；到如今，宮殿去了，美人去了，皇帝去了！……這等看將起來，天子庶人，同歸無有；皇妃村女，共化青塵！」《西遊補》成書於明末崇禎年間，在這種貌似詼諧、實乃悲愴的語言中，我們是否能感受到作者對國家、民族即將危亡的擔憂和預感？是否可以感受到作者對那些誤國的昏君庸臣的批判與指責？進而，我們又是否能從中領略到作者那一份深沉的歷史憂患意識呢？

再如是書第九回，作者借高總判之口說：「如今天下有兩樣待宰相的：一樣是吃飯穿衣、娛妻弄子的臭人，他待宰相到身，以為華藻自身之地、以為驚耀鄉里之地、以為奴僕詐人之地；一樣是賣國傾朝，謹具平天冠，奉申白玉璽，他待宰相到身，以為攬政事之地、以為制天子之地、以為恣刑賞之地。秦檜是後邊一樣。」以唐代的孫行者化身為閻羅王，去審問宋代的奸相秦檜，這當然是荒唐透頂的描寫；但我們聽聽秦檜的自白，就會對作者的用意恍然大悟。秦檜說：「爺爺，後邊做秦檜的也多，現今做秦檜的也不少，只管叫秦檜獨受苦怎的？」在這極端混淆不清的時空概念背後，充滿了作者對歷史的、現實的權臣、姦臣、賣國賊的極端憤懣之情。天下烏鴉一般黑，千年烏鴉黑一般。試看明代末年，從萬曆、天啟中的內閣大臣到「崇禎五十相」，該有多少攬政事、制天子、恣刑賞、賣國傾朝的秦丞相；又有多少放縱豪奴、魚肉鄉里，置國家、民族危亡於不顧的臭大臣啊！

在《西遊補》那一個光怪陸離的青青世界中，還有那爭相看榜、醜態百出的眾士子（第四回），還有那恬不知恥、自吹自擂的楚霸王（第七回），他們

無一不是現實世界中人與事的概括和投影。在那嘈嘈雜雜的鬼蜮大合唱背後，我們應該聽到作者被啃齧的、正在悸動的靈臺的嗚咽悲鳴。這正是神魔怪異小說中上乘之作之所以取得成功的奧秘，也正是《西遊補》的作者從《西遊記》中攝取而又廓大的六魄三魂。

然而，《西遊補》似乎是專寫給那些具有相當的歷史知識和政治閱歷的人看的，對於一般讀者，它畢竟隔了一層，不如《西遊記》那樣通俗明瞭。作為影射現實的神魔怪異小說，是「隔」好，還是「不隔」好？這恐怕要視各不同讀者的審美水平和文化層次而定，不好絕對地揚此抑彼；但過於虛幻怪誕，卻難免失去更多的讀者。

《西遊記》是一部神異小說，也是一部現實小說，同時，它還是一部哲理小說。《後西遊記》對《西遊記》的繼承和發揚，主要就在於哲理性的一面。《後西遊記》的作者似乎非常願意對社會中的種種矛盾進行刨根究底的剖析，並把許多社會、人生中的問題提高到哲理高度予以認識、概括和闡發。書中所描寫的許多故事，如缺陷大王、陰陽大王、解脫大王、文明天王等段落，都是那麼富有哲理性，那麼寓意深刻。甚至可以說，那阻擋唐半偈等小師徒四眾往西天求取「真解」的並不是像《西遊記》那樣來自自然界的妖魔或社會中的惡勢力，而是人類自身心靈的缺陷、障礙和磨難。

試看第三十回，那個神通廣大的造化小兒，憑著手中各色各樣的圈兒去制服小行者孫履真，結果全部落空；最後，終於有一個圈兒將小行者牢牢套住，使這位孫大聖的後繼者頓不開、解不脫、抓耳撓腮、百般無奈。那麼，這個圈兒暗寓著什麼意義呢？且看李老君與小行者的一段對話：

> 李老君道：「與你說明白了吧，造化小兒那有甚麼圈兒套你？都是你自家的圈兒自套自。」小行者道：「這圈兒分明是他套在我身上，怎反說是我自套自？」李老君道：「圈兒雖是他的，被套的卻不是他。他把名利圈套你，你不是名利之人，自然套你不住；他把酒、色、財、氣圈兒套你，你無酒、色、財、氣之累，自然輕輕跳出；他把貪、嗔、癡、愛圈兒套你，你無貪、嗔、癡、愛之心，所以一跳即出。如今這個圈兒，我仔細看來，卻是個好勝圈兒。你這潑猴子拿著鐵棒，上不知有天，下不知有地，自道是個人物，一味好勝。今套入這個好勝圈兒，真是如膠似漆，莫說你會跳，就跳遍了三十三天也不能跳出。不是你自套，卻是那個套你？」

小行者聽了這一番話以後，大徹大悟，頓息好勝之念，果然輕輕跳出此圈，不！應該說是此圈自動脫去。好勝，是小行者及乃祖孫大聖的性格特徵之一。在《西遊記》中，作者更多地是寫孫悟空對外界（包括自然與他人）的鬥爭中其好勝心所受到的挫折而頑強不屈的精神；而在《後西遊記》的這一段「造化弄人、平心脫套」的故事中，作者卻充分體現了小行者孫履真在與「自我」的鬥爭中所取得的勝利。在現實生活中，一個人要戰勝來自外界的種種阻力似乎還比較容易，但要戰勝自己卻更加困難。一個能夠超越自我、戰勝自我的人，才能在對外界的鬥爭中無往而不勝。這裡，小行者所跳過的那許多圈兒，每一位讀者在現實生活中不都在「跳」嗎？有一些已然跳過，有一些恐怕未必跳過了，有的「圈兒」對於某些人而言，恐怕一輩子也難跳將出來。正在跳著「生活的圈兒」的讀者們，如果看看小行者是如何跳圈子的，是否可以從中領會到幾分人生哲理呢？

我們有理由說，《後西遊記》的某些地方、尤其是它包含哲理之處，往往比《西遊記》更顯其深刻；但是，我們又應看到，《後西遊記》的作者往往寓意太深，並不斷夾入大量人工化的哲理辯說，實在趕不上《西遊記》那麼色彩斑斕、絢麗多姿。這就容易使讀者在領會作者的苦心孤詣的同時，相應地失去了濃厚的審美興味。人們畢竟是在看小說，而不是在讀哲理論著嘛！

綜上所述，相對《西遊記》而言，《西遊補》得其批判現實精神而發展之，但塗上了過多的荒誕色彩；《後西遊記》得其哲理意味的一面而深入之，卻又顯得過於枯奧。當然，這只是就二續書各自的主要方面而言，並非全面概括。其實，《西遊補》中何嘗沒有哲理的蘊涵？全書所寫的「青青世界」、「小月王」、「鯖魚氣」其實都是一個「情」字，而孫悟空的入「青青世界」遇「小月王」、為「鯖魚氣」所迷，則正是「心猿」為「情」所蒙昧的迷茫狀態的象徵，亦即「人心」被種種情慾所迷惑而造成的本性迷失的象徵。反之，《後西遊記》中，又何嘗不閃耀著批判現實的光芒？誠如第十二回那自利和尚霸佔田產的卑鄙行為，誠如第二十三回那文明天王「既以文壓人、又以財壓人」的惡劣行徑，無一不是對黑暗現實的指責與批判。儘管《西遊補》《後西遊記》這兩部《西遊記》的續書就整體而言比不上原著那麼壯麗雄奇，但就某些方面而言，實在有超出原著之處。以明清章回小說中的眾多續書、尤其是名著的續作而論，能像《西遊補》、《後西遊記》這樣的「借樹開花」之作，實在並不多見。

　　除了《西遊補》、《後西遊記》而外，能以「續作」的面目與原著差相媲美者，恐怕只有《紅樓夢》後四十回了。這四十回書是否為高鶚所作？後四十回與前八十回在各方面究竟有多大的懸殊？後四十回到底多大程度上體現了曹雪芹的原意？這些，一直是紅學界爭論不休的問題。在這裡，筆者不想介入這種短期內得不出定論的爭辯。只想表明一點：就《紅樓夢》本身來看，後四十回在整體上或許不及前八十回，但在許多地方卻也不相上下。僅以「黛玉之死」為例，那真是一段描寫貴族青年男女愛情悲劇的最優秀的篇章。在明清章回小說中，還沒有任何一部作品的任何一段關於愛情悲劇的描寫能如此盪氣迴腸、動人心旌，具有如此巨大的藝術魅力。這一片斷，亦可稱之為一百二十回的《紅樓夢》中最精彩的章節。一邊是林黛玉焚稿斷癡情，一邊是薛寶釵出閨成大禮；一邊是「木石前盟」的徹底破滅，一邊是「金玉良緣」的勉強達成；一邊是愛情悲劇的結局，一邊是婚姻悲劇的起點。在這強烈的對比之中，封建禮教的罪惡、封建婚姻制度的不合理、封建社會對人性的摧殘，所有這些，都得到了充分的揭露，也受到了強有力的批判。試問，在五百年的章回小說發展過程中，在近千部現存的章回小說作品中，何嘗有過如此震撼人心、催人淚下的愛情悲劇的描寫？如果這是曹雪芹的原意，而高鶚加以發揮，那麼，這便是最傑出的發揮；如果這不是曹雪芹的原意，而是高鶚的創造，那更是最偉大的創造。總之是誰寫了「黛玉之死」這樣的章節，誰就有資格進入章回小說優秀作家之林！《紅樓夢》後四十回中，儘管有不少令人不滿意的地方，但同樣也有不少令人滿意的地方；儘管有不少不如前八十回處，但也有不少能與前八十回交相輝映之處。如果後四十回的確是高鶚或其他什麼人對曹雪芹未作完之《紅樓夢》的續作，那麼，恕筆者斗膽而言：這四十回書，便是章回小說續書中之最傑出者。因為它竟然能與前八十回一起流傳了數百年，而且被絕大多數的讀者所認可。

　　續書，是中國章回小說發展過程中的一種常見現象，也是章回小說創作中的一種特殊現象。說它常見，是因為章回小說中的續書實在太多；說它特殊，是因為它既不能完全擺脫原著去另開天地，又不能完全對原著照葫蘆畫瓢。續書的成功與否，主要得看續作者對原著精神到底有多大瞭解，到底與原作者在心靈深處有多大的溝通，同時，又能在秉持原著的基本精神的前提下有多少發明創造。如果只是按照原著的思路寫下去，並無什麼發明創新，甚至越弄越糟，這樣的續作，在嚴格的意義上不能算作「創作」，而只能稱之

為「次創作」狀態。唯有對原著既有所繼承，又有所創發，與原著保持一種若即若離、不黏不脫的關係，才是一種創造性的勞動，才能算得上是真正意義上的創作，而這種在繼承的基礎上有所創發的續作，才是推動著章回小說向前發展的一股強大的力量。

續書難，續名著尤難；而在續書之中，重複原著的「順藤摸瓜」又頗為容易，創造性地發展原著的「借書開花」則難上加難！

（原載《章回小說通論》，中州古籍出版社，1994 年 9 月出版）

有關《南宋志傳》書名問題的一點線索

　　明代小說《南北兩宋志傳》,「南宋」部分在前,「北宋」部分在後。且《南宋志傳》所敘乃五代後期及宋朝開國事,以趙匡胤故事為重點,與歷史上的「南宋」毫不相干。對此,前輩專家孫楷第、戴不凡、柳存仁等先生早已指出其中的矛盾。

　　有一條資料,似可為解決此矛盾提供一點線索。清初東隅逸士(吳璿)修訂的《飛龍全傳》敘趙匡胤曾被周世宗封為「南宋王」。是書第五十二回敘周世宗收兵還朝,「論功之大小,定爵之次第:遂以都虞侯趙匡胤進爵封為南宋王」。又直到該書第五十八回,周世宗認為「南宋王乃閒職」,加授趙匡胤為「定國節度使兼殿前都指揮使」。這可能就是書名的由來。

　　吳璿《飛龍全傳》所據乃《舊本飛龍傳》(今佚),而《南宋志傳》又名《南宋飛龍傳》。二書雖不是同一系統,但屬於同一題材的小說。因此,對於南宋王——飛龍——飛龍傳——南宋飛龍傳——南宋志傳之間的關係,似有進一步考察的必要。

(原載《文學遺產》1993 年第二期)

《南宋志傳》書名探疑

　　在明代章回小說的歷史演義一類中，有《南北兩宋志傳》一書。是書版本甚多，或合而稱之《南北兩宋志傳》，或分別稱之為《南宋志傳》和《北宋志傳》。

　　《南宋志傳》又名《南宋飛龍傳》，敘五代後期及宋朝開國事，宋太祖趙匡胤的故事是其重點。《北宋志傳》又名《北宋金槍全傳》，敘宋初太宗、真宗、仁宗三朝事，楊家將故事是其核心。

　　這兩部小說，如果只看書名不看內容，會產生一些誤會，即認為此二書當分敘歷史上南、北宋（以靖康為界）的故事，而將順序顛倒了。過去就有人曾因此而鬧過笑話。

　　戴不凡先生在《小說見聞錄》中，曾記下這樣一個故事：他家裏藏有《南北宋志傳》一書，「全書一共十冊，前五冊是《南宋志傳》，後五冊是《北宋志傳》」。後來，因為戴先生出外念書，「家中餘書又被親友任意拿取，拿取者誤以為《北宋》在前，《南宋》在後，拿走了五冊《北宋》，因此只剩下這五冊《南宋》了」。

　　這位「拿取者」之所以鬧這種笑話，實在是因為「看書看封皮」之所致，現在恐怕不會有人再鬧這種笑話了。然而，這兩部書在書名問題上的矛盾現象卻仍未解決，為什麼以寫趙匡胤發跡變泰為主要內容的小說偏偏題作「南宋志傳」，且置於「北宋志傳」之前？

　　對這個問題，孫楷第先生曾幾次發出疑問。他在《日本東京所見小說書目》中說：「其《南宋》、《北宋》之名，至為不通。如其所敘，《南宋》自石敬瑭征蜀起，曹彬定江南止。《北宋》自北漢主逐忠臣起，至楊宗保定西夏止。

則所記者一為五季及宋開國事，一為宋初事，烏覩所謂南宋北宋者乎？余疑其書本為《宋傳》及《續集》。記宋開國事之《宋傳》先出，即今之《南宋志傳》。嗣有續書，補綴太宗及真仁三朝事，多是俚談，即今之《北宋志傳》。」「強名南北，無所取義，乃書先後行世後，無知人之所妄加，本名決不如此也。」他又在《中國通俗小說書目》中再次表示：「此書《南宋》演太祖事，《北宋》演宋初及真仁二朝事。命名至為不通。」

柳存仁先生也在《倫敦所見中國小說書目提要》中談到這個問題：「值得注意的是，所謂南宋部分的記載，講的實為自後晉石敬瑭出身到北宋初曹彬定江南為止，人人一望都知道它和南宋無關，而北宋部分，則自宋太祖下河東起到楊宗保定西夏止，專記北宋初太宗以後三朝的事情，更不能夠在形式上排在南宋之後。所以這裡所稱的南宋志傳，必定不是原名。」

這確實是一個難以解釋的怪現象，何以將「南宋」置於「北宋」之前的兩部內容與篇名不相符的連續性的小說竟然流傳了數百年，難道讀者們連南宋在後北宋在前這樣起碼的歷史知識也沒有嗎？果真《南宋志傳》「本名決不如此」，「必定不是原名」嗎？恐怕情況不如此簡單。筆者自然不敢說掌握了解決這一問題的第一手資料，但有些疑問和看法想提出來就正於方家同好。

在涉及這個問題時，似乎首先要明確一點：所謂西漢、東漢、南宋、北宋等，乃是歷史學家們的概念，而且是後世的歷史學家對以前某些朝代的一種「追認」性的概念。這些歷史學的概念當然也會影響到歷史小說的寫作，但下層文人或民間藝人在杜撰歷史小說時，對這些歷史學的概念的運用並不像後世歷史學家們那麼嚴謹。這裡有幾種情況：有時候，他們對這些概念的運用與歷史學家是相同的，如《西漢通俗演義》、《東漢十二帝通俗演義》、《三國志通俗演義》、《東西晉演義》等等。但有的時候，他們在使用這些概念時也會出現一些混亂，如《列國志傳》、《新列國志傳》、《春秋列國志傳》、《東周列國志傳》、《孫龐演義七國志全傳》、《後七國樂田演義》等等，所演或整個春秋戰國時的重要史實，或其中某一片斷，但稱謂卻或忽此忽彼、或以偏概全，總之是混亂不堪。甚至有的時候，他們還隨心所欲（或自有他們的需要和「根據」）而自造一些概念，如《走馬春秋》（敘樂毅伐齊事），《新刻續編三國志後傳》（主要敘前趙劉曜事），《後三國石珠演義》（演劉淵石勒等事）等。這些小說，僅看其書名，是不可能知道所演為何事的。《南北兩宋

志傳》恰恰屬於這第三種情況。這兩部小說的作者，所使用的不是規範的歷史學的概念，而是隨意性極強的小說家的概念。再聯繫《南宋志傳》、《北宋志傳》這兩部書的內容來看，它們均不能算嚴格意義上的歷史小說，都不是以演一朝一代興衰過程為主要內容的，而是帶有十分明顯的英雄個人（《南宋志傳》之寫趙匡胤）和英雄家族（《北宋志傳》之寫楊家將）的英雄傳奇小說色彩的作品。

　　明乎此，我們就大可不必用歷史學家眼睛中的「南宋」、「北宋」去看待這些小說的名字，而可以考慮換一個角度去看待這個問題。譬如，《南宋志傳》之稱趙匡胤政權為「南宋」，是否有與劉鈞政權的「北漢」相對應的意思呢？因為當時趙匡胤並未江山一統，五代十國的政治力量還有些延續，但相比較而言，趙宋最大的敵人（至少按小說家們看來如此）乃是「北漢」。故而「北漢」「南宋」對舉，在小說家們看來亦無不可。或者，南宋王是否「南京宋王」的簡稱呢？宋代以宋城（今河南商丘縣南）為南京。趙匡胤「黃袍加身」前夕的最後一個職位就與「南京」脫不了干係：「恭帝即位，改歸德軍節度、檢校太尉」。（《宋史‧太祖紀》）所謂「歸德軍」，就是隋唐時的宋州，宋代的南京應天府，府治在今商丘市。後來，趙匡胤之所以將自己建立的國家命名為「宋」，也是因為「宋州」的關係。「大赦，改元。以所鎮歸德軍在宋州，國號宋。」（《宋史紀事本末》卷一）這樣一來，後代的小說家將曾經在南京宋州當過節度使的趙匡胤稱之為「南宋王」，又有何不可？因為在老百姓的心目中，位高權重的節度使就是「王」呀！當然，這些看法推測的成分太多，不足為據，筆者不過是想舉例說明對同一問題可以從不同角度進行分析而已。

　　要想解決《南宋志傳》書名的疑問，有一個先決條件，即，趙匡胤其人與「南宋」二字是否有某種直接聯繫，尤其是在小說家們看來是否有所聯繫。

　　將「北宋」的開國君王趙匡胤與「南宋」聯繫起來，該是一件多麼荒唐的事，但中國古代的所謂歷史小說中「荒唐」的也太多。果然，趙匡胤與「南宋」相聯繫的「荒唐」之事出現了，不過不是歷史上的那個「南宋」，而是小說家們筆下的「南宋」。

　　且看清初吳璿《飛龍全傳》的敘述：

　　「卻說世宗（柴榮）收兵還朝，……因想趙匡胤等諸將能用命效力，合

當封爵，以酬其功。於是論功之大小，定爵之次第:遂以都虞侯趙匡胤進爵封為南宋王;鄭恩封為汝南王。」(第五十二回)

「且說世宗一日升殿，受百官朝賀畢，宣南宋王趙匡胤上殿。……世宗道:『御弟勿謙。南宋王乃閒職，不可久居，今加授為定國節度使，兼殿前都指揮使。』」(第五十八回)

我們讀《宋史》，只知道趙匡胤在周世宗柴榮即位的顯德二年(955)因與北漢作戰有功，「還，拜殿前都虞侯，領嚴州刺史」。(《太祖紀》)又於顯德三年，因與南唐作戰有功，「還，拜殿前都指揮使，尋拜定國軍節度使」。(同上)趙匡胤無論如何也想不到，在他離開人世幾百年之後，民間藝人們會在都虞侯與殿前都指揮使之間，憑空送給他一頂「南宋王」的桂冠。這種做法，雖然不符合歷史事實，但卻符合封建時代一般民眾的某種特殊心理。在那些流傳於民眾之間的戲曲小說作品中，大凡寫到與某一皇帝有密切關係的文臣武將、尤其是開國名將時，作者總愛無端送給他們一些莫名其妙的桂冠和稱號，如御弟、皇兄、並肩王等等。趙匡胤的「南宋王」，正是這種文化背景下的產物。

吳璿的《飛龍全傳》，並非向壁虛構，而是他對一種俚俗不堪的舊本《飛龍傳》的刪改。他在乾隆三十三年(戊子，1768)此書的序言中明確寫道:「己巳歲(1749)，余肄業村居，暗修之外，概不紛心。適有友人挾一帙以遺餘，名曰《飛龍傳》。視其事則虛妄無稽，曰其詞則浮泛而俚。……今戊子歲，……於是檢向時所鄙之《飛龍傳》，為之刪其繁文，汰其俚句，布以雅馴之格，間以清雋之詞，傳神寫吻，盡態極妍，庶足令曰者驚奇拍案，目不暇給矣。」可見，吳璿只不過是《飛龍傳》的一個刪定者。孫楷第先生《中國通俗小說書目》有《舊本飛龍傳》一條，標明「未見」，又於《飛龍全傳》一條下標明「清吳璿刪定」，也正是這個意思。

現已失傳的所謂「舊本《飛龍傳》」事則虛妄無稽，詞則浮泛而俚，正是典型的民眾通俗作品。它雖與《南宋飛龍傳》(即《南宋志傳》)並非同一部書，但二者之間的關係卻不言而喻。(前人甚至有誤以兩書為一書者，見中華書局重印本錢靜方《小說叢考》卷上《飛龍傳演義考》校者附注)。即便是拿今天我們能看得到的《南宋志傳》與《飛龍全傳》二書對讀，也有很多地方從故事內容到遣詞造句都是大同小異的。

明乎此上所述，我們就不能無視南宋王——飛龍——飛龍傳——南宋飛

龍傳——南宋志傳這幾者之間的關係。換句話說，在明代到清初民間流傳的關於趙匡胤的故事中，這位黃袍加身的大宋皇帝在南面稱孤之前卻先已「王」過「南宋」了。這種民間流傳是否與《南宋志傳》的書名有某種聯繫呢？也許有吧！因為一部《南宋志傳》（《南宋飛龍傳》）從卷三趙匡胤登場到卷十全書結束，這位從趙家公子到大宋皇帝的人物其實佔據了書中的主要位置。全書雖寫得紛攘複雜，但所敘重點卻正是趙匡胤這條「真龍」從「起飛」到「登極」的全過程。

（原載《閒書謎趣》，河南人民出版社，2010 年 4 月出版）

關於《後西遊記》的兩種版本

一

　　《後西遊記》是《西遊記》續書之一，成書的時間不晚於清康熙五十四年（1715），因為劉廷璣在那一年刊刻的《在園雜誌》卷三中說：「如《西遊記》乃有《後西遊記》、《續西遊記》，《後西遊》雖不能媲美於前，然嬉笑怒罵，皆成文章，若《續西遊》則誠狗尾矣。」（《續書》）《後西遊記》原書不署作者，題「天花才子點評」。有人認為「天花才子」即「天花藏主人」，還有人認為「天花藏主人」是浙江嘉興徐震，但也有學者不同意這些說法。至今，這個問題尚未形成定論。

　　目前所知，《後西遊記》版本系統有四：其一，「本衙藏版本」，題「繡像傳奇後西遊記」，「天花才子評點」，首序，不署撰人。有關專家認為，此版本刊自清初。原書藏大連圖書館，春風文藝出版社一九八一年據此出版排印本，一九八五年挖改重印。其二，「金閶書業堂刊本」，題「重鐫繡像後西遊記」，「天花才子評點」，首《後西遊記序》，不署撰人。乾隆四十八年（1783）初次刊印。後被收入「古本小說集成」第四輯，上海古籍出版社 1994 年影印。其三，「貴文堂重刊大字本」，道光元年（1821）刊印。其四，「束菅書室石印本」，光緒二十年（1894）刊行。此外，還有上海申報館排印本等。

　　筆者曾於 2017 年校點《後西遊記》，所據底本即為「金閶書業堂刊本」（以下簡稱「金閶本」），並以春風文藝出版 1985 年出版的「本衙藏版本」（以下簡稱「春風本」）等為參校。在校點過程中，發現這兩個版本之間有不少異文，有的地方甚至篇幅較大。為了提供對這本相當不錯的《西遊記》續書展開更為細緻的研究之方便，在此特將二書之異文分類予以辨別和論述。

二

　　二書文字差距最大的是第三十七回中的一段，「金閶本」共有四頁（889
～892）錯簡錯行，一片混亂：

　　　　笑道度人度世固我佛之慈悲然受享人天供大和尚講法都自苦
　　施財望報雖或墮入貪嗔而普濟功深善道貧僧才入境一人愚妄而令
　　天下生慳吝心若說蓮化村不而往只道無緣辱以為佛家之正則靈蠢
　　同科聖凡無二木石貧衲西域鄙人莫說天地勞而無功即老師問關求
　　解亦屬多老師飛錫西來立教貴乎窮源源清尚恐流濁若胥溺濁流以
　　教法號唐半偈也今棲心清淨尚不能少救奢華若妄想莊嚴報和尚道
　　這等供緇流之費猶恐不足也將來何所底止大師國之事我聞中忘其
　　本冥報和尚道佛法洪深一時也難為粗聚會講經說法教者必具神通
　　若不具神通即言言至道亦屬四大部洲從無不遠千萬里而來欲展清
　　淨宗風不知具何□不知又何所聞半偈道貧僧來便來了教便立了只
　　曉得一□山別有真解豈可言何況神通冥報和尚道若無神通救死□
　　道嗚呼是何言之利以與至人相抗乎唐半偈道若果至人抗其二我佛
　　立教無能而罪其相抗此非至人邪人也從來邪不以此度人度世通而
　　自具神通也冥報和尚笑道據老師這等而消除惡業誰具神通之神通
　　更大這話也難全信喜今日齋思獲報是欲掃此可作證盟老僧請與大
　　師小試一試道法以佛立教之初意不識老師以為何如唐半偈道貧僧
　　毫無所長求真解蓋念東法冥報和尚大笑道道法既無可試怎敢擅自
　　清淨無為思衣小行者在旁聽見冥報和尚出言無狀大怒道昨至貴村
　　不意嘴我師父一個做佛菩薩的正人豈弄這些小開示冥報和尚時吃
　　齋的僧俗聽見說東土來了一個聖僧□養菩薩亦何嘗擁擠了來看不
　　一時，將禪堂擠滿唐半偈先說根自立豈可以就聞知冥大師道法高妙
　　為一方宗主昨匆匆生不滅無榮無今荷蒙召見得睹慈容，實為萬幸冥
　　報和尚道與人有何分別久慕東土佛教之盛每形夢寐，無計皈依適聞
　　事矣唐半偈道不勝慶幸故求請一見以快夙心但尚未及請求源清烏
　　可得道貧僧法號大顛又蒙大唐天子賜號半偈冥則天下金錢盡是顛
　　大師了大師既處東土佛國自知東方佛不可逐其末而國自漢明入夢
　　梁武捨身後來六祖相傳萬佛淺者顯言但立天散花地湧蓮昭昭可考
　　不一而足叢林之盛虛浮請問老師及者大師名高尊宿自宜倡明道法

大闡宗風通敢於立教唐反棄興隆之地來此寂寞之鄉以求真解若靈清淨別無片善中國三藏靈文俱無足信乎唐半偈聞言歎息不暇敢爭口舌歟三藏靈文何可當也冥大師只知其一不知何害倘薄其流傳此三藏靈文非博名高，蓋憫眾生沉淪欲勝正雖不具神也然度人度世之道，在清淨而掃絕貪嗔正性說來則老師不知愚頑不解只知佞佛不返修心但欲施財以期大眾俱集於貪嗔而貪嗔愈甚要除惡業而惡業更深豈我定東西之是非哉故貧僧奉大唐天子之命不惜遠詣靈山拜焉敢與老師試土沉淪之苦而發此大願前至蓮化東鄉見其高標與吾作對□衣思食得食始信佛法自有真風不勝羨慕老和尚莫要誇□師轉欲從東不知是何妙義既蒙賜教望乞伎倆你有甚麼

上述這段亂七八糟的文字，筆者參考「春風本」進行整理，得出以下結果：

（此）時，吃齋的僧俗，聽見說東土來了一個聖僧，與大和尚講法，都擁擠了來看。不一時，將禪堂擠滿。唐半偈先說道：「貧僧才入境，就聞知冥大師道法高妙，為一方宗主。昨匆匆而往，只道無緣。荷蒙召見，得睹慈容，實為萬幸。」冥報和尚道：「貧衲西域鄙人，久慕東土佛教之盛，每形夢寐，無計皈依。適聞老師飛錫西來，不勝慶幸，故求請一見，以愜夙心。但尚未及請法號。」唐半偈道：「貧僧法號大顛，又蒙大唐天子賜號半偈。」冥報和尚道：「這等，是顛大師了。大師既處東土佛國，自知東方佛國之事。我聞中國自漢明入夢，梁武捨身，後來六祖相傳，萬佛聚會，講經說法，天散花，地湧蓮，昭昭可考，不一而足。叢林之盛，四大部洲，從無及者。大師名高尊宿，自宜倡明道法，大闡宗風。不知又何所聞，反棄興隆之地，來此寂寞之鄉，以求真解。若靈山別有真解，豈中國三藏靈文，俱無足信乎？」唐半偈聞言，歎息道：「嗚呼！是何言歟？三藏靈文，何可當也。冥大師只知其一，不知其二。我佛立教，流傳此三藏靈文，非情名高，蓋憫眾生沉淪，欲以此度人度世也！然度人度世之道，在清淨而掃絕貪嗔，正性而消除惡業。誰知愚頑不解，只知佞佛，不返修心，但欲施財以思獲報，是欲掃貪嗔而貪嗔愈甚，要除惡業而惡業更深，豈我佛立教之初意哉！故貧僧奉大唐天子之命，不惜遠詣靈山，拜求真解。蓋念東土沉淪之苦，而發此大願。前至蓮化東鄉，見其清淨無為，思衣得衣，思食得食，始

信佛法自有真風，不勝羨慕。昨至貴村，不意大師轉欲從東，不知是何妙義？既蒙賜教，望乞開示。」冥報和尚笑道：「度人度世，我佛之慈悲。然受享人天供養，菩薩亦何嘗自苦？施財望報，雖或墮入貪嗔，而普濟功深，善根自立，豈得以一人愚妄，而令天下生慳吝心？若說蓮化村不生不滅，無榮無辱，以為佛家之正，則靈蠢同科，聖凡無二，木石與人，有何分別？莫說天地勞而無功，即老師開關求解，亦屬多事矣！」唐半偈道：「立教貴乎窮源，源清尚恐流濁。若胥溺濁流，以求源清，烏可得也！今棲心清淨，尚不能少救奢華。若妄想莊嚴，則天下金錢，盡供緇流之費，猶恐不足也，將來何所底止？大師不可逐其末，而忘其本。」冥報和尚道：「佛法洪深，一時也難為粗淺者顯言。但立教者，必具神通。若不具神通，即言言至道，亦屬虛浮。請問老師，不遠千萬里而來，欲展清淨宗風，不知具何神通，敢於立教？」唐半偈道：「貧僧來便來了，教便立了。只曉得一心清淨，別無片善可言，何況神通？」冥報和尚道：「若無神通，救死且不暇，敢爭口舌之利，以與聖人相抗？」唐半偈道：「若果聖人，抗之何害？倘薄其無能，而罪其相抗，此非聖人，邪人也！從來邪不勝正，雖不具神通，而自具神通也！」冥報和尚笑道：「據老師這等說來，則老師不具神通之神通更大，這話也難全信。喜今日齋期，大眾俱集於此，可作證明。老僧請與大師小試一試道法，以定東西之是非，不識老師以為何如？」唐半偈道：「貧僧毫無所長，焉敢與老師試法？」冥報和尚大笑道：「道法既無可試，怎敢擅自高標，與吾作對？」小行者在旁，聽見冥報和尚出言無狀，因大怒道：「老和尚莫要誇嘴！我師父一個做佛菩薩的正人，豈弄這些小伎倆！

如此一來，顯得文從字順，且具有可讀性。當然，「金閶本」相對於「春風本」而言，也有自己的優長之處，尤其是在一些具體的字詞句方面，能在更多的地方顯示其合理性和準確性。下面，分幾個方面對這一問題略作介紹。

三

大體而言，在一些具體問題上，「春風本」較之「金閶本」之明顯錯訛可分為以下四個方面：

　　首先是「春風本」明顯的錯別字，「金閶本」則是正確書寫。例如：

　　何況我輩冥王根識淺薄，不過奉簿書從事，焉有高論以儌芻蕘！（第三回）「芻堯」，不通，「金閶本」作「芻蕘」，正確。芻蕘，本意謂「割草採薪」，此指淺陋的見解。

　　孫大聖道：「靈根不死，妄念自生。救承老星君舉薦，又蒙玉帝敕命，敢不效勞！」（第四回）「救」字誤，「金閶本」作「既」，正確。

　　兩輪大耳，廣揚薄扇之風。（第十二回）「薄扇」，不通，「金閶本」作「蒲扇」，正確。

　　老怪戰小行者，久已力乏，又見豬一戒、沙彌惡狠狠殺入，料敵不住，只得托著刀敗下陣來。（第十七回）「托」，不通。「金閶本」作「拖」。

　　那娘娘聽見說是豬八戒，一霎時柳眉倒豎，生眼圓睜。（第二十回）「生眼」，不通，「金閶本」作「星眼」，正確。

　　櫻桃口，楊柳腰，引將春色上眉稍。（第二十一回）「眉稍」，誤。「金閶本」作「眉梢」，正確。

　　只得吩咐眾官，一面善言疑住，一面飛發兵符，調合營兵將來捉拿和尚。（第二十一回）「疑」，不通。「金閶本」作「款」，正確。款，留。

　　小行者在陣中，雖賴鐵棒周圍，並無刀劍加身，卻黑沉沉不辨東西南北，沒處著力。（第二十一回）「周圍」，不通。「金閶本」作「周旋」，正確。

　　因想道：「忽然昏暗，雖是鬼弄虛頭，故無韜光，未見太陽有弊，待我去問個明白。」（第二十一回）「故無」，不通。「金閶本」作「無故」，正確。「未見」，不通。「金閶本」作「未免」，正確。

　　黑將軍見了，也挺畫戟截來。（第二十三回）「截」，不通。「金閶本」作「戳」，正確。

　　鑼鼓喧天，火燈耀日，飛風一般趕將來。（第二十四回）「日」字誤，「金閶本」作「目」，正確。

　　文明天王正吃得大醉，護著幾個宮娥，在御床上酣寢。（第二十四回）「護」字誤，「金閶本」作「擁」，正確。

　　既有這條門路，須快去快求。（第二十四回）「求」字誤，「金閶本」作「來」，正確。

　　今僥倖，列之天上，假名號威威風風，自矜日星。（第二十四回）「日」字誤，「金閶本」作「曰」，正確。

唐長老聽了，方走到面邊，深深問訊。（第二十五回）「面」字誤，「金閶本」作「石」，正確。

忙敕有司去備法駕，又勒太監、宮女連夜去伺迎不題。（第二十七回）「勒」字誤，「金閶本」作「敕」，正確。

我看你們形容古怪，情性樓搜。（第二十八回）「樓」字誤，「金閶本」作「㩢」，正確。㩢搜，吝嗇。

青紅赤白黑，五色石似折天而落來。（第二十九回）「折」字誤，「金閶本」作「拆」，正確。

倘縱之擊搏，定有可歡。（第三十二回）「歡」字誤，「金閶本」作「觀」，正確。

好不知死活的野和尚！我倒饒你姓命，你倒轉油嘴滑舌來戲笑我老娘。（第三十二回）「姓」字誤，「金閶本」作「性」，正確。

了老婆婆微笑道。（第三十二回）「了」字誤，「金閶本」作「不」，正確。

但不知他見我玉火鉗可有幾分留過之意？（第三十三回）「過」字誤，「金閶本」作「連」，正確。

那蜃妖雖且精靈，卻尚不能言語。（第三十四回）「且」字誤，「金閶本」作「是」，正確。

他坐在馬上，跑了一陣，跑的辛苦，也就不耐煩，在馬上東統西統的打盹。（第三十八回）「統」字誤，「金閶本」作「銃」，正確。銃，用管狀火器呈發散性射擊。此指東一下西一下，凌亂無規律。

第二種情況，雖然「春風本」某一詞句基本通順，但「金閶本」更準確。例如：

皆驚異道：「如何佛教昌熾之時，忽有此不染高僧？」卻來拜訪。（第七回）「卻」，「金閶本」作「都」，照應前面的「皆」，更準確。

大顛道：「佛法無邊，因緣有在。貧僧一無所恃，就是貧僧的所恃了。」（第八回）「有」，句法彆扭，「金閶本」作「自」，更準確。

第七爛身坑，第八裂身坑。（第十七回）帶點「身」字，與上文重複，「金閶本」作「膚」，更準確。

兩道童道：「我二人正是，老師兄為何也得知？」（第十九回）「老師兄」，欠妥。「金閶本」作「老師父」，更準確。

老道婆道：「老爺你不知，我這國王有一個黑臉兒太子，乃是國王愛妃所

生，十分寵愛。」（第二十一回）「黑臉兒」，欠妥。金閶本作「黑孩兒」，與《西遊記》「紅孩兒」相對，準確。

不知那世冤家，妄生賭鬥；大都今生孽障，捨死相持。（第二十三回）「妄」，欠通。「金閶本」作「亡」，準確。

宴來時，大觥大爵，滿斟滿飲，不一時，吃得醺然大醉。（第二十三回）帶點的「大」字脫漏，「金閶本」有此字，與下句形成對仗，更佳。

薄又薄，白又白，認粉麵卷成春餅；精又精，潔又潔，疑瓠犀煮作香粳。（第二十五回）「粳」，「金閶本」作「羹」，更準確。

我們又不生退心回去，任何塞斷，與我何干？我們好歹只努力前行，包管有出頭日子。（第二十六回）「何」字彆扭，「金閶本」作「他」，準確。

太后道：「我身落陷阱之中，如坐針毯，千萬望聖僧救我。」（第二十七回）「針毯」，「金閶本」作「針氈」，更準確。

忽颼颼的一股腥氣，就似三十三天上的罡風一般，往內一吹，將他師徒三人並龍馬竟吸了進去。（第三十四回）「吹」，欠通。「金閶本」作「吸」，準確。

見我佛如來，拜求真解，以來濟度。（第三十六回）帶點的「來」欠通，「金閶本」作「求」，準確。

左一彎，又一曲，盤盤旋旋，足有千里。（第三十八回）「又」字欠妥，「金閶本」作「右」，對仗更佳。

老師不知，一向經雖不講，至長慶三年，忽來了一個胡僧，生得渾身黑黑，自稱是烏漆禪師。（第四十回）「一」字「春風本」脫漏，「金閶本」有，正確。「黑黑」二字，「金閶本」作「墨黑」，更佳。

我佛如來，自原始以來，憫念南贍部洲人心貪詐，是個口舌凶傷，是非苦海，萬劫沉淪，不能度脫。（第四十回）「傷」，「金閶本」作「場」，更為準確。

又在真解中檢出《金剛經解》來，同放在經案上，重爇壇煙，再添淨木，朗朗將如來妙義細細敷陳。（第四十回）「壇」，「金閶本」作「檀」，更準確。

今升汝為在天飛龍，常隨人王帝王。（第四十回）帶點的「王」字，「金閶本」作「主」，更佳。

第三種情況是「春風本」字詞脫漏，「金閶本」更為完整。例如：

小行者笑道：「卻原來！實對你說吧，前日封經的，乃是我成佛的家祖孫

大聖，怎麼就賴我？」（第十回）「我」，「春風本」缺，「金閭本」有。

左一灣，右一曲，道路難窮；前千尋，後萬丈，階梯不盡。（第十六回）以上數句，「春風本」脫漏，「金閭本」有。

今日不知是那裡來的四個和尚，竟吆吆喝喝過山，豈不是奇事！（第十六回）「四個」二字，「春風本」脫漏，「金閭本」有。

玉面娘娘道：「王爺最惱和尚，這是那裡來的？待我去看來。」便叫宮娥，打著兩對宮燈，輕移蓮步，自走到潛龍殿來。太子看見，慌忙起身迎接，讓娘娘坐下。（第二十回）以上「帶點」的數句，「春風本」脫漏，「金閭本」有。

娘娘道：「雖是他說大話，我還記得那孫行者尖嘴縮腮，果有本事，你父王何等猛勇，還殺他不過。他師兄若果是孫行者子孫，便也要防他。」太子道：「娘娘不必憂心，孩兒自有處置。」娘娘道：「怎生處置？」太子道：「他們今夜睡在剎女行宮，到半夜後，乘他睡熟，待孩兒差些有手段的陰兵，去將他們師徒們迷倒，一併捆來殺了，豈不美哉！」（第二十回）以上「帶點」數句，「春風本」脫漏，「金閭本」有。

我下面有的是暖通通的房兒，華麗麗的床兒，香噴噴的被兒，軟溫溫的褥兒，長蕩蕩的枕兒，何不甜蜜蜜睡他一覺，卻癡呆呆坐在此處？（第二十一回）以上「帶點」數句，「春風本」脫漏，「金閭本」有。

走到一家門首，只聽得裏面琴聲正美，不覺一步步走將進去。將走到客座前，裏面琴聲剛剛彈完。（第二十二回）以上「帶點」數句「春風本」脫漏，「金閭本」有。

小行者道：「此輩不過是些迂儒蠢漢，又非妖精魔怪，何消動粗？不過仰仗佛威，使之起敬耳！」唐長老道：「既不動粗，又能覺悟其愚，使之起敬，正佛法之妙，又何樂而不為？」（第二十二回）「帶點」數句，「春風本」脫漏，造成不通順。「金閭本」有，正確。

一個要報壓身捆綁之仇，恨不一棒將頭顱打成稀屎爛；一個欲正盜馬逃脫之罪，只願一槍將胸脯穿個透心明。（第二十四回）「一棒」二字「春風本」脫漏，「金閭本」有。

就變成了一群獵戶，三、五百人，在生香村口鳴鑼擊鼓，吶喊搖旗，聲張是奉國王之命，要捉拿麝鹿，割取臍香，去合春藥。美人與眾侍兒聞了此信，嚇得魂不附體。（第二十五回）以上「帶點」的數句，「春風本」脫漏，「金閭本」有。

大王既與殘、忍二大王，同為此山之主，豈可讓他二人獨享？（第二十六回）「同」，「春風本」缺，「金閶本」有。

若不答應，你卻休怪休想。（第二十七回）「休」，「春風本」缺，「金閶本」有。

小行者道：「這等說來，也還賴得過。」樵子道：「既賴得過，放我去吧。」小行者道：「還要問你，這陰、陽二大王，有甚麼本事？」（第二十八回）以上「帶點」的數句，「春風本」脫漏，「金閶本」有。

你才從石頭裏鑽出來，嘴邊的土腥氣尚還未退。（第三十回）「土」，「春風本」缺，「金閶本」有，表達更完整。

他如今又兜攬了一個唐僧，往西天去求解，因天晚了在劉家借宿，（第三十一回）以上「帶點」的數句，「春風本」脫漏，「金閶本」有。

不老婆婆笑道。（第三十二回）「不」，「春風本」缺，「金閶本」有。

豬一戒道：「你便論甚麼兵法，怎知我被他夾得沒法？說便是這等說，你也不要看的太容易了。那婆婆的夾法，真也怕人，他張開了兩片沒頭沒臉的夾來，倘一失手，被他夾住，任你好漢，也拔不出來。」（第三十二回）以上「帶點」數句「春風本」脫漏，「金閶本」有。

那不老婆婆聽了，果走出陣前。（第三十二回）「不」，「春風本」缺，「金閶本」有。

小行者道：「第二件，我這鐵棒，是天生神物，能大能小，可久可速，又名如意金箍棒。你那玉火鉗若是果有些本事，與我對得幾合，盡得我的力量，我便直搗龍潭，深探虎穴，叫你痛入骨髓，癢透心窩，定要樂死。你拼得拼不得？」（第三十三回）以上「帶點」數句「春風本」脫漏，「金閶本」有。

直撥得那老婆婆意亂心迷，提著條玉火鉗如狂蜂覓蕊，浪蝶尋花，直隨著鐵棒上下高低亂滾。（第三十三回）以上「帶點」數句「春風本」脫漏，「金閶本」有。

復將鐵棒使圓，直搗入他玉鉗口內，一陣亂攪，只攪得他玉鉗開時散漫，合處輕鬆，酸一陣，軟一陣，麻一陣，木一陣，不復知是性命相搏，然後照婆婆當頂門劈下來。（第三十三回）以上「帶點」數句「春風本」脫漏，「金閶本」有。

豬一戒道：「婆婆不須多慮，那猴子被婆婆的玉火鉗，夾的他快心樂意，

莫說逃走，就是趕他，也未必肯去。（第三十三回）以上「帶點」數句「春風本」脫漏，「金閶本」有。

豬一戒聽了歡喜，便將絲頭兒理齊了，拴在小行者頸上。叫沙彌牽著白馬，又自挑了行李，同到山前。（第三十三回）以上「帶點」數句「春風本」脫漏，「金閶本」有。

欲要去趕，又因被小行者鐵棒攪得情昏意蕩。玉火的鉗口散漫，料趕上也夾他不住。欲待任他去了，心中卻又割捨不得。（第三十四回）以上「帶點」數句「春風本」脫漏，「金閶本」有。

龍王辭別了小行者，自回海去。師徒四眾然後打點行程。（第三十四回）以上「帶點」數句「春風本」脫漏，「金閶本」有。

唐半偈在馬上，遠遠望見前面有人家，便道：「徒弟呀，行了許多路，腹中覺得有些饑了，前面有善信人家，須去化一頓飽齋吃了，再行方好。」（第三十六回）以上「帶點」數句「春風本」脫漏，「金閶本」有。

既生於東土，自知東土的受用，為何轉到西方來求解？又為何轉又說東土沉淪？又為何見我們寂寞，轉生歡喜？萬望見教。（第三十六回）以上「帶點」數句「春風本」脫漏，「金閶本」有。

沙彌走到，看一看道：「哥呀！好便好了，是便是了，你且上岸來，還有事與你商量。」（第三十八回）「是便是了」四字「春風本」脫漏，「金閶本」有。

第四種情況，二書某些詞句本身通順，但「春風本」某詞句與故事情節不合。例如：

媚陰和尚道：「送老師父出去不難，只怕送出去，三位高徒不肯饒我。」（第十六回）「三位」，與故事情節不合，因為唐半偈當時只有孫履真、豬一戒兩個徒弟。「金閶本」作「二」，正確。

小行者救師心急，領了祖大聖法旨，不敢停留，忙遂拜辭出宮，又一駕雲復回南海。（第十九回）「復回南海」，與情節不合。「金閶本」作「望南海而來」，正確。

只見老院公又拿了一碗醬瓜、醬茄小菜來。（第二十二回）「醬瓜」二字「春風本」脫漏，與下文描寫「小行者得便，又將瓜、茄小菜倒在缽盂飯上」不符。「金閶本」有「醬瓜」二字，正確。

小行者道：「要他同心敬佛齋僧，甚不打緊。」唐長老搖頭道：「我看這

般書呆，沉迷入骨，要喚回甚不容易。徒弟呀，你怎說個不打緊？」（第二十二回）「同心」，與下文不符。「金閶本」作「迴心」，正確。

到次早，小行者起來，叫豬一戒。（第二十七回）「小」字「春風本」脫漏，造成錯誤，「金閶本」有，正確。

因撿一棵大松樹下，叫沙彌取出蒲團與長老打坐，他三人就在草皮上席地而眠。（第三十三回）「皮」，欠妥，「金閶本」作「坡」，更為準確。

因立住腳，揉了半晌，漸漸可開，方才出走。走便走，眼睛終是半開半閉，不提防一條老樹根當路，又絆了一跌。（第三十五回）「出」，欠妥，「金閶本」作「又」，更為準確。

冥報和尚道：「這是那挑行李的長嘴和尚不識規矩，犯了佛法，故遭佛譴死了，遺了行李在此，誰奪他的？」（第三十六回）「遺了」二字「春風本」脫漏，造成情節不順，「金閶本」有，正確。

拜完，再抬起頭來看時，那笑和尚已不見，心下不勝驚訝。正在驚訝不定，忽小行者引了兩個侍者入來。（第三十七回）「正在驚訝」四字「春風本」脫漏，造成表述不順，「金閶本」有，正確。

沙僧見師父起來，忙將馬牽到面前，輕輕的扶了上去。（第三十八回）「沙僧」二字錯誤，混淆為《西遊記》中人物，「金閶本」作「沙彌」，正確。

沙彌也笑著接說道：「他如今弄做個草豬了，怎不怕風！」唐半偈道：「風已息了，天色將晚，還不出來快走。」（第三十八回）以上「帶點」數句「春風本」脫漏，造成敘事錯誤，「金閶本」有，正確。

大家同駕起雲頭，回首望著極樂世界，齊念一聲：「阿彌陀佛！弟子們去也！」（第三十九回）「駕起雲頭」四字「春風本」脫漏，造成情節不符，「金閶本」有，正確。

四

以上，我們分兩個部分對《後西遊記》兩個主要版本的主要異文做了一些排列，現將這些異文形成的原因和造成的後果做一些分析。

一般說來，小說作品不同版本中異文形成的主要原因有二，一是作者自己的修改所致，二是抄手或校點、刊刻者的行為所致。《後西遊記》不同版本中的異文基本上屬於後者。進而言之，抄手或校點、刊刻者的行為所致又可分為「有意」「無意」兩種情況。所謂「有意」指的是有意刪改。例如，上面

列舉的「春風本」第三十二至二十三回那幾段文字的脫漏嚴格而言不是「脫漏」，而是「刪除」，且看以下幾段：

> 那婆婆的夾法，真也怕人，他張開了兩片沒頭沒臉的夾來，倘一失手，被他夾住，任你好漢，也拔不出來。

> 盡得我的力量，我便直搗龍潭，深探虎穴，叫你痛入骨髓，癢透心窩。

> 提著條玉火鉗如狂蜂覓蕊，浪蝶尋花。

> 直搗入他玉鉗口內，一陣亂攪，只攪得他玉鉗開時散漫，合處輕鬆，酸一陣，軟一陣，麻一陣，木一陣，不復知是性命相搏。

> 被婆婆的玉火鉗，夾的他快心樂意。

> 豬一戒聽了歡喜，便將絲頭兒理齊了，拴在小行者頸上。

為什麼要刪除這幾段，因為這裡描寫的小行者的金箍棒與不老婆婆的玉火鉗之間的搏鬥乃隱喻世間男女的性挑逗，上面幾段都是語帶雙關，仔細讀來，屬於色情描寫。「春風本」是一個普及本，面向全社會發行，這樣的「涉黃」文字最好刪掉。而「金閶本」則是沒有整理的影印本，當然是全文照搬不可能走樣。

除了這種有意的刪除之外，二書更多的異文則是抄手、整理者、刊刻者無意間的錯誤所導致。而錯訛的情況又有以下幾種：

第一，大面積的錯簡錯行。本文第二節涉及的第三十七回中的一大段就是明證，「金閶本」四頁書（889～892）錯簡錯行，一片混亂。這當然是「金閶本」不及「春風本」之處。

第二，抄手或校點者看書錯行，故而出現十幾二十字的遺漏，這在原書中恰好就是一行或者兩行。這樣的例子在本文第三節所列舉的第三種情況中大量存在。一般說來，脫漏十幾個字以上又非有意為之者均屬於這種情況。於此同類的是抄手或校點者看漏幾個字，故而筆下出現遺漏數字的情況。

第三，因形近而相訛造成錯誤，這主要發生在抄手或校點者自己目看舊本手寫新本的前提之下。如「窈蕘」誤作「窈堯」，「蒲扇」誤作「薄扇」，「款」誤作「疑」，「戳」誤作「截」，「來」誤作「求」，「敕」誤作「勒」，「摟」誤作「樓」，「拆」誤作「折」，「觀」誤作「歡」，「不」誤作「了」，「連」誤

作「過」,「銃」誤作「統」,「針氈」誤作「針毯」,「主」誤作「王」等等,均屬此類。

第四,因音近而相訛造成錯誤,這主要產生於抄手或校點者耳聽別人讀舊本而自己手寫新本的前提之下。如「拖」誤作「託」,「眉梢」誤作「眉稍」,「星眼」誤作「生眼」,「妄」誤作「亡」,「羹」誤作「粳」,「右」誤作「又」,「檀」誤作「壇」等等,均屬此類。

第五,抄手或校點者工作馬虎或想當然,沒有細看原書前後文就在兩種詞句表面上都通順的前提下隨意錄下一種。如「目」誤作「日」,「曰」誤作「日」,「都」誤作「卻」,「膚」誤作「身」,「黑孩兒」誤作「黑臉兒」,「吸」誤作「吹」,「場」誤作「傷」,「二」誤作「三」,「迴心」誤作「同心」等等,均屬此類。

第六,抄手或校點者心不在焉,看到某詞語的第一個字,就隨意連上一個最常見的詞彙,或心裏想的是正確的字詞,手上卻書寫錯誤。如「周旋」誤作「周圍」,「無故」誤作「故無」,「未免」誤作「未見」,「擁」誤作「護」,「石」誤作「面」,「性」誤作「姓」,「自」誤作「有」,「他」誤作「何」,「坡」誤作「皮」,「沙彌」誤作「沙僧」等等,均屬此類。

綜合以上分析,本文的結論是,《後西遊記》「春風本」與「金閶本」相比較而言,各有所長也各有所短。「金閶本」的問題是出了一次很大的亂簡亂行的錯誤,以至於造成上千字的大段落不堪卒讀。「春風本」雖然沒有那種特大的錯誤,但小錯卻是連綿不斷。故而,將兩種版本的優長加以保留,而將二者的錯訛儘量予以糾正,我們就可以得到一個不錯的《後西遊記》的普及性讀本。這也是筆者校點這本二流章回小說的最終目的。

(原載《第二屆世界漢學論壇・第十七屆中國古代小說戲曲文獻國際研討會會議論文集》,美國學術出版社&歐洲大學出版社,2018 年 8 月出版)

(*2nd World Conference of Chinese Studies & 17th Intl. Conference on the Premodern Chinese Novel & Drama*, Academic Press of the USA & European University Press, August, 2018)

《金雲翹傳》與婦女小說的獨立

　　我國小說史上描寫婦女的作品汗牛充棟。六朝志怪、唐宋傳奇、宋元話本、明清章回，都有不少涉及婦女問題的優秀之作，這許多作品都從各自的角度揭示了與婦女有關的某些問題。但是，這些作品都沒有使婦女題材獨立化，也就是說，明末以前，婦女小說還沒有從神異、煙粉、講史、傳奇的分類中獨立出來而成為單獨的一類。真正標誌著這種獨立性的，是明末清初出現的中篇小說《金雲翹傳》。

　　《金雲翹傳》二十回，「青心才人」編次。作者真實姓名尚難確定，據此書校點者所言：「疑此書最後形成當在清朝初年」，作者「最大可能還是明末遺民」。估計離實際情況相去不遠。

一

　　根據《金雲翹傳》中所描寫的主要人物，主要事件，主要場景，以及作者主觀上所要表達且客觀上也確實顯示出的主要思想傾向，我們可以肯定，《金雲翹傳》既不是英雄美人之傳奇小說，也不能為才子佳人小說所包容。《金雲翹傳》是一部反映生活在封建社會末期的中國婦女悲慘命運的作品。這是一幅描繪掙扎在死亡線上的中國古代苦難婦女的生活畫卷，是一曲撥動著千百萬同類命運婦女心弦的悲歌，是婦女問題、這個多少年來被各階層文學家們以多種文學樣式千百次涉及的重大社會問題在一定歷史時期的一次集中的、全面的、深刻的、總結性的反映。書中女主人公王翠翹曾大聲呼號：「人生最苦是女子，女子最苦是妓身。」這就是《金雲翹傳》這曲悲歌的主旋律。

　　如此云云，有何根據？請看《金雲翹傳》本身的基本事實。

　　先看堪稱「靈魂」的小說主人公是誰。書名中三人之一的金重，只在小說的前三回及最後一回有所活動，中間十數回都沒有露面，如果說金重也算才子，王翠翹也算佳人，二人的故事也算才子佳人故事的話，那麼，這個才子佳人的故事只能算是一個畫框，而框子裏的畫面則是王翠翹多年的淪落生涯。可知金重並非書中的主人公。再看王翠翹之妹王翠雲，這個人物更可說是蒼白的。她只是作為王翠翹的替身嫁給金重，她也只在首尾的幾回書中略露幾面，甚至連話都沒有插上幾句，完全是個次要人物。再看引人注目的徐海，雖然歷史上的王翠翹是因徐海事件而出名，但在小說中，徐海卻退居次要地位。他只是在王翠翹陷於絕境時以其救星的面目出現的，只是王翠翹命運發生轉機時的一個條件人物而已。他的活動，也只僅僅在十七、十八、十九這三回書中，當然也算不上主角。至於其他人物，如馬龜、馬秀媽、楚卿、束守、宦小姐、覺緣、薄媽、薄倖、督府等，都只是伴隨著王翠翹的悲劇命運的某一階段出現的。在他們各自的那一段中，由於與王翠翹的種種關係，他們可以說是重要的，但經過了他們那段故事以後，就無關緊要了。他們只是像接力賽的隊員一樣，把悲劇的主人公從甲的手中傳給乙。他們（包括金重、徐海在內）都不過是王翠翹某段生活期間的「伴侶」而已，都不能算是小說中的主人公。《金雲翹傳》只有一個主人公，那就是自始而終活動著的王翠翹。

　　再看《金雲翹傳》的主要事件和場景。除了開頭、結尾那個才子佳人的框框以及中間一小段徐海替王翠翹報仇這些部分之外，全書百分之七十左右的篇幅寫的都是王翠翹的流落史、苦難史、傷心史。除了開頭和結尾處寫了作為小姐、夫人的王翠翹之外，絕大部分所體現的都是作為犯屬（二次）、妓女（兩番）、花奴、道姑的王翠翹的悲慘生活。這是地地道道的封建社會下層婦女的生活，絕非一般的才子佳人、英雄美女的風流韻事所能相比。這裡有的是可恥的欺騙、陰險的陷阱、呼嘯的皮鞭、帶血的短刃、難堪的侮辱、殘酷的欺凌、悲慘的命運……。

　　《金雲翹傳》的作者是有意識的要通過王翠翹的故事來體現當時婦女所蒙受的巨大災難的。這僅從一些回目的遣詞就可以看出：如「猛棄生死」、「哭斷肝腸」、「甘心白刃」、「計賺紅顏」、「忍恥」、「坑薄命」、「無情」、「教訓」、「哭皇天」、「寄恨」、「百折千磨」、「忍氣吞聲」、「活地獄」、「假慈悲」、「冒

險」、「墮落」、「斷腸」等等，大多是一些令人感到難受的字眼。至於作者在小說中以敘述語言和代王翠翹所言的一些詩詞歌曲，其間那種同情之心、抑鬱之感、憤懣之情，更能使人產生強烈的共鳴。而作者這種強烈的感情，又通過他筆下主人公王翠翹的生活遭遇，化作血淚事實再現出來，使人看過之後，不能不對那悲劇主人公抱著極大的同情，不能不對那吃人的黑暗社會產生萬分的痛恨。

從歷史上的徐、王故事，到《金雲翹傳》的最後完成，實際上是經歷了一次大轉化。表面看來，這只是一種題材上的轉化，作者壓縮了歷史上真實的徐、王故事而加強了王翠翹流落生活的描寫；實際上，這是一種創作思想上的轉化，作者將著眼點離開了歷史上那一段奇聞逸事，而移向那慘淡的人生、殘酷的現實。從而，從當時千萬個苦難婦女的生活中概括出王翠翹的悲慘遭遇，十分敏銳地、深刻地反映了一個重大的社會問題——婦女問題。這樣的小說，如當作才子佳人、英雄美女一類的作品來看待，那只能是貶低了它的思想意義。

二

如上所言，王翠翹是《金雲翹傳》唯一的主人公，是處於中國封建社會後期下層苦難婦女的代表。那麼，我們就再來看看她是怎樣走過她苦難的歷程，而她的悲劇命運又具有什麼樣的時代、社會意義吧。

王翠翹出身於北京一個「家計不豐」的員外家，她本性善良且多情，清明上墳，她在妓女劉淡仙的墳邊垂弔，歎息著：「可憐可憐，生做萬人妻，死是無夫鬼，紅顏薄命，一至於此。」（第一回）孰料這弔慰之詞，竟成為王翠翹自己日後生活的寫照。

一場突發的災禍，降臨王翠翹家，打破了她寧靜的生活，也粉碎了她與金生情竇初開的戀情，從而奏響了她苦難樂章的第一個音符。那是一種什麼樣的情景呢？

「忽七八個做公的闖入來，不由分說，竟將王員外父子一繩一個鎖弔在柱上，道聲搜贓，裏裏外外前前後後，廚房下、坑廁上，各處尋到，箱籠櫥櫃，是件打開，凡是可值數分者，盡數搜去。」（第四回）這是犯了什麼大罪呀？請看：「罪犯」王翠翹之父的自白吧。他在連襟家祝壽回來，對翠翹說：「我兒不好了，你姨夫家中住了兩個絲客，不曉得他是響馬，賣絲時被原主

認出告發，咬定你姨夫是窩家。我同他吃了几席酒，只怕也要被他攀害。」（第四回）結果，果然被攀上了，這真是莫名其妙的「犯罪」，比「瓜蔓抄」還要可怕。而且這是大罪，按公差所言：「此事到官，是定然要殺的。」怎樣解決問題呢？一個字：「錢」！公差示意：「除非一兩日內得三百銀子，送捕盜官一百，著一百買了賊人，不要牽連你家。這一百把我們兄弟做效勞之資，方做得來。」（第四回）居然官員、賊人、公差三分銀子就能了結，這不是「衙門自古朝南開，有理無錢莫進來」的真實寫照嗎？這不是「官就是盜，官甚於盜」的有力證明嗎？這樣的社會現實，正是王翠翹悲劇的總根源。正是這樣的社會，迫使王家這樣的員外之家「立刻變成冰山雪海」，迫使員外家的小姐賣身全家。推而廣之，比王家更窮、更苦的許許多多下層市民家庭又將怎樣呢？難道不會迫使千千萬萬個王翠翹在賣身契上留下血紅的手印嗎？

面對著這樣的社會，王翠翹是進行了反抗的。當公差無恥到要剝翠翹姐妹身上半舊的衣裳時，王翠翹憤怒了：「列位公差，拿去的對象也勾了，哪家沒有妻女，怎麼衣服也不留兩件把人遮身！公門裏面好修行，凡事留一線，不要做惡過了。」（第四回）儘管這反抗還比較軟弱，但把它作為一個被凌辱的少女的呼聲，作為善對於惡的一次控告，大概總是可以的吧。它告訴讀者，在中國婦女善良的另一面，往往就是剛強的反抗性，它顯示出王翠翹性格的火花，正是善良與邪惡這一對鵝卵石撞出的結果！

從此，掙扎於痛苦之中，抗爭在壓迫之下，就是王翠翹的生活。

賣身全家而嫁給馬客人之後，王翠翹的第一個意念就是死。但一方面怕連累爹娘，另一方面她又被騙以為是給馬某作姜。因而，她只將一把剃刀藏在身邊，對馬客人所施的獸欲，她含淚強忍了。到臨淄以後，當她明白馬客人其實是烏龜，馬家其實是妓院之後，再也不能忍耐下去了，大吵大鬧起來。而當鴇母馬秀媽將她「一把頭髮抓住就打」時，她「大叫一聲『苦命翠翹，不要命了』，望喉一剃刀，撲身倒地」。（第八回）要以自殺來結束自己的生命，來抗議被施之於身的凌辱，來表示決不當妓女。

然而，用銀子將王翠翹買來、并企圖用她賺更多銀子的鴇母是不會讓她死去的。硬逼不行，就施騙局。在甜言蜜語的背後，一個惡毒下流的陰謀正在醞釀、施行。鴇母與流氓破落戶楚卿勾結在一起，先讓楚卿以秀士的身份誘姦了王翠翹。然後，又利用翠翹的單純、天真以及急於脫火坑的願望，假意相約私奔。然後，於私奔途中楚卿又金蟬蛻殼，故意讓鴇母將王翠翹抓

住。以這種「拖刀計」，迫使王翠翹接客。可憐的王翠翹，只能承受慘無人道的摧殘。

> 秀媽分付鍋邊秀，將翠翹衣服盡剝了，連裹腳也去個乾淨。將繩子兜胸盤住，穿到兩邊臂膊，單縛住兩個大指頭，弔在梁上。離地三寸，止容腳尖落地。……提起皮鞭，一氣就打二三十，……打一鞭轉一轉，滴溜溜轉個不歇。……又一氣打了二三十皮鞭，翠翹心膽俱碎。……又是二三十皮鞭，這番翠翹氣都接不來了。（第九回）

在這種淫威下，王翠翹低下了頭，答應接客，但是，她反抗的火花並未曾熄滅。當楚卿還要來假撇清、佔便宜時，王翠翹怒火中燒，她當著眾人大聲怒斥：「皇天在上，你可罰得咒麼？你強我成姦，許我白頭偕老。你盟天立誓，人饒你，天不肯饒你」。以至於眾妓女聽了，齊聲發喊：「騙害翠翹的是忘八烏龜的鷹犬。」（第十回）這控訴，這指責，正是陷落枯井中的妓女們帶血含淚的怒吼！

從此王翠翹開始了她的妓女生活。我們只要聽聽她夜靜無人時的怨恨和呻吟，就能知道這「妓女」兩個字是怎樣寫成的：「人未眠時不敢睡，人如睡熟莫虛驚。既要留心怕他怪，又要留心防他行。客若貪淫恣謔浪，顛倒溫柔媚心容。……任他粗豪性不好，也須和氣與溫存。……牙黃口臭何處避，疾病瘡痍誰敢憎？若是微有推卻意，打打罵罵無已停。生時易作千人婦，死後難求無主墳。人生最苦是女子，女子最苦是妓身」。（第十一回）。

這就是王翠翹的生活，也是千千萬萬個封建社會妓女的生活。

由於遊學書生束守的傾心相愛和設計拔救，王翠翹從良嫁給了束生。雖然作妾，而且是瞞著正妻的妾，但對於苦命的王翠翹來說，這已是人間天堂了。然而，這個苦難的女性哪裏知道，一場新的災禍又將在她的身上降臨呢？

束生之妻、吏部天官之女宦小姐為解心頭之氣，派人暗中將翠翹從臨淄綁架到無錫，送到了自己的娘家。一進天官府，迎接王翠翹的就是宦小姐之母賜予的一頓毒打，對一個無辜的弱女子，如此施以毒辣的私刑，宦氏母女憑什麼能這樣做呢？宦小姐說得清清楚楚，她是「以勢擒那婢子來」，是「仗母親的威福」整治王翠翹。正因有「天官冢宰」的金匾作為後盾，她們才能如此胡作非為。她們握有不依任何法律根據的生殺大權哪！宦老夫人當面威脅

翠翹：「我府中使女不下三百餘人，你若死了，不過是氈上去得一根毫毛耳」。宦府的姥姥也勸告王翠翹：「若在這府中死了，比一隻雞、牲口還不如哩。」（第十四回）猙獰的統治者、黑暗的社會現實、吃人的奴婢制度，在這裡得到充分的展示。就是這一頓象徵著封建統治者權勢的板子，將一個妓女從良的王翠翹又打入了奴婢的行列，成為花奴。

當花奴，僅受肉體上的折磨還在其次，更可怕的還是那個蛇蠍般的宦小姐對王翠翹精神上的摧殘。

宦小姐「借了娘家名聲」，迫使束生與翠翹見面後不敢相認，並進一步來玩弄束生和翠翹兩人的感情，逼翠翹以女奴的身份給束生進酒。請看這殘酷的一幕：「宦氏甜言蜜語，嘻笑皆謔，頻斟苦勸。束生堅辭不飲。宦氏道：『君再不飲，吾將效王愷故轍。』遂對翠翹道：『若不能勸姑爺飲此巨觥者，即以軍令施行。快持觥跪奉姑爺！』翠翹不敢違命，低頭奉酒，跪在束生前。束生手足無措，勉強一飲而盡。」（第十五回）

第二天，又進一步變了花樣：「只見宦氏坐在中堂，花奴跪在那裡。束生魂膽俱消，救之無策」。這時，宦小姐發話了：「今早他替我點妝攏鬢，星眼紅暈，語倒言顛。……我乃甚等人家，容得恁般裝妖作怪的賤婢，好好從直說來。其言有理，自當原情；若胡支胡掩，我這裡上了拶子，發還老夫人活活敲死這賤人。藉重相公，先替妾身拷問一番。」侮辱了人，欺壓了人，還不許人家流淚；明明知道束生與翠翹恩情深厚，卻偏要丈夫審問她。這種對別人靈魂的宰割，難道不比施於肉體的鞭打更加可怕、更加殘酷嗎？

這就是王翠翹的生活，一個淪為奴婢的弱女子的生活。

對於這種無人性的欺凌，王翠翹內心充滿了痛苦，也充滿了仇恨。她詛咒著：「宦小姐好狠也。我翠翹生不報你之荼毒，死當為厲鬼以啖爾魂。」（第十五回）在天官家宰的大勢力壓制下，一個可憐的婢女大概也只好如此地不敢言而敢怒了。

為了擺脫奴婢的命運，王翠翹設計逃離了束家。後來又當道姑，又再度受騙重陷平康，直到遇上徐海，才報了私仇。到這裡，王翠翹似乎應該結束她苦難歷程了吧，其實不然。

當王翠翹受督府之命，為朝廷效忠，勸降徐海以致徐中計戰死後，王翠翹已由強盜的夫人而變為朝廷的功臣，至少對於督府大人而言，是有大功的。按理說，應受督府紫遇，至少應放她自由吧。誰知道，反動統治者們自有他

們的邏輯：曾經嫁給強盜的女人，只能是犯婦，即使對朝廷效忠了，仍然只能是犯婦。一個犯婦怎能獲得自由呢？怎能擺脫受侮辱的命運呢？在消滅徐海的慶功會上，最有「功」的王翠翹卻受到了督府大人難堪的「禮遇」。

「酒半酣，督府道：『吾聞王翠翹能胡琴，善新聲。今日賀功，當令之行歌侑酒，以助筵中之樂』。諸大參皆曰善。乃召翠翹，翹不敢不從，含淚提琴，撫今思昔，乃所作『薄命怨』，心戚於中，聲形於外。……翠翹低頭不語，微微流淚。時督府酒酣心動，降階以手拭翹淚道：『卿無自傷，我將與偕老。』因以酒戲彈之道：『此雨露恩也，卿獨不為我一色笑乎？』……乃以酒強翠翹飲，翹低頭受之。……諸參佐俱起為壽，督府攜翠翹手受飲，殊失官度。夜深，席大亂。」（第十九回）

對王翠翹而言，這種「禮遇」，這種無法忍受的當眾侮辱，是她自食其果，但是，從督府大人的「風流」舉止中，我們卻可以看到：封建社會的統治者們無聊、無情、無恥到了何種程度！

殘酷的還在後面，督府大人凌辱翠翹之餘，又在官運與獸欲的天平上權衡著砝碼：「若收此婦，又礙官箴；欲縱此婦，又失我信，不如殺之，以滅其跡。」最後，終因為「功高而見殺，何以服天下萬世之人心，」才將王翠翹強行配給一個酋長。致使被當作戰利品的王翠翹悔恨交集，飛身躍入滾滾的錢塘江中。直到這裡，王翠翹才真正走完了她苦難的歷程。至於以後又被人救起，重遇金生，那已彷彿是另一世界的事了。

王翠翹的痛苦，不僅僅是她個人的痛苦，而造成她痛苦的，也不僅僅是一兩個馬秀媽、宦小姐、官大人。這一切，都發生在那個行將滅亡而又垂死掙扎、因而顯得更腐朽黑暗的封建社會。《金雲翹傳》的作者對王翠翹的悲劇命運寄予深切的同情，對王翠翹的迫害者們進行了憤怒的譴責。更重要的是通過王翠翹的悲劇，深刻地再現了當時那種殘酷的社會現實，在那婦女為底層、妓女為最底層的人體金字塔下，發出了「人生最苦是女子，女子最苦是妓身」的時代的呼聲。這些，正是作者為我們展示的、比他以前的文學家們提供得更多、更細緻的內容；也正是《金雲翹傳》這部婦女問題小說所具有的思想價值和認識意義。

三

《金雲翹傳》這一部以婦女問題為中心的中篇小說，出現於明末清初這

一特定的歷史時期，自有其各方面的因素。

首先，婦女問題日益成為嚴重的社會問題，也日益得到人們的重視。

明代，尤其是明中葉以降，對中國婦女而言，恐怕是一個空前黑暗的時代。當時廣大的婦女除了與男子一樣深受封建壓迫和剝削之外，更多一層人身的束縛。明朝一開國，就修「女誡」，到後來，愈演愈烈，強制婦女遵守「三從四德」，做節婦、烈女。據陳登原《中國婦女生活史》所言：《明史》所收的節婦、烈女傳比《元史》以上的任何一代正史至少要多出四倍以上。《明史‧烈女傳序》也載：「明興，著為規條。巡方督學，歲上其事。大者賜祠祀，次亦樹坊表。……乃至僻壤下戶之女，亦能以貞白自砥。其著於實錄及郡邑志者，不下萬餘人。」甚至「以家有烈女貞婦為榮，愚民遂有搭臺死節之事，女有不願，家人或詬辱之，甚至有鞭撻使從者」。（施可齋《叢雜記》）當時的中國婦女，比男子更多了一層精神的壓力、思想的束縛、人身的侮辱，婦女問題日益成為嚴重的社會問題。

對於婦女受歧視、被凌辱的不平等現象，一些有識之士曾為她們大聲疾呼。明代大思想家李贄就曾說過：「謂人有男女則可，謂見有男女豈可乎？謂見有長短則可，謂男子之見盡長，女人之見盡短，又豈可乎？」（《焚書‧答以女人學道為見短書》）清初的大思想家顏元也說：「世俗但知婦女之污為失身，為辱父母，而不知男子或污，其失身，辱親一也。」（《習齋言行錄‧法乾第六》）雖然他們都是從某個側面提出問題，但足以證明：婦女問題，已為目光敏銳、思想進步的人士所矚目，婦女的不合理待遇，已有人在為之鳴不平。

《金雲翹傳》最後成於清初，這種婦女問題日益嚴重的社會現實，可能是促成這部小說問世的一個重要因素。

其次，婦女題材的文學作品（尤其是戲曲、小說等通俗文學作品）的不斷演進，走向成熟，也孕育著集中全力反映婦女問題作品的問世。

在我國文學史上，涉及婦女問題的作品真是不勝枚舉。這許許多多的作品，都從各自不同的側面反映了婦女的生活，塑造了各社會階層的婦女形象。無疑，都對《金雲翹傳》的作者產生了不同程度的影響。尤其是其間一些寫妓女、婢女、犯婦等下層婦女的作品，對《金雲翹傳》的影響應該說是更大一些，有的作品，就其所反映的鬥爭精神而言，甚至比《金雲翹傳》更為強烈。但是，由於歷史條件的限制，它們也有不及《金雲翹傳》的地方，這主要體現

在以下幾點：其一，就短篇小說而言，無論是文言的，還是白話的，受其篇幅的限制，往往多是描寫一個或幾個橫斷面來體現婦女生活，缺乏一種反映婦女生活面的廣闊性和生活進程的系統性。其二，在有些戲曲和小說中，作者描寫的多是中、上層社會婦女的生活，缺乏對於下層社會婦女，尤其如妓女、婢女、犯婦生活的真正瞭解，即便有的寫到下層婦女的生活，也往往流於表面化。其三，有些作品，特別是一些長篇小說，雖然涉及某些婦女問題，但並非以婦女問題為描寫的中心，往往是將婦女故事附在作品中的大故事的發展進程中而展開，因而，缺乏反映婦女問題的獨立性。其四，某些作品受傳奇志怪的影響較深，過分追求情節的奇特怪異，而忽視了當時社會血淋淋的生活本質，無疑也就影響了它們反映婦女問題的深刻性。這樣提出問題，並不是要將《金雲翹傳》以前的婦女問題作品一筆抹倒，而是說明它們在廣闊、系統、深入、獨立、深刻地反映婦女生活這個問題上，還或此或彼地有所侷限。如將這些作品的優點綜合起來，那當然是比較圓滿的了。但要以一部作品全面達到上述要求，就需要有一定的篇幅、一定的容量、一定的社會條件、一定的創造積累。而《金雲翹傳》卻正是在以前同題材作品的影響下，關於婦女問題的集大成之作。

再次，談到容量和篇幅的問題，就自然牽涉到我國古代中篇小說的特點。這也是《金雲翹傳》得以問世的一個因素。

我國明末清初以前的短篇小說，往往是不斷地反映某一社會問題；而長篇小說，則多半是同時反映若干社會問題，有的甚至是全面地反映某一時代的各個方面的問題，是所謂全景文學。二者都不以專門而又系統地反映某一方面的社會問題為己任。要想有枝有節而又不枝不蔓地反映某一方面的社會問題，最合適的就是以一人或幾人的傳記為中心，來集中而又系統地反映作者感觸最深的某一社會問題。而這樣的方式，為當時的創作水平所決定，短篇難以容納，長篇又嫌拖沓，於是，二十回左右的中篇小說就在明末清初之際應運而生了。《金雲翹傳》就是這樣的中篇小說。

進一步說，這種以中篇來為人物作傳的形式，在此前的長篇中就已包孕著，不過是沒有脫離母體而獨立存在而已。如在《三國》中，我們不難清理出一個曹瞞傳或孔明傳；《水滸》中更容易截取出一個武松傳、魯智深傳、林沖傳等等。而這些人物的傳記獨立出來，則大多並沒有超出一部中篇的容量。因此，如果從一部小說的整體看問題，這些中篇的容量的確小於長篇，

但若以某一人物的命運、遭遇來反映某一社會問題的角度來看，則這些中篇又委實不亞於長篇了。這實際上是標誌著我國傳統的傳記文學對小說創作的影響正在實踐中向前發展。至於要以長篇小說來為一人作傳，並藉以反映眾多的社會問題，這在中國的小說發展史中恐怕是一直到近代、甚至是現代的事了。

四

最後，簡單地談一下《金雲翹傳》的思想侷限。

一、《金雲翹傳》雖以下層婦女生活的描寫為主體，但仍未完全擺脫才子佳人小說的框框，全書首尾處還明顯地保留著才子佳人小說的外殼，其前三回和最後一回基本上還是才子佳人派的寫法。尤其是那個大團圓的結局，既落入俗套，又沖淡了王翠翹故事的悲劇氣氛，且帶有宿命論思想，實在是一條不應拖上的「光明」的尾巴。

二、作者雖全力寫的是一個作為妓女、婢女、犯婦的王翠翹，而且對她寄予深切的同情。但是，作者在這個人物身上又注入了嚴重的封建思想，忠孝節義的思想。尤其是那種糊塗的、甚至可以說在客觀上是出賣同道，忘恩負義的「忠」，更是大倒讀者的胃口。歷史上的徐海究竟應如何評價，那是另一回事，我們只就小說中的描寫而言，徐海基本上是一個反抗英雄的形象，而且王翠翹所有的個人恩怨，全是憑藉徐海的力量來報償的。無論從哪個意義上講，王翠翹在徐海被誘身亡的事件中，其表現都是可恥的。她那種只忠於朝廷而不顧一切的行為，是令人厭惡的。

再如小說一開始所寫的王翠翹與金重那種「樂而無淫」的幽會，以及王翠翹要保持名教，鄙薄崔鶯鶯、批倒卓文君的一番理論，也體現了作者在婦女問題上嚴重的思想侷限，以這一點而言，《金雲翹傳》趕不上它前代的一些提倡反封建禮教的作品。

三、在小說的某些描寫中，還可以看到作者思想庸俗的一面。如第十四回寫宦夫人喝令毒打王翠翹，本是極痛苦的事，而作者在敘述過程中，卻插入一段庸俗無聊的描寫：「兩邊丫頭應了一聲，趕到翠翹身邊，拖翻在地。拿手的拿手，拿腳的拿腳，扯褲的扯褲，脫開來，大紅褲子映著瑩白的皮膚，真是可愛。」又如寫督府酒席上調戲翠翹一節，本是令人髮指的事，但作者又忽然插上一段：「但見兩行清淚，生既去之波；一轉秋波，奪騷人之魄。督府

益心屬之，乃以酒強翠翹飲，翹低頭受之，體雖未親，但嫩蕊嬌香，已沁入督府肺肝矣。」這種情狀，雖然有些令人慘然，但又帶有點輕薄、庸俗的意味。像這樣一些地方，都是不足取的。

然而，還是那句老話：瑕不掩瑜。《金雲翹傳》思想缺陷雖不少，但仍不失為一曲以顫抖的音符鳴奏出的中國封建社會下層婦女的悲歌，是我國真正稱得上婦女小說的最早一部。

（原載《雲夢學刊》1987 年第一期）

才子佳人小說六篇賞析

《飛花詠》

又名《玉雙魚》，不署作者姓名，凡十六回。成書於清初。存清初刻本，有「天花藏主人」序，1983 年，春風文藝出版社據此出版校點本。

《飛花詠》描寫的是昌轂與端容姑這一對青年男女的愛情婚姻故事。略謂：明代華亭縣秀才昌全，子昌轂，早慧；同里有名端居者，女容姑，與昌轂同年，亦早慧。七歲時兩家締婚約，昌氏以家藏玉雙魚為聘。昌全因祖上出身軍籍，被迫攜妻、子徒塞外從軍。行至臨清，夫妻相繼染病，幸醫者唐希堯救之。昌全慮塞外風沙，不忍攜子同往，因託之於希堯，唐氏認作義子，改名唐昌。昌全攜妻赴邊塞，得總兵周重文賞識，用為軍中參謀。容姑在家，為無賴宋脫天綁架。舟行至嘉興地方，容姑趁夕徒酒醉逃脫，幸遇行取入京之杭州知府鳳儀。鳳儀試女以「飛花」詩，大悅之，收為義女，改名彩文。鳳儀本臨清人，又恰與唐希堯為中表，赴京途中歸里小居，與希堯往來，各出義子、女相見。而昌往與容姑幼雖識面，因經年不見而不相識，遂以表兄妹相稱。昌轂因巧和容姑之「飛花」詩，打動芳心，二人遂訂終身，雙方父母亦首肯。鳳儀入京，升御史，因得罪權奸曹吉祥、石亨輩，謫官陝西榆林驛丞，攜義女同往。途中，為亂兵衝散，容姑恰被昌全收容，深憐之，然不知為媳，乃命從己姓為義女。有邊將常勇，欲娶容姑為子婦，女不從，絕粒幾死。幸周重文使容姑婢春暉代嫁，方遮蓋了事。昌全亦得周重文周旋，欽準冠帶還鄉，遂攜義女返華亭。昌轂在唐家，縣、府考均第一，不料為希堯之侄唐塗所忌，為奪希堯家產，唐塗將昌轂撮至野外，毆打昏死。端居入京考選，得新喻教授，赴

任途中經臨清，恰遇昌穀，救之，收為義子，亦不識乃其婿也。唐希堯終被惡
佞陷害，流落揚州。端居在新喻，得學生之力，升宜城知縣。昌穀時已十八
歲，進學之日，拜訪襄陽刑尊柳星。柳欲招之為婿，昌穀不從，徑赴鄉試，中
舉，又赴京應試。端居懼柳星構罪，自動歸華亭。昌穀在京，中榜眼，彈劾
曹、石，竟扳倒之。昌穀又救鳳儀還朝，聖意恩准。鳳儀復職後，旋點淮揚鹽
院，適值昌穀榮歸省親，二人聯袂南下。端居歸華亭後，與昌全相見，兩親家
互傷失子女之悲，又共慶得螟蛉之喜，遂欲以義子女重結姻好。而昌穀、容
姑因有臨清之約，均皆不從。後昌穀隨義父赴昌全家宴，席間賦詩，恰見飛
花，觸景生情，竟錄容姑當年「飛花」之詠，置之席上。詩為丫鬟所得，傳與
容姑，容姑始知新榜眼乃臨清舊情郎也，遂成婚姻，然尚不知雙方生父之謎。
值鳳儀與唐希堯相會於揚州，又同來華亭相會，且又證之以玉雙魚，昌穀、
容姑方識其本原，各歸宗。於是，翁、媳、甥、舅，重新相見；昌、端、鳳、
唐，四姓同居。香火不斷，福壽綿延。

　　《飛花詠》是一部典型的早期才子佳人小說。對其思想意義和認識價
值，我們至少可以從以下三個方面加以理解。其一，竭力表彰青年男女對愛
情生活的珍視與追求。書中的昌穀和端容姑，是一對情癡情種。流浪播遷的
生活，幾度易姓的遭遇，對他們來說都不在話下，唯一脈情根卻始終咬住不
放。當昌穀得知小姐隨義父流落關外時，「不禁涕淚橫溢，家人送進夜飯來，
他竟不吃，和衣睡倒」。一縷幽魂，遠赴關山，與意中人夢裏相會。美夢醒
來，更是滿懷憂思，舟車難載，「頭如斧劈，渾身發熱，昏昏沉沉，似睡非睡」
（第十回），陷於迷狂狀態之中。後來，當他得知小姐被亂兵衝散、生死不明
時，更「嚇得面如土色，四肢癱軟」，「哀哀大哭，哽咽不能出聲」。（十五回）
如果說，昌穀為了心上人兒已經被折磨得精神失常，昏而覺、覺而昏的話，
那麼，端容姑為了意中郎君則更表現出性命相期，生而死、死而生了。書中
第八回寫她在邊塞偶遊花園時，「忽觸著他當日與唐昌花下之言，不禁墮下幾
點淚來」。不由自主地發出了「簪花徒有淚，對鏡不成妝，風月雖佳誰去賞，
拚冷冷清清做一場」的深沉喟歎，頗有點兒步杜麗娘之後塵。後來，當她的
義父將其許嫁常總兵之子時，端容姑竟「一連三四日水米不沾，心中只以誓
死見志」。以至於「肌瘦面黃，奄奄一息」。（十一回）常家定聘之日，她又「取
出他自己做的詩、詞、曲兒，看著燒了」，「一口氣噎住，遂致手腳冰冷，儼然
死去」。（十二回）又頗有些兒著林黛玉之先鞭了。青年男女追求愛情生活，

本是明末清初才子佳人小說的共同特點，但《飛花詠》卻更突出了身處逆境中的男女主人公以愛情為動力而掙扎於痛苦之中的描寫。逆境與真情，恰成強烈反比。境況愈苦、愈險、愈艱難，愛情卻愈深、愈厚、愈濃烈。誠如天花藏主人在此書《序》中所言：「金不煉，不知其堅。檀不焚，不知其香。才子佳人，不經一番磨折，何以知其才之慕色如膠，色眷才似漆？雖至百折幹磨，而其才更勝，其情轉深，方成飛花詠之為千秋佳話也。」其二，大力弘揚女才。書中的端容姑，當然是一位才女，但她除了那吟詩作賦之才外，更具有應付險惡環境與突發事件的能力。當她十一歲被惡人綁架時，於一陣驚慌之後，很快就鎮定下來，想道：「我若再啼哭，與他廝鬧，觸動虎狼，則性命不能保全，而父母永無見期矣。莫若假作癡呆，聽他藏我在何處，或者天可見憐，別有機緣，再得出頭，亦未可知。」（第四回）結果，她硬是憑著自己的機智逃脫虎口。更為突出的是，在邊關時，她的義父昌全被迫接受了一個奇特的任務——替人給大權閹曹吉祥寫壽文，昌全進退兩難，不願寫，又不能不寫，「寫來寫去，總不成文」。這時，竟是端容姑從容代筆，草就一篇表面「句句稱揚，卻又句句不貼在曹吉祥身上」的絕妙諷刺壽文，解決了一個老幕僚都感到束手無策、左右為難的問題。致使周總兵由衷讚歎：「有此仙才，真令男兒抱愧。」（第九回）這種裙釵之輩強似鬚眉男兒的描寫，顯然是對「女子無才便是德」的傳統觀念的有力挑戰。其三，暴露了當時某些社會問題。《飛花詠》以相當的篇幅，描寫了當時的社會混亂、政治黑暗。如：公差敲詐勒索、秀才無端充軍、惡棍綁架幼女、帥府賄賂公行、市民爭奪家產、奸黨迫害忠臣、亂兵邊庭嘩變、命官倚勢逼親。這些描寫，一方面作為才子佳人愛情磨煉的背景，有效地襯托了男女主人公處於「逆境」中的「真情」；另一方面，也增強了作品本身視野的廣度和思想的厚度。至於《飛花詠》的思想侷限，則主要在於男女主人公的夫貴妻榮思想以及對那種「大登科連小登科」的大團圓結局的歌頌。不過，這也是當時才子佳人小說的通病。

　　《飛花詠》在藝術表現方面最大的長處是心理描寫，動輒數十百言，屢見不鮮。尤其是第八回，寫端容姑感歎自身、思念情人一段，竟長達七百二十餘字，婉轉曲折、細膩生動，在古典小說中並不多見。而第十一回，寫昌全拾到義女的言情豔詞之後的一番複雜心理活動，文字雖不甚長，卻頗能體現這位老儒生正統而又寬仁的性格：「昌全看完，暗暗諒訝道：這妮子如何有此豔詞？因想道：常言女大不中留。我若執此詞詢問起來，那時牽枝帶葉，一

且聲揚，未免參商骨肉，抑且敗名。又想道：他年已及笄，又多才多識，感懷借喻，有所不免也，未必便有他意。但他不見此詞，必然驚惶，慮我看見。我若收藏了，相見時，未免有些形跡芥蒂，使他踟躕不安。莫若竟做不知，仍將此詞置於原處，待他尋覓而去，方無疑慮。且他一個慧心女子，經此一番，必然改悔，何必盡情托出。遂將此詞放在原處。」在情節安排方面，《飛花詠》是一種分合式整體結構。開始合寫才子佳人幼時以玉雙魚為聘，接著以男女雙方各為一條線索分開敘述，中間以和詠「飛花」詩小合一次，接著又分述，更以端、昌、唐、鳳四家之事蹟交織穿插於其中，最後又以「飛花詠」、「玉雙魚」大關合。情節曲折，富於變化。作者喜用「巧合法」，但「巧」得過分，反失其真。故孫楷第先生說：「此文作者固自以為思入風雲，變化已至，然按之情理，實多罅漏。昌生端女皆冒他姓，二翁或因此致惑不能辨其為子婦女婿。然生與女並早慧，又能唱和詩詞，豈於君舅婦翁姓名乃茫然不知！各為其義子義女若干年。既歸華亭，父於親生子女，亦不能仿佛其容貌。直至唐鳳來晤，乃互知其本末，豈非異事？」（《日本東京所見小說書目》卷四）《飛花詠》的語言，於白話之中，略帶淺顯的文言，摹物寫人，間有傳神之筆。如寫昌毅在臨清初見容姑：「黑髮垂肩，一種秀色鮮妍，只覺與尋常的女子不同，不住的偷看。欲要同他說話，無奈面生，不便啟齒，心中只是劈劈的亂跳。看到會心之際，一會兒面紅耳赤，渾身沒法起來。」（第五回）及至廝混熟悉之後，又「早心蕩神逸，不能自主，欲要貼身親近，無奈心頭一如小鹿亂撞，惟雙目呆視小姐」。（第六回）佳人之「美」、才子之「癡」，一刀兩刃，齊齊寫出，情韻悠長，饒有神理。

《麟兒報》

又名《葛仙翁全傳》。不署撰人。有「天花藏主人」序。凡十六回。成書於清初，有康熙十一年序刊本，嘯花軒刊本，1983 年春風文藝出版社出版校點本。

《麟兒報》寫明季湖廣孝感縣鴻漸村有一鄉民廉野，號小村，以磨豆腐為生，妻潘氏，有一子名潔兒。廉氏夫婦為人忠厚，廣行善事，曾於大雪之日救一窮漢，並熱情款待。此窮漢實乃葛仙翁幻化，因見廉小村夫婦心雖好善，卻既非修真了道之骨格、又無超凡入聖之根基，其子潔兒亦只平常，均無從度脫，遂指一吉地與廉小村葬母，以顯兒孫之報。事後，潘氏果又產一麟兒，

非同凡俗，取名廉清。廉清自幼聰慧過人，六歲時因與鄉里小兒遊戲，扮官吏判案，井井有條，驚動了告老還鄉的原禮部尚書幸居賢。幸尚書將廉清招至家中，令其與己之子幸天寵、女幸昭華同窗共讀，又將昭華小姐許給廉清為妻，然昭華之母甯氏不悅。廉清在幸府讀書數年，過目成誦，並不時問難先生，為先生逢寅所忌。不久，縣試童生，廉清恃才不赴，而幸天寵卻博得青衫一領。昭華舅父甯無知，因見姐姐不喜廉清，趁機挑撥，勸甯夫人將甥女另配高門，甯夫人囑其弟留心打聽合適人選。幸尚書因見家下人等皆不滿於廉清，遂將廉清送至西來庵讀書。不料廉清益發恃才傲物，竟至遊戲終日。此事傳到幸昭華耳中，佳人深為才郎擔憂，遂設法與廉清會面，正言匡勸。廉清感悟，決計奮發功名。一年後，廉清年已十五，是時正值秋闈，幸尚書攜子赴鄉試，廉清願同行一遊，於是，父子、翁婿、師生共赴省城。家中，甯氏姐弟密謀，欲將昭華小姐另配富家公子貝錦。此事為昭華使女秋蕚探知，主婢二人女扮男妝，欲投鴻漸村廉家暫避一時，倉惶之際，迷路中途，適逢入京赴任之御史毛羽。昭華冒以兄長之名，為毛羽所收留，帶至京中。貝錦選吉日，欲娶昭華，適逢幸尚書提前歸家，聞訊大怒。甯無知急中生智，以媒婆代嫁，自己則攜貝家聘金潛逃。廉清在省城，打聽得宗師有臨場大收，又有新恩例，準取一名童生觀場，遂瞞過眾人，進教場考試，七篇文章，字字珠璣。宗師大悅，遂親自送廉清參加鄉試。三場完畢，廉潔竟以童生身份得中解元。昭華在京城，毛羽欲以己女小燕妻之。昭華百計推脫無效，沒奈何暫行緩兵之計，與毛小姐擇日成禮，於洞房之中巧言瞞過毛小燕。而幸府之中，因不見昭華小姐，四處尋覓無蹤，只得瞞過廉清，並催其進京赴試。廉清入京，中狀元，奉旨榮歸完婚。昭華在京城得此消息，推稱歸省父母，攜小燕同歸孝感，並於途中收容淪為縴夫之舅父甯無知。回鄉後，幸昭華始道破真情。於是毛、幸雙美，同歸廉清；一夫二妻，共享富貴。廉小村亦因麟兒之報，坐享榮華、光耀門楣。

　　在清初出現的一批才子佳人小說中，男女雙方姻緣締結的前提和過程一般有如下幾種類型。第一類：一見鍾情，心心相印，投桃報李，如願成親。第二類，人未識面，才名早聞，思慕窮追，眷屬終成。第三類：家長擇婿，女兒首肯，但主文才，貧富不論。第四類，初本無心，漸識人品，久經患難，而後定情。《麟兒報》屬於其中第三類。書中描寫了一位開明家長幸居賢，他以堂堂禮部尚書的身份，與一賣豆腐的鄉野老漢廉小村議兒女之親，並說出這樣

的話來：「我與你一個世外之交，豈可以貴賤貧富而定終身？況今日此意出之於我，我若無定見，豈肯輕言？親翁不必過謙，我意已決。」（第三回）這位退休的八座官主要看中的是廉小村的兒子廉清「規模氣概，種種超人」，而不計較廉家貧賤的社會地位。這種見識，在那等級森嚴的社會裏，實在是難能可貴。有其父亦有其女。幸昭華之見解、為人，也非同一般。她不僅「言語機見更覺勝於哥哥，故此幸尚書尤為鍾愛」，（第二回）而且能在身處劣境時作出權變之舉。當幸昭華知道母親欲將其另許貝公子的消息後，她對丫鬟秋萼說：「我如今想，將來除非反經行權，方不負廉郎之約。」「我聞得廉郎父母住處離我不遠，不如同你或早或晚，潛出隱藏其家，等老爺回來早早與廉郎作合，便不妨了。」（第七回）由此斷然決定，女扮男裝，離家出走。這種地方，正體現了幸昭華裙釵賽過鬚眉的見識與膽量。書中男主人公廉清也寫得頗有特色。一開始，他以六歲幼童與尚書大人見面，侃侃而談；雖被作者描寫得過分老成，但到底一長於應對的神童形象躍然紙上。爾後，他在丈人家讀書，貌似疏狂而胸有成竹。參加鄉試，他能見機而行，終得解元。入京應試，他雖被小人陷害，但又能沉著應付，混進城中，終於狀元及第。後見毛羽遭人構陷，他又喬裝調查，終於使毛御史得以昭雪。總之，廉清雖有一個曾當過尚書的岳父作靠山，但他從未倚仗泰山之力，而是臨事自有作為，完全依靠自己的力量取得成功，充分顯示了他為人處事的獨立性。在廉清身上，比較少那種迂腐的書呆子氣，而更多一點應付種種變生意外的生活能力。這種才子，與那些不知權變、死讀書的窮酸措大實在不可同日而語。

除了讚揚、歌頌開明家長、才子佳人而外，《麟兒報》還通過對某些人物的描寫，諷刺了當時的世俗醜態。如昭華之母甯氏，一心想女兒配高門、結富家，瞧不起賣豆腐的廉家子弟。為了達到這一目的，她聽信讒言，背著丈夫逼迫女兒，另謀媒妁，結果是搬起石頭砸自己的腳。如昭華之舅父甯無知，為了在甥女的婚姻問題上大撈一把，上竄下跳，絞盡腦汁，奸計詭謀，層出迭用，其結果，機關算盡，差點兒送了殘生性命。如媒婆褚氏，憑著自己的幾分妖嬈之姿、三寸不爛之舌，在花花世界中鬼混。「凡有人家託他相婿擇婿，他先要試驗試驗新郎。他若歡喜，這親事無有不成。人就起他一個渾名叫做『試新媒』。」（第六回）簡直是無恥之尤。在幸昭華的婚姻問題上，她花言巧語、投機鑽營，最後又只能事急充作新人嫁，落得個哭笑不得的下場。如紈絝子弟貝錦，生平好色，財大氣粗，以為憑著銀錢便可買到天下美人以盡一

時之歡，殊不料人財兩失，打落牙齒往肚裏咽。此外，如趨炎附勢之塾師逢寅，如喬裝體面之秀才錢萬選等，都是市井庸人、奸狡之輩。對他們，作者極盡挖苦嘲諷之能事，讓他們一個個醜態百出、苦酒自掛。

《麟兒報》亦有令人望而生厭之處，除了結末那種二女同事一夫、且相互謙讓的庸俗描寫之外，更突出的便是給一個才子佳人的故事硬套上勸善懲惡、因果報應的框框。正如天花藏主人在此書序言中所說：「嗟嗟，天心甚巧，功名富貴不能加於無文無武之廉老，乃榮其子以榮其父母。所以謂之麟兒報也。」這種思想不僅沖淡了此書打破貧富貴賤等級界限的積極主題；而且，對於那些掙扎於水深火熱之中的廉小村們而言，無異於一帖令人安生樂命、不作抗爭、靜待果報的麻醉劑。

《麟兒報》在藝術方面最突出之處在於，塑造人物時慣用對比映照的手法。例如：寫廉清與眾小兒玩做官遊戲時，以眾小兒之胡言亂語比照廉清之幼有大志；寫幸尚書與廉小村見面時，以廉老兒之誠惶誠恐比照幸尚書之通達大度；寫為女兒擇婿時，以甯夫人之目光如豆比照幸尚書之慧眼識英才；寫廉清、幸雲路讀書、應試時，以幸公子之謹慎拘泥比照廉才子之胸有經綸、從容自若；寫做媒不成、反遭唾罵時，以褚媒婆之六神無主比照甯無知之老奸巨滑。最後，在處理二女如何嫁一夫的問題上，更以毛小姐之忠厚老實比照幸小姐之機巧善變。正是通過這一系列的對比映照，作者完成了對書中各色人物的刻畫。

《麟兒報》的作者非常重視小說回目的趣味性。如第六回回目：「美遇毛延敘娥眉而著鬼，驥逢伯樂展駿足以驚人」。第十四回回目：「宦家爺喜聯才美借唱酬詩擇偶，窮途女怕露行藏設被窩計辭婚」。第十四回回目：「你為我奔我因你走同行不是伴，他把誰呼誰將他喚事急且相隨」。這些回目，雖有文字遊戲之嫌，但畢竟體現了作者對回目文字本身的重視。我國章回小說的回目，在明代多半只注重實用性，不過將人名、地名、事件簡單地排列在一起，能概括本回故事大要就行了。自清初某些才子佳人小說起，已逐漸注意小說回目本身的趣味性，希望在這小小天地裏也能顯示作者的才華。此雖小事，亦可見章回小說藝術演變之一斑。

《賽紅絲》

不署撰人，有「天花藏主人」序。凡十六回。成書於清初。存「本衙藏」

版本，1981 年春風文藝出版社校點本。

《賽紅絲》敘山東東昌府武城縣秀才宋石，字古玉，為人狂放，其姐夫賀秉正，官河南汝寧知府。賀秉正與吏部給事中裴楫為同年好友，裴因病致仕，歸汝寧，臨終將其子裴松、女裴芝託賀照撫。裴病故後，有仇家趁機構陷，賀為之開脫，仇家遷怒於賀，欲調之廣西，賀告病辭官而仍居汝寧，照看裴妻及子女。時裴松十歲・其母欲為之延師，賀秉正薦妻舅宋石，而宋石因眾朋友阻攔，未赴聘。不久，宋石又以狂放詩酒而得罪其妻舅皮象。皮象勾結捕役屠才，買通盜賊，以窩贓罪構陷宋石。通判袁耀暫署知府印，一昏官也，將宋石屈打成招而下獄。宋妻皮氏及子宋采、女宋蘿，貧極無法，宋采欲向舅父皮象借錢度日，甥舅口角，乃至動手。皮象又與屠才計議，買通獄卒，企圖暗殺宋石於獄中。幸新任知府藺楷明察秋毫，重審此案，宋石得昭雪，皮象等反入監。宋石經此冤獄，家貧如洗，只得往汝寧投奔姐夫。而賀秉正因妻舅先前之謝聘，只得聘當地秀才常莪草為裴松師。不料常莪草乃一庸才，幾番被學生考校，均請人代筆，後又因抄襲他人壽文被識破，愧而辭館。當是時，適逢宋石舉家來汝寧，遂得姐夫引薦，為裴家西賓。賀秉正因見兩家兒女均已長成，且才貌相當，有意作合。在徵得裴妻、宋石同意後，邀兩家齊聚，議論婚姻。並以「紅絲」為題，令裴、宋兩家兄妹四人各作七律一首比賽。結果，兩雙兒女詞章均佳，遂用「紅絲詩」為證，以裴芝許宋采、裴松聘宋蘿，皆大歡喜，一時傳為佳話。後宋石為赴鄉試，舉家歸武城，旋一試而中舉，入京上考，連中進士，選翰林庶吉士。賀秉正亦補武昌知府，上任而去。再說常莪草因前番被迫辭館事，懷恨在心，往返於汝寧、武城之間，傳假信、造謠言，乃至偽造書札，欲破壞兩家婚姻，致使宋采、裴松均心懷芥蒂。及裴、宋二子同舉進士、共入翰林，賀秉正亦因功內轉尚寶寺少卿，三人六面，真相大白。於是乎紅絲再繫，奸人受懲，宋裴兩家重結秦晉之好，才子佳人共踐朱陳之約，以大團圓結束。

表面看來，《賽紅絲》是一部早期才子佳人小說，而實際上，此書描寫得最成功之處卻在於世態人情。此書除了第十回、第十二回等少量篇幅正面描寫才子佳人比賽紅絲詩而定婚姻的情節外，更多的篇幅卻描寫了才子佳人們父輩的生活。書中的主人公，也不像同時的其他才子佳人小說一樣，是那些為追求婚姻自主而努力奮鬥的青年男女，而是宋家兄妹的父親、裴松的岳丈、裴芝的公公——宋古玉。作者正是通過對宋古玉曲折的人生三部曲：讀書—

一應試──做官，寫出了當時一般知識分子的生活狀況和精神面貌；並以他為中心，輻射出市井之中的世情冷暖、人面高低。正如天花藏主人在此書序言中所說：「大都世事無端，人情莫測，不得不因其所至而盡其所至之妍媸，豈多事哉！」

秀才宋古玉是一個具有狂放性格的讀書人，作者一開始就點明：「卻說宋古玉在家中，閉戶讀書，雖是他的本來面目，然才高曠遠，縱酒論文，結交文人韻士，亦所不免。」（第一回）他平時雖然看不起那個以錢納了個監生的舅子皮象，但一時興發，居然帶著幾個朋友，兩次到舅子家吃酒論詩。由此，惹得皮象不耐煩，發生口角。宋古玉又不顧後果，對舅子破口大罵：「你這吝狗，不要錯看了宋古玉，我宋古玉胸藏賢聖，筆走龍蛇；自是科甲中人物。風雲一變，飛黃騰達，特須臾事耳。你莫倚著自家有幾個臭銅錢，道是財主；像你這樣財主，頗頗不在我眼裏。」（第二回）這真是一種可貴而又可卑的性格。所貴者，乃是一種糞土錢財、珍貴人格的品性；可卑者，又將自己一生之貧富、貴賤、榮辱、窮通全部寄託在科甲之上，把飛黃騰達當作畢生追求的最高目標。宋古玉正是許許多多舊時知識分子的典型，清高、狂放、固執、自尊；似乎胸有大志，但其志不過是脫下白衣換錦袍，於國家究有何益？看似腹有經綸，實際上對人情世故一竅不通，別人把刀架在脖子上仍渾然不覺。這正是一種由科舉制度培養出來的知識分子的可悲性格。《賽紅絲》在清初才子佳人小說中別具一格之處，正在於其中出現了這麼一個真實可信的知識分子形象，從而也表現了一種真正的下層文人的生活，而不是像同期某些小說所表現的那種被美化了的文人生活。

除宋古玉外，書中其他正面形象大都概念化。尤其是宋采、宋蘿、斐松、裴芝這兩對青年男女，雖被作者描寫成臨風玉樹、天生麗質、夏風冬雪、秋月春花，但實際上不過是賀知府用一根紅絲牽引著的四個傀儡。除了具有詩文之才外，他們並沒有為自己的幸福、愛情作出什麼努力、犧牲，也沒有因婚姻問題而受過多少考驗、折磨。他們遠遠比不上其他才子佳人小說中那些集才能、見識、膽量於一體的青年男女形象。

在《賽紅絲》中至為活躍的，倒是那些市井小人、儒林敗類。如文盲監生皮象，既吝嗇又貪婪，既無才又缺德，為了報復姐夫的一頓臭罵，竟至勾結官府捕役，要將姐夫置於死地，並把前來借錢度日的親外甥打得「號陶痛哭、滾倒在地」。（第六回）完全是一個勢利小人、衣冠禽獸。再如庸劣秀才常

茇草，以欺蒙手段弄得裴家一個美館，自知才能低下，便想著在那《五經》中「只撿疑難冰冷兜搭難讀」之處，要學生背誦，企圖捉住學生破綻，「便好自尊師體」。（第四回）後來，終因抄襲壽文漏底，被迫辭館，竟至懷恨在心，三番兩次，從中搞鬼，以破壞他人婚姻為快樂，完全是一個儒林敗類、無恥之徒。此外，如陰險狡詐、以誣陷他人而發財的捕役屠才，如好酒貪財、有幾分歪才卻又出爾反爾的秀才白孝立，如貪圖錢財、下毒手暗殺人的朱禁子，如對人唯認財勢為標準、時倨時恭的俗財主段耀等等，或為人間之鬼域、或乃市井之沙蟲，都是當時那社會大病軀中的癌變因子。作者在不同程度上對他們都進行了揭露、批判，這是《賽紅絲》另一值得肯定之處。

　　《賽紅絲》在藝術上最突出的特點是於世態人情的描寫過程中時露諷刺筆鋒。如第四回，作者寫汝寧府胡教官受賀知府之委託，要門斗去「盡心兜攬一個又有真才、又肯送禮」的秀才來充當裴府先生時，門斗道：「這是老爺知道的，汝寧秀才，若有真才，定是窮的，那有禮物送老爺？肯送禮物的，才學恐只有限，還該怎樣？」一語道破了窮秀才之可憐與假秀才之可卑。再如第十二回，寫宋古玉回鄉應試時買房子一事。未中舉之前，房主段耀抵死不肯先立契約後交錢，說：「文契若立了去，他約發後找價，倘或不發，難道就不找嗎？」及至宋古玉中舉後，段耀竟主動送禮上門，並連連打拱道：「文契送遲，晚生罪已丘山。些須薄物，無非申賀。宋相公若拒而不受，則是更加晚生之罪了。」這個段財主多麼像《儒林外史》中的胡屠戶呀！不！嚴格地講，應該說是胡屠戶像段財主。無怪乎作者在這裡忍不住要憤而直言：「誰知『勢利』二字，竟是天地間的大道理。」《賽紅絲》每回起首均有一詩或一詞，用以概括該回書的主要內容。這些詩詞也很有特色，滑稽輕鬆而又符合市民階層的口味。如第三回之《虞美人》詞云：「人人盡道親情好，豈料親情狡。一些觸怒火油澆，便要將人架起用柴燒。雖然惡語令心惱，須念關雎鳥。奈何卻使暗尖刀，砍來沒頭沒腦又攔腰。」再如第十四回之《南鄉子》詞：「肖小一何奸，平白將無作有傳。美滿婚姻都掉破，何冤？不過貪他幾個錢。誰料亦徒然，敗耶成耶還在天。空弄許多風與浪，平掀。到底掀翻自己船。」這種詞句，完全是市井俗曲的寫法，粗也粗到了極點，俗也俗到了盡頭，但正是從這種粗俗得近乎打油的詞句中，讓人能感覺到其中那麼一點兒辛辣的諷刺意味。

《玉支磯》

題「天花藏主人述」、「歲月主人訂」。復有題「煙水散人編次」者。二十回，書成於清初，醉花樓刊本，又有咸豐戊午廈門多文刊本。1983年春風文藝出版社據大連藏本排印出版。

《玉支磯》敘明成化年間，浙江青田縣有一禮部侍郎管灰歸隱林下，夫人早喪，有一女名彤秀，美貌多才，俏心俠膽，子名雷，尚幼。一日，管灰春遊，偶遇豹吠村鄉館先生長孫肖，神清骨秀，詩筆如神，乃大為驚歎。及細問其身世，知長孫肖乃滄州人，其父曾任青田知縣，病故於任所。長孫肖無資還鄉，遂客居異地近十年，唯教徒以供母。管灰意欲為長孫肖周旋科舉，長孫肖不受；又欲聘其為己子管雷之師，然謀管家西席者又不乏其人，僅顯達書薦，便有裴、平、強三氏。管灰無奈、依女兒彤秀之計，以作詩考選先生。至期，長孫肖一詩而命中，竟得管府西席，裴、平心服，唯秀才強之良因才劣被拒，深恨之，圖謀報復。適逢現任吏部尚書之子卜成仁，欲覓淑女為配，強之良遂為之謀劃，請青田李縣令為媒，竟上管府提親。管灰左右為難，又依彤秀之計，由女兒隔簾面試以詩，才高即許。及試，卜成仁技若黔驢，狼狽下陣，而長孫肖以陪客身份，接過詩題，一揮而就。管灰本有意於長孫肖，遂趁機定為東床。長孫肖乃以家傳玉支磯一枚為聘，彤秀亦作詠玉支磯詩以明心意。卜成仁求婚不成，意欲強娶，強之良又為之謀劃，倚卜父天官冢宰之力，將管灰復職，迫使管侍郎進京赴任，遠離青田。隨即，卜、強二人又勾通李縣令，誣長孫肖聘物玉支磯為縣衙公物，欲奪之入庫以毀其婚姻。彤秀知情，暗中調度，以假玉支磯一枚充之，李縣令不識，事遂寢。卜、強二人，一計不成又生一計，將長孫肖騙至郊外卜家別墅，美酒灌之、甘言惑之，卜成仁又假意將妹子卜紅絲許配長孫肖。隨後，卜成仁又從李縣令手中重金買出假玉支磯，令長孫肖作為聘妹之物，並騙得妹子亦作一詠玉支磯詩以為信。卜、強此謀，意在破壞管家婚姻於前、否認卜家婚姻於後，使長孫肖兩頭失踏。不料此奸謀種種，均為彤秀識破，特授計長孫肖，囑其虛與周旋以避禍。卜成仁得寸進尺，又將長孫肖騙出，欲行毒打，亦被彤秀預先準備而幸免。彤秀因見卜成仁再三陷害，乃催長孫肖速歸原籍以圖功名，兼為避禍。卜成仁聞訊，又遣惡奴沿路追逼，長孫肖布假投河自盡之疑陣而得免，由此經杭州而潛歸滄州。管灰在京，被卜尚書薦為使臣，前往外國冊封嗣君，家中諸事，一毫不知。卜成仁見逼走長孫肖，認為奸計得逞，遂闖入管府，欲行非禮，被

形秀仗劍威嚇，抱頭鼠竄。爾後，又經強之良一再攛掇，再入管府，意欲強娶，管小姐無奈，假作自刎，布下疑陣將卜成仁嚇退，並使之長期心驚肉跳、魂不守舍。長孫肖回滄州，得中解元，京試，又成榜眼，風聞管小姐死訊，亦信以為真，有意請旨歸娶，以圖報復卜家。時管灰亦歸國覆命，升尚書，告病休養，欲歸青田。卜成仁父子大懼，均欲以卜紅絲代管彤秀出嫁以贖前愆，及長孫肖榮歸青田，管彤秀又運籌於閨閣之中，使卜紅絲與其同嫁長孫肖。於是，一夫二婦，金玉相輝，左眉右髻，極盡風流；奸人徒受虛驚，仇家翻成郎舅；佳人才子，終歸團圓。

譚正璧、譚尋《古本稀見小說匯考》在談到《玉支磯小傳》時說：「與此書同題材的，陝西傳統劇中有同名的華劇，又名《女臥龍》、《女丈夫》，內容相同，但故事背景已改明代為宋代。」這是一個很有趣的現象，若將《玉支磯》中的管彤秀視之為女中臥龍、巾幗丈夫，確非過譽之辭。這位閨閣千金，在書中首次登場時，作者就稱她「俏心俠膽，奇志明眼，真有古今所不能及者」。（第一回）隨著故事情節的展開，作者以愈來愈濃烈的筆墨體現了這位奇女子的過人之處。當她父親遇到選擇西賓的難題時，是她想出一辭謝薦館之美計；「謹選擇一詩題在此，求四位大筆一揮，詩成者，謹當拜從，詩不成者，求其相諒。如此行法，彼做詩不出者，自無顏而去，不便再矣。」（第二回）果然為其弟擇一良師。當卜成仁挾天官之威、以縣令為媒而上門求婚時，「管侍郎聽了，久知卜成仁是個不讀書的無賴公子，暗暗吃驚道：『這件事，又是個難題目了。』自思無計，只得入內與女兒彤秀說知」。又是管彤秀提出：「若要託詞，只好也如前日考館一般，只說孩兒最愛詩詞，必要當面出題考試，若是題成佳句，方肯相從。」（第三回）其結果，不僅擺脫惡姻緣，且為自己選得一佳偶。及卜家父子調管侍郎入京復職，管灰本人竟不知此意「卻是為何？」又是管彤秀一眼識破：「此調虎離山之計，以便好猖狂縱肆」，並將計就計，勸父親重登仕途、再建功業，又胸有成竹地表示：「至於卜成仁所為，任他奸狡，孩兒力足以御之，爹爹不必慮也。」（第四回）至卜成仁勾結李縣令，誣長孫肖之玉支磯為縣衙公物時，又是管彤秀巧設妙計，以假充真，使長孫肖免去牢獄之災，致使長孫才子由衷讚歎：「今日解紛之妙智，一團靈慧，匪夷所思。」（第十六回）後來，長孫肖為卜、強二人所惑，險墮其術中，管彤秀又令其弟管雷傳語：「但囑咐先生，不可與卜、強二人來往密了，恐又墮他之迷。」（第九回）當卜、強二人又一次將長孫肖騙至野外，欲行毒

打時，管彤秀早已識破奸計，命家人收買一夥乞兒，故意衝散，更使「長孫肖不勝景仰，又不勝感激。」（第十回）如此等等，不一而足。一部《玉支磯》，簡直像是專為管彤秀一人立傳。書中其他人物，無論是男女老幼、高官才子，在這位運籌深閨的管小姐面前，一個個相形遜色、如同土偶。然而，以上描寫，還僅僅是顯示了管彤秀「奇志明眼」的一面；更能體現這位閨閣丈夫「俏心俠膽」一面的，則是第十二回卜成仁強行非禮、管彤秀仗劍驚凶的一幕。「只見廳內早已燈燭輝煌，點得雪亮。管小姐卻正在廳後簾下，擁著一張書案而坐。書案上點著兩枝明燭，明燭下卻放著一把明晃晃的寶劍。」卜成仁大著膽子，上前致詞，「言還不曾說了，早聽得管小姐在簾內，將寶劍在案上拍得嘩喇一聲響，遂大聲罵道：『卜成仁賊畜生，我與你前世有甚冤仇？你今世苦苦來害我性命！』」當卜成仁擺出尚書之子的架子，又提出定加重聘之後，「簾裏只傳得一聲，外面的四個僕婦走近前，將卜成仁掀倒在椅上，動也動不得一動。管小姐看見外面掀倒卜成仁，方手提寶劍從簾裏走出簾外來，指著卜成仁大罵道：『賊畜生，你想要成親麼？且快去閻王那裡另換一個人身來！』遂提起寶劍照著當頭劈來。……此時卜成仁已嚇得倒在椅子上，連話也說不出。虧得侍女撥開僕婦，方得掙起身來，說道：『嚇殺，嚇殺！都是老強誤我。』竟往外跑。管小姐見卜成仁下階走了，急得只是頓足，要趕來，又被侍女攔住。只得將寶劍隔著侍女，照定卜成仁虛擲將來。終是女子的身弱，擲去不遠，早噹的一聲落在階下。卜成仁聽見，又吃一驚，早飛一般跑了出去。」這真是一段激動人心的解穢文字。那兇橫不講理的天官之子，在一個深藏閨中的弱女子面前，竟至被嚇得膽戰心驚、抱頭鼠竄。在管彤秀身上，我們分明可以看到於閨閣千金的外衣掩抑下的市井奇女子的待徵。這樣的奇女子，是那麼大膽、那麼潑辣，那麼凜然不可侵犯，那麼具有人格的尊嚴；這樣的奇女子，正勇敢地甩開因襲的重負，踐踏傳統的藩籬，堂堂正正地將自己當作一個人，一個絲毫不弱於鬚眉男兒的女人而生活在世界上。在清初的一大批才子佳人小說中，如管彤秀這樣智勇雙全、敢作敢為的女性，實在並不多見。

《玉支磯》在藝術方面的最大成績，乃在於頗為出色地塑造出幾個生動的藝術形象。它不僅給我們留下了管彤秀這麼一個獨具風貌的奇女子，而且，還寫出了其他某些人物複雜化、多側面的性格。如對書中的男主人公長孫肖，作者就在寫他善良正直、不畏強暴、忠於愛情的同時，又寫出他不諳

世事、受人愚弄的缺點，使之成為一個在強權面前不低頭、在陰謀面前發糊塗的頗具個性的青年才子，甚至在有些地方還揭示出這個貧寒之士埋藏得很深的攀龍附鳳的庸俗心理。同樣，對反面人物卜成仁，作者也在勾勒其無賴兼惡霸的醜惡嘴臉的同時，又寫出他能言善辯的本領，甚至某些議論還流露出真知灼見。由此可見，按照生活本身的邏輯，寫出正面人物之所短、反面人物之所長，正是《玉支磯》在寫人藝術方面的成功之處。正因如此，也使這部作品在某種程度上已開始跳出一般才子佳人小說中寫好人一切都好、壞人一切都壞的傳統窠臼。

《玉支磯》的最大不足，便是在管彤秀婚姻故事之外，又加上卜紅絲與長孫肖的一段姻緣的描寫。即所謂「一夫二婦，金玉相輝，左眉右鬢，應接不暇。閨房樂事，於茲占盡矣」。（二十回）把封建婚姻制度一夫多妻的癰疽當作美豔之桃花、香濃之乳酪來歌頌，既暴露了作者的庸俗情趣，又有損於書中男女主人公的形象，還沖淡了全書突出管彤秀的中心情節。這恰是該書思想侷限之所在，亦正乃該書藝術缺陷之所在。

《畫圖緣》

又名《花天荷傳》等，十六回。不署撰人，有「天花藏主人」序，亦有題「步月主人訂」者，存舊刊本，會賢堂刊本，積經堂刊本，1985 年春風文藝出版社出版校點本。

《畫圖緣》敘浙江溫州秀才花棟，字天荷，文武雙全，某日春遊天台山，遇一老者，仙風道骨，二人一見如故，飲酒談心。老者臨別，贈天荷以兩廣形勢圖及園林圖各一冊，並謂功名、姻緣俱在此中。時值兩廣不靖，峒人起事，總戎桑國寶不能制，朝廷下旨求賢。天荷應徵，為桑督府幕下參軍，獻奇策，桑國寶惑讒言，猶疑不能用，天荷拂袖而去。後桑國寶用天荷所獻之策，獲小勝，乃遣將官馬岳追請天荷回粵。天荷一路遊山玩水，至福建長樂，見一園林，與老者所贈之園林圖彷彿相似，乃求見園主，而未得見。園主柳路，字青雲，乃故京兆之子，與母楊夫人、孿生姊柳煙鄉居，因受當地惡秀才賴某陷害，暫避其鋒，故不得與天荷相見。縣中差役上門捕青雲，誤將天荷帶至縣衙，天荷代青雲據理力爭，且又還擊以賴某為首的惡徒圍攻，遂被同送府中判斷。適逢馬岳追至，說明原委，事遂寢。天荷為保全柳府，又請知府出告示，不准惡人混擾。天荷回粵後，青雲為報恩，千裏迢迢追尋天荷，二人相見

恨晚，遂成摯友。一日，花、柳二子同遊花田，遇趙參將女紅瑞，趙女中意青雲，而誤認為天荷，愛慕成疾。天荷因仍不得重用，偕青雲同歸長樂，暫寓柳府，二人讀書談藝，在師友之間，甚為相得。唯青雲遵父遺命，不習詩詞，專攻科舉；而其姊柳煙則錦心繡筆，具香奩詠雪之才。故青雲三番兩次與天荷酬唱，均為其姊代筆。天荷因見青雲如玉樹臨風，且下筆如神，遂戲稱欲娶一才貌如青雲之淑女。青雲已存心為其姊牽紅絲，遂漫允之。不久，青雲入泮，旋赴秋闈，而馬岳又來長樂尋天荷，為趙女作媒。天荷知其誤認，將錯就錯，乃向楊夫人借得碧玉連環，代青雲納聘。及青雲試歸，亦為天荷作伐，以其姊之別字為姓名，詭稱為天荷聘一淑女藍玉，天荷乃以老者所贈之畫冊為聘。柳煙熟玩畫圖，成竹在胸。適兩廣軍情緊急，朝廷遣御史夏侯春巡察。御史見天荷所獻之策，驚為奇才，遣馬岳再赴長樂敦請。不料天荷得知其父病重，已歸溫州。柳姻遂依圖冊定大計，假稱天荷早有謀劃，交馬岳覆命。夏侯春用其計，獲勝，乃奏薦花天荷為兩廣總戎，替代桑國寶。天荷奉旨赴任，先至長樂，與柳煙成婚。時青雲已中進士，亦送姊至粵。天荷與趙家說明原委，使青雲娶紅瑞。既而天荷出奇兵大破峒人，因功封大勳侯，世鎮兩廣。青雲亦謀為廣東知府，郎舅一處為官。後天荷重遇天台老人，跟蹤至一廟宇，乃悟此老即漢馬援顯靈，方知其功名、婚姻均係天定神助。

現知天花藏主人撰、述、編、序的小說作品，共有十六種之多。然「天花藏主人」究竟是誰？其作品到底有多少？均在探討之中。這部《畫圖緣》，據其序言中「故以此表之」一語，則極有可能是他的作品，而且是其後期之作。因為此書的政治思想、愛情婚姻觀，較之與「天花藏」名號有關的早期作品均有差異。

首先是對農民起義的態度，在蓋有「天花藏」圖章的《後水滸序》中，作者對楊么起義頗為同情，乃至於讚美，並對宋室朝廷有所指責：「設朝廷有識，使之當恢復之任，吾見唾手燕雲，數人之功，又豈在武穆下哉！奈何君王不德，使一體之人，皆成敵國，豈不令人歎息？」而在《畫圖緣》中，作者則對峒人起事痛加詆毀，一口一個「峒賊」、「山蠻」，並讓花天荷剿、撫並用，將他們消滅乾淨。因此，可以看出天花藏主人政治立場、態度的極大轉變。其次是愛情婚姻觀問題。天花藏主人在《飛花詠》的序中說：「故蛾眉皓齒，莫非美人也。雖未嘗不怡耳悅目，亦必至才高白雪、情重陽春，而後飛聲閨閣、頌美香奩，傾慕遍天下也。」十分重視「才」與「情」在婚姻中的作用。而在

《畫圖緣》的序中，雖也有「情動人、恩感人、才美關人」的話，但卻更強調「緣者，天漠然而付，人漠然而受者也」。「失天意而妄求之，故苟且貽閨閣之羞，邪野成夫妻之辱，而名教掃地矣」。在婚姻關係之上，居然滿布天授神助之迷霧；於男女情愛之中，竟自緊套名教綱常之枷鎖。這又是一個一百八十度的大轉彎。即以上述兩點而論，《畫圖緣》便難以與天花藏主人早期的某些作品比肩。

然而，《畫圖緣》也自有其特色，尤其是在男主角花天荷身上亦有某些不同凡響之處。如他一開始就對天台老人說：「大都賢與賢為偶，色與色為偶，才與才為偶，各有所取耳。若我花棟者，才色人也，若無才色佳人，可與我花棟為偶，則終身無偶可也。」（第一回）如此婚姻觀，倒也說得乾脆、痛快、明瞭，與假道學迥然有異。而當花天荷真正得到一位才色佳人為偶時，又禁不住狂呼：「獲此佳偶，真過於萬戶侯矣！」（十五回）如此高論，正可以與《聊齋誌異・青鳳》中狂生耿去病「得婦如此，南面王不易也」的話同讀，從而看出他們所共有的輕功名、重才色的人生趣味。更有甚者，花天荷對於科舉考試的蔑視，尤非一般皓首窮經的腐儒所能比。當他的父母逼他赴試時，他竟然說：「以七篇無用的文字搏來的文官，孩兒實實不願去做。」「孩兒官須要做，但不喜歡做這弄筆頭的文官耳。」（十一回）這種論調，雖然仍停留在願意做官的基礎上，但已帶有十分明顯的注重經世致用而反對空頭文章的傾向，畢竟比那些「斯文斯文、腹中空空」的窮酸措大的見識要高出一籌。這些地方，我們又似乎可以看到作者在傳統思想陰影覆蓋下的某種探索與追求。

《畫圖緣》故事情節本不十分複雜，但作者故意寫得曲曲折折，常常無中生有，欲賣弄其尺水興波的本領。實際上則往往弄巧成拙，結果適得其反。如柳煙代弟與花天荷當面聯句一段，反顯得天荷反應遲鈍；又如柳煙以丫頭假冒自己試探花天荷一段，又顯得天荷舉止笨拙。這些地方，均有損於人物形象，又留下編造故事的痕跡。《畫圖緣》的語言倒很不錯，寫人、狀物，頗見作者文字方面的工夫。如寫花天荷對付眾無賴一段：「花天荷走出縣門，早有花灌、小雨接著。忙將長衣脫去，束一束腰帶，找棻起來，緊緊立在對面照牆之下。」（第四回）寫人物神態頗為真切，而站在照牆之下，也符合單身對敵背靠牆的常識。再如寫賴秀才污陷柳路窩贓，卻被天荷從中做了手腳，賴某與強盜王受均不知內情，當堂對質一段：「賴秀才聽見說賊人供出口，先軟

了一半，只睜著眼看王受，一句話也說不出。王受見賴秀才如此光景，竟不知是什麼緣故，也只呆著臉沒得說。」（第六回）活畫出兩個心懷鬼胎卻又受人愚弄的歹徒之窘態。尤其是寫花天荷初到長樂，偶見柳氏花園一段，作者將景物描寫與人物心理描寫融為一體，寫得曲折多致而又層次井然：「此時正是春明天氣，桃紅柳綠。行了月餘，忽到一處，雖在城市中，卻青山綠樹，小橋流水，環繞著無數人家，大有林泉風景。花天荷立馬其中，左顧右盼，宛若舊遊之地。因想道：『此地從未曾經過，如何光景甚熟，莫非夢中曾到？』又細細沉吟，忽想起天台老人所贈的畫圖，第二幅景界適與此相同。因暗暗驚訝道：『這事又奇了，莫非此中有甚緣法？』又想道：『我記得畫圖中還有座園亭，甚是富麗幽雅，此處卻無，不知又是何故。』因下了馬，叫花灌牽著，立住腳四下觀望。越看越覺與圖中相似。忽看見前面垂楊影裏，隱隱約約似有路徑一般。因繞著垂楊，彎彎曲曲，走一步，想一想，愈覺與畫圖相似，十分駭異。逶逶迤迤，走了半箭路，忽露出四扇斑竹園門，方知不是人家住宅。又見門是開的，料想無妨，因叫花灌牽馬在外，自己帶著小雨緩緩步了入去。再細看那些廳堂臺樹、樹木池塘、雕欄畫楹、曲徑迴廊，宛然似天台老人第二幅名園圖，不爽毫髮，一發大驚不已。竟坐在亭子下一塊臥雲石上，留連不忍去。」（第三回）在這裡，景物描寫是由遠而近、由外而內、由整體而局部，人物心理描寫則由似曾相識到細細沉吟、進而好奇試探、最終大驚不已；作者先以隱隱約約之景寫迷離恍惚之情，又以迴旋曲折之景寫驚喜交替之情，最後又用特寫鏡頭，使景與情全都在一塊臥雲石上定格。這樣，就使讀者在欣賞美麗景色的同時，也與主人公一樣，一份好奇心油然升起。

《英雲夢》

題「震澤九容樓主人松雲氏撰，掃花頭陀剩齋評，嵩山樵子梅村氏較，松雲弟良才友雲氏鐫。」十六回，存二友堂刊本。卷首有序，署「歲在昭陽單閼良月，同里掃花頭陀剩齋氏拜題」。清聚錦堂刊本及寶華順刊本。1987 年春風文藝出版社出版校點本。書約成於乾隆初。

書敘唐德宗年間，江南蘇州府秀才王雲，父在京為翰林侍讀，王雲與其母鄉居。一日，王雲偕眾友春遊虎丘，遇一佳人，乃兵部右侍郎吳斌之女夢雲。夢雲本杭州人氏，隨母由京師還鄉，途經虎丘而停舟遊玩。王雲見夢雲亭內題詩，慕其才貌，然萍蹤倩影，不知名姓，心甚悵然。次年，王雲奉母命

前往杭州進香，寓其姨父家中。在天竺寺，王雲又巧遇夢雲，雖未能通言達意，然拾得夢雲所遺詩帕一方，落款「吳氏夢雲」四字，遂初知佳人消息。王雲在杭州四處查訪夢雲而不得，一日，偶至福雲庵，得與女尼慧空相識，兩情殷殷而不涉於亂，遂成八拜之交。後王雲終由媒人口中得知夢雲乃吳斌之女，遂借吳斌告假還鄉之機，化名雲章，謀為吳斌記室，欲伺機接近夢雲。及至吳府，王雲託夢雲婢繡翠為通信息，又悅繡翠姣好，遂與之私通。事泄，吳斌大怒，逐王雲而賣繡翠。繡翠臨行，乃將王雲跟蹤追逐之意告知小姐夢雲。王雲回蘇州，旋赴試，舟經瓜州，為長興山綠林好漢所劫，其首領名滕武。滕武曾受于雲舊恩，因善待之，並欲妻之以義女英娘。王雲不從，終被軟禁。英娘本姓許，幼時被山寨首領李霸擄至長興山，認為義女。及霸臨終，託山寨事及義女英娘於滕武，故英娘實乃一既美且才之佳人也。王雲在山有日，漸知英娘真相，終由英娘婢香珠傳書遞柬而兩情相好，私訂終身。重九日，英娘趁滕武等登高之機，設計使王雲逃離山寨。王雲在路，於鄉村中巧遇已嫁為販夫妻之繡翠，二人舊情重續，翌日分離。繡翠因思念王雲，鬱鬱而死。夢雲父吳斌，奉旨赴京聽用，兵部尚書臧瑛素忌之，乃借日本國內亂方息之機，奏薦吳斌出使封王。臧瑛子臧新，仗其父勢力，在家鄉杭州胡作非為，打聽得夢雲美貌，欲謀為己婦，三番兩次提親，均遭吳府回絕，遂懷恨在心。王雲抵家，其父母雙親均因思子相繼而亡。王雲居喪不能赴試，再至杭州，並因朋友紹介，與夢雲兄吳璧相識。吳璧因向在伯父家，故不知王雲乃前之記室，慕其才，遂延為其弟吳珍之師。王雲二進吳府，又得慧空從中撮合，終得與夢雲暗定婚約。事後，王雲別吳府赴秋闈，亦向慧空告別，慧空言其不久將移居蘇郡護雲庵。夢雲伯父，因念手足之情，接吳斌家眷進京居住，船至中途，夢雲被臧新家奴假扮強人擄走。臧新於舟中逼夢雲成親，適值雲龍真人路過，救之，夢雲遂託身於慧空之護雲庵中。長興山上，滕武又欲為英娘招一同夥為婿，英娘不從，男妝潛逃，而其婢香珠竟為之守口如瓶、觸柱而死。英娘途遇進京之兵科給事楊凌夫婦，收為義女，又因隨楊夫人進香護雲庵，巧遇夢雲，同命相憐，乃結為姐妹，共赴京師。王雲赴試，中解元，又以探花及第，授編修，不料亦為臧瑛陷害，薦為元帥，討伐滕武。王雲率兵收服滕武，因功封平南侯。楊凌乃遣媒為二女作伐，王雲初不知二女即夢雲、英娘，力拒之，後得悉真情，遂允婚。而吳斌已於數年前歸國，拜文華殿大學士，因思女兒，乞假歸鄉三年覓之，時亦返京。於是，楊凌、王雲上本扳倒臧瑛，

英、雲、夢擇吉成禮。後夢雲、英娘各生一子，二子亦娶美婦，又各生子四人。王雲二子八孫，俱為麟虎，一門進士，十員達官，榮耀已極。王雲夫妻三人，均享年八十，壽終正寢。

《英雲夢》是才子佳人小說後期的作品，與早期才子佳人小說相比，已有某些不同之處。其一，在才子佳人的故事中，抹上了較濃的神異色彩。如王雲曾贈金與一乞丐，而乞丐乃上天金仙葉雲龍幻化。「曉得王雲乃是天上列宿臨凡，所以化作一個乞丐的樣子，來試王雲行止。誰知王雲慨然贈金，後來得雲龍之惠，亦是因此而起」。（第二回）這位雲龍真人，每到關鍵處便出場，或指引迷途，或挽救危難。第六回，當王雲卜前途吉凶時，是這位真人寫下偈言八句，「點化他一番」。第十回，「夢雲遭難之時，正值雲龍真人在雲中經過」，「即忙按落雲頭」，「顯神通」救了夢雲。第十一回，當「英娘得逃下山，步小難行，好不苦楚」時，又是雲龍真人「前來指引」。最後，第十六回，當王雲夫妻富貴榮華已極時，還是這位雲龍真人指點迷津：「汝夫婦三人本是上天列宿，合該歸位。可回家，望日當歸天界，從此脫殼。」除這位神龍不露首尾、偶現一鱗半爪的真人而外，書中還寫到英娘之婢香珠死後被上帝「封賜花神之職」，多次顯靈，並贈王雲雙佳子，使夢雲、英娘各產一麟兒。而王雲二子之婦又均為天上仙姬投胎。如此種種在才子佳人的故事中雜以神仙怪異的寫法，雖在早期才子佳人小說中已露端倪，但遠不如《英雲夢》這樣貫串始終、這樣濃筆重抹。這固然體現了此書作者的刻意求新，但畢竟是向著斜徑的衝刺。這不是創新，而是拼湊。神靈怪異描寫的增多，正標誌著才子佳人小說的趨於末路。其二，在描寫才子佳人之情時，夾雜了某些色慾描寫。書中才子王雲，已不像早期才子佳人小說中的男主角那樣對愛情專一、純潔，而是在男女關係問題上表現出一種輕率的態度。他到吳府當記室，本慕夢雲之才貌，不料卻先與婢女繡翠勾搭成姦；同時，又與福雲庵女尼慧空關係曖昧。王雲被擄入山寨，又與英娘之婢香珠調情，說什麼「小娘子可是又來採花，仍待小生和你採花？」說什麼「小生因惜小娘子年幼，不便報恩」。（第七回）一派油腔滑調。尤為惡劣的是，王雲逃離山寨後，竟在茅屋草舍之中與有夫之婦的舊相好繡翠「郎貪女戀，曲盡永夜之歡」。（第八回）此外，王雲暫居南昌時，對好心收留他的東家之女彩姑的癡情熱戀採取了矇騙態度。先是「權且允下」彩姑的婚姻之約，後又移花接木，以自己的名義將彩姑娶進朋友張蘭府中，作了一次婚姻轉讓。致使那感情上受到欺騙的

女子發出「不該與你這負義之人相見」的恨恨之聲。（十二回）總之，在王雲身邊，圍繞著一群各種身份的女性。在作者看來，普天下之美女嬌娃定當屬意王雲這樣的風流才子；而如此才美郎君又可以隨意玩弄那些出身低微的女性的肉體乃至感情。這種描寫，實際上是對早期才子佳人小說中所常見的以「情」的專一、純潔為歌頌對象的一種反動；也是才子佳人小說走向末路的又一標誌。順此坡而下滑，結果便是清中葉以後那些文人狎呢女性的作品的泛濫。

當然，在王雲這個人物身上，亦不乏可取之處。當他舟遊虎丘上岸方便時，偶見夢雲，「不覺心蕩神迷，出了半日的呆，連出恭二字打入九霄雲外」。（第一回）很有幾分癡得可愛。他還對朋友們說過：「小弟若不遇佳人，不得其配，情願終身不娶。」（第二回）這也是對美滿婚姻的一種執著追求。尤其是當他京試之時，聽到夢雲被劫的噩耗，「一心只將夢雲掛在心上，那有心於文字」。（十一回）竟至因此而名落孫山。這就更有點情以至上、愛情壓倒一切的意味了。從這些地方，可以看到王雲身上所保留的早期才子佳人小說中男主人公的「癡情」色彩。然而，王雲這個文武雙全、封妻蔭子、有祿有壽、多子多孫的由風流才子到得意士大夫的人物，更多的時候卻是作者自己的生活情趣和人生理想的載體。在現實生活中，作者有許多想得到而難以得到的東西，如美色、金錢、地位、功勳、名譽等等，全在書中人物身上得以實現。在這裡，寄託著作者無窮無盡的桃色遐思、風流豔想；表現了作者對功名富貴、封妻蔭子的封建主義生活理想的夢寐追求。出於這麼一種豔羨心理來杜撰故事，勢必將才子佳人小說的寫作逼入鳥道羊腸。《英雲夢》藝術上的可取之處主要在於情節之曲折離奇。作者以王雲的經歷為主線，以夢雲、英娘的遭遇為副線，相輔相成，同時推進。書中出場人物頗多，場景更換頻繁，但作者卻寫得有條不紊；並能在英、雲、夢三人悲歡離合的中心情節的基礎上，將其他各色人物的一些小故事穿插、點綴其間；常於山重水複之時，見柳暗花明之妙，頗能吸引讀者。誠如掃花頭陀剩齋氏此書《弁言》所云：「其中之曲折變幻，直如行山陰道上，千岩競秀，萬壑爭流，幾令人應接不暇。」但是，此書在情節安排上也有力不從心或不甚合理處。如夢雲遇難，作者讓雲龍真人救之，是力不從心之敗筆。如王雲第二次入吳府為西賓，吳府上下竟無人認得即是從前的記室，又是情節之不合理處。至於書至第十三回，王雲已得雙美、富貴至極，即按一般才子佳人小說，也該收場於

大團圓之際了，卻又生生添出後三回，寫王雲子孫事，則尤屬了無意味的蛇足之筆了。

最後，順便提出：《英雲夢》有某些與《紅樓夢》近似之處。如第一回，寫王雲與眾朋友行酒令、唱俗曲，其中一公子李貴，言語行為頗似《紅樓夢》中之薛蟠。又如書中女尼慧空，風流多情，以一出家人而墮入情網，雖寫得比較浮露，但總有點影影綽綽地像《紅樓夢》中的妙玉。還有書中之婢女香珠，死後為花神，又似《紅樓夢》中之晴雯；而香珠夢召王雲，授以仙酒、奏以仙樂，並演奏《月宮春》兩闋，又頗有點「太虛幻境」的味道。最後，王氏一門封官，王雲子皆以「木」字偏旁為名，孫皆以「玉」字偏旁為名，又似《紅樓夢》中以偏旁「文」「玉」等排輩序。如此種種，總令人感到在《英雲夢》與《紅樓夢》之間有那麼一點關係。然二書寫作年代相近，究竟誰先誰後、孰師孰法，則不得而知之。

（原載《中國通俗小說鑒賞辭典》，南京大學出版社，1993 年 5 月出版）

「這三聲」與「那三聲」

　　《儒林外史》第八回，寫南昌府前任太守的公子蘧景玉對新任太守王惠說：「還記得前任臬司向家君說道：『聞得貴府衙門裏，有三樣聲息。』」王太守道：「是那三樣？」蘧公子道：「是吟詩聲，下棋聲，唱曲聲。」王太守大笑道：「這三樣聲息卻也有趣的緊。」蘧公子道：「將來老先生一番振作，只怕要換三樣聲息。」王太守道：「是那三樣？」蘧公子道：「是戥子聲，算盤聲，板子聲。」

　　此處「會校會評本」錄平步青評：「棋子聲、唱曲聲易為天平聲、竹片聲，本《堅瓠》癸集袁于令事。」平氏此語見其《霞外捃屑》卷九「儒林外史」條。

　　查褚人獲《堅瓠十集》卷一「隱軍字」條載：「又聞先生（袁于令）在武昌時，某巡道謂曰：聞貴府衙中有二聲，棋子聲、唱曲聲。先生對曰：老大人也有二聲，天平聲、竹片聲。某默然。未幾，先生遂掛彈章。」

　　類似的記載，又見尤侗《艮齋雜說》卷五：「（袁）籜庵守荊州，一日，謁某道。卒然問曰：『聞貴府有三聲，謂圍棋聲、鬥牌聲、唱曲聲也。』袁徐應曰：『下官聞公亦有三聲。』道詰之。曰：『算盤聲、天平聲、板子聲。』袁竟以此罷官也。」

　　尤侗（1618～1704），褚人獲（1635～1703），二人是同時代人，尤侗稍長。二人著作中記載的袁于令故事微有差別，我們雖無法判斷究竟誰影響了誰，但有一點卻可肯定，這個故事在當時流傳甚廣，尤其是被某些文人津津樂道。

　　較之尤侗、褚人獲二人年齡更小的吳敬梓（1701～1754），在創作《儒林

外史》時肯定受到袁于令故事的影響，並在「某巡道」的基礎上塑造了貪官王惠這一不朽的藝術形象。

然而，更為有趣的是，《儒林外史》中「這三聲」與「那三聲」的描寫，又反過來影響了地方志中對袁于令事蹟的記述:「順治乙酉，蘇郡紳士投誠者，浼袁作表齎呈，以京官議敘荊州太守，數年不調，惟縱情詩酒，不理公事。監司謂之曰:聞公署中有三聲:弈聲、唱曲聲、骰子聲。袁答曰:聞明公署中，亦有三聲:天平聲、算盤聲、板子聲。監司大怒，揭參云:大有晉人風度，絕無漢官威儀。由是落職。」(《民國吳縣志》卷七十九)

袁于令(1592～1674)是吳縣人，尤侗和褚人獲均為長洲人，三人其實是蘇州同鄉，且屬同時代而不同輩分。吳敬梓雖年輩稍晚，但他長期定居南京，亦曾到過蘇州。估計「這三聲」與「那三聲」的故事在當時當地一定很流行，不然，何以一而再再而三地在筆記小說、章回小說乃至於地方志中反覆出現呢?

（原載《明清小說研究》1995 年第三期）

賈寶玉・杜少卿・譚紹聞
──《紅樓夢》《儒林外史》《歧路燈》中的「敗家子」比論

一

產生於清代乾隆年間的三部章回小說作品──《儒林外史》、《歧路燈》、《紅樓夢》之間有許多有趣的共同點值得我們注意。

第一，三位作者是未曾謀面的同時代人

《儒林外史》的作者吳敬梓，生於 1701 年，卒於 1754 年。《歧路燈》的作者李海觀，生於 1707 年，卒於 1790 年。《紅樓夢》的作者曹雪芹的生卒年有些爭議，取其中一種說法，生於 1715 年，卒於 1763 年。他們三人生活在同一時代，尤其是從 1715 年到 1754 年這四十年時間裏，他們共同生活在世界上。但是，直到今天為止，沒有任何材料能證明他們之間有過任何往來，更不用說見面切磋了。進而言之，三位未曾謀面的作者在大致相同的時間裏思考著大體相同的問題──傳統、現實和未來，並且用各自的生花妙筆藝術地展示了這一切。他們再也不是如同過去的小說家那樣通過小說創作來「娛人」或者「自娛」，更不是為了牟利或者媚俗，而是為了探討問題：歷史的、社會的、人生的、未來的……種種重大的問題。這是中國古代小說創作真正的成熟，也是小說創作主體真正的覺醒。而且，這種覺醒並不是個別的，也不是偶然的，而是三位、未曾謀面又不約而同的三位。這些，恰恰可以說明中國古代長篇章回小說的創作已進入一個新的歷史時期──自覺時代。

第二，三部小說作品都是作者「不惑」之年後長時間勞動的結果

《儒林外史》是吳敬梓「近四十歲之際，即乾隆五年左右（1740），開始創作」（陳汝衡《吳敬梓傳》）的，花了近十年時間，於 1749 年「可能全部脫稿」（孟醒仁《吳敬梓年譜》）。《歧路燈》乃李海觀「大約在四十二歲時」動筆，中間「一度停頓，七十一歲時脫稿於新安。共歷時三十年」（欒星《歧路燈校本序》）。至於《紅樓夢》，既是「十年辛苦不尋常」（《脂硯齋重評石頭記‧凡例》），又是「壬午除夕，書未成，芹為淚盡而逝」（曹雪芹著《脂硯齋甲戌抄閱再評石頭記》第一回朱筆眉批），可知曹雪芹也是近四十歲才開始創作的。以上情況至少可以說明三個方面的問題：其一，四十歲左右開筆創作的一致性，說明三位作者都是長時間積累生活素材，都是概括了自己飽經人世滄桑的閱歷，都是成熟之年的作品，絕非意氣衝動的好奇之作、遊戲之作。其二，歷十年、幾十年而為一部小說，說明他們創作的嚴肅和艱辛。其三，寫小說直到垂暮之年、甚至到生命的終結才寫成或尚未完成，說明這小說作品就是他們的生命，是血淚之作。

第三，三部小說所描寫的地域極有代表性

《儒林外史》寫作於南京，書中所描寫的地域也主要是我國南方的長江下游一帶。《歧路燈》最終脫稿於新安（今屬河南），書中所描寫的地域，主要是以祥符（今開封市）為中心的河南一帶。《紅樓夢》則寫作於北京，描寫的地域也以京師為主。三部小說所寫的三個地方，一是京城（文化中心），一是中原（理學名區），一是今天的長江三角洲（開放地區），是否對這三部作品的思想內涵有什麼影響，我們暫置勿論，但無論如何，這幾個地區是極富代表性的。結合這三部作品一起來讀，對我們瞭解當時中國廣大地區人們的生活狀況、思想水平、社會風尚等問題，均有極大的幫助。

第四，三部小說分別以不同的社會階層作為主要描寫對象

《紅樓夢》主要描寫以賈府為代表的上層貴族家庭的生活，《儒林外史》則主要描寫以一般知識分子和普通官吏為主的中層社會，《歧路燈》的描寫對象卻以處於社會下層的市井眾生為主。三部作品加在一起，正好全面反映了當時社會各階層的生活，堪稱康熙、雍正、乾隆年間的生活百科全書。

第五，三部作品的主人公身上都隱含了作者的身世經歷和思想

《儒林外史》中的杜少卿之於吳敬梓，學者多有論及，不少人認為杜少

卿就是將作者的親身經歷打入其間而寫成的，陳汝衡先生甚至將杜少卿攜眷遊山的故事寫進《吳敬梓傳》之中。《紅樓夢》中的賈寶玉與作者曹雪芹的關係，更為許多人所探究，胡適先生甚至認為「《紅樓夢》是一部隱去真事的自敘：裏面的甄、賈兩寶玉，即是曹雪芹自己的化身」（《胡適紅樓夢研究論述全編》）。此說雖可再討論，但在賈寶玉身上滲入了作者曹雪芹的某些生活經歷和意識形態則是誰都不能否認的。《歧路燈》中主人公譚紹聞的故事，也與作者李海觀的身世經歷有著極其相似之處：如二人的家庭都是以「孝」傳家，譚紹聞七歲時就由父親口授讀《孝經》，李海觀的祖父「李玉琳被世稱『尋母李孝子』」（欒星《李綠園傳》）。如二人均終身未中進士，譚紹聞以鄉試副榜身份任浙江黃巖縣令，而李海觀則以恩科鄉試舉人的身份任貴州印江縣令。如二人均有兒子大發跡，譚紹聞的兒子譚簣初中進士、點翰林，李海觀的兒子李蘧也中進士、做高官。最有趣的是小說中寫譚紹聞自十三歲父親死後，逐漸學壞，直到三十多歲取中儒童第一名，足足墮落了十多年，而在李海觀的《年譜》中，自十三歲有應童子試的記載以後直到三十歲中舉，其間事蹟根本不可考，「空白」了十多年。李海觀這十多年是否也像他筆下的主人公一樣墮落，而親朋好友或後代兒孫為之隱諱，因而成為一大段生命歷程的「空白」呢？

第六，三部小說都寫了「敗家子」類型的人物形象

三部小說作品不約而同地給我們塑造了一大批「敗家子」類型的人物形象，而三部小說的主人公——《儒林外史》之杜少卿，《紅樓夢》之賈寶玉，《歧路燈》之譚紹聞，都可以稱之為「敗家子」的典型，當然是不同類別的典型。這一點，正是本文所要討論的主要問題。

二

我們不妨先來看看《儒林外史》中的世家子弟杜慎卿是怎樣評價他的堂弟杜少卿的：「他是個呆子，自己就像十幾萬的。紋銀九七他都認不得，又最好做大老官，聽見人向他說些苦，他就大捧出來給人家用。」（三十一回）再看鄰縣名流高翰林對杜少卿的介紹：「這少卿是他杜家的第一個敗類。……和尚、道士、工匠、花子，都拉著相與，卻不肯相與一個正經人！不到十年內，把六七萬兩銀子弄的精光。天長縣站不住，搬在南京城裏，日日攜著乃眷上酒館吃酒，手裏拿著一個銅盞子，就像討飯的一般。不想他家竟出了這樣子

弟！學生在家裏，往常教子侄們讀書，就以他為戒。每人讀書的桌子上寫一紙條貼著，上面寫道：『不可學天長杜儀。』」（三十四回）如此杜少卿，敗家子無疑。

再看《歧路燈》中的敗家子。這裡有拋棄學業、混跡於妓女賭徒之中的孝廉之子譚紹聞，還有「守著四五十萬家私，隨意浪過」（十五回）的布政使後裔盛希僑。關於他們的劣跡，我們沒有那麼多篇幅來一一列舉，只掃描一下相關「回目」文字就可見一斑了：「盛希僑酒鬧童年友」、「譚紹聞醉哄孀婦娘」、「紹聞詭謀狎婢女」、「盛希僑明聽耳旁風」、「紹聞一諾受梨園」、「紹聞愚母比頑童」、「譚氏軒戲箱優器」、「紹聞樓上嚇慈幃」、「盛希僑豪縱清賭債」、「譚紹聞護臉揭息債」、「譚紹聞濫交匪類」、「譚紹聞吞餌得勝籌」、「譚紹聞贏鈔誇母」、「盛希僑驕態疏盟友」、「譚紹聞還債留尾欠」、「譚紹聞買物遇鹹」、「盛希僑助喪送梨園」、「碧草軒譚紹聞押券」、「退思亭盛希僑說冤」、「譚紹聞幸脫埋人坑」、「譚紹聞倒運燒丹灶」、「譚紹聞籌償生息債」。如此等等，不一而足，可見這兩位公子哥兒真是敗家高手。尤其是譚紹聞，直到他悔過自新，決定重新做人而進入科考場中時，仍然被鄰里間瞧不起：「譚相公明明是個老實人，只為一個年幼，被夏鼎鑽頭覓縫引誘壞了。又叫張繩祖、王紫泥這些對象，公子的公子，秀才的秀才，攢謀定計，把老鄉紳留的一份家業，弄的七零八落。如今到了沒蛇弄的地步，才尋著書本兒。已經三十多歲的人，在莊稼人家，正是身強力壯，地裏力耕的時候；在書香人家，就老苗了。中什麼用裏。」（八十七回）這位譚相公，不是敗家子又是什麼？

至於《紅樓夢》，其中被作者精心描寫的敗家子就更多了，如「終日惟有鬥雞走馬、遊山玩水而已，雖是皇商，一應經濟世事，全然不知」（第四回）的薛蟠；如「國孝家孝之中，背旨瞞親，仗財依勢，強逼退親，停妻再娶」（六十八回）的堂國舅爺賈璉；如父子亂倫，狼狽為奸的賈珍、賈蓉；如年過半百、覬覦母婢，奪人所愛、致人死地的賈赦；還有「參星禮斗，守庚申、服靈砂，妄作虛為，過於勞神費力，反因此傷了性命」（六十三回）的賈敬等等。至於那「潦倒不通世務」、「富貴不知樂業」、「於國於家無望」（第三回）的賈寶玉，對於封建大家族而言，就更是一個大敗家子了。

《儒林外史》於1749年左右脫稿於南京，《紅樓夢》的作者曹雪芹於1763年初（農曆壬午除夕）在北京郊外逝世輟筆。《歧路燈》則於1778年完成於中州河南之新安。在不到三十年的時間裏，南、北、中三位素昧平生的作家

為什麼不約而同地都在自己的作品中寫下了這麼多的「敗家子」呢？

《儒林外史》《紅樓夢》《歧路燈》都產生於乾隆時期，三部小說雖都假託明代為背景，但實際上反映的卻都是清代康熙、雍正、乾隆時期的社會生活。

康、雍、乾三朝，史稱清代的「鼎盛」階段。然而，在這「鼎盛」的畫皮掩蓋下的卻是一種令人焦慮的社會危機。

首先是統治者極端的揮霍。這方面的例證在昭槤《嘯亭雜錄》、姚元之《竹葉亭雜記》等書中多有記載。如乾隆皇帝駐蹕懷柔郝氏家，一日之餐費至十餘萬。如某湖南布政使在任上家屬四百餘人，外養兩個戲班子，爭奇鬥巧，晝夜不息。如乾隆時的權相和珅，生活極端奢華，他垮臺後被抄家，其家產折合白銀竟高達八萬萬兩之多，相當於清廷十多年的總收入，以至於當時有「和珅跌倒，嘉慶吃飽」的民謠。

其次，在意識形態領域，文字獄的迭興和八股文的風行，則充分體現了統治者對知識階層所實施的鎮壓和懷柔相結合的政策。而這種政策的施行，只能使封建世家子弟思想蒼白、靈魂空虛，陷入極端的精神危機之中。他們要麼順著科舉的道路向上爬，要麼逃避現實而遠離官場，甚至還有從宗教中尋求解脫者。更有趣的是有人還到了一種仕進不成而為僧道、做官之後又入空門的奇怪境地。據《嘯亭雜錄》載，當時有一個王樹勳，幼年入京應試，不售，乃於廣慧寺為僧，後來反而得到京師士大夫的崇信，不少人甘列其弟子之位，達官貴人成為其門人者不計其數。這種精神危機，在最高統治者皇帝身上同樣得到反映，據《清史紀事本末》卷二十三所載，雍正皇帝自謂信天敬神，他所執政的十多年時間內，禱祠林立，封神殆遍。

與此同時，反封建的啟蒙民主思想也不斷出現。從清初到乾隆年間，一些傑出的思想家如王夫之、黃宗羲、顧炎武、唐甄、戴震等，他們或反對君主專制，提出「民主政治」的要求；或反對程朱理學，嚮往自由平等、個性解放；或反對殘酷的封建經濟剝削，主張均田減賦等等。總之，他們以各種「異端邪說」，從不同的角度對當時的主流意識形態進行了猛烈的衝擊，從而，使異端逐漸成為新潮，主流終究走向末路。

在這麼一個新經濟、新思想即將取代舊經濟、舊思想的時代，封建世家子弟怎麼辦呢？他們當中的相當一部分人在人生的歧路上徘徊，也有不少人在尋求出路。然而，尋來覓去的結果，有些人卻成為了「敗家子」。如曹雪芹、

吳敬梓、李海觀，其實在一定程度上都是他們各自家庭的敗家子。而當他們拿起筆來進行長篇小說創作的時候，尤其是在創作過程中將自己的身世、生活、情感滲透於作品之中的時候，「敗家子」情結就會在他們的胸中凝聚、筆下糾纏，在這麼一種心態的影響下，他們將各自作品中的主人公寫成「敗家子」又有什麼奇怪呢？

三

敗家子與敗家子並不一樣。即如上述三部小說中數以十計的敗家子，也是各有特色的。但如果從最大的層面劃分，則有「物質型」的敗家子和「精神型」的敗家子兩大類。

物質型的敗家子是淺層的、普通的、直截了當的敗家子。因為他們主要是從物質生活上，或曰是從經濟的層面上來敗壞自己家族利益的。他們在封建豪門的敗家子中占絕大多數，是非常普遍的一群。他們的罪惡，是很快就能被家世利益的維護者們所觀察、感覺到的，甚至會因此而產生迅速而又強烈的反感。如《歧路燈》中的譚紹聞、盛希僑，《紅樓夢》中的薛蟠和賈府的紈絝子弟等等，均屬此類。這種類型的敗家子，無論在什麼時代，無論處於什麼意識形態占主流地位的社會背景，無論在何種道德評判的「語境」中，他們永遠是被人唾棄和譴責的。

然而，對於封建世家而言，還有更深層的、更特殊的、其表現形式更為隱晦曲折的敗家子，從而也是一種對封建世家威脅更大的敗家子。他們在敗家子中也屬鳳毛麟角，是頗為罕見的幾個。他們的「罪惡」，家世利益的維護者們必須經過反反覆覆的體察、探究，才能真正認識到。他們，就是那種精神型的敗家子，或者說就是極少數出身於世家豪門而又呼吸著新鮮空氣從而具有反叛要求的貴族青年。隨著家庭的腐敗，隨著沉悶社會空氣壓抑的加重，隨著民主思想火花的噴濺，隨著對黑暗現實逐步加深的認識，他們思想中叛逆的因素日益增多，終於使他們逐漸從家世利益的牢籠中破繭而出，走上自新的道路。他們從精神領域敗壞了封建的「家」，從某些特殊的角度給封建傳統思想以猛烈的衝擊，從精神上宣告了家世利益的貶值乃至破產。賈寶玉是這樣的人，杜少卿也是這樣的人。不過，杜少卿還兼有一定程度的物質型敗家子成分。

這樣，我們就給《紅樓夢》《儒林外史》《歧路燈》這三部小說作品的主

人公分別找到了在敗家子群體中的個人定位——譚紹聞，物質型的敗家子；賈寶玉，精神型的敗家子；杜少卿呢？精神型兼物質型的敗家子。

譚紹聞是很典型的不具備精神因素的物質型敗家子，關於他的劣跡，我們在上面列舉了一些回目文字作為證明，這已經足夠了。並且，像譚紹聞這樣的敗家子，既具有普遍性，又具有長期性。不僅在清代的康、雍、乾時代會出現這樣的敗家子，就是在當今社會，就是在社會的明天，這樣的敗家子也是很難絕種的，只不過這些後繼敗家子們所敗之「家」與他們的前輩有些不同罷了。

我們在這裡重點討論賈寶玉和杜少卿這樣的精神型敗家子。

賈寶玉和杜少卿具有很多相同之處：他們同是在現實生活中剛剛孕育但尚未定型的時代新人。在接受了新思想的洗禮之後，他們又都以自己的言行來反抗那個使他們誕生的母體——家世利益以及維護這種家世利益的主流意識形態。他們都反對男尊女卑，提倡男女平等；都蔑視仕途經濟，不願走科舉的老路；都受不了沉悶空氣的重壓，主張人性自由。然而，他們在性格和行為上卻有著明顯的差別。

在家世利益的捍衛者們看來，賈寶玉、杜少卿都是不肖子孫，但賈寶玉是被認為癡、呆、瘋、傻，而杜少卿則直接被指斥為敗類。對賈寶玉，世俗者多是嘲笑，而對杜少卿，世俗者則多是謾罵。這主要是由於他們二人在對待舊事物、舊思想和新事物、新思想的態度上側重點不同、方式不同因而顯示出的性格不同而造成的。造成這種種區別，還有一個重要因素，因為賈寶玉是比較純粹的精神型敗家子，而杜少卿卻在精神之外還帶有若干物質敗家的因素。

如對待男女平等問題，賈寶玉反對男尊女卑，但他並未直接提出男女平等的主張，而是以「女尊男卑」論來對抗之，這就出現了他的「水泥骨肉說」。而杜少卿呢？卻是直接攜著妻子的手同遊清涼山，使路人「目眩神移，不敢仰視」，以超常的行動鮮明地體現了自己的男女平等的思想。在這裡，兩人的言行是不可互換的，賈寶玉不會攜著薛寶釵（或林黛玉）的手去大庭廣眾中游山，杜少卿也無須用「女清男濁」一類的話來給自己男女平等思想蒙上一層帶童稚意味的先驗色彩。

賈寶玉和杜少卿在反對封建傳統思想時，側重點也各有不同。二人雖然都對封建社會的官僚制度、科舉制度、婚姻制度、教育制度等進行了不同程

度的反思和批判，但賈寶玉最關心的是婦女解放問題，而杜少卿最突出的則是對功名富貴的鄙棄和藐視。之所以如此，主要是因為賈寶玉所接觸的多半是女子，而杜少卿則更多地生活在男性世界之中。

由於特殊的地位，賈寶玉終日在內幃廝混。與貴族少女和婢女們長時期的接觸，使他看到的封建制度對婦女、尤其是女奴的摧殘和折磨。面對這些無辜的受害者，他表示了極大的同情和不平。金釧兒之死，使他「心中早又五內摧傷」。（三十三回）後來又「遍體純素」撮土為香祭奠死者。（四十三回）賈赦逼鴛鴦為妾，寶玉知道後，「心中自然不快，只默默的歪在床上」。（四十六回）尤三姐自刎、尤二姐吞金、柳五兒被監禁這一系列的事情，又使寶玉「情色若癡，語言常亂，似染怔忡之疾」。（七十回）至於他以《芙蓉誄》祭晴雯，如「鉗詖奴之口，討豈從寬；剖悍婦之心，忿猶未釋！」（七十八回）則更可看作是他對被壓迫、被凌辱的婦女的悲慘命運不平之氣的總發洩。

杜少卿呢？平生最討厭講做官、有錢、舉業、權勢。當鹽商汪某家酬生日請縣太爺，下帖子要他去陪客時，他說：「這人也可笑得緊，你要做這熱鬧事，不會請縣裏暴發的舉人、進士陪？我那得工夫替人家賠官！」（三十一回）有人勸他去拜訪王知縣，他又說：「王家這一宗灰堆裏的進士，他拜我做老師我還不要，我會他怎的？」（同上）而後來當臧蓼齋在他面前大談什麼「做知縣、推官，穿螺螄結底的靴，坐堂、灑簽、打人」這一套官經時，他甚至當面嘲諷：「你這匪類，下流無恥極矣！」（三十二回）

總之，賈寶玉在更多的時候是把滿腹柔情、仁愛之心寄託給受壓迫受欺凌的弱者、尤其是那些柔弱的女性，而杜少卿則是將一腔傲氣、鄙夷之心投向壓迫人凌辱人的匪類、尤其是那些無恥的男人。相比較而言，賈寶玉的敗家行徑表現得潛在一些、複雜一些、深沉一些，而杜少卿則顯得更為外露、乾脆、明瞭。那麼，處於同樣的社會，同是精神型的敗家子，賈、杜二人性格何以如此不同？原因當然是多方面的，但有一點是很清楚的，即他們所處的大環境（社會環境）雖然是一個，但小環境（個人境遇）卻很不相同。

大要而言，賈寶玉所生活的小環境決定了他只能是一個精神型的敗家子，因為他在經濟上尚未獨立，還不夠物質上敗家的資格。而杜少卿則是獨立支撐門戶，他已經從父輩那兒接過了經濟獨立的權杖，他的生活小環境遠比賈寶玉要寬鬆得多。因此，他在進行精神「敗家」的同時，還可以進行物質「敗家」。需要說明的是，杜少卿的物質型敗家與譚紹聞的物質型敗家又是

不一樣的。表面看來，他們都是在「揮霍」祖上的產業，而實際上此「揮霍」與彼「揮霍」卻有著本質的區別。譚紹聞的「揮霍」是一種墮落，杜少卿的「揮霍」是一種豪舉；譚紹聞的「揮霍」是重蹈覆轍，杜少卿的「揮霍」是標新立異；譚紹聞的「揮霍」是所有的物質型敗家子所共有的，杜少卿的「揮霍」則具有個性特徵；譚紹聞是一種感性的「揮霍」，杜少卿的「揮霍」則帶有理性色彩；譚紹聞的「揮霍」是一種不自覺的行為，杜少卿則是自覺的。總之，譚紹聞的「揮霍」是道道地地的物質型敗家，而杜少卿的「揮霍」則是在一定程度的精神型敗家思想指導下的（至少是不知不覺影響下的）物質型敗家。

還是回到賈寶玉與杜少卿生活小環境的比較。具體而言，賈寶玉除了受到強大的封建思想重壓之外，還有一個嚴厲的父親時時訓斥、管束他，他沒有跳出大觀園這個小圈子而獨立生活，極少接觸到侯門大宅以外的社會。他並不熟悉、也不瞭解新興市民階層的生活方式和思想狀況。他的進步思想的形成，主要靠閱讀那些帶有煽動性、啟發性的小說、劇本，新的思想對他的影響只能是間接的。杜少卿則不然，他並無家長的管束，生活上的自主權較之寶玉要大得多。他能夠為所欲為地幹一些輕財重義、慷慨施捨的事情。他比較早地直接面對大城市的中下層社會，對新興市民階層的生活狀況、思想動態比較熟悉，新思想對他的影響比較直接一些。因此，他的敗家行為以及導致這種行為的反叛性格便顯得裸露、鮮明一些，而不像賈寶玉那樣自覺不自覺地在敗家行為和反叛性格外面罩上一層似傻如狂的煙霧。

就這樣，共同的生活大環境，決定了他們之間的同、本質上的相同；而各自的生活小環境又決定他們的異，個別上的差異。惟其如此，他們才能都稱為既具共性又帶個性的精神型「敗家子」的代表。

四

由上可見，在封建社會後期，封建的家世利益受到了來自各方面力量的衝擊，在這種巨大衝擊波的影響下，尤其容易產生形形色色的敗家子，封建世家接班人的問題已經不以人的意志為轉移地成為糾纏於社會諸矛盾之中的一個重大問題。《儒林外史》《紅樓夢》《歧路燈》的作者們正是從歷史的、時代的、社會的高度探討了這個問題，因此，他們才能夠在各自的筆下創造了形形色色的帶有濃厚時代氣息的敗家子。

　　同時，我們更應該看到，《紅樓夢》《儒林外史》《歧路燈》中敗家子形象的出現，不僅是時代使然，更是這幾位作家主觀努力的結果。曹雪芹、吳敬梓、李海觀並不是「無意」之中與時代氣息相通而寫出敗家子的。儘管他們寫敗家子的目的不盡相同，但對於封建世家接班人的危機，他們都是看得很清楚的。他們筆下的敗家子形象，都是有意而為之。

　　在《紅樓夢》中，作者不止一次地表示封建世家的「一代不如一代」。尤其是在第五回中，作者通過榮寧二公之口說出了這樣的話：「吾家自國朝定鼎以來，功名奕世，富貴傳流，雖歷百年，奈運終數盡，不可挽回者。故近之於子孫雖多，竟無一可以繼業。」更有趣的是，在甲戌本這段話的下面，有脂批云：「這是作者真正一把眼淚。」可見，封建世家的接班人問題正是《紅樓夢》中所反映的一個重大問題。

　　《儒林外史》是一部深刻揭露和批判科舉制度的作品，而科舉制從它產生以來，一直都是封建統治階級培養、選拔接班人的溫床和途徑。《儒林外史》寫了科舉問題，實際上也就是寫了接班人問題。有一篇署名閒齋老人的《儒林外史序》說道：「其書以功名富貴為一篇之骨，有心豔功名富貴而媚人下人者，有倚仗功名富貴而驕人傲人者，有假託無意功名富貴自以為高，被人看破恥笑者，終以辭卻功名富貴，品地最上一層，為中流砥柱。」在這裡，閒齋老人一口氣說了四大類型的人，這幾種人，基本上概括了《儒林外史》中所描寫的一些主要人物。但這四類人，包括那「中流砥柱」者在內，都不可能成為封建世家的接班人。

　　《歧路燈》的作者李海觀對於這個問題說得更加明白，他在開卷第一回劈頭就說：「話說人生在世，不過是成立覆敗兩端，而成立覆敗之由，全在少年時候分路」。「古人留下兩句話：『成立之難如登天，覆敗之易如燎毛。』言者痛心，聞者自應剔骨」。顯然，這是給敗家子們當頭棒喝，呼籲他們要做一個封建世家的接班人。《歧路燈》所反映的社會生活面雖然十分廣闊，但說到底，仍然離不開封建世家接班人問題。

　　《儒林外史》《紅樓夢》《歧路燈》中出現的這些敗家子形象，正是他們的作者通過對當時社會狀況深入細緻的觀察、分析的結果，是當時社會中形形色色的敗家子的集中和概括，甚至是包括將自己寫進書中的集中和概括。從某種意義上講，曹雪芹、吳敬梓、李海觀難道不都是敗家子或者曾經當過敗家子嗎？

這些敗家子們，無論大量揮霍的也罷，精神空虛的也罷，起而反叛的也罷，他們的所作所為都是當時的一種社會現象。而曹雪芹等作者，正是通過對這些現象的集中、概括的描寫，暴露了封建世家腐朽沒落的本質，揭示了當時的主流意識形態日趨反動、每況愈下、土崩瓦解的歷史趨勢。這一個個鮮明、生動的敗家子形象，集中反映了處於末世的封建世家後繼無人這一實質問題，反映了封建制度終將滅亡的必然性，同時也標誌著在那個天崩地坼的時代舊思想滅亡、新思想崛起的不可逆轉性，具有時代的、社會的、歷史的真實性。

至於作者們是怎樣成功塑造這些敗家子形象的？這些敗家子形象具有何種美學價值？作者們在塑造敗家子形象時又是怎樣將自己的經歷和思想打入其中的？諸如此類的一些問題，筆者將另撰文討論。

（原載《河南教育學院學報》2008 年第二期）

《紅樓夢》乃曹雪芹家族集體創作芻議

　　自《紅樓夢》出現以來，關於它的作者是誰，一直是一個熱門話題。尤其是前八十回，除了「曹雪芹說」以外，還有「常州某孝廉說」、「納蘭性德說」、「曹一士說」、「吳梅村說」、「賈寶玉說」，後來加上後四十回，又有「曹雪芹作高鶚續書說」等，並成為較固定的說法，影響讀者近百年。近些年來，這個熱門話題更顯其「熱」，各種說法如雨後春筍一般湧現，諸如「洪昇說」、「謝三曼說」、「雲南才女集體創作說」、「曹頫說」、「曹顏說」、「李漁說」、「方以智說」、「蒲松齡說」、「曹曰瑋說」、「袁枚說」、「朱慈烺說」、「石濤說」、「鄭克壎說」、「嚴繩孫說」、「顧景星說」等，據說到目前已有上百人的「候選團」等待大家的認定。

　　那麼，《紅樓夢》的作者究竟是誰？「曹雪芹說」到底能不能「破」呢？

一

　　「曹雪芹說」可不可以破？當然可以！任何一種學說，必須顛撲不破，只有從各個角度來觀照，它都正確，那才是百分之百的正確，亦即「真理」。如果換一個角度或者從某一個切入點就能找出它的錯誤，那它就不是完滿自足的「正確」，最多只能算「片面的真理」。「曹雪芹說」面臨的問題很多，諸如「曹雪芹」究竟是誰？他是曹頫之子還是曹顒之子抑或都不是？他活了五十歲左右還是四十歲上下？他生於 1715 年前後抑或 1724 年前後？雍正六年江寧織造府曹家被抄時，曹雪芹時年十二三歲還是三四歲？這些最基本的問題，「曹學家」們還在爭論，怎麼能說「曹雪芹說」堅不可摧、完滿自足？不說別的，就拿曹府被抄時曹雪芹的年齡這一條而論，如果是所謂「小曹雪

芹」，一個當時只有三四歲的孩子，旋即在京城內外流浪播遷數十年後，能夠憑著「童年模糊的記憶」和「親友片段的薰陶」而將《紅樓夢》中大富大貴人家的生活寫得如此細膩真切嗎？

於是，研究者們大多願意相信「大曹雪芹」的說法，鄭鐵生先生在其《曹雪芹與〈紅樓夢〉》一書中，就引用了李玄伯、王利器、王啟熙、胡文彬、張俊等學者的說法，都說曹雪芹大約生於康熙五十四年（1715）。反之，曹雪芹生於雍正二年（1724）的說法卻得不到更多的支持。何以如此？是因為：

> 這種說法有幾個問題，曹雪芹 13 歲遭受巨大的變故，經歷過鐘鳴鼎食、繁文縟節的貴族生活，是他創作的生活來源和情感動力。如果生在雍正初年，則喪失這根本的創作源泉。為了補上這一缺憾，周汝昌先生又提出乾隆年間「曹家中興」，曹雪芹經歷繁華生活，然而史料蒼白，不能證明「曹家中興」，所以至今學術界傾向這種說法的，寥寥無幾。（鄭鐵生《曹雪芹與〈紅樓夢〉》）

但是，持「大曹雪芹」著作《紅樓夢》觀點的學者們也沒有誰能夠拿出確鑿無疑的材料來證明「曹雪芹」即「曹天祐」，就是曹頫妻子馬氏所生的「遺腹子」，同樣是史料蒼白。

正因為「曹雪芹說」自身就缺乏過硬材料而難以自圓其說，故而，才有上述幾十上百種《紅樓夢》作者的說法，以至於將《紅樓夢》的著作權引入「曹家」之外。

筆者認為，要論證《紅樓夢》的作者是誰？有兩個層面的工作必須要做：其一，它是否曹家人創作？其二，它是否曹雪芹創作？筆者的看法是：不妨拓展一下視角，將《紅樓夢》的著作權歸於曹雪芹家族，而將曹雪芹定位為並未完全定稿的「寫定者」。

二

要將《紅樓夢》的著作權定位於江寧織造府的「曹家」其實並不難，有兩條鐵證：

其一是《紅樓夢》第十六回的一段描寫：

> 趙嬤嬤道：「噯喲，那可是千載難逢的！那時候，我才記事兒。咱們賈府正在姑蘇、揚州一帶監造海船，修理海塘。只預備接駕一次，把銀子都花的淌海水似的！說起來……」鳳姐忙接道：「我們王

府裏也預備過一次。那時我爺爺單管各國進貢朝賀的事，凡有的外國人來，都是我們家養活。粵、閩、滇、浙，所有的洋船貨物都是我們家的。」趙嬤嬤道：「那是，誰不知道的？如今還有個口號兒呢，說：『東海少了白玉床，龍王來請江南王。』這說的就是奶奶府上了。還有如今現在江南的甄家，噯喲喲！好勢派！獨他們家接駕四次。若不是我們親眼看見，告訴誰，誰也不信的。別講銀子成了土泥，憑是世上有的，沒有不是堆山塞海的。『罪過可惜』四個字竟顧不得了！」鳳姐道：「我常聽見我們太爺們也這樣說，豈有不信的？只納罕他家怎麼就這樣富貴呢？」趙嬤嬤道：「告訴奶奶一句話：也不過是拿著皇帝家的銀子往皇帝身上使罷了！誰家有那些錢買這個虛熱鬧去？」

更引人注目的是，上引這段話中，有好幾段「脂硯齋」朱筆夾批，一之曰：「甄家正是大關鍵、大節目，切勿作泛泛口頭語看。」二之曰：「是不忘本之言。」三之曰：「最要緊語，人若不自知能作是語者，吾未嘗見。」

正因為有這樣的《紅樓夢》原文和脂批，許多「紅學家」都認為「接駕四次」既是《紅樓夢》內賈府事，又是《紅樓夢》外江寧織造曹府事，胡適先生考證曰：

（3）康熙帝六次南巡的年代，可與上兩表參看：

康熙二三　一次南巡　曹璽為蘇州織造

　　二八　二次南巡

　　三八　三次南巡　曹寅為江寧織造

　　四二　四次南巡　同上

　　四四　五次南巡　同上

　　四六　六次南巡　同上

（4）顧剛又考得「康熙南巡，除第一次到南京駐蹕將軍署外，餘五次均把織造署當行宮。」這五次之中，曹寅當了四次接駕的差。又《振綺堂叢書》內有《聖駕五幸江南恭錄》一卷，記康熙四十四年的第五次南巡，寫曹寅既在南京接駕，又以巡鹽御史的資格趕到揚州接駕；又記曹寅進貢的禮物及康熙帝回鑾時賞他通政使司通政使的事，甚詳細，可以參看。（胡適《中國章回小說考證》）

胡適先生的這個考證，很難隨意推翻。因為在清初，於江南接駕四次者惟江寧織造曹府而已，而《紅樓夢》中寫「甄家」接駕四次，對應的也只有現實中的「曹家」，這是沒有別的選擇的。無論說《紅樓夢》的作者是誰，都不能繞開這個問題。

筆者在曾經參加的一次會議上親耳聽到一位先生說：接駕四次的不一定只有曹家，也不要侷限在清代。那麼，請拿出證據來，從晚明到清初大幾十年，誰家在江南接駕四次？並且排場得無以復加：「別講銀子成了土泥，憑是世上有的，沒有不是堆山塞海的。『罪過可惜』四個字竟顧不得了！」如果誰拿得出像胡適那樣的證據，筆者就會心悅誠服地承認你那個說法。

其二是《紅樓夢》中另一段描寫：

> 薛姨媽因笑道：「實在虧他，戲也看過幾百班，從沒見過只用簫管的。」賈母道：「也有，只是像方才《西樓‧楚江晴》一支，多有小生吹簫合的。這大套的實在少，這也在人講究罷了，這算什麼出奇？」指湘雲道：「我像他這麼大的時節，他爺爺有一班小戲，偏有一個彈琴的湊了來，即如《西廂記》的《聽琴》，《玉簪記》的《琴挑》，《續琵琶》的《胡笳十八拍》，竟成了真的了，比這個更如何？」（第五十四回）

這裡涉及的《續琵琶》，作者正是曹寅。劉廷璣《在園雜誌》云：

> 曹銀臺子清寅……復撰《後琵琶》一種，用證《前琵琶》之不經，故題同云「琵琶不是那琵琶」，以便觀者著眼。大意以蔡文姬之配偶為離合，備寫中郎之應徵而出，驚傷董死，並文姬被擄作《胡笳十八拍》，及曹孟德追念中郎，義敦友道，命曹彰以兵臨塞外，脅贖而歸。旁入銅爵大宴，禰衡擊鼓，仍以文姬原配團圓，皆真實典故，駕出中郎女之上，乃用外扮孟德，不塗粉墨。說者以銀臺同姓，故為遮飾，不知古今來之大奸大惡，豈無一二嘉言善行，足以動人興感者！由其罪惡重大，故小善不堪掛齒，然士君子衡量其生平，大惡固不勝誅，小善亦不忍滅，而於中有輕重區別之權焉。夫此一節，亦孟德篤念故友，憐才尚義豪舉，銀臺表而出之，實寫勸懲微旨。雖惡如阿瞞，而一善猶足改頭換面，人胡不勉而為善哉。（卷三《前後琵琶》）

《後琵琶》又名《續琵琶》，有國家圖書館藏清抄本，《古本戲曲叢刊》第五集

據此影印。據莊一拂先生所言:「今鈔本情節,與劉說完全相符。其開場《西江月》詞云:『千古是非誰定,人情顛倒堪嗟;琵琶不是這琵琶,到底有關風化。』僅『那』與『這』一字之差,是則為曹氏所作無疑。」(《古典戲曲存目匯考》)由復旦大學出版社出版的胡世厚主編之《三國戲曲集成·清代雜劇傳奇卷》收有《續琵琶》,署「曹寅撰」,筆者讀過。

《紅樓夢》中的賈母至少要大史湘雲三十多歲,她像侄孫女湘雲那麼大(十多歲)的時候就看過曹寅的《續琵琶》,那至少也是「書中人物世界」三十多年前的事,因此,賈母的「模特兒」應該是現實世界中曹寅的晚輩或同輩而年齡稍小者。

曹寅生於順治十五年(1658),卒於康熙五十一年(1712),他接駕四次和創作《續琵琶》均在康熙年間,因此,上述兩例不僅證明了《紅樓夢》的作者非曹家人莫屬,而且證明了這部小說名著產生於康熙四十六年(1707)以前的不可能性。因此,但凡逝世於這一年以前的人都不可能「寫定」《紅樓夢》,那些個「作者某某某」的說法可以休矣!

三

《紅樓夢》的著作權雖然屬諸江寧織造曹家,但卻並非曹雪芹個人「專利」。這個問題,在《紅樓夢》開卷第一回原本已交代得清清楚楚,而不知何故有些人硬要將簡單而明確的問題搞得那麼高深莫測且令人不可思議。先看材料後說話:

> 又過了幾世幾劫,因有個空空道人訪道求仙,忽從這大荒山無稽崖青埂峰下經過,忽見一大石上,字跡分明,編述歷歷。空空道人乃從頭一看,原來是無材補天,幻形入世,蒙茫茫大士渺渺真人攜入紅塵,歷盡離合悲歡炎涼世態的一段故事。後面又有一首偈云:無才可去補蒼天,枉入紅塵若許年。此係身前身後事,倩誰記去作奇傳?……空空道人聽如此說,思忖半晌,將這《石頭記》再檢閱一遍。……方從頭至尾抄錄回來,問世傳奇。因空見色,由色生情,傳情入色,自色悟空,遂易名為情僧,改《石頭記》為《情僧錄》。至吳玉峰題曰《紅樓夢》,東魯孔梅溪則題曰《風月寶鑒》。後因曹雪芹於悼紅軒中披閱十載,增刪五次,纂成月錄,分出章回,則題曰《金陵十二釵》,並題一絕云:滿紙荒唐言,一把辛酸淚。都云作

者癡，誰解其中味？（《脂硯齋甲戌抄閱再評石頭記》第一回）

上述《紅樓夢》的五個書名，表面上可作如下望文生義的理解：《石頭記》是作者幻造的成書狀態，《情僧錄》乃頭號主人公賈寶玉的現實模特兒之生平自白，《紅樓夢》和《風月寶鑒》乃早期讀者的個人意見，《金陵十二釵》是寫定者的自身心得。

但實際上，問題沒有這麼簡單。五個書名中，《石頭記》和《紅樓夢》是涵蓋面最為廣泛的，故而後人自覺不自覺地採用了這兩個書名。而《情僧錄》立足於書中人物賈寶玉的視角，《風月寶鑒》只能概括書中鳳姐、賈瑞等人的故事，《金陵十二釵》則立足於大觀園內外的主要或重要女性人物，全都是以偏概全。更令人感到不可思議的是，曹雪芹給出的書名《金陵十二釵》，竟然被後人置若罔聞，大家仍然只看好《石頭記》或《紅樓夢》。

這說明什麼？說明《紅樓夢》非一時一人的創作，它是「積累型」的小說作品。但是，這個「積累型」並非如同《三國演義》《水滸傳》《西遊記》等歷史演義、英雄傳奇、神魔怪異小說那樣，積累過程分為四個階段：歷史事實——民間傳說——話本戲曲的演唱——文人搜集、整理、加工、再創造，而是由家族成員有意無意之間各自記述，最後由曹雪芹「披閱十載，增刪五次，纂成目錄，分出章回」而寫定。但由於種種原因，曹雪芹也沒有最終定稿，因此留下了「書未成芹為淚盡而逝」（甲戌本第一回朱筆眉批）的遺憾。

這種將《紅樓夢》的著作權歸於曹雪芹家族，而將曹雪芹定位為並未完全定稿的「寫定者」的說法，並非空穴來風，除了以上所引「第一回」的交代而外，在《紅樓夢》文本敘事過程中也可以得到諸多印證。

《紅樓夢》究竟講了多少故事？這要看怎樣分析。籠統而言，當然只講了一個故事：「紅樓一夢」或「石頭記述」，但細分之，卻有多種說法。三十多年前，丁淦《〈紅樓夢〉的三線結構和三重意旨》一文就提出：「《紅樓夢》的基本內容，是由以下三大部分呈麻花形構成，即『傷時罵世』、『為閨閣昭傳』和『通靈之說』——賈寶玉的故事。」而鄭鐵生先生近著《曹雪芹與〈紅樓夢〉》則對《紅樓夢》情節結構的「主線」諸說做了梳理總結，認為大體有如下幾種代表性的說法：「寶黛愛情為主線」、「四大家族衰敗過程為主線」、「兩條主線說（將以上二說合二而一）」、「賈政與寶玉的衛道與叛逆的矛盾衝突為主線」、「王熙鳳主線說」。

以上說法，如果按照丁淦先生所言將「傷時罵世」分解為「皇朝的衰敗、家族的衰敗和王熙鳳的命運變遷」這三個層次的話，再與其他說法加以綜合分析，筆者得出的結論是《紅樓夢》一共寫了四個大故事：以林黛玉薛寶釵為中心的金陵十二釵愛情婚姻悲劇、以賈府為中心的四大家族衰敗的悲劇、賈政與賈寶玉代表的衛道士與叛逆者之間的矛盾衝突、鳳姐理家和風月寶鑒的故事。

問題在於，這四個故事之間的邏輯關係有包容、並列、交叉等多重態勢，而這種大故事之間錯綜複雜的存在方式正好說明了《紅樓夢》非一人一時之作，它有一個始而多頭並進、最終一人組裝的過程。

四

在《紅樓夢學刊》的「創刊號」上，周紹良先生就撰文闡明了《紅樓夢》並非一人一時創作的問題。甲戌本第一回有一段朱筆眉批：「雪芹舊有風月寶鑒之書，乃其弟棠村序也。今棠村已逝，余睹新懷舊，故仍因之。」據此，周先生經過細緻的分析研究，在《「曹雪芹舊有〈風月寶鑒〉之書」》一文中指出《風月寶鑒》中大致有以下故事：「鳳姐和賈瑞的故事」、「秦可卿的故事」、「賈璉的故事」、「秦鍾的故事」、「薛蟠的故事」、「尤氏姊妹的故事」、「妙玉的故事」、「傻大姐和司棋的故事」。該文的結論是：

> 以上這些「風月故事」，無論在《紅樓夢》中，還是在今本《石頭記》中，畢竟都是占從屬的、陪襯的地位。此外就都是「自譬石頭所記」的故事，即原來那部《石頭記》的故事，則是主要的地位。就也可以理解一個問題，今本《石頭記》已經不是原來那部《石頭記》，而是原來那部《石頭記》和《風月寶鑒》的匯合。為什麼它仍以《石頭記》為題？而不以《風月寶鑒》為題？這就因為彙編兩書初稿時，不是平列的，而是以原來那部《石頭記》為主要基礎的緣故。

周先生在這裡指出了《風月寶鑒》和《石頭記》二部書稿在組裝時的狀態，而甲戌本那段朱眉脂批雖未署名，但從語氣上看，也應該是曹氏家族中人，因為他悼念曹雪芹的弟弟棠村，而其所謂「睹新懷舊」，「新」的當然是甲戌本《石頭記》，「舊」的也毫無疑問就是《風月寶鑒》原稿了。進而言之，《風月寶鑒》書稿由曹雪芹寫作、棠村作序、東魯孔梅溪題名、脂硯齋追憶，這些人

不是江寧織造曹家子弟就是曹雪芹親友，這就給「《紅樓夢》乃曹雪芹家族集體創作」的說法提供了有力證明。

說罷《風月寶鑒》，回頭我們再來看《金陵十二釵》，這可是曹雪芹自己的「題名」。施曄先生的《〈紅樓夢〉與十二釵故事的歷史流變》一文，談出了自己對這一問題的見解：「金陵十二釵是曹雪芹對其生活中的女子所作的極其精妙的藝術概括，是他『於悼紅軒中，披閱十載，增刪五次』嘔心瀝血塑成的藝術女神。」而且，庚辰本《紅樓夢》第十七回至第十八回的一段墨筆夾批，點明了作者與「十二釵」之關係：「雪芹題曰《金陵十二釵》，蓋本宗『紅樓夢十二曲』之義。」進而言之，根據曹雪芹的又一位家人「畸笏」在同一回書中的一段朱筆眉批所言，「金陵十二釵」並非專指「正冊」十二人，而有六十人之多：「樹（是）處引十二釵，總未的確，皆係漫擬也。至回末『警幻情榜』方知正副、再副及三四副芳諱。壬午季春，畸笏。」

以林黛玉、薛寶釵為中心的金陵十二釵愛情婚姻悲劇，應該是曹雪芹在企圖定稿《紅樓夢》時的故事主線，而現在我們看到的一百二十回的《紅樓夢》，也的確是依照「千紅一哭、萬豔同悲」這個中心故事寫下去的。問題在於，即以「正冊」而論，十二釵中的主要人物在一開始卻並非來自同一稿本。杜春耕先生在《曹雪芹「批閱十載、增刪五次」考——關於薛寶釵、史湘雲、林黛玉的故事》一文中，對《紅樓夢》中男主人公賈寶玉的四個表姐妹、亦即四大女主人公形象之間的「敘寫」關係做了細緻的研究，並得出「《紅樓夢》的作者是曹雪芹」的結論。然而，杜文在論述過程中卻涉及另一個問題：「在雪芹作『披閱』、『增刪』前的文本，與現在看到的改後本子，實際上已是兩本不同的書了。所以，曹雪芹就是《紅樓夢》的作者。需要特別說明的事是，本文不涉及對《紅樓夢》是否存在原始作者這一非常困難的題目。」也就是說，杜文認為的曹雪芹就是《紅樓夢》的作者，實際上指的就是「寫定者」，而且不排除有其他「原始作者」的問題。更有趣的是，杜文中提供的一些材料和分析，恰恰可以說明兩點：第一，以「金陵十二釵」故事結穴是《紅樓夢》目前所知的最終狀態；第二，「金陵十二釵」中主要人物形象的故事並非來自同一稿本。

現在我們能夠讀到的《紅樓夢》所提供的故事情節是：林黛玉、薛寶釵、史湘雲諸釵在以王熙鳳、秦可卿、妙玉等人的「風月寶鑒」故事中基本處於「隱身狀態」；同樣的道理，其他諸釵在賈寶玉、林黛玉、薛寶釵、史

湘雲（起間色作用）的「四角戀愛」故事的起始階段也基本上不介入，只是到後來才被組裝在一起。這就充分說明二者之間始而並列、終而組合的敘述態勢。

<h1 style="text-align:center">五</h1>

《紅樓夢》一共寫了四個大故事，從曹雪芹家族集體創做到曹雪芹成為並未完全定稿的「寫定者」，筆者認為這四個故事的存在和演進過程應該是這樣的：以賈府為中心的四大家族衰敗的悲劇、賈政與賈寶玉代表的衛道士與叛逆者之間的矛盾衝突，這也就是周紹良先生所謂「原來那部《石頭記》」或杜春耕先生所說的「雪芹作『披閱』、『增刪』前的文本」，這個稿本或文本乃是由曹雪芹的一位或多位長輩有意無意之間「記錄」或「草擬」的。而後，曹雪芹在批閱、增刪過程中漸次加入了鳳姐理家和風月寶鑒的故事，最終，曹雪芹又以林黛玉、薛寶釵為中心的金陵十二釵愛情婚姻悲劇故事作為主心骨而結構《紅樓夢》。

當然，除了曹雪芹家族的成員而外，曹家的某些親朋好友也會「干擾」「影響」《紅樓夢》成書過程，如吳玉峰、東魯孔梅溪等。曹雪芹及其長輩們也會將親朋好友生平的某些「情節」或「情結」攝入《紅樓夢》中。如《紅樓夢》中的「石頭」情結和「補天」情結就很有可能受到曹寅舅舅顧景星的啟發。聊舉二例：

> 根據顧氏家傳和顧景星自己透露，只因其降世時便與一塊「石頭」有關。他的「前身」便是黃石公，故取字赤方，一字黃公。有顧景星《王寶臣贈文石》詩句為證：「君知黃石我前身，穀城他日非生客。」（《白茅堂集》卷之十一）……正因為顧景星的前生與石頭和黃石公有關聯，加之其乳名「仙玉」，並自稱「瓊玉」（紅玉）。可知，從書中的石頭到有王者象徵的賈寶玉佩戴的通靈玉，一如顧景星的身世從石頭到寶玉的演變過程。（王巧林《紅樓夢作者顧景星》）

> 顧景星給弘光帝所上疏呈，可以視為挽救南明方略之一。顧景星堪任帝師，遺憾的是，他的疏呈被南明政權棄之如敝屣，一如楚卞和獻玉璞於楚王而被當作石頭，亦如《紅樓夢》中補天「不堪入選」的石頭，故作者借書中石頭有「自怨自歎，日夜悲號慚愧」之

語。（同上）

諸如此類的例子還有不少，需要大家「不執於一己之見」地探尋。進而言之，從「曹雪芹創作《紅樓夢》」的立足點出發，放開視角，可以容納曹雪芹家族中人「曹頫說」、「曹顏說」等等說法的合理因素，並吸取與曹雪芹家族幾代人相關的親朋好友「諸說」的合理因素，這樣，就可使得「曹雪芹說」很多遭到質疑的問題迎刃而解，《紅樓夢》的著作權問題的爭執也會出現柳暗花明的局面。

（原載《荊楚學刊》2019 年第三期）

析《紅樓夢·聽曲文寶玉悟禪機》

　　《紅樓夢》第二十二回「聽曲文寶玉悟禪機」一段，是全書最精彩的片斷之一。說它精彩，是基於以下理由。

　　第一，《紅樓夢》頭號主人公賈寶玉以及他的四個表姐妹、同時也是書中最重要的四大女性形象全都在這一片斷中有精彩的表現。

　　王熙鳳是一位「機關算盡太聰明」的女性，而她這種甚或帶有幾分可愛的自私之精明在這裡嶄露無遺。故事一開始，作者就寫了王熙鳳與其丈夫賈璉商議為薛寶釵辦生日的一段對話。在這段對話中，賈璉完全是作為鳳姐兒的陪襯而出現的。王熙鳳處處佔據主動，處處想得周到，而賈璉則有點兒漫不經心、敷衍塞責的意思。而且，在漫不經心的言語後面，細心的讀者定可體察到這位璉二爺對自己家裏的「胭脂虎」的佩服和懼怕。隨後，作者又通過鳳姐對賈母的「調笑」，體現了璉二奶奶的能說會道。以至於賈母都不得不說：「你們聽聽這嘴！我也算會說的，怎麼說不過這猴兒。」經過這樣的描寫，王熙鳳可就光彩照人了。

　　然而，更能見王熙鳳「心機」的還是她的一句話。當賈母賞賜兩個小戲子時，王熙鳳發現其中唱小旦的長得很像林黛玉，但她卻不說明，只是帶「啟發性」地說：「這個孩子扮上活像一個人，你們再看不出來。」在場的幾個主要人物，圍繞王熙鳳的啟發，都有最帶各自性格特徵的表現：「寶釵心裏也知道，便只一笑不肯說。寶玉也猜著了，亦不敢說。」只有憨直的史湘雲接著笑道：「倒像林妹妹的模樣兒。」這真是石破天驚的一句話，後面所有的故事，都從這「王問史答」生發出來。

　　寶玉聽了，忙把湘雲瞅了一眼，使個眼色。想不到就因為這個眼色，史

湘雲惱了。賈寶玉去安撫史湘雲，不僅沒有達到預期效果，又讓林黛玉知道了，林黛玉也惱了。而當賈寶玉在史、林面前「老鼠鑽風箱——兩頭受氣」的時候，他猛然想起了莊子，想起了剛剛薛寶釵教導他聽的一支《寄生草》的曲子，於是賈寶玉的「文化積澱」與「現場感觸」相結合，自然而然寫出了「自以為是」的覺悟之作——偈子和曲子。不料，賈寶玉的「菩提」果實竟然遭到了林黛玉的「當頭棒喝」和薛寶釵的「諄諄教誨」，使得賈寶玉在林、薛、史面前就像她的堂兄在堂嫂面前一樣，自歎不如、自慚形穢。

在這樣一場矛盾衝突中，賈寶玉對清潔女兒的「愛博而心勞」，史湘雲的憨直而任性，林黛玉的聰慧而善妒，薛寶釵的博學而知機，全都表現得栩栩如生、躍然紙上。

第二，作者費盡心機，調動一切手段來寫好故事中的人物。

作者為了寫好王熙鳳，不惜以賈璉為陪襯，甚至以賈母為陪襯。為了寫好薛寶釵，又在一些細微之處下工夫，就連點菜、點戲這些微不足道的小事也絕不放過。至於賈寶玉，作者更是將他寫得一忽兒聰明，一忽兒笨拙，一忽兒覺悟，一忽兒迷茫，一忽兒纏綿，一忽兒決絕，一忽兒熾熱，一忽兒冰涼……。此外，如史湘雲和林黛玉對賈寶玉都有怨恨的指責，但指責之中卻又都飽含著無比的愛戀。但是，兩人這種既指責又愛戀的心理的外在表現卻又迥然有別。君不見，當賈寶玉面對史湘雲的怨懟而賭咒發誓時，史湘雲到底憋不住真像畢露了：「大正月裏，少信嘴胡說！這些沒要緊的惡誓、散話、歪話，說給那些小性兒、行動愛惱的人、會轄治你的人聽去，別叫我啐你！」讀者不妨掩卷細思，史家表妹對「愛（二）哥哥」的這些話，究竟是愛還是恨？而林姑娘呢？面對寶哥哥的反反覆覆的解釋，她居然說出了大大違反邏輯的話：「你還要比？你還要笑？你不比不笑，比人比了笑了的還利害呢！」這樣的「刁蠻」而「尖刻」的話語，是否暗示著「寶黛」之間與眾不同的特殊關係？讀者自可回味咀嚼。

第三，《紅樓夢》敘述語言的雅俗共賞和人物對話的高度個性化特色，在這裡都得到了充分展現。

《紅樓夢》敘述語言的最大特色就是雅俗共賞，本課文在這方面堪稱典範。你看，從通俗戲曲的悲涼曲辭到參禪悟道的玄機偈語，從娘兒姐妹的笑貌聲容到怡紅公子的淚眼悲咽，作者可謂從人物的三魂六魄中勾畫出來。旁的不說，就拿篇中所寫的「笑」，有多少情狀，讀者不妨試作搜尋歸納。至於

課文中的人物語言，更是寫誰像誰，堪稱量體裁衣。王熙鳳之俏皮，史太君之風趣，林黛玉之尖刻，薛寶釵之博雅，史湘雲之明快，賈寶玉之真誠，都稱得上是入骨三分，都是從人物胸臆中自然而然地流淌而來的「心裏話」。還有那些極具個性化的人物語言的有機組合與搭配，則更是妙不可言了。有人說，曹雪芹是進入文學語言自由王國的巨匠，此語信不誣也！

（原載《大學語文新教程》，高等教育出版社，2012 年 2 月出版）

黛玉品格及其文化承載

　　林黛玉是一個藝術典型，而黛玉品格則是一種精神文化的結晶體。精神文化可分為社會心理和社會意識形態兩大層面。社會心理是尚未經過理論加工和藝術昇華的民眾心態，諸如人們的願望、要求、情緒、趣味等等。而社會意識形態則經過系統加工，由各方面的「文化人」對社會心理進行理論上、邏輯上、藝術上的歸納、整理和完善，使之通過某種固定形式而保存下來並傳諸後世。黛玉品格就是她的作者曹雪芹以及許許多多《紅樓夢》的讀者通過審美加工後而形成的一種放射著熠熠光芒的美麗形態。

　　《紅樓夢》中的林黛玉有其自身獨特的品格，這種品格是前所未有的，也是不可重複的。但是，這種品格卻不是與生俱來或憑空而降的。她的形成，扎根於中華民族傳統文化的土壤之中。正是林黛玉以前諸多歷史人物和文學人物個性品格的涓涓細流，才在《紅樓夢》這一藝術世界裏匯成了黛玉品格的一泓清水。黛玉品格，有著深厚的文化承載，而且是一種極度昇華狀態的文化承載。

　　「品格」一詞，在《紅樓夢》裏曾經出現。書中第七回寫周瑞家的拉著香菱的手仔細看了一會，對金釧兒說：「倒好個模樣兒，竟有些像咱們東府裏蓉大奶奶的品格兒。」意謂香菱的相貌長得有些像秦可卿。但是，我們這裡所謂「黛玉品格」，則不僅止於「模樣兒」，還包括稟性、氣質、風度、情感等各個方面，總之是黛玉其人精神狀態與物質狀態的總和。

一

　　黛玉品格包含有眾多的層面，本文主要對以下層面進行探究：純情、自

戀、孤傲、多才、敏感、尖刻、柔美、聰慧。

（一）純情

庚辰本第十九回脂批：「後觀《情榜》評曰：『寶玉情不情，黛玉情情。』」我理解所謂「情不情」，乃是鍾情於一切事物，包括對自己有情和無情的；而所謂「情情」，則是鍾情於對自己有情之人。質言之，黛玉的「情情」就是只鍾情於對自己一往情深的寶玉，也就是對寶玉的純情。

黛玉對寶玉在生活上的關心無微不至，且看這樣一些細節：「黛玉用手整理，輕輕籠住束髮冠，將笠沿掖在抹額之上，將那一顆核桃大的絳絨簪纓扶起，顫巍巍露於笠外。整理已畢，端相了端相，說道：『好了，披上斗篷罷。』寶玉聽了，方接了斗篷披上。」（第八回）「黛玉因看見寶玉左邊腮上有鈕扣大小的一塊血漬，便欠身湊近前來，以手撫之細看，又道：『這又是誰的指甲刮破了？』……黛玉便用自己的帕子替他揩拭了。」（第十九回）

尤其是自己的心上人經受痛苦和災難的時候，林黛玉更是心如刀割。且看寶玉挨打以後：「從夢中驚醒，睜眼一看，不是別人，卻是林黛玉。寶玉猶恐是夢，忙又將身子欠起來，向臉上細細一認，只見兩個眼睛腫的桃兒一般，滿面淚光，不是黛玉，卻是那個？……此時林黛玉雖不是嚎啕大哭，然越是這等無聲之泣，氣噎喉堵，更覺得利害。聽了寶玉這番話，心中雖然有萬句言詞，只是不能說得，半日，方抽抽噎噎的說道：『你從此可都改了罷！』」（第三十四回）

黛玉對寶玉的情感是一片赤誠的，也是深入骨髓的，當她聽到心上人的真情表白以後，自然而然會進入一種癡迷狀態：「林黛玉聽了這話，如轟雷掣電，細細思之，竟比自己肺腑中掏出來的還覺懇切，竟有萬句言語，滿心要說，只是半個字也不能吐，卻怔怔的望著他。」（第三十二回）

這樣的深情是不容褻瀆的，也是不容辜負的。於是，當黛玉誤以為寶玉將她的一片赤誠之愛丟在腦後的時候，她就會以激烈的舉動來捍衛自己的純情：「林黛玉聽說，走來瞧瞧，果然一件無存，因向寶玉道：『我給的那個荷包也給他們了？你明兒再想我的東西，可不能夠了！』說畢，賭氣回房，將前日寶玉所煩他作的那個香袋兒——才做了一半——賭氣拿過來就鉸。」（第十七、十八回）

當然，處於純情狀態的黛玉更不允許寶玉移情別戀，哪怕只有一點小小的苗頭，她也會竭盡全力撲滅之：「你也不用說誓，我很知道你心裏有『妹

妹』，但只是見了『姐姐』，就把『妹妹』忘了。」（第二十八回）

純淨水一般的愛情世界裏當然容不得沙子，林黛玉就是這樣看問題的。

（二）自戀

黛玉不僅深深地愛著寶玉，而且同樣深深地愛著自己。這就是一種自戀，古人稱之為自憐。這種自戀情結具有很多層面，但在林黛玉身上卻主要體現在對自身青春、美貌、才情的珍惜和悲劇命運的感傷。

在《紅樓夢》中，林黛玉有兩種「物化」形態，一是「花」，二是「詩」。因此，也可以將林黛玉視作「人」「花」「詩」的集合體。進而言之，黛玉對詩歌的熱愛和對花木的癡情，正是她自戀情結的深刻表現。正如作者所言：「顰兒才貌世應希，獨抱幽芳出繡閨；嗚咽一聲猶未了，落花滿地鳥驚飛。」也正如黛玉自己的讖語：「冷月葬花魂。」（第七十六回）尤其是《葬花吟》《桃花行》等作品，簡直就是「花魂」「詩魂」同構的黛玉生命之歌。

且看：「昨宵庭外悲歌發，知是花魂與鳥魂？花魂鳥魂總難留，鳥自無言花自羞。願奴脅下生雙翼，隨花飛到天盡頭。天盡頭，何處有香丘？未若錦囊收豔骨，一抔淨土掩風流。質本潔來還潔去，強於污淖陷渠溝。爾今死去儂收葬，未卜儂身何日喪？儂今葬花人笑癡，他年葬儂知是誰？試看春殘花漸落，便是紅顏老死時。一朝春盡紅顏老，花落人亡兩不知！」（第二十七回）

再看：「胭脂鮮豔何相類，花之顏色人之淚，若將人淚比桃花，淚自長流花自媚。淚眼觀花淚易乾，淚乾春盡花憔悴。憔悴花遮憔悴人，花飛人倦易黃昏。一聲杜宇春歸盡，寂寞簾櫳空月痕！」（第七十回）

黛玉的這些詩篇，哪兒是在寫花，她所寫的分明就是自己，幽閨自憐的自己。

除了讓黛玉作自我表白以外，作者還反反覆覆提醒讀者注意她這種「花」「詩」「人」相結合的自戀。例如：「因把些殘花落瓣去掩埋，由不得感花傷己。」（第二十八回）「走至鏡臺揭起錦袱一照，只見腮上通紅，自羨壓倒桃花，卻不知病由此萌。」（第三十四回）

當然，有時候林黛玉的這種珍愛自我的情結又是與悲劇命運的感傷融為一體而得以表現的：「一進院門，只見滿地下竹影參差，苔痕濃淡，不覺又想起《西廂記》中所云『幽僻處可有人行，點蒼苔白露泠泠』二句來，因暗暗的歎道：『雙文，雙文，誠為命薄人矣。然你雖命薄，尚有孀母弱弟，今日林黛

玉之命薄，一併連孀母弱弟俱無。」（第三十五回）

（三）孤傲

林黛玉又是十分孤傲的，書中寫她「孤高自許，目無下塵」。「那些小丫頭子們，亦多喜與寶釵去頑，因此黛玉心中便有些悒鬱不忿之意」。（第五回）

孤傲的林黛玉，還說劉姥姥「是那一門子的姥姥，直叫他是個『母蝗蟲』就是了」。並且將惜春準備繪製的大觀園行樂圖稱之為《攜蝗大嚼圖》。

當然，最能體現林黛玉孤傲性格的還是第十六回的一個片段：「寶玉又將北靜王所贈鶺鴒香串珍重取出來，轉贈黛玉。黛玉說：『什麼臭男人拿過的！我不要他。』遂擲而不取。」須知，在賈寶玉的心目中，北靜王「水溶是個賢王，且生得才貌雙全，風流瀟灑，每不以官俗國體所縛」。（第十四回）況且，北靜王送給賈寶玉的鶺鴒香串乃「係前日聖上親賜」（第十五回）。如此貴重的禮物，林黛玉卻說「什麼臭男人拿過的！我不要他。」竟自「擲而不取」。可見以「孤傲」二字冠之黛玉品格，真是再恰當不過了。

（四）多才

大觀園是一個女兒國，同時也是一個詩的國度。然而，在這個詩國的眾多女性詩人中（包括女性化的賈寶玉），瀟湘妃子毫無疑問是執牛耳者。黛玉是多才女子，尤其是其詩才，在中國古代小說所創造的人物形象中，堪稱前無古人、後無來者。謂予不信，請看以下描寫：

「原來林黛玉安心今夜大展奇才，將眾人壓倒，不想賈妃只命一匾一詠，倒不好違諭多作，只胡亂作一首五言律應景罷了。……此時林黛玉未得展其抱負，自是不快。因見寶玉獨作四律，大費神思，何不代他作兩首，也省他些精神不到之處。……早已吟成一律，便寫在紙條上，搓成個團子，擲在他跟前。」（第十七至十八回）

「黛玉道：『你們都有了？』說著提筆一揮而就，擲與眾人。李紈等看他寫道是：『半卷湘簾半掩門，碾冰為土玉為盆。』看了這句，寶玉先喝起彩來。」（第三十七回）

「黛玉笑道：『這樣的詩，要一百首也有。』寶玉笑道：『你這會子才力已盡，不說不能作了，還貶人家。』黛玉聽了，並不答言，也不思索，提起筆來一揮，已有了一首。」（第三十八回）

「黛玉忙攔道：『這寶姐姐也忒「膠柱鼓瑟」，矯揉造作了。這兩首雖於史鑒上無考，咱們雖不曾看這些外傳，不知底裏，難道咱們連兩本戲也沒有見過不成？那三歲孩子也知道，何況咱們？』」（第五十一回）

（五）敏感

黛玉是敏感的。這種敏感主要源自她孤苦伶仃的身世和寄人籬下的生活，當然，還有那要命的青春戀情。在那「風刀霜劍嚴相逼」的日子裏，在那「都說是金玉良緣」的氛圍中，黛玉的敏感是被動的、自衛的、不得已的，同時，也是十分可憐的。

薛姨媽送來宮花，黛玉卻當著來人的面冷笑道：「我就知道，別人不挑剩下的也不給我。」（第七回）

寶玉上學來辭行，黛玉忙又叫住問道：「你怎麼不去辭辭你寶姐姐呢？」（第九回）

尤其是看到別人骨肉至親的和融歡樂，林黛玉更是感慨萬千、珠淚漣漣。「黛玉看了不覺點頭，想起有父母的人的好處來，早又淚珠滿面。」（第三十五回）「黛玉見了，先是歡喜，次後想起眾人皆有親眷，獨自己孤單，無個親眷，不免又去垂淚。」（第四十九回）「黛玉聽說，流淚歎道：『他偏在這裡這樣，分明是氣我沒娘的人，故意來刺我的眼。』」（第五十七回）「惟有林黛玉看見他家鄉之物，反自觸物傷情，想起父母雙亡，又無兄弟，寄居親戚家中，那裡有人也給我帶些土物？想到這裡，不覺的又傷起心來了。」（第六十七回）

更為嚴重的是，當黛玉感覺到自己受到人格侮辱並且自認為寶玉站在其他女孩子一邊而沒有呵護自己的時候，她由敏感轉化而成的憤怒簡直有點像火山噴發了：「你為什麼又和雲兒使眼色？這安的是什麼心？莫不是他和我頑，他就自輕自賤了？他原是公侯的小姐，我原是貧民的丫頭，他和我頑，設若我回了口，豈不他自惹人輕賤呢。是這主意不是？這卻也是你的好心，只是那一個偏又不領你這好情，一般也惱了。你又拿我作情，倒說我小性兒，行動肯惱。你又怕他得罪了我，我惱他。我惱他，與你何干？他得罪了我，又與你何干？」（第二十二回）這連珠炮般的質問，乃是心頭鬱積已久的一次大發洩。

（六）尖刻

黛玉純情、自戀、孤傲、多才、敏感多重品格的組合，導致了她語言的

尖利刻薄。這一點，《紅樓》中人早有評價。李嬤嬤道：「真真這林姐兒，說出一句話來，比刀子還尖。」（第八回）寶釵道：「真真這個顰丫頭的一張嘴，叫人恨又不是，喜歡又不是。」（同上）紅玉道：「林姑娘嘴裏又愛刻薄人。」（第二十七回）

當然，林黛玉的語言並非永遠尖利，也不是對誰都刻薄，其機鋒所向，主要在「金玉良緣」。請聽這落玉盤的大珠小珠：

「也虧你倒聽他的話。我平日和你說的，全當耳旁風；怎麼他說了你就依，比聖旨還快些！」（第八回）

「蠢才，蠢才！你有玉，人家就有金來配你，人家有『冷香』，你就沒有『暖香』去配？」（第十九回）

「今兒得罪了我的事小，倘或明兒寶姑娘來，什麼貝姑娘來，也得罪了，事情豈不大了。」（第二十八回）

「我沒這麼大福禁受，比不得寶姑娘，什麼金什麼玉的，我們不過是草木之人！」（第二十八回）

「他在別的上還有限，惟有這些人帶的東西上越發留心。」（第二十九回）

「他不會說話，他的金麒麟會說話。」（第三十一回）

千萬不要厭惡這種酸溜溜、苦澀澀、火辣辣的言辭，這種「林黛玉式」的尖刻，其實是她唯一的武器。

（七）柔美

從本質上講，林黛玉是柔美的，而且是千古柔美之典型。對這種柔美最經典的介紹，是在《紅樓夢》第三回林黛玉進賈府時，作者借他人之眼的幾段描寫：「眾人見黛玉年貌雖小，其舉止言談不俗，身體面龐雖怯弱不勝，卻有一段自然的風流態度，便知他有不足之症。」「寶玉……細看形容，與眾各別：兩彎似蹙非蹙罥煙眉，一雙似喜非喜含情目。態生兩靨之愁，嬌襲一身之病。淚光點點，嬌喘微微。閒靜時如姣花照水，行動處似弱柳扶風。心較比干多一竅，病如西子勝三分。」

隨後，作者還對林黛玉的柔弱之美進行了多次補寫。如：

「那林黛玉嚴嚴密密裹著一幅杏子紅綾被，安穩合目而睡。」（第二十一回）。

「那林黛玉倚著床欄杆，兩手抱著膝，眼睛含著淚，好似木雕泥塑的一

般，直坐到二更多天方才睡了。」（第二十七回）

「林黛玉笑岔了氣，伏著桌子噯喲。」（第四十回）

「林黛玉稟氣柔弱，不禁畢駁之聲，賈母便摟他在懷中。」（第五十四回）

無論是坐姿還是睡態，無論是歡笑還是驚恐，幾乎在所有的時候，林黛玉給人的都是這種弱柳扶風、驚鴻照影的印象。

（八）聰慧

林黛玉不僅秀乎其外，而且慧乎其中，她是紅樓女兒中最為聰慧的一個。其實，林黛玉對人際關係並非純然不懂，只不過她不願意去迎合那些流俗的禮節罷了，只不過她不願意去刻意做「人」罷了。因為她的生命是充滿詩意的，而詩意的生命不屬於現實生活，只屬於「天盡頭」。然而，當這詩意的生命尚未曾涅槃之時，她仍然要在紅塵世界中艱難行走。

且看林黛玉對現實世界方方面面的警惕和領悟。

「這林黛玉常聽得母親說過，他外祖母家與別家不同。他近日所見的這幾個三等僕婦，吃穿用度，已是不凡了，何況今至其家。因此步步留心，時時在意，不肯輕易多說一句話，多行一步路，惟恐被人恥笑了他去。」（第三回）

「黛玉心中料定這是賈政之位。因見挨炕一溜三張椅子上，也搭著半舊的彈墨椅袱，黛玉便向椅上坐了。王夫人再四攜他上炕，他方挨王夫人坐了。」（第三回）

「一進來，黛玉便笑道：『寶玉，我問你：至貴者是『寶』，至堅者是『玉』。爾有何貴？爾有何堅？』……黛玉又道：『你那偈末云，『無可云證，是立足境』，固然好了，只是據我看，還未盡善。我再續兩句在後。』因念云：『無立足境，是方乾淨。』」（第二十二回）

「林黛玉聽見，越發悶住，著實細心搜求，思忖一時，方大悟過來。……這裡林黛玉體貼出手帕子的意思來，不覺神魂馳蕩。」（第三十四回）

「寶玉忙吃了一杯，冒雪而去。李紈命人好好跟著。黛玉忙攔說：『不必，有了人反不得了。』」（第五十回）

從豪門大族的步步留心到禪宗境界的當頭喝問，從怡紅公子的奇情分析到方外畸人的心理琢磨，這每一次警惕和領悟都滲透著瀟湘妃子的聰穎明慧。

　　林黛玉，純情而自戀、柔美而多才的黛玉，就是這樣以其孤傲之氣面對混濁世界，以其敏感之心體驗險惡人生，以其尖刻言辭抵敵風刀霜劍，以其明心慧性領悟慘淡塵寰。在林黛玉生命的字典裏，當然還有很多詞彙在這裡被省略，但筆者依然認為，以上所言乃是黛玉品格的主旋律，其他的，不過是協奏和聲而已。

二

　　《紅樓夢》中有很多奇蹟，林黛玉就是其中一個。黛玉之奇，不僅僅在於其自身品格的光彩奪目，還在於她身上承載著太多的中華民族傳統文化積澱。

　　我們先看最表面的東西。只要翻開諸多正史、野史、豔史等各類書籍以及古人的詩歌、戲曲、小說作品，黛玉品格的方方面面就紛紛映入我們的眼簾。

　　黛玉之純情，難道沒有劉蘭芝、韓憑妻、綠珠、祝英臺、關盼盼、劉翠翠、杜麗娘等眾多女性人物的遺傳因子？她們中間，為情而死者有之，為情死而復生者有之，靈魂與丈夫同變鴛鴦者有之，精魄與情人共化蝴蝶者有之。這些人物，不管是歷史真實還是藝術虛構的，都以其純潔而單一的愛情悲歌而震撼千古。

　　黛玉之自戀，我們可從下列女子身上略見端倪。「後宮女侯夫人有美色，一日，自經於棟下。臂懸錦囊，中有文，左右取以進帝，乃詩也。……『砌雪無消日，捲簾時自蹇。庭梅對我有憐意，先露枝頭一點春』。……『妝成多自惜，夢好卻成悲。不及楊花意，春來到處飛。』」（佚名《迷樓記》）「皇太叔重元妃入賀，每顧影自矜，流目送媚。」（王鼎《焚椒錄》）「師至，命寫照。寫畢，攬鏡熟視，曰：『得吾形似矣，未盡吾神也。』姑置之。又易一圖，曰：『神是矣，而風態未流動也。若見我目端手莊，太矜持故也。』姑置之。命捉筆於旁，而自與嫗指顧語笑，或扇茶鐺，或簡書，或自整衣摺，或代調丹壁諸色，縱其想會。須臾圖成，果極妖豔之致。笑曰：『可矣！』師去，取圖供榻前，焚香設梨酒奠之，曰：『小青，小青，此中豈有汝緣分乎？』撫几，淚潸潸如雨，一慟而絕。時年十八耳。」（《情史》卷十四）至於古代文人歌詠女性之自戀自憐的詩詞之作，則更是不勝枚舉。陳後主《洛陽道》、湯僧濟《渫井得金釵》、權載之《薄命篇》、陸士衡《又赴洛道中二首》、佘翔《明妃曲四首》

等都是例證。

黛玉之孤傲，在李師師、嚴蕊、徐妙錦、張紅橋、杜十娘、李香君等女性身上亦可找到痕跡。這些女子，或面對君王倨傲無禮，或漠視皇宮榮華富貴，或經受嚴刑而絕不誣服，或卻奩罵筵而大義凜然，或厭棄輕薄而深居不出，或投江自盡以捍衛尊嚴，總之，都以清高孤傲之氣灌溉著絳珠仙草。

談到黛玉多才之淵藪，我們更可以開列一串無窮無盡的古代才女名單：卓文君、蔡文姬、謝道韞、鮑令暉、衛夫人、蘇若蘭、上官婉兒、劉采春、薛濤、魚玄機、杜秋娘、李清照、朱淑真、王清惠、蕭觀音、管仲姬、珠簾秀、黃峨、鄭妥娘、葉小鸞、柳如是……。至於文學作品、尤其是才子佳人小說戲劇中的才女形象，更是不勝枚舉。或詩詞歌賦，或琴棋書畫，或吹拉彈唱，或射覆藏鉤，總之，在她們身上蘊含著無窮無盡的才華，也孕育著她們的集大成者林黛玉的出現。

黛玉的敏感與尖刻是緊密相連的，歷史上的和文學作品中的美女也多半是傷春悲秋、敏感善妒的，「蛾眉曾有人妒」已成為中國文化史上的一個基本事實。只要是美人，似乎不妒忌別人就是被別人妒忌。呂太后、戚夫人、王昭君、陳阿嬌、趙飛燕、楊玉環、江采蘋……，還有那些文學作品中敏感善妒的女性。至於她們語言之尖刻，只要看看《飛燕外傳》、《金瓶梅》、《醋葫蘆》、《醒世姻緣傳》、《長生殿》、《聊齋誌異》、《連城璧》等文學作品中的一些描寫就能領略一二了。

柔美而聰慧的女子，史籍和文學作品中更是大有人在。我們不妨先來看些史料記載：《後漢書》卷十上：「和帝陰皇后，……少聰慧，善書藝。」《晉書》卷三十一：「武元楊皇后，……少聰慧，善書，姿質美麗，閑於女工。」《晉書》卷九十五：「王渾妻鍾氏，字琰。……數歲能屬文，及長，聰慧弘雅，博覽記籍，美容止，善嘯詠。」《陳書》卷七：「高祖宣皇后章氏，諱要兒。……少聰慧，美容儀。」《隋書》卷三十六：「宣華夫人陳氏，陳宣帝之女也。性聰慧，姿貌無雙。」《遼史》卷七十一：「太宗靖安皇后蕭氏，小字溫淳。……性聰慧潔素。」《金史》卷六十四：「昭聖皇后劉氏，……性聰慧，凡字過目不忘。」《元史》卷一百十六：「順宗昭獻元聖皇后，名答己弘吉剌氏。……性聰慧。」《明史》卷三〇一：「月娥，西域人，元武昌尹職馬祿丁女也。少聰慧。」接下來，我們再看幾則野史雜記之所云：《太平廣記》卷六十六《女仙類‧盧眉娘》：「眉娘幼而惠悟，工巧無比。」（出《杜陽雜編》）《太平廣記》卷六十

八《女仙類・裴玄靜》：「裴玄靜，……幼而聰慧。」（出《續仙傳》）《太平廣記》卷四百八十六《雜傳記類・無雙傳》：「震有女曰無雙，……端麗聰慧。」（薛調撰）吳自牧《夢粱錄》卷十七：「宋吳越忠懿王妃孫氏，諱太真，性端謹而聰慧。」這些女性，無論是生活在宮廷還是民間，無論是熾烈戀愛還是求仙學道，有一點是共同的，她們都聰慧無比。而聰慧與柔美的結合，則更是中國古代對佳人最基本的要求。

三

綜上所述，黛玉品格具有多層次的特色，而且是對幾千年文化傳統的厚重承載。但是，黛玉品格絕不是她以前某些歷史人物或文學人物的拼湊和雜燴，她是一種昇華，在厚重的文化承載基礎上的昇華。

前代美人變鴛鴦、化蝴蝶、為情而死、死而復生，而黛玉則是向愛戀自己的人歸還宿世的眼淚。變鴛鴦變蝴蝶是「人的物化」，而絳珠還淚則是「物的人化」。是純情的傳說由「物質」向著「精神」的挺進。

前代美人的自戀是顧影自憐，其側重面在於對自身容貌、形體的自我欣賞。林黛玉的自戀則除了顧影自憐以外，還有身世之悲，是對自己這種孤苦伶仃、寄人籬下的悲劇女性的自我憐憫和珍惜。前代美女告訴世人：我是一朵美麗的花。林黛玉則自言自語：我是風刀霜劍中美麗的花。前者讓我們認識到美，而後者則讓我們認識到美的「無奈」。

前代美人的孤傲，多半停留在生活層面，或傲視權貴，或鄙棄世俗，或大義凜然，或莊嚴自衛，黛玉的孤傲則深入到靈魂深處，她厭棄的是整個現實生活，她渴望的是天盡頭的香丘。她掀開了生活的底蘊，「傲」到了自家的骨髓。

前代美人的敏感尖刻多半來自春花秋月的自然環境或爭風吃醋的男女之情，林黛玉的敏感尖刻則除了自然物候和男女之情而外，更是一種生命的感受、生命的悲哀，是一種主觀意識與客觀環境格格不入的大恨大慟。

前代女性的柔美、多才、聰慧往往被史學家或文學家放在一起大加表彰，這本身就是一種具有中國特色的文化現象。而林黛玉則是這種文化現象的極限。她是柔美的極境、多才的極境、聰慧的極境，是一個女性柔美、多才、聰慧綜合的極境。

然而，上述分析仍然是表面化的。

如果我們站在更高的層次來看問題，就可發現，黛玉品格對中華民族傳統文化的承載其實是一種逆向運動、負面接受。

中華民族傳統文化的精神格局在漢代便已正式形成，那是一種以儒家思想為核心，其他諸家思想（包括外來文化）為補充的矛盾而統一的思想體系。對照這樣一個龐大的體系來檢查黛玉品格，就會發現這種品格雖然談不上與傳統文化格格不入，但卻有不少超常脫俗之處。

傳統文化講溫柔敦厚，黛玉品格卻顯示其極端偏激。

傳統文化講完美無瑕，黛玉品格卻顯示其缺陷遺憾。

傳統文化講集體意識，黛玉品格卻顯示其卓然獨立。

傳統文化講理性思維，黛玉品格卻顯示其熾烈情感。

例子還用多舉嗎？一部《紅樓夢》中比比皆是。曹雪芹在締造他心中的女兒國大觀園的時候，運用的就是這種超常思維，展現的就是這種逆向運動，其結果就是對傳統文化的負面接受。

其實，曹雪芹創造這種黛玉品格對傳統文化的負面接受是有歷史根據的，因為幾千年的文明史中就有那些逆向運動的反主流文化的因子以供作者吸收、改造，同時，幾千年的文學史上也有不少沖越傳統文化軌道的藝術典型以供作者選擇、借鑒。那拒堯帝的洗耳翁，那笑孔聖的楚狂人，那御風而行的列禦寇，那投水自沉的屈靈均，那竹林七賢，那飲中八仙，那禰衡、陶潛、李煜、王冕、唐寅、盧柟，還有趙飛燕、楊玉環、王嬌娘、潘金蓮……他們或極端偏激，或缺陷遺憾，或卓然獨立，或注重情感，可謂千姿百態、五彩繽紛，但有一點是相同的：都具有強烈的反主流文化的個性。

上述這些黛玉品格所構成之文化因子實在太過豐富複雜，我們無法條分縷析，只能以兩個小小的例證來收束本文。

例之一：明末清初，有一大批才子佳人小說湧現在《紅樓夢》即將出現之際。無庸諱言，曹雪芹在寫作《紅樓夢》時，是借鑒、學習了這些作品的。但是，在最根本的問題上曹雪芹卻和這些小說的作者大相徑庭。因為這些小說的女主人公都是完美的：才、貌、情、智、俠……全面的結合，是符合中國傳統文化心理的完美。這種描寫，乃是對傳統文化的正面接受，因為作者們所用的是正常思維，展現的是順向運動。林黛玉則不然，她的美不僅是殘缺不全的，而且不符合傳統文化心理。然而，正是因為她的殘缺，她的不符合，導致了她的「新」，她的出人意料，她的對傳統文化的沖越力，她的對未來「美」

的指向。

例之二：《金瓶梅》中的潘金蓮是一個極其敏感而言辭又極端尖刻的女性形象。這個形象給人的印象是可鄙、可恨、可惡、可怕的，但同時又帶有幾分可憐，甚至還有少許的可愛。可愛處何在？尖利刻薄而又妙趣橫生的語言。說句得罪「擁林派」紅學家們的話，潘金蓮尖刻的言辭在《紅樓夢》中卻被曹雪芹分配給了兩個卓絕的女性而又各自發揚光大之。潘氏語言的低俗俏皮的一面分給了鳳辣子，而潘氏語言的高雅風趣的一面則分給了林瀟湘。薛寶釵對此認識得最為透徹：「世上的話，到了鳳丫頭嘴裏也就盡了。幸而鳳丫頭不認得字，不大通，不過一概是世俗取笑。更有顰兒這促狹嘴，他用『春秋』的法子，將市俗的粗話，撮其要，刪其繁，再加潤色比方出來，一句是一句。」（第四十二回）取材於潘金蓮而塑造林黛玉，曹雪芹真敢「弄險」。然而，不到錢塘江潮中去翻滾的人能叫弄潮兒嗎？

從一定意義上講，弄險就是逆向思維，就是走偏鋒。就文化承載而言，若想呈現極度昇華狀態的承載，也必須進行逆向思維。而就文學創作而言，逆向思維的成功率卻大大超過了順向思維。謂予不信，曹雪芹就是例子，《紅樓夢》就是例子，林黛玉就是例子，黛玉品格更是最典型的例證。

（原載《銅仁學院學報》2008 年第五期）

也說「葬花」

　　《紅樓夢》中黛玉葬花的情節及其「葬花辭」，論者或謂取材於唐寅葬花事及其《落花詩》。

　　據載：「唐子畏（寅）居桃花庵，軒前庭半畝，多種牡丹花，開時邀文徵仲、祝枝山賦詩浮白其下，彌朝浹夕，有時大叫慟哭。至花落，遣小伻一一細拾，盛以錦囊，葬於藥欄東畔，作《落花詩》送之。寅和沈石田韻二十首」。（據大道書局一九二五年版《唐伯虎全集‧唐伯虎軼事》卷三）

　　而在唐寅《和沈石田落花詩三十首》中，也的確有如下詩句：「忍把殘紅掃作堆，紛紛雨裏毀垣頹」。「妍媸雙腳撩天去，千古茫茫土一丘」。「雙臉胭脂開北地，五更風雨葬西施」。（《唐伯虎全集》卷二）

　　也有人認為：若論《葬花吟》遣詞造句，唐初劉希夷《代悲白頭翁》中已有「今年花落顏色改，明年花開復誰在」，「年年歲歲花相似，歲歲年年人不同」的句子。若論葬花情節，則曹雪芹祖父曹寅《楝亭詩鈔》中就有「百年孤冢葬桃花」的詩句。

　　還有人認為葬花情節源自「三言」中《灌園叟晚逢仙女》一篇。這篇小說寫花農秋先愛花成癖，「若花到謝時，則累日歎息，常常墮淚。又捨不得那些落花，以梭拂輕輕拂來，置於盤中，時嘗觀玩，直到乾枯，裝入淨甕。滿甕之日，再用茶酒澆奠，慘然若不忍釋。然後親捧其甕，深埋長堤之下，謂之『葬花』」。（《醒世恒言》卷四）

　　明末清初還有一位葬花者，他就是杜濬。杜濬不僅愛花、葬花，他還寫有《花冢銘》，表達了這位明代遺民的情趣。好在這篇銘文不長，不妨照錄如下：「余性愛瓶花，不減連林。嘗竊有慨世之蓄瓶花者，當其榮盛悅目，珍惜

非常。及其衰悴，則舉而棄之地，或轉入溷渠，莫恤焉。不第唐突，良亦負心之一端也。余特矯其失，凡前後聚瓶花枯枝，計百有九十三枚，為一束。擇草堂東偏隙地，穿穴而埋之。銘曰：『汝菊汝梅，汝水仙木樨。蓮房墜粉，海棠垂絲。有榮必落，無盛不衰。骨瘞乎此，其魂氣無不之，其或化為至文與真詩乎？』」

以上諸說，均不無道理。然若追尋葬花情事之濫觴，目前所見最早的描寫恐怕當推宋代吳文英的一首《風入松》詞。詞中開頭兩句便寫道：「聽風聽雨過清明，愁草瘞花銘。」瘞花即葬花，不言而喻。

吳夢窗有感於「落紅無數」，葬之猶嫌不足，且欲銘之，亦可謂愛花至極了。而且整首詞中所流露出的觸景傷懷、睹物思人的情調，與「葬花」情事亦十分吻合，與林黛玉《葬花吟》可謂千古同調。更有趣的是，在吳文英的詞作中出現「瘞花」字樣的尚不止這一處。他還有一首《木蘭花慢》詞，上片有云：「輕藜漸穿險磴，步荒苔、猶認瘞花痕。」或謂此處所「瘞」之「花」喻指唐代名妓真娘，「瘞花痕」指的是真娘之墓。即便如此，也可見得吳文英「瘞花」情結的深厚和濃烈。

明代李蓘編《宋藝圃集》卷二十二錄有宋代的吳妓盈盈三首《傷春曲寄王山》，其第一首云：「芳菲時節，花壓枝折，蜂蝶掩闌干尤怯，一旦碎花魂，葬花骨，蜂兮蝶兮何不來，空使雕闌對寒月。」詩中明確涉及「葬花」，雖然沒有吳文英的詞句那麼纏綿悱惻，卻也哀怨動人。但不知這個「盈盈」究竟是宋代什麼時候的人，也不知她的哀怨詩與吳夢窗的悲情詞孰先孰後。

或許還有更早於吳文英或吳妓盈盈有關葬花情事的描寫或詠歎，如有人說庾信有《瘞花銘》（朱德才主編《增訂注釋全宋詞》第三卷 932 頁 4656 號詞注①），惜《四庫全書》《四部叢刊》《全上古三代秦漢三國六朝文》所收庾信的作品中均未見此「銘」。但無論如何，有一點是可以肯定的：《紅樓夢》中黛玉葬花的情節，其來源絕不止於一處。由此亦可見得，中國古代文化的傳承性該是何等厚重。

（原載《稼穡兼收——中國古代詩詞戲曲小說論集》，

延邊大學出版社，2001 年 9 月出版）

混沌之美與成熟之悲——史湘雲小議

　　也許我孤陋寡聞，但我總覺得《聊齋誌異》中嬰寧的憨態美前無古人，而《紅樓夢》中史湘雲的憨態美則後無來者。也許有人說，在晚清的《蕩寇志》中還有一個陳麗卿。是的，陳麗卿有時也憨得可以，但在另一些地方卻令人感到可怕，總不如前面這兩位那麼可愛；況且，俞萬春在寫陳麗卿時，模仿嬰寧也太露痕跡了。史湘雲則不然，她也有一些像嬰寧，但卻比嬰寧「憨」得更為瑰麗、雄奇、廓大，更帶有混沌之美，混沌得那「祿蠹」的緊箍兒與那「叛逆」的桂冠兒只能在她的頭頂左右盤旋，到底難以戴上去。

　　作為金陵十二釵之一的史湘雲，有著與其他脂粉共同的地方：火一樣的年華、花一樣的容貌，錦衣玉食的生活、榮耀繁華的家世。但她也有大異於其他裙釵的獨特個性：她不像薛寶釵那樣城府深嚴，而是那麼直率開朗；她不像賈探春那樣精明煉達，而是那麼浪漫天真；她不像林黛玉那樣多愁善感，而是那麼幽默詼諧；她不像王熙鳳那樣頤指氣使，而是那麼平易可親。惜春冷譎，她卻充滿熱情；妙玉乖僻，她卻一派摯誠；迎春懦弱，她卻滿身豪氣；李紈莊重，她卻遍體輕盈。湘雲的性格，正如同她的名字，就像那湘江之水、楚天之雲，流到哪兒算哪兒、飄到何處是何處。什麼是顧慮？什麼是憂愁？什麼是規矩？什麼是陰謀？一開始她全然不懂。她只知道，讓感情的潮水放縱奔流。

　　小女子睡覺，「那林黛玉嚴嚴密密裹著一幅杏子紅綾被，安穩合目而睡。那史湘雲卻一把青絲拖於枕畔，被只齊胸，一彎雪白的膀子摺於被外，又帶著兩個金鐲子。」無怪乎寶玉歎道：「睡覺還是不老實！」但睡覺為什麼要老實呢？史湘雲不懂。

　　閨中女兒成立詩社，忘了請湘雲，她知道後立即要求：「容我入社，掃地焚香，我也情願。」結果，詩也罰了，東道也認了，但終於成了海棠詩社之一員。這樣做到底值得不值得？湘雲無心去想它。

　　在賈府那個等級森嚴的世界裏，史湘雲卻與丫環們開起玩笑來：「這鴨頭不是那丫頭，頭上那有桂花油？」如此沒上沒下，可以嗎？湘雲興之所至，哪管這許多？

　　寶黛愛情，是眾人心目中最敏感的問題，而史湘雲卻直言不諱地戲謔：「快把這船打出去！他們是來接林妹妹的。」這玩笑話會刺傷何人、危及哪個、觸怒何方？湘雲一概不問，隨它去罷！

　　好一個史湘雲！竟然醉眠芍藥裀，「香夢沉酣」、「口內猶作睡語說酒令。」竟然火烤生鹿肉，「割腥啖膻」、「大吃大嚼」。竟然「打扮成小子的樣兒越顯的蜂腰猿臂，鶴勢螂形。」竟然敢在大庭廣眾之下說扮戲的小旦「倒象林妹妹的模樣兒。」

　　要說什麼，就說；想怎麼幹，就幹。這大概就是山川日月之精華所賦予湘雲的一縷靈氣吧！

　　「幸生來，英豪闊大寬宏量，從未將兒女私情略縈心上。好一似，霽月光風耀玉堂。」感謝那悼紅軒中的作者，他讓我們知道，在那「一年三百六十日，風刀霜劍嚴相逼」的慘酷世界裏，居然還有這麼一個純潔的小天使、快活的小精靈，這麼一個與眾不同的獨具天然混沌之美的倩影。

　　然而，本性純潔、快活的小精靈、小天使，最好邀遊在那令人神往的天空，不要去食人間煙火，而史湘雲卻偏偏來到了深如海的侯門，來到那溫柔富貴之鄉。在那裡，有的是香風迷霧，多的是飛土揚塵。它們包圍了這個小女子，於是乎：在一片潔白的雪地上不可避免地留下了禮義廉恥的醒目腳印，在一派率意的樂章中不由自主地夾入了仕途經濟的刺耳雜音。二千年傳統，九萬里紅塵，就是那倏忽二帝，它們強行給這一塊混沌之美的自然結晶體開竅，而每開一竅，就意味著將她向滅亡的深淵推進了一步。

　　曾幾何時，史湘雲伸出手來，「拍」地一聲，將寶玉手上的胭脂打落，還補上一句：「這不長進的毛病兒，多早晚才改過！」曾幾何時，面對丫頭翠縷天真的發問：「怎麼東西都有陰陽，咱們人倒沒有陰陽呢？」史湘雲照臉啐了一口道：「下流東西，好生走罷！越問越問出好的來了！」曾幾何時，史湘雲又勸「愛哥哥」去會見賈雨村：「你就不願讀書去考舉人進士的，也該

常常的會會這些為官做宰的人們，談談講講仕途經濟的學問，也好將來應酬事務。」

這些，頓時使湘雲複雜起來。說她是封建淑女吧，她卻有那麼多不為禮法所容的越軌言行；說她是清潔女兒吧，她又不斷受到傳統思想的腐蝕。湘江的水兒漸漸乾涸，楚天的雲兒緩緩消散，當這種婚姻悲劇尚未顯現之前，史湘雲早已形成了「湘江水逝楚雲飛」的靈性流失的悲劇。

充滿著血與火的社會，一步緊似一步地擠壓雕塑著這個混沌之塊。現實生活不斷地培養教育著史湘雲，使她逐漸拋棄單純而變得複雜、擺脫幼稚而走向成熟。外在環境的內化，使之形成一種特殊的內在精神結構。尤其是由於史家的敗落，使湘雲的地位、環境發生了巨大的變化。她住進賈府，成為象林姑娘一樣的寄人籬下之人。她不再大說大笑了，對生活、前程充滿了疑懼、擔憂。她發出了「寒塘渡鶴影」的孤寂哀婉的心靈顫抖，她寫下了「莫使春光別去」的無可奈何的生命輓歌，她甚至對林黛玉說：「貧窮之家自為富貴之家事事趁心的，告訴他說竟不能遂心，他們不肯信的。必得親歷其境，他方知覺了。」她已經考慮到很多複雜的社會問題。過去，她是一個純潔的小天使，現在，她已是一個成熟的草木人，將來，她也許會成為一個乾癟的木乃伊。是的。她的將來是一個「雲散高唐，水涸湘江」的悲慘世界。隨著丈夫的亡逝，她必須走向她生活悲劇的終點，明知是悲劇性的、也必須走向的終點。李紈的今天，便是史湘雲的明天。永遠洗盡鉛華，永遠形同槁木、心如死灰，永遠回味切膚疾首的哀傷，永遠咀嚼寂寞孤獨的苦果，永遠把自己的青春、紅顏、幸福、才華與那家中的白骨一起埋葬，永遠在成熟的理性中繼續銷磨她那無與倫比的個性火花、靈性光閃。

寡居生活，無疑是史湘雲現實生活的悲劇。但，更具有悲劇意味的卻是她的精神生活，是她的成熟、可惡的成熟。由於生活的磨練，她雖然也一定程度地具有了林黛玉的精神氣質，但——她卻沒有象黛玉那樣擁抱著黛青色的希望之光死去，而是在絕望的銀灰色的世界中悽楚地活著。史湘雲也曾衷心欽佩薛寶釵，但她到底認識到寶姑娘並不那麼值得尊敬，這是因為她的成熟；史湘雲畢竟傾心交結林黛玉，她終於明白了林姑娘才是她真正的知己，這也是因為她的成熟。成熟，對於一般人來說應是可喜的，但對於史湘雲而言，卻是可悲的。她的成熟正意味著她真正的悲劇。

如果她不曾有過這種「成熟」，她便可以混沌而來、混沌而去；設若她不

曾有過這種「成熟」，她也可以在難以忍受的環境中麻木地生活下去；假定她不曾有過這種「成熟」，她就不會產生應該掙扎而又沒有掙扎的痛苦。總而言之，沒有這種「成熟」，她雖然也是個悲劇人物，卻沒有這種由自身精神結構所導致的深層悲劇。

處身於薄冰之上的人，其悲劇結局都是不可避免的。但在即將滅頂之前，各人的表現卻大可不同，這正是各自個性嶄露的最好時機，也是各自人格價值得以區分的標誌。有的人在掙扎、在奮鬥，希望憑藉自己的微弱的力量越過這一片危險區，儘管他在匍匐前進中終究沉下去了，但這是壯烈的沉沒，是強者之所為，林黛玉所鳴奏的便是這樣一曲生命讚歌；有的人則誤認薄冰為坦途，在上面跳著優美而標準的舞蹈，結果勢必沉下去、莫名其妙地沉了下去，這是可笑的沉沒，是愚者之所為，薛寶釵所吞食的便是這一劑精神鴉片；有的人明明知道這是薄冰，卻清醒地看著自己沉下去，看著冰水一節一節地沒過腳踝、膝蓋，直至滅頂，這是至為可悲的沉沒，是弱者之所為，史湘雲所咽下的便是這一杯心靈苦酒。

史湘云「成熟」的悲劇除了屬於湘雲本人而外，更屬於她的作者曹雪芹。當曹雪芹滿懷欣喜、一片赤誠來精心塑造史湘雲這一尊美的塑象、繪製這一幅美的圖像時，他是以童年的心靈來下刀著筆的。但，嚴酷的現實不允許作者的童心永遠「童」下去，這尊塑象必然要受到風雨的侵蝕，這幅畫像必然要受到潮氣的潤染。誰叫作者生活在那「奈何天、傷懷日、寂寥時」？誰叫作者處身於那「一片白茫茫大地真乾淨」的世界？誰叫作者看到了「千紅一哭、萬豔同悲」？誰叫作者造出了一個「薄命司」？他憤怒、他怨恨、他委屈、他悲咽，他不得不親手砸碎這尊自然美的塑象，他不得不親手絞爛這一幅混沌美的畫圖，他不得不通過這位小天使而變成木乃伊的史大姑娘的「成熟」來反映他心頭的哀傷，他不得不通過這麼一位本性豪爽、純潔的女性被殘酷現實所異化的過程來反映那啃齧人心的社會對人性的摧殘、對美的毀滅。……然而，當作者舉起他的榔頭、拿起他的剪刀來錘擊、撕絞自己靈臺的同時，史湘雲——這一個獨特的悲劇美的典型卻永遠留在了人間。

（原載《說部閒談》，中國文聯出版社，2000 年 10 月出版）

漫話「湘雲」

　　《紅樓夢》中的史湘雲，本是一個樂觀開朗憨態可掬的閨閣千金；但其芳名「湘雲」二字，卻帶有極濃厚的悲劇色彩。

　　《紅樓夢》第五回，在有關史湘雲的畫頁上畫著「幾縷飛雲，一灣逝水」。其判詞云：「展眼弔斜暉，湘江水逝楚雲飛。」毫無疑問，這畫面和判詞都隱含著兩個為人熟知的典故：「湘水神靈」和「巫山雲雨」。湘雲之名，亦即由此而來。

　　「湘水神靈」與「巫山雲雨」兩個典故的合用，絕非始於曹雪芹。唐代詩人盧仝《有所思》詩云：「夢中醉臥巫山雲，覺來淚滴湘江水。」已合用二典。此後，宋代詞人寫了更多的合用二典的詞句。如晏幾道《河滿子》：「夜夜魂消夢峽，年年淚盡啼湘。」如林正大《括滿江紅》：「尋作夢，巫雲結。流別淚，湘江咽。」如程武《小重山》：「湘水杳，寂寞隔巫雲。」

　　「湘水神靈」與「巫山雲雨」兩個典故，其內含其實是迥然不同的。前者表現舜帝二妃對夫君之死的一段純情，是正常的人間夫婦的恩義，其格調是哀婉淒切的；後者寫楚王與巫山神女的一場幽會，乃非正常的男女枕席之歡，更帶有原始的人慾的意味。而且，前者乃所謂「現實」世界的死別，後者則屬於夢幻境界中的生離。唐宋詩詞中的某些作品將二典合用，實際上大都已磨滅了二典之間的微妙差別，僅用以表達情人之間的思念和對以往愛戀生活的回憶。但善於推陳出新的曹雪芹亦合用二典而以命湘雲之名，是否也僅僅起著這種泛泛言情的作用？若不然，作者是否另有含意？

　　《紅樓夢》中有關史湘雲結局的描寫，始終是一個謎。史湘雲與衛若蘭、賈寶玉之間，似乎總有一些扯不斷、理還亂的糾葛。曹雪芹對書中人物

的命名總是非常重視的，常常採用拆字、諧音、用典、象徵等各種手法，通過人物的命名來暗示其命運和結局。對於金陵十二釵之一、寶黛釵愛情描寫之「間色」的史湘雲芳名，作者當不會率意而命之。

準乎此，新到問題迎面而來，且紛至沓來：「湘江水逝楚雲飛」是合指一事抑或分指兩事？是指史湘雲與一個男性的關係抑或是與兩個男性的關係？這種關係是夫妻抑或是情人？是生離抑或是死別？

種種疑問，不得其解。筆者不敢妄斷，僅以此「聯想」就教於紅學界的方家學者。

（原載《明清小說研究》1995 年第三期）

「呆霸王」薛蟠小議

在《紅樓夢》中，薛蟠不算主要人物，出場的次數也不算太多，但作者描寫他所幹的壞事卻委實不少。這位薛家大公子是在一場命案中上場的，他看上了小丫頭英蓮，便依仗權勢喝令手下豪奴將小鄉紳之子馮淵打死，帶著搶來的英蓮揚長而去。人命官司，他視同兒戲，自以為花上幾個臭錢便萬事大吉。進京後，薛蟠隨母親住在親戚賈府中，不到一個月的光景，賈氏族中的子姪，俱已認熟了一半，凡是那些具紈絝氣習者，莫不喜與他來往，今日會酒，明日觀花，甚至聚賭嫖娼，漸漸無所不至，比以前更壞十倍。薛蟠也曾進過賈家義學，但讀書是假，真實原因是偶動龍陽之興，只圖結交些契弟，玩弄諸如「香憐」「玉愛」之類的俊美風流的小學生。總之，這位薛大爺吃喝嫖賭，樣樣在行；男風女色，處處留心；恃強凌弱，蠻不講理，具有十足的「霸」氣。

然而，如果僅僅著眼於一個「霸」字來審視薛蟠，那便辜負了《紅樓夢》作者的一片苦心，也是對作者藝術水平的低估。作者冠以薛蟠「呆霸王」的稱號，明確告訴我們：此人除了「霸」的一面而外，還有「呆」的一面。作者在《紅樓夢》第四回就已交代明白，薛蟠一方面「性情奢侈，言語傲慢」，另一方面卻又「經濟世事，全然不知」。在第三十四回，作者又補充交代：「薛蟠本是個心直口快的人，一生見不得這樣藏頭露尾的事。」所謂「呆」，所謂「經濟世事全然不知」，所謂「心直口快」，無非表明在薛蟠身上，橫蠻邪惡與真誠直率恰恰是他性格結構的兩個層面。對「呆霸王」，如果只知其「霸」而不知其「呆」，就會將他混同於其他戲曲小說作品中一般的惡霸公子的行列，而薛蟠也就不可能成為獨具特色的「這一個」了。

　　在薛蟠身上，委實帶有幾分不諳世事人情的直統統的呆氣。《紅樓夢》第十三回寫寧國府死了秦可卿，賈珍急切之間找不到上好棺木，薛蟠便十分慷慨地命人將自家木店中一副「幫底皆厚八寸，紋若檳榔，味若檀麝，以手扣之，玎璫如金玉」的檣木棺材抬來。粗粗看去，此段描寫似乎只是表現了寧國府的奢華和薛蟠的揮霍大度。其實並不如此簡單，這裡恰恰也表現了薛蟠世事人情全然不知而又心直口快的呆氣。若不信，且看薛蟠對這副上好棺木來歷的介紹：「我們木店裏有一副板，叫作什麼檣木，出在橫海鐵網山上，作了棺材，萬年不壞。這還是當年先父帶來，原係義忠親王老千歲要的，因他壞了事，就不曾拿去。現在還封在店內，也沒有人出價敢買。」在封建時代，人們尤其是官宦人家，最講忌諱。這副棺材本是預備給義忠親王的，因壞了事、也就是因獲罪被革職或者更嚴重的懲罰，這位老千歲「無福」享用這副棺材。既然「王爺千歲」都無福消受，一個寧國府的年輕媳婦就消受得起？再者，這副棺材原是預備給一個後來「壞了事」的人睡的，接受這副棺材的寧國府難道就不怕日後也「壞了事」？更何況在「老千歲」之後，再也沒人出價敢買這副棺材。須知，這副棺材是「拿一千兩銀子來，只怕也沒處買去」的，能開口論價的勢必不是一般人家，既然京城之中那麼多達官貴人、公子王孫都不敢問津，個中原因恐怕不是價錢問題，而只能是出於忌諱。人們都不敢買或不願買，唯獨寧國府將這副貴重而又倒楣的棺材抬了進去，難道賈珍等人就不講忌諱？對此，賈珍的堂叔賈政倒是旁觀者清，他說得明明白白：「此物恐非常人可享」。只不過賈珍一時間「愛媳」心切。顧不得許多，不假思索就感激不盡地接受了薛大公子的一片美意罷了。試想，如果是賈政身邊死了人，薛蟠公然拿一副「老千歲」「壞了事」無法享用而又無人敢問津的棺材去獻給他的姨父，豈不是大大地犯忌諱、自觸霉頭嗎？然而，薛蟠恐怕根本就沒有想到忌諱這一層，他只不過在真誠而豪爽地幫助親戚的同時，也想趁機賣弄一下他們薛家「珍珠如土金如鐵」的豪富而已。這便是薛蟠的「呆」，真誠率直的「呆」。

　　如果說，送棺材這件事體現出薛蟠的「呆」尚須我們進行分析方可明瞭的話，那麼，《紅樓夢》第二十五回的一個片斷則更是直寫薛蟠之呆態可掬了。當寶玉與鳳姐叔嫂二人被馬道婆的魘魔法弄得死去活來、賈府上下忙得雞飛狗跳的時候，薛蟠也隨母親過來探「病」，接著，便出現了極為有趣的情景：「別人慌張自不必講，獨有薛蟠更比諸人忙到十分去：又恐薛姨媽被人擠倒，

又恐薛寶釵被人看見，又恐香菱被人臊皮，——知道賈珍等是在女人身上做工夫的，因此忙的不堪。忽一眼瞥見了林黛玉風流婉轉，已酥倒在那裡。」這真是千古以來僅屬於薛大傻子的絕妙表演，看視病人變成了偷覷美人。在這裡，作者以勾魂攝魄之筆寫出薛蟠的醜態，但卻並不令人厭惡，反而使人感到有幾分可笑，甚至於有幾分可愛。

在《紅樓夢》中，薛蟠多半是明人不做暗事、沒有什麼彎彎繞的花花腸子的。但有一次，他卻藏頭露尾地騙了一回人，而被騙對象卻又是比他聰明百倍的賈寶玉。薛蟠之所以能欺騙成功，就在於他撒了一個別人連想都不敢想的大逆不道的謊。第二十六回，當寶玉正與黛玉糾纏不清時，忽報「老爺叫你呢」。寶玉聽了，不覺打了個雷的一般，慌忙出來，原來竟是薛蟠冒充賈政的名義誆騙寶玉出門。寶玉被弄得啼笑皆非，只好說：「你哄我也罷了，怎麼說我父親呢？我告訴姨娘去，評評這個理，可使得麼？」不料薛蟠竟講出更不像話的話來：「改日你也哄我，說我的父親就完了。」這真是混帳到極點的呆人呆語。在薛蟠看來，只要能達到某一目的，什麼話都能說，什麼事都可以幹，至於什麼等級尊卑、人倫大禮、冒犯忌諱等等，全都去他的。他可以冒充姨父誆騙表弟，也允許表弟冒充自己的父親來一個「報復」。神聖的「父為子綱」，在這裡卻成為呆霸王信口開河的戲謔。更何況，他在允許寶玉冒充自己的父親時，恐怕連自己的父親早已去世這麼一個為人子者應當永遠銘記在心中的重要事兒都拋到九霄雲外去了。他更不會想到，即使寶玉也像他一樣混帳，有朝一日冒充他父親來騙他，又怎麼可能騙得了呢？因為他已經沒有父親了。真是糊塗至極、混帳至極，但的確又莽撞至極、膽大至極。試問，在《紅樓夢》中那一大幫本來都已經混帳得可以的侯門王府的老少爺們之中，有幾個敢開這種大逆不道的玩笑？唯呆霸王薛蟠而已。

薛蟠，《紅樓夢》的作者之所以寫這麼一個「呆霸王」的薛蟠，絕不僅僅停留在通過他來暴露封建時代紈綺子弟的醜惡與卑鄙的這一點。薛蟠除了是一個十足醜惡的混蛋之外，還是一個帶有濃厚的喜劇意味的角色。他的所作所為，不僅常常讓讀者切齒，有時也會使讀者開顏。你看他，稍微受了一點委屈，便「早已急的亂跳，賭身發誓的分辯」。「一面嚷，一面抓起一根門閂來就跑」。「眼似銅鈴一般」。作為「霸」道的一面，他具有令人可怕的醜惡；作為「呆」氣的一面，他又具有逗人可愛的純真。

《紅樓夢》無疑是中國文學史上最偉大的悲劇傑作，但如同世界上古往

今來的許多悲劇名著一樣，《紅樓夢》中也包含著濃烈的喜劇因素。當然，這些喜劇因素同樣也是為表現悲劇主題服務的。就拿薛蟠來說，除了他身上所體現的那些足以表現封建統治階級最醜惡的本質的行為之外，即便是那些在表面上令人感到可笑或可愛的行為背後，不也讓人隱隱感到作者對封建世家子弟品德之敗壞、智慧之低下、精神之空虛、言行之卑劣的一份莫可名狀的悲哀嗎？而薛蟠這位「呆霸王」，他的呆也罷、霸也罷、可笑之處也罷、可惡之處也罷，都距封建主義所要求的「世事洞明皆學問，人情練達即文章」的接班人的標準不啻萬里之遙。即便在封建時代，薛蟠也不可能有什麼光輝燦爛的前程，這便是這位「呆霸王」的可悲之處。而通過喜劇人物的滑稽表演來表達作者自己的幽訴悲懷，通過可笑來表現可悲，藝術效果增一倍矣，作者之悲深一層矣！

（原載《說部門談》，中國文聯出版社，2000 年 10 月出版）

《紅樓夢》小人物贊

　　幾十年前，蔣和森先生作《〈紅樓夢〉人物贊》，以深邃的思想、抒情的筆調評價了《紅樓夢》中寶玉、黛玉、鳳姐、晴雯、賈政、妙玉、焦大、尤三姐等人物。今不揣冒昧，狗尾續貂，作《〈紅樓夢〉小人物贊》，無非是為了抒發自己閱讀《紅樓夢》的點滴感想而已。

　　此處之「贊」，誠如蔣和森先生所言，並非全然讚揚，仍然是「義兼美惡」。褒、貶、毀、譽，各各有之。而所謂「小人物」者，次要人物也。

茗煙

　　將情慾細流導入那天理至上的王國，你是一條小渠；把富貴閒人引向那五光十色的世界，你是一道橋樑；在黃金鎖鏈捆縛著的囚徒身邊，你是一名奴僕；在高牆深院圈束著的逆子心上，你是一抹霞光。

　　你是風流的種子，你是惹事的禍秧。誰沒有看見，你跪祝不知名姐姐的瘋模傻樣？誰沒有聽見，你「茗大爺」的獨唱迴蕩在賈氏學堂？但——，誰又能料到：你居然不怕五雷轟頂，膽敢將人間的禁果偷嘗，而且不知相愛者的姓名，只知道她的模樣。

　　寶二爺要幹的，你先幹；寶二爺之所想，你先想。就連那「一溜煙」的本領，你也在你的主子之上。你的聰明伶俐，其實並不亞於那金玉兒郎。

　　你常聽訓斥、你挨過皮鞭、你嘗過巴掌。難道你一覺醒來，就把這一切全都遺忘？不！人的血液，照樣在你這奴才身上流淌。也許你並不明白，你所腐蝕的，乃是簪纓世族的擎天白玉柱、架海紫金梁；也許你並不知道，那忽喇喇大廈的傾倒，實在也有你的一份力量。

　　要是你故意去幹這一切，你、以及你所生活的人寰，或許會全部變樣！

倪二

　　你，金谷園邊的金剛，醉紅鄉中的醉神。何以言「醉」，因眾人皆「醒」。何謂「金剛」，因你有圓睜的眼睛。或因為那世家後裔、公子王孫，一個個都那麼「溫良恭儉」、「文質彬彬」。

　　你是大好人，但為什麼放高利貸、打架賭博，純然是潑皮行徑？你是大壞蛋，又何以路見不平、傾力相助，保護傘硬要遮到街坊緊鄰？說你醜，你醜得本色；說你美，你美得猙獰。你呀你！牛二般的無賴、魯達般的豪爽、李逵般的率真。不知曹雪芹為何在那溫柔富貴之鄉，要留下你這不協調的多重的疊影。

　　那鳳奶奶也愛放債，卻把丫頭們的膏血獨吞，哪像你，轉手之間不要利錢白借人？那薛大爺也愛打架，卻讓窮秀才一命歸陰，哪像你，酒氣薰天，揎拳捋袖、抱打不平？那錦衣玉食的怡紅公子，堪稱心兒細、最多情，但他做夢也想不到：飲酒不歸須捎信，讓妻兒子女早關門。

　　你盤剝就盤剝，為什麼反襯出美人蛇更精？你橫行就橫行，為什麼更顯得呆霸王太狠？你要醉就醉，不要罵得那麼動聽，尤其不要道出雪花銀，這世態炎涼的底蘊。

　　你是黑白分明的沉醉，而他們，則是顛倒黑白的清醒！

柳湘蓮

　　你有衝天的豪氣，你有俊美的顏容，你有超凡的伎藝，你有過人的武功。你是脂粉嬌娃崇拜的對象，你是一個風流倜儻、義俠兼備的市井英雄。

　　但──，同樣是你，卻向一個弱女子遞去絕情的劍鋒！

　　你從世俗中走來，飄忽不定、浪跡萍蹤，但世俗的迷霧仍然把你緊緊包容；你向那侯門冷笑，痛快淋漓、冷嘲熱諷，但傳統的貞節觀卻將你深深牢籠。呆霸王，你敢打，因為他竟然將你這頂天立地的好男兒戲弄；剩王八，你不做，因為那將會影響你戴髮噙齒的大丈夫的尊榮。你在茫茫人海中尋覓心弦的共鳴，但，唯一的知己人兒，卻又由你親手斷送！你於骯髒塵寰中追求人格的尊嚴，但，什麼才是「人格」，你未必真正弄懂！

　　在「揉碎桃花」的一霎那，你也曾放聲大哭，熱淚臨風。有道是「英雄有淚不輕彈」，難不成七尺男兒也動初衷？或許是追悔莫及？或許是誤會消

融？或許是三姐真節烈？或許是尤物好姿容？不！應該是靈臺的悸動！睹物懷人，痛定思痛。你不能呀你不能，你不能揮劍斬煩惱，遁入空門中。那尚未真正合體的鴛鴦劍，將永遠是血的見證！那縈繞劍鋒的死別贈言，將永遠盤結在你的心胸。你的肺腑縱能容千年的朔風寒流、百世的污泥濁凍，「三姐兒」，當如一盆火炭，直把你心頭的冰塊燒溶！

冷郎君哪冷郎君！說你「冷」，你是否臉兒發紅？

趙姨娘

雖然她心術不正，也許長得並不醜；不然，端方的賈政，當初何以收她在屋裏頭？

她也曾經歷豆蔻年華，她也曾撫弄春風楊柳。或許她有過幸福的夢境，或許她有過美妙的追求。但——，畸形的現實、畸形的環境、畸形的地位、畸形的佔有，把她擠壓雕塑，把她反激造就，使她成為一個畸形的怪物，一頭受傷的雌獸。鬼火，把她的壞水漸漸燒向沸點；人血，在她的心上緩緩付諸東流。一重重陰暗的牢籠，一度度血腥的春秋，使她的身上心頭，都長滿了斑斑的鐵銹。

為了兒子的利益，她可以施用魔魔法把活人往死裏咒；為了兄弟的體面，她可以唇槍舌劍、放刁撒潑、叫罵不休。……對著她，人們盡可以把唾沫吐乾、把臉皮羞皺。但，請不要忘記，這是她最後的、也是唯一的「自由」。而且，「自由」之後，她必須一千遍陪小心、一萬次低著頭。永遠跪著走！這就是「自由」給她的報酬。

誰不追求切己的利益？是史太君、王夫人，還是賈存周？誰不講究自家的體面？是鳳奶奶、寶姑娘，還是探丫頭？為什麼他們永遠可以，而她卻一刻也不能夠？因為他們有一千條規矩、一萬條理由，而她，一條也沒有！她赤手空拳，當然只能作困獸之鬥。

對她，可以譴責，但不要用皮鞭狠抽。雖然她卑鄙、陰暗、邪惡，但不是罪魁禍首。對她，可以同情，但不能把讚歌鳴奏。假若她明天是「王夫人」，也可以把昨天的「自己」當成狗！

趙姨娘也是一首歌，歌名就叫：「難受」！

（原載《說部閒談》，中國文聯出版社，2000 年 10 月出版）

《紅樓夢》內外的曹雪芹「意外」

　　俗話說，智者千慮必有一失。再傑出的作家筆下也可能體現知識侷限，再偉大的作品也會有白璧微瑕，曹雪芹及其《紅樓夢》也不能例外。還有一種情況，《紅樓夢》的續書仿作眾多，那些作家的思想基礎、知識水平、認知能力、表現手段往往又與曹雪芹這樣的一流作家具有較大的距離，因此他們也會曲解、閹割甚至糟蹋原著。更有甚者，一部作品，只要流向社會，它就不再為作家一人所擁有，而是一種公共精神財富，於是人人都可以佔有、使用乃至於篡改其本意為我所用。以上這三方面的情況，對於原作者而言，都是一種「意外」，是一種或愧疚、或悲哀、或憤怒甚至哭笑不得的「意外」。這裡所探究的，就是《紅樓夢》內外的一些令曹雪芹難受的「意外」。

一、什麼是「篾片」？原來如此！

　　中國古代小說中經常會出現「篾片」這種社會角色。那麼，這些人物何以被稱之為「篾片」，而「篾片」的本義又是什麼呢？

　　篾片，最顯豁最通常的解釋就是幫閒，是舊時代一種寄生於有錢人家的卑鄙的社會角色。中國古代小說所描寫的篾片，最常見的就是這麼個意思。

　　例如：「一干山人篾片、優童方術，冒濫廩糧；一干偷兒惡少、白棍游手，鑽為隊峭。」（《天湊巧·曲雲仙》）「有一個篾片，叫做萬事通，為人奸詐，詭計多端。」（《三門街全傳》第二回）「做篾片的，見大老官興頭時，個個來親近他；到得他被眾人拖累窮了，要想眾人幫扶些，再也不成，便鬼都沒得上門。」（《醒夢駢言》第十二回）「有種趨炎附勢的篾片，因蔚世和是個富翁，祖父遺下家產，甚是豐足，都是拍他的馬屁，投其所好，說得天花亂墜，掇撮

他開女學堂。」（《續鏡花緣》第三十一回）甚至還有人通過各種方式對這種幫閒篾片進行冷嘲熱諷：

> 宋信……忽抬頭見天上有人家放的風箏，因用手指著道：「就是他罷，限七言近體一首。」冷絳雪看見是風箏，因想道：「細看此人，必非才子。莫若藉此題譏誚他幾句，看他知也不知。」因磨墨抒毫，題詩一首。……只見上寫著：「《風箏詠》：巧將禽鳥作容儀，哄騙愚人與小兒。篾片作胎輕且薄，遊花塗面假為奇。風吹天上空搖擺，線縛人間沒轉移。莫笑腳跟無實際，眼前落得燥虛脾。」陶進士與柳孝廉看見，字字俱從風箏打觀到宋信身上，大有遊戲翰墨之趣，又寫得龍蛇飛舞，俱鼓掌稱快道：「好佳作！好佳作！風流香豔，自名才女，不為過也。」宋信看見明明譏誚於己，欲要認真，又怕裝村，欲要忍耐，又怕人笑，急得滿面通紅，只得向陶柳二人說道：「詩貴風雅，此油腔也。甚麼佳作！」（《平山冷燕》第六回）

> 又聽田文海說笑話道：正月十五大放花燈，一起鄉下人進城遊玩，見各處的燈，飛禽、走獸、人物都彩色鮮明，又像活的一般。鄉下人當成真的道：「世上那裡有這些活寶貝，奇怪奇怪，卻肚皮亮亮的能點燈。」又問：「值多少錢？」旁人與他開心道：「十串大錢一張。」鄉下人吐著舌頭道：「好貴，好貴！」正看得高興，忽然一陣大雨各家措手不及，將燈全行打壞，都露出架子來。鄉下人道：「呸！我當是活的，原來是篾片做的。可憐我們鄉下人，一年苦到頭，種田養雞鴨都沒有這樣大的利息。」田文海說到此處，卻一口氣說了下去，道：「真正鄉下的雞鴨，田篾片不如了。」眾人聽了，哄然大笑。（《繪芳錄》第三回）

以上二例中的宋信和田文海都是幫閒篾片，因此，他們遭到了別人的嘲諷甚至自我解嘲。值得注意的是，這兩則例子中對於「篾片」的解釋似乎都是某種物體用篾片紮成作為基本框架的意思：「篾片作胎輕且薄」，「原來是篾片做的」。當然，此二例只是興之所到，並非刻意解釋，但也有一本正經解釋「篾片」之本義者，而答案卻大相徑庭。先看與上面兩例相同的解釋：

> 這等一起朋友，專一白手騙人，在江湖打憨蟲，北方人叫做幫襯的，如鞋有了幫襯，外面才好看；蘇州叫做篾片，如做竹器的先

有了篾片，那竹器才做得成。(《續金瓶梅》第三十回)

實在話，這種解釋太一般，也不確切。而下面這種帶「色」的解釋可就生動形象而又準確得多了。

> 一名篾片，又叫忽板。這都是嫖行裏話頭。譬如嫖客本領不濟的，望門流涕，不得受用，靠著一條篾片，幫貼了方得進去，所以叫做『篾片』。大老官嫖了婊子，這些篾片陪酒夜深，巷門關緊，不便走動，就借一條板凳，一忽睡到天亮，所以叫做忽板。這都是時上舊話，不必提他。(《豆棚閒話》第十則)

> 無奈那不知趣的老兒還假賣風流，說情說趣，乃至引得春心舉發起來。他又一點正事也幹不得：間或就強而後可，軟叮噹的一個對象，又沒處尋這麼個小篾片幫扶他進去，弄得不疼不癢，更覺難過。(《姑妄言》第五回)

> 謙良方才說道：「有一個老人，娶了一個年輕之婦，晚間上床同睡，要舉行這件事，那知老人精力已衰，胯下這件東西再也舉不起，被婦人哭鬧不休，忽然想著一個主意，走下床來，拿了一片竹片，縛在那件東西上，方才舉了起來，與婦人勉強做了一齣戲。事畢，婦人道：『你今天虧得有了篾片，幫了你的忙，你應該謝謝這篾片呢！』」(《九尾狐》第八回)

原來如此！由帶「色」的幫忙引申為不一定帶「色」的幫閒，「篾片」一詞，當以此為正解。然而，這個「正解」對於不少正兒八經的小說作家卻並不一定能洞察知悉，他們不太懂這種來自民間或下層文人之中的古老的「黃段子」，仍然一本正經地將篾片理解為竹器的框架。但這樣一來，卻難免鬧出一點不尷不尬的笑話。更令人想不到的是，這個笑話首先就出在《紅樓夢》裏面：

> 鳳姐聽說，便回身同了探春，李紈，鴛鴦，琥珀帶著端飯的人等，抄著近路到了秋爽齋，就在曉翠堂上調開桌案。鴛鴦笑道：「天天咱們說外頭老爺們吃酒吃飯都有一個篾片相公，拿他取笑兒。咱們今兒也得了一個女篾片了。」李紈是個厚道人，聽了不解。鳳姐兒卻知是說的是劉姥姥了，也笑說道：「咱們今兒就拿他取個笑兒。」二人便如此這般的商議。(第四十回)

而且，在《紅樓夢》之後，居然還有一部仿紅樓的小說也鼓桴相應地鬧起了

同樣的笑話：

> 婉容笑道：「我不信你的鬼話，大凡我說一句話，你都說預先想
> 到了，分明你跟著我口氣說，卻叫我又愛你口才敏捷，又厭你慣使
> 乖巧。你如做了薦片，倒是個出色的。」小黛臉一紅，笑道：「我果
> 真做了總督小姐的門客薦片，定是前世修來的，有了你這大靠背，
> 還愁做窮司員的家小麼！今日你親口說過了，若厭煩我這薦片，想
> 丟掉了我，那是不依的。」婉容笑著啐道：「誰同你說這些混話，你
> 又硬來編派我了，我怎敢把一位五品宜人太太當作薦片，也不怕罪
> 過麼！」（《繪芳錄》第二十五回）

《紅樓夢》中的榮國府第一丫鬟鴛鴦不明白「箋片」的本義，居然對著珠大
奶奶、璉二奶奶、探春小姐大談特談「女箋片」。《繪芳錄》中的五品宜人小
黛也不明白「箋片」是什麼東西，竟然對著閨密總督小姐婉容自稱「門客箋
片」。這真是令人笑斷肝腸的事。這些太太、小姐、丫鬟們如果一旦知道「箋
片」原來是那麼個東西，一定會為自己無意間帶「色」的笑罵羞得無地自容
的。但是且慢，她們原本也用不著害羞，因為她們的「不知道」其實不是她們
的「不知道」，而是作者雪芹和竹秋他們的「不知道」。不過，這樣一來，似乎
對那些認為「淵博如曹雪芹當然無所不知」的「紅學家」們是一個不大不小
的打擊。

太意外了，曹雪芹居然不懂得箋片的本義是什麼？

乖乖，居然還有曹雪芹不懂的東西！

二、高雅的「戲叔」

《水滸傳》中的「金蓮戲叔」幾乎無人不知，那雖然也帶有一點真性情
的意味，但畢竟是比較世俗的。那麼，《紅樓夢》中有沒有「戲叔」的描寫呢？
當然有！作為小叔子的賈瑞調戲嫂子王熙鳳不成，可不就被那位「鳳辣子」
狠狠地「戲」了個不亦樂乎嗎？當然，那可以稱得上是比較惡劣的「戲叔」。
這些，都是顯而易見的。但是，還有一次在正常的和諧的公開的環境中嫂子
「輕微」而又「高雅」地戲叔，卻是十分耐人尋味的。這事就出在詩禮簪纓之
族的榮國府，嫂子就是那正派不過的李紈，叔子就是大觀園中的「大眾情人」
賈寶玉。

當時是在蘆雪庵聯句，史湘雲、林黛玉、薛寶琴「三人對搶」，剩下的也

是薛寶釵、邢岫煙、賈探春等人過渡一下，賈寶玉根本插不上嘴。在寶玉而言，對這種「名落孫山」的感覺本不在乎，但偏偏他嫂子李紈要點他的穴道：「只是寶玉又落第了」，寶玉笑道：「我原不會聯句，只好擔待我罷。」聽了這話，李紈開始「戲」起小叔子來。

> 李紈笑道：「也沒有社社擔待你的。又說韻險了，又整誤了，又不會聯句了，今日必罰你。我罰你。我才看見攏翠庵的紅梅有趣，我要折一枝來插瓶。可厭妙玉為人，我不理他。如今罰你去取一枝來。」眾人都道這罰的又雅又有趣。寶玉也樂為，答應著就要走。
> （第五十回）

既然自己討厭妙玉的假撇清，何以偏偏要讓最「招蜂引蝶」的怡紅公子去招惹那攏翠庵的幽尼？既然想要那有趣的紅梅插瓶來裝點自己枯寂無聊的生活，為什麼要派遣在女兒國人見人愛的「小叔子」去索要？李宮裁，這位不到二十歲就死了丈夫的年輕寡婦，在向小叔子發號施令的時候，難道內心深處就沒有一絲一毫情感的漣漪嗎？難道她對異性就真的築起一道萬里長城隔斷其中嗎？不是的！在這位嫂子「戲罰」小叔子的時候，其實是一瞬間恢復了她活生生的人性，她的作為女性「品味」異性的人的本性。謂予不信，我們換一個角度看問題，如果是當著賈母、王夫人的面，李紈敢於「罰」寶玉找妙玉討紅梅嗎？公子──幽尼──乞討──紅梅，多麼粉紅色的一組關鍵詞呀！那麼，能想出這一貌似高雅實則豔麗的妙「罰」的年輕寡婦，你能說她是百分之一百的「寡」於情嗎？

當然，我們必須承認，即便是李紈的這次舉動算得上是「戲叔」的話，那也是天地間最為純淨的戲叔。然而，這個情節的出現卻又實實在在動搖了人們對「形同槁木，心如死灰」的李紈的印象。同時，這段描寫也告訴人們，槁木在適當的季節或許會萌發新芽，死灰有適當的溫度保不定也會恢復燃燒。中國不是有枯木逢春、死灰復燃這兩個成語嗎？

進而言之，如果曹雪芹在這段描寫中沒有上述這些深刻含蘊，他會很意外，怎麼一不小心造成了讀者對如此聖潔的女人的誤解呢？如果曹雪芹在這段描寫中確實有上述這些言外之意，他同樣會很意外，後生可畏呀！如此含蓄隱蔽的象外之象、意外之意，居然也能被參透！

雖然都是作者的意外，但我寧可相信後者。

三、對「寶黛愛情」的惡意解構

對寶黛愛情的研究，是一個永久熱門的話題。有人提出：「曹雪芹通過對石頭和仙草根據的無根據的描述，傳達出他關於人生就是徹底的悲劇，就是荒誕的體認、讓讀者深切地感受到人生無論是去還是來，其實都沒有從根本上得救的可能。」（王青、劉朝謙：《寶黛悲劇存在之源辯析》，載《明清小說研究》2013 年第 2 期，第 45 頁。）

這種認識應該是很有道理的，因為它符合《紅樓夢》「深刻」的實際，但並不一定符合《紅樓夢》「表面」的實際。何以如此？答曰，書中「假語村言」太多。例如下面這一段：

> 薛姨媽道：「我的兒，你們女孩家那裡知道，自古道：『千里姻緣一線牽』。管姻緣的有一位月下老人，預先注定，暗裏只用一根紅絲把這兩個人的腳絆住，憑你兩家隔著海，隔著國，有世仇的，也終久有機會作了夫婦。這一件事都是出人意料之外，憑父母本人都願意了，或是年年在一處的，以為是定了的親事，若月下老人不用紅線拴的，再不能到一處。比如你姐妹兩個的婚姻，此刻也不知在眼前，也不知在山南海北呢。」（《紅樓夢》第五十七回）

薛姨媽的這些「月老」「紅線」一類的故事，只不過是姑妄言之的古老話題，騙騙幾個少不更事的少男少女是可以的，書中的主人公肯定不把這當一回事，即便當時上當受騙，將來長大了是不會相信這一套的。而作者曹雪芹，儘管也有宿命的思想，但他對這一套月老、紅線之類的東西應該是不相信的。因為，如果他相信這些東西的話，他就不可能寫出「懷金悼玉」的《紅樓夢》。曹雪芹相信的是，「人生就是徹底的悲劇」，哪來的慈祥的月老和溫柔的紅線？因此，寶黛愛情悲劇是一個集合型的悲劇，性格悲劇、時代悲劇、環境悲劇、民族心理悲劇……，而不僅僅是宿命的悲劇。

但還真有人相信這個東西，並且根據這個東西來解構寶黛愛情悲劇，當然，一開始還是善意解構，將寶黛愛情的悲劇結局變成美滿結局，並充分世俗化、宿命化。

> 眾人點頭，離了奈河村往前正走，忽見一片祥光飛星而至。神瑛認得是月下老人，忙問道：「老仙急忙忙的要往那裡去？」月老忙命僮兒收了祥光，指著神瑛道：「你們這些孽障實在可恨，累我老頭兒各處找，到怎麼在這裡閒逛？」神瑛笑道：「我們此時非鬼非

仙，落得逍遙自在，誰知道你來找呢，到怪咱們逛的不是。」月老笑道：「且將閒話丟開，快些來，都替我拴上。」說畢，在袖裏掏出一把紅頭繩兒，先在神瑛左足上繫一條，又拉住絳珠，不由分說在右足上也繫了一條。絳珠道：「老頭兒到底為著什麼將咱們拴住，就有什麼不是也該到幻虛宮去理論，仔嗎在半路上將人拴住呢？」月老笑道：「誰耐煩要來拴你，都是你們自己早已繫定。如今還要怪誰？」說著將那些仙子們俱已繫過，在絳珠身上將一個五色靈芝摘下，又將神瑛胸前的那塊通靈寶玉亦取了，納在袖裏。（《紅樓復夢》第三回）

月下老人見了警幻便問：「仙子何事降臨？」警幻笑道：「被這兩個厭物纏擾不清，特來求你成全成全他們罷。」……老人道：「閒話少說，我看仙子分上，成就了你兩人罷。」就在胸前袋內取出一條鮮紅的繩子來，說：「你兩個各在腳下拴一頭。」兩個忙忙拜謝，緊緊拴在腳上，並肩立著。老人笑道：「笨塊！拴一拴就是了，何必縛雞似的，盡著捆個不了？」二人聽了，才解下來，跪著送還老人。老人又向袋內取出一本簿子來，面上寫著「天下姻緣簿」，提起筆來問：「你們投了生，可姓什麼，叫什麼名字？我好注簿。」（《綺樓重夢》第一回）

像神瑛與絳珠、或曰賈寶玉和林黛玉這樣的「多情種子」，在《紅樓夢》中雖然都品嘗著愛情的苦果而抱恨終身，但在《紅樓復夢》《綺樓重夢》這樣的紅樓續書中，作者們是立志要讓他們享受今生來世的愛情幸福的。不過，寶黛愛情悲劇在這裡卻被徹底解構了，它不再具有感天地泣鬼神的藝術魅力，而流於平庸。這樣的《紅樓夢》續書，最多只能和一般言情小說並列在一個水平線上，而且，還只能與清代中葉以後的才子佳人小說並列，而遠遠趕不上《平山冷燕》《定情人》等優秀作品。

更令人不堪的是，有的《紅樓》續書作者竟然「惡搞」寶黛愛情，讓早登仙境的大腕神仙壽星老兒對著年輕的靈魂開極端下流的玩笑，而且那兩個靈魂中的一個竟然是《紅樓夢》作者曹雪芹和相當多的讀者心目中的聖潔——絳珠仙子。

寶玉聽了，連忙跪下，叫道：「少任年幼無知，一時冒犯，還求老伯開恩恕罪！」絳珠也跪下道：「我年紀還輕，叫聲太老伯

罷。」壽星哈哈大笑道：「這會子不叫老弟了。真真兩個孽障，便這
樣情急得很。我把你們投兩隻哈叭狗兒，打打雄也算是夫婦了。」
　　（《綺樓重夢》第一回）

這真是豈有此理！曹雪芹地下有靈，讀到這樣的章節，那就不是一般的「意
外」了，而應該是憤怒。從這裡，我們也可以知道《紅樓夢》這樣的經典名著
被那些續作者糟蹋成什麼樣子，寶黛愛情悲劇被那些庸俗無聊的文人解構成
什麼樣子了。

四、想不到寶玉會如此輕薄

　　《紅樓夢》中，賈寶玉與蔣玉菡、花襲人之間的關係是頗為曖昧的。蔣
玉菡是賈寶玉的同性戀者，花襲人則是賈寶玉最早的性實踐者，這兩個風馬
牛不相及的人最後竟然成為夫妻。而且，中間的牽線人恰恰就是「寶二爺」。
但那「紅線」粗得很，竟是一條茜香羅的大紅汗巾子。

　　　琪官……說畢撩衣，將繫小衣兒一條大紅汗巾子解了下來，遞
　　與寶玉，道：「這汗巾子是茜香國女國王所貢之物，夏天繫著，肌膚
　　生香，不生汗漬。昨日北靜王給我的，今日才上身。若是別人，我
　　斷不肯相贈。二爺請把自己繫的解下來，給我繫著。」寶玉聽說，
　　喜不自禁，連忙接了，將自己一條松花汗巾解了下來，遞與琪
　　官。……只見寶玉笑道：「夜裏失了盜也不曉得，你瞧瞧褲子上。」
　　襲人低頭一看，只見昨日寶玉繫的那條汗巾子繫在自己腰裏呢，便
　　知是寶玉夜間換了，忙一頓把解下來，說道：「我不希罕這行子，趁
　　早兒拿了去！」寶玉見他如此，只得委婉解勸了一回。襲人無法，
　　只得繫在腰裏。（第二十八回）

寶玉這裡的行為，尚算不上輕薄，最多不過有點兒「耽情」而已。儘管這段
描寫使得某些讀者心裏有點說不出的味道，但無論如何曹雪芹並沒有寫蔣玉
菡和花襲人成親後仍然無恥地共事一人。然而，在最先出現的續書《後紅樓
夢》中，這種「夫妻共事一人」的醜惡事件卻被蔣玉菡們自覺地延續下去，
且看：

　　　蔣玉函時常勸襲人與寶二爺相好，說道：「你我兩個人服事寶二
　　爺，無分彼此，我們前後也受他多少好處，你再不要在我面上存半
　　點子疑心，你若要在這個上疑忌我，不是夫妻情分了。」襲人見蔣

> 玉函真心，倒也並無疑忌，也將黛玉、晴雯的話告訴他，說：「我而
> 今若有一點子落在兩人眼裏還了得！」蔣玉函便叫襲人瞞了黛玉、
> 晴雯悄悄與寶玉好。（第二十四回）

蔣玉菡公然鼓勵妻子去和原先的舊主人兼自己的同性戀者相好，居然胡說什
麼「你我兩個人服事寶二爺，無分彼此。」簡直是無恥之尤！後來，花襲人果
然遵從夫命，移船就岸，與舊主人兼舊情人寶二爺日益靠攏。那麼，寶玉的
表現如何呢？可謂輕薄得可以：「寶玉一進去，便關上門，拉住他低低的笑著，
告訴他一定要敘舊。襲人本來水性楊花，又是幼交情重，如何不依。」

　　這種描寫，一定會讓曹雪芹意外，但且慢，賈寶玉的下流在續書中可謂
無獨有偶。他不僅對朋友妻花襲人如此輕薄，而且對另一個好朋友柳湘蓮心
儀的女人妙玉也輕薄如此，不過，那場景發生在另一部《紅樓》續書中。

> 　　二人同進裏間。妙玉笑問道：「你要件什麼茶具？」寶玉道：
> 「還是那玉斗罷。」妙玉道：「只怕俗了。」寶玉道：「你這裡哪有
> 俗物？」妙玉道：「不如把上回薛、林二位奶奶吃的那兩件拿來，任
> 你自取。」寶玉道：「兩件俱佳，我竟評不出高下來。」妙玉道：「林
> 奶奶吃的那件為最。」寶玉道：「那件東西已雅到無有方比的分兒。」
> 少頃，妙玉將茶親自奉上，又道：「林奶奶是個極雅的人，此物一經
> 她品題，更變雅了。」寶玉道：「她如何就這麼雅？」妙玉道：「她
> 不雅，誰還雅？」寶玉道：「你這剗截才子的妙文真雅極了。」只見
> 妙玉從耳根紅到額角，如桃花醉日一般，低著頭不語。寶玉自悔造
> 次，怕妙玉要惱。哪知妙玉並不生嗔，心中有話不能說出，只對著
> 寶玉呆看。（《紅樓幻夢》第六回）

必須強調這一段的敘事語境，按《紅樓幻夢》所寫，寶玉此時早已與林黛玉、
薛寶釵「金玉生輝，左眉右髻」了，同時，又受柳湘蓮之託，為「冷郎君」謀
求「幽尼」為妻。在這種情況下，寶二爺居然對那曾經的暗戀者提起二人之
間心照不宣的風流往事——乞紅梅、喝香茶、共用綠玉斗等等，而且言語中
又賣弄自己「雙擁」極其高雅的釵、黛。須知，這對妙玉而言，更是一個極大
的觸動。因為當年妙玉為了接近寶玉，就是借釵、黛為媒介的：「那妙玉便把
寶釵和黛玉的衣襟一拉，二人隨他出去，寶玉悄悄的隨後跟了來。」（《紅樓
夢》第四十一回）如今，寶玉在愛情失敗的戀人面前盛讚「雙妻」，這本身就
是對妙玉的一種挑逗。弄得妙玉也只好盛讚林、薛二人進行「反挑逗」。最後，

賈寶玉竟然直接「造次」妙玉。使得這位幽尼在怡紅公子面前再一次作含情脈脈狀，作嬌羞陶醉狀，作風情萬種狀……。如此怡紅公子，豈能不出乎曹雪芹意料之外？

五、讓賈寶玉五雷轟頂的事

　　先說一件讓賈寶玉難堪的事，他與花襲人那點「初試雲雨情」的事，在後世小說中居然被當作典故使用。

> 他遞了一枝雪茄煙給我，一味的嬉皮笑臉的說道：「小雅，你見了面就知道了。那時候，還要謝我一桌雙柏呢。他是你的花襲人，瞞別人須瞞不得我。」……我略定了定神，想道：怪不得柔齋在路上同我鬧甚麼花襲人，是為著素蘭同我有初試雲雨情的秘密關係。
> （《冷眼觀》第十回）

這裡，一個叫做柔齋的人居然將花襲人作為「初試雲雨情」的代名詞去調笑自己的朋友，在由此可見《紅樓夢》影響之巨大的同時，我們也不得不為賈寶玉感到有點難為情，哪個願意自己的那點兒隱私被別人當作典故使用呢？但是，這只是「小巫」，還有讓怡紅公子哭也沒有眼淚的五雷轟頂的「大巫」：

> 慢慢的又說到風月場中去，說上海的姑娘，最有名氣的是四大金剛。寶玉笑道：「不過幾個粉頭，怎麼叫起她金剛來呢？」包妥當道：「我也不懂，不過大家都是這麼叫，我也這麼叫罷了。這四大金剛之中，頭一個是林黛玉。」寶玉猛然聽了這話，猶如天雷擊頂一般，覺得耳邊「轟」的一聲，登時出了一身冷汗，呆呆的坐在那裡出神。（《新石頭記》第三回）

這段描寫來自吳趼人的奇思妙想，他在《新石頭記》中寫賈寶玉回到人間，卻已經是晚清時代。復活的寶玉到了上海以後，還沒有適應「新生活」，猛然聽到了這麼一個讓他心膽俱碎的消息：林黛玉居然在新上海的十里洋場被妓女們冒名頂替了，或者說，高雅的黛玉居然在死後由於被冒名頂替而給情人寶二爺戴上一頂淡綠色的帽子，這怎不讓怡紅公子吃驚、蒙羞、憤怒乃至於無所措手足？

　　晚清小說中介紹妓女林黛玉的作品不在少數，例如《九尾龜》，就對林黛玉的介紹頗為詳細：首先，作者告訴我們，這個林黛玉在「四大金剛」中的排

位不是第一而是第二:「看官:你道那馬車上是誰?原來真是去年嫁人,坐第二把交椅的金剛林黛玉。」(第二十二回)旋即,作者還告訴我們這位四大金剛之一的林黛玉在風月場中的本領:

> 看官且住,那林黛玉雖是上海的有名人物,卻並不是什麼傾城傾國的姿容,既沒有金小寶那樣的纖濃,又沒有陸蘭芬怎般的清麗;不過比起張書玉來較勝一籌,是個中人之質罷了。為什麼在下要這般的極力揄揚,豈不要受看官的指謫麼?列公請聽:那林黛玉雖然相貌平常,卻是個天生尤物,丰韻天然,那一顰一笑的風頭,一舉一動的身段,真是姑蘇第一,上海無雙,更兼那一雙媚眼,顧盼起來,真可銷蕩子之魂,攝登徒之魄,這便是林黛玉出奇制勝第一等的工夫。看官們有老於嫖界,認得黛玉的人,方曉得在下的說話不是無根之論。(第二十七回)

《九尾龜》堪稱「嫖界教科書」,作者張春帆化身章秋谷,亦可算得上資深嫖客,對上海青樓故事瞭如指掌。故而,這裡不僅介紹了林黛玉的媚術,而且還將她與其他三大金剛作了簡明扼要的比較。但是,這些話如果讓寶二爺聽起來,讓曹雪芹聽起來,不知作何感想?尤其是那「林黛玉」三個字,實在是太扎眼了。殊不知,在當時的大上海,叫做「林黛玉」的妓女卻不止於四大金剛中的這一個。另一部晚清小說《九尾狐》,其中的女主人公姓潘,淪為妓女,藝名就叫「林黛玉」。後來,她又更名「胡寶玉」,而她「林黛玉」的藝名,又被另一名妓女剽竊,亦即「四大金剛」中的這一位。該書第十一回詳細介紹了這一過程:

> 阿金等歸來覆命,黛玉心中亦甚快活,命阿金去定做一塊特別商標,取名叫做「胡寶玉」。從此之後,書中無「林黛玉」三字名詞,到底叫他胡寶玉了。請看官們牢牢緊記,不要看做黛玉是一人,胡寶玉又是一人,一而二,二而一,好似孫行者搖身一變,把「林黛玉」變成「胡寶玉」了。後來有個妓女羨慕寶玉的名頭,又不便就叫寶玉,因他尚在申江,故取名叫林黛玉,欲思步他後塵,媲美前人,果然有志竟成,芳名大噪,得在四金剛之列,與寶玉後先輝映,至今猶存。

更令人想像不到的是,除了上面兩位在申江嫖界紅極一時的「林黛玉」而外,大上海倡人中居然還有一位「小林黛玉」,真是令人眼花繚亂。

秋谷便揀一部最新的橡皮車，兩個馬夫都穿著玄色絲絨，水鑽鑲嵌的號衣，自己坐下，招呼那一眾馬夫跟著先到如意堂去接陸韻仙、王二寶、金小寶；又到翠鳳堂接小林黛玉、陳巧林等。許寶琴、花雲香家是不必說，自然一定在內的了。原來秋谷安心鬧標勁，所以把昨日在餘香閣的所有倌人通通叫到，要做一個大跑馬車的勝會。（《九尾龜》第三回）

其實，《九尾龜》中的「小林黛玉」已經是「後起義」了，在此前不久的另一部仿《紅樓》小說《繪芳錄》中，就有刻意克隆林黛玉者：

誰知三月初旬，上海新來了一個出色有名的相公，姓林名喚小黛，字翠翹，蘇州人，生得如花似玉，傾國傾城，腹中淵博非常。

聞得金陵是六朝金粉舊地，同著寡母穆氏到了南京。（第八回）

這樣一來，還真的夠賈寶玉不斷領受「餘震」的威力了。不僅他心中的女神那意味深長的名字被妓女們一而再再而三地襲用、套用，而且，就連他老人家的「寶玉」尊諱，也被那些慣於干犯商標的妓女「胡」搞了一通。而曹雪芹，即便死去活來也不會想到，這麼多、這麼大的「意外」會出現在《紅樓夢》家喻戶曉之後。

六、范進中舉的醜態居然影響到林黛玉

這裡所說的林黛玉並非《紅樓夢》中的林黛玉，而是某部《紅樓》續書中的林黛玉，因為，《儒林外史》是不能影響《紅樓夢》的，它們是「不約而同」的兩部作品。

《紅樓夢》前八十回和後四十回對於八股取士制度的態度迥然不同，對此，有人做出這樣的描述：「《紅樓夢》自八十一回伊始，一改前八十回中賈寶玉對八股制藝的厭惡之情，將八股應試的事情就提上了日程，並給予了濃墨重彩的刻畫和描寫。」（張同勝、白燕《從前八十回與後四十回教育敘事的不同看〈紅樓夢〉的作者問題》）

《紅樓夢》後四十回寫寶玉、黛玉對於八股取士制度的態度，就已經有些讓曹雪芹感到意外了，但某些《紅樓夢》續書的描寫就更讓原作者意外之意外了、且看這樣的場面。

一語未終，只見一群報馬撥風而來，報的是賈蘭點了傳臚。門上忙報進去，闔家道喜，擠滿一堂。賈母、王夫人道：「不知寶玉可

曾點著？」此時李紈喜氣榮心，連忙說道：「老太太、太太放心，二叔穩要點甲的。」停了一會，又見報導：「林大爺點了狀元了。」大家拱著舒夫人、賈母、黛玉道喜，只聽一片環佩之聲，喧嚷之聲，嘈嘈雜雜。賈母笑道：「好了，狀元已經得了，寶玉怎麼樣了？」王夫人不則聲。寶釵、襲人渾身發抖。鶯兒道：「二爺到底……」說至此處，又止住了。婉香驚得心裏突突的跳，手尖冰冷。獨有黛玉，臉上或紅或白，似喜非喜，若愁非愁，癡癡的也無話說。紫鵑貼住黛玉呆望。又停了一會，只見幾十家人轟了進來，道：「恭喜老太太、太太、奶奶們，大喜的了不得，寶二爺點了探花。」王夫人忙問道：「可是真的。」賈母道：「如何不真？」（《紅樓幻夢》第七回）

賈蘭中的傳臚是二甲第一名，除了三鼎甲之外的最佳名次，這已經讓賈府眾人欣喜萬分了。接著，是林黛玉的同父異母的弟弟林瓊玉（當然是花月癡人違背曹雪芹的原意塑造出來的人物）中了狀元，在這種情況下，賈母的一句問話「寶玉怎麼樣了？」問出了眾多女人的醜態。尤其是寶釵、襲人，竟然緊張得「渾身發抖」。或許有人會認為，這裡的描寫，是對紅樓諸釵的一種歪曲和污蔑。這話只是說對了一半。對於林黛玉的「臉上或紅或白，似喜非喜，若愁非愁，癡癡的也無話說」而言，應該是歪曲性的描寫，因為真正的《紅樓夢》中的瀟湘妃子，是不會為了科舉問題而激動到這種程度的。但這段描寫對於寶釵、襲人等人而言，應該是大體真實的，有的甚至是恰如其分的。因為即便請曹雪芹來寫，在擔心自己的命根子能否高中的關鍵時刻，花襲人也是會緊張得發抖的。由此可見，續書也未見得就一無是處。但是，話又說回來，因為續書的大前提錯了：寶玉是不會去參加這樣高級的科舉考試的，故而，這一段描寫整體上只能說是失敗的。

七、「金陵十二釵」的安居工程

《紅樓》諸釵實際上有兩個居住地，一個是肉體的居住地，在榮寧二府含大觀園；另一個是精神居所，在太虛幻境。肉體的居所是溫柔富貴之鄉，精神的居所卻是悲情世界。但是，一些續書的作者可就不這樣想了，他們立志要讓曹雪芹難受，一定要讓那些「千紅一哭、萬豔同悲」的女人們將一切苦難拋在腦後，只有幸福和快樂的享受。於是，他們將「太虛幻境」改造為

「太虛真境」，搞起了「金陵十二釵」在天國的安居工程：

> 乍若御風、又如乘霧，一會兒便瞧見前面一座白石牌坊，上書「太虛真境」四大字，心想：他們都說的「太虛幻境」，這牌坊上分明寫著「真境」可見凡事非親眼見的不能作準。又看那兩旁還有七言對聯，是：「有盡歸無無是有；真須成假假為真。」轉過去是一座宮門，也有「福海情天」四字橫匾，又有一幅長聯，是：「厚地高天，有情人長如滿月；方壺員嶠，無邊景總占芳春。」探春初次來此，以為這就是赤霞宮了。走進二層門內，只見兩旁配殿還有許多匾額，約略看了幾處，是「鍾情司」、「種福司」、「朝歡司」、「暮樂司」、「春酣司」、「秋暢司」。心想，赤霞宮裏沒聽說有這許多司，這裡又一無設備，只怕是走錯了。（《紅樓真夢》第六十四回）

《紅樓真夢》是一部晚起的紅樓續書，流傳於民國年間。按理，已經經過個性高漲的人文思潮的薰染，這本書是不應該與曹雪芹唱反調的。但實際上，續作者郭某與曹侯思想大相徑庭處在書中比比皆是。就拿這太虛幻境的諸司命名而言，就全都與《紅樓夢》立意相反，說什麼「鍾情」、「種福」、「朝歡」、「暮樂」、「春酣」、「秋暢」云云，多麼現實，多麼實在，又多麼世俗，多麼庸俗！就連那太虛幻境的主題詞：「厚地高天，堪歎古今情不盡；癡男怨女，可憐風月債難償」，他也要改成「厚地高天，有情人長如滿月；方壺員嶠，無邊景總占芳春」。倘若曹雪芹地下有靈，看到這種地方，估計也會在深感意外的同時氣得個「發昏章第十一」的。

還有的續作者，雖然大體上沒有違背曹雪芹原意，但卻將太虛幻境變成了「太虛實境」。將那些安放千紅萬豔芳魂的地方，分給「金陵十二釵」們作為實實在在的靈肉共存居住地。

> 秦可卿道：「這裡叫做太虛幻境，又叫做芙蓉城，有一位警幻仙姑總理這裡的事。那中間向北的正殿，便是仙姑的住處，東邊一帶紅牆是元妃娘娘的赤霞宮，西邊一帶粉牆是林姑娘的絳珠宮，中間朝南的是芙蓉城的正殿，那朝南東西兩邊的配殿都是『怨粉』、『愁香』、『朝雲』、『暮雨』、『薄命』、『癡情』等司，就是我們這些人的住處了。」（《補紅樓夢》第二回）

秦可卿等人，就這樣住進了「芙蓉城」的「配殿」裏。這還只是嬛嬛山樵在《補紅樓夢》中的初步安排。到了這位不砍柴而侃大山的樵夫的續作之續作

《增補紅樓夢》中，他乾脆當起了分房委員會主任，給紅樓諸豔搞起了皆大歡喜的「安居工程」。

> 原來元妃已不在赤霞宮住，現與警幻仙姑、妙玉、惜春、紫鵑五人同居警幻宮中。那東邊赤霞宮卻是寶玉、迎春、探春、晴雯四人同住。西邊絳珠宮是寶釵、黛玉、金釧、襲人四人同住。南邊芙蓉城正殿是柳湘蓮、尤三姐住。那兩邊配殿「春感司」是岫煙、香菱、麝月三人住，「秋悲司」是巧姐、喜鸞、玉釧三人住，「怨粉司」是尤氏、四姐、彩雲三人住，「愁香司」是湘雲、寶琴、彩霞三人住，「朝雲司」是李紈、李紋、碧痕三人住，「暮雨司」是平兒、李綺、秋紋三人住，「癡情司」是可卿、鴛鴦、瑞珠三人住，「薄命司」是鳳姐、尤二姐、柳五兒三人住。那鍾情大士分隸在赤霞宮中。癡夢仙姑分隸在絳珠宮中，引愁金女分隸在警幻宮中，度恨菩提分隸在芙蓉城正宮中。其時芙蓉城中，人已齊了，便分派已定。（《增補紅樓夢》第三十一回）

其實，筆者覺得就是按照世俗的觀點，嫏嬛山樵的「分房政策」也有很多紕漏，甚至有很多不合理處。首先一條，為什麼要將賈寶玉和林黛玉分開？如果說因為風化問題要讓他們東飛伯勞西飛燕的話，那麼，又為什麼要將寶二爺和寶二奶奶分開？那不是人為造成夫妻兩地分居嗎？如果說，太虛幻境是一個講原則、講道德而不講感情、緣分的地方，那又為什麼要將柳湘蓮和尤三姐分配到一起？是要撮合他們雙棲雙宿嗎？最令人感到不安的是，作者居然將王熙鳳與尤二姐給弄到一個籠子裏。這不是製造矛盾嗎？難道太虛幻境有太多的金子，能夠讓可憐的尤二姐一遍又一遍地吞下去，將她的胃打造成刀槍不入的「金品」嗎？如此種種，或不合常理，或滅絕人道，連常理和人道都通不過，讀者能接受嗎？無怪乎這樣的作品長期以來無人問津了。因為它寫得實在是太令人感到意外了，不僅曹雪芹意外，就是筆者與廣大讀者，能有不意外者嗎？

（原載《明清小說研究》2017 年第三期）

悲劇氛圍中的喜劇意味
——以王熙鳳、薛蟠、劉姥姥為例

　　《紅樓夢》無疑是一個人生悲劇的大舞臺。在這個悲劇舞臺上，作者給我們展示了一齣又一齣催人淚下的悲劇。然而，在這個悲劇舞臺上登場的，卻有不少帶有喜劇意味的角色，即使是某些悲劇人物，也並非全然以悲劇者的面目出現。他們當中，有的以自身滑稽可笑的表演博得讀者大笑過後的淚珠，有的則在其無與倫比的醜態背後隱藏著作者的悲哀與嚴肅。在這裡，美與醜、幽默與哀傷、喜劇意味與悲劇意識，常常發生著對立轉換後的統一；在這裡，作者那充滿辯證統一的美學思想得到了淋漓盡致的表現與發揮；在這裡，我們可以、也應當體會到在擲出「笑」的藝術魔杖時，那浸透在作者心頭的千般苦澀、萬種辛酸。

　　《紅樓夢》中，的確有許多引人發笑之處，但作者絕不讓你輕鬆地笑，而是讓你笑過之後，心頭頓增一份深重的壓抑感。當一個聾婆子將急於求救的賈寶玉所說的「要緊」聽成「跳井」、「小廝」聽成「了事」的時候，讀者笑了，但笑著笑著，你會感覺到「寶玉挨打」的雷霆風暴即將來臨。（第三十三回）當王太醫只聽了賈母前半截話「另具上等謝禮命寶玉去磕頭」而沒有聽清後半截話「若耽誤了，打發人去拆了太醫院大堂」而連稱「不敢不敢」時，書內書外的人都笑了，但笑過之後，人們又可以看到一個身份並不低賤的太醫在豪門大戶的老祖宗面前的惶恐與慌亂。（第五十七回）當僕人李貴在賈政的追問之下，將「呦呦鹿鳴，食野之苹」念成「呦呦鹿鳴，荷葉浮萍」時，讀者在笑李貴的無知的同時，大概也多少會領略到一點兒政老爺的

威嚴吧。（第九回）這樣一些從戲劇舞臺上的「戲弄」吸收改造而成的喜劇表現手法，《紅樓夢》的作者用來得心應手、著筆生春。但這畢竟只是一些小巧的手段，作者在處理喜劇因素與悲劇意識的關係時，更多地是成功塑造了一批悲劇氛圍中帶有喜劇意味的人物，而其中最典型的便是王熙鳳、薛蟠、劉姥姥。

一

　　王熙鳳當然不是一個純粹的喜劇角色，她是金陵十二釵之一，是薄命司中的一員，歸根到底是一個悲劇人物，但在《紅樓夢》中，她卻常常以喜劇人物的面目出現。王熙鳳身上的喜劇色彩，主要是由她那幽默風趣的語言之所致。而這種充滿聰慧與機巧的語言，又使王熙鳳這一本來令人感到可怕的人物增添了幾分可愛的成分。因此，喜劇因素，也正是王熙鳳這一形象獲得永久的藝術生命的一個重要方面。

　　王熙鳳可以算得上是《紅樓夢》中絕妙的幽默大師，也可以稱得上是賈府傑出的公關人才。她那幽默風趣的調笑語言，往往能夠解決某些正言厲色的激烈言辭所難以解決的問題。當然，從鳳姐兒口裏所吐出的無窮無盡的俏皮話中，有相當一部分是她用來調整賈府裏複雜的人際關係的，有的甚至是為她自己的利益服務的。例如第十六回，當賈璉的奶媽趙嬤嬤以玩笑的口吻責怪賈璉沒有照顧好她的兩個兒子時，王熙鳳笑道：「媽媽你放心，兩個奶哥哥都交給我。你從小奶的兒子，你還有什麼不知他那脾氣的？拿著皮肉倒往那不相干的外人身上貼。可是現放著奶哥哥，那一個不比人強？你疼顧照看他們，誰敢說個『不』字兒？沒的白便宜了外人。——我這話也說錯了，我們看著是『外人』，你卻看著『內人』一樣呢。」說得滿屋子的人都笑了，賈璉則沒好意思起來。這裡，王熙鳳既撫慰了趙嬤嬤的不平之氣，又諷刺了賈璉這喜愛拈花惹草的丈夫，而這一切，又全都是在玩笑戲謔中完成的。

　　如果說，王熙鳳慣常使用這種調笑口吻來處理一般的人際關係的話，那麼，對於地位比自己高的人物，王熙鳳的調笑語言中則更加上一層機巧的逢迎。如第三十八回，當賈母說自己年輕時在「枕霞閣」玩耍，被木釘碰傷了頭，鬢角上留下指頭頂大一塊窩兒時，王熙鳳搶著說：「可知老祖宗從小的福壽就不小，神差鬼使碰出那個窩兒來，好盛福壽的。壽星老兒頭上原是一個窩兒，因為萬福萬壽盛滿了，所以倒凸高些出來了。」未及說完，賈母與

眾人都笑軟了。再如第四十六回，當賈母因賈赦欲強娶鴛鴦一事氣得渾身亂戰時，王熙鳳知趣不做一聲。後來經探春、寶玉等人緩解了賈母的怒氣而終於露出笑臉時，王熙鳳便迅速而及時地加強歡樂氣氛，以玩笑話來討好賈母：「誰教老太太會調理人，調理的水蔥兒似的，怎麼怨得人要？我幸虧是孫子媳婦，若是孫子，我早要了，還等到這會子呢。」既進一步沖淡了賈母的怒氣，又不失身份地讚揚了鴛鴦的美貌，甚至還隱隱地帶有幫助賈赦辯解的意味，真可謂一石三鳥。王熙鳳那運用自如的調笑話，真是人際交往語言中的極品。

可以這樣說，王熙鳳那些機巧百變的俏皮話，大大擴充了《紅樓夢》的喜劇色彩；而那些由王熙鳳導致的喜劇場面和情節，又極大地豐富了王熙鳳的性格內涵。如果沒有這些足以充分表現王熙鳳的俏皮聰慧的喜劇場面和情節，王熙鳳的形象會大為遜色，《紅樓夢》的藝術魅力也會大為削減。

二

如果說，王熙鳳是由於她的聰明和善辯而成為一個在濃厚的悲劇氛圍之中具有一定的喜劇意味的角色的話，那麼，薛蟠之所以成為一個喜劇人物則是因為他的愚蠢。在薛蟠身上，有霸道的一面，這正體現了他的橫蠻邪惡；同時，又有呆氣的一面，則體現了他的天真直率。作者以「呆霸王」三字作為薛蟠的外號，真是再合適不過了。然而，也正是這呆氣中的橫蠻、橫蠻中的呆氣，使薛蟠成為一個令人感到既可惡又可笑、甚至帶有幾分可愛的喜劇角色。

薛蟠，不僅是《紅樓夢》人物世界中猙獰兇惡的大淨，也是《紅樓夢》藝術天地裏滑稽可笑的小丑。他身上的喜劇特質，正是通過一系列的「丑」的表演得以實現的。《紅樓夢》第二十五回，作者在寫到鳳姐、寶玉被馬道婆的魔魔法弄得死去活來、賈府上下忙得雞飛狗跳時，突然插進一段對於薛蟠的呆態的描寫：「別人慌張自不必講，獨有薛蟠更比諸人忙到十分去：又恐薛姨媽被人擠倒，又恐薛寶釵被人瞧見，又恐香菱被人臊皮，——知道賈珍等是在女人身上做工夫的，因此忙的不堪。忽然一眼瞥見了林黛玉風流婉轉，已酥倒在那裡。」自家妹子不許別人瞧見，卻不妨趁機飽餐人家妹子的秀色；自己的女人生怕被別人臊皮，而別人家的女孩卻可以看亮了眼。吃虧的事全然不幹，占點便宜未嘗不可，這便是薛大公子的混帳邏輯，這便是薛大傻子

愚蠢而可愛的小心眼。在這裡，薛蟠真真是醜得可以，但醜則醜矣，卻醜得真切、醜得坦率、醜得本色、醜得公然，沒有道貌岸然的做作，也沒有正人君子的矯飾，因而，也就醜得令人感到可笑乃至可愛。這便是千古以來僅屬於「呆霸王」的獨特的「醜」。

在《紅樓夢》中，作者反覆多次地以勾魂攝魄之筆描摹出這種屬於薛大公子「專利」的可愛的奇「醜」，從而使這一人物身上帶有十分濃厚的喜劇色彩。你看他，居然無法用準確的語言來表達某樣東西的長短、粗細、輕重，只能如同七八歲的孩童一般笨手笨腳地比劃著說：「這麼粗這麼長粉脆的鮮藕，這麼大的大西瓜，這麼長一尾新鮮的鱘魚，這麼大的一個暹羅國進貢的靈柏香薰的暹豬。」（第二十六回）你看他，一本正經地將「唐寅」二字認作「庚黃」，經人指出後，還要搪塞：「誰知他『糖銀』『果銀』的。」（同上）你看他，錯認對象亂調情，遭到柳湘蓮的痛揍，便一會兒「亂罵」、一會兒「哎喲」、一會兒「哼哼」、一會兒「皺眉」、一會兒「亂滾亂叫」、一會兒「叩頭不迭」。（第四十七回）如果還嫌不夠，你不妨再聽一聽他那下流不堪的「女兒悲」、「女兒愁」、「女兒樂」的酒令和他那精彩絕倫的「一個蚊子哼哼哼」、「兩個蒼蠅嗡嗡嗡」的哼哼韻。（第二十八回）真是醜態百出，令人捧腹不已。

曹雪芹從茫茫人海中找到了薛蟠這麼一個可愛的「小丑」來增添《紅樓夢》中的喜劇色彩，在這一方面，作者毫無疑問取得了極大的成功；但作者通過這一位「丑」得可愛的呆霸王，僅僅是讓讀者忍俊不禁、大笑一場嗎？顯然不是。如同王熙鳳一樣，在薛蟠身上，我們應當能夠感覺到在這「笑」的背後似乎還隱藏著別的什麼。關於這一點，我們放在最後再分析；現在，先讓我們來品味一下曹雪芹的另一喜劇性傑作——劉姥姥。

三

劉姥姥與王熙鳳、薛蟠都不同。王熙鳳所造成的喜劇因素，是建立在對別人調笑的基礎上的，她是把讓別人「笑」作為一種手段來維護自己的利益，因此，帶有相當程度的功利性。薛蟠是一個天生的喜劇角色，他造成了許多喜劇場面而自己卻渾然不覺，他身上的喜劇性是以其「經濟世事，全然不知」的糊塗言行與那「世事洞明皆學問，人情練達即文章」的封建世家的接班人的要求格格不入、形成反差而造成的。而劉姥姥，則是有意地出乖賣

醜，以侮辱自己來討好別人。劉姥姥與王熙鳳相同的一面是在於「有意識」地造成喜劇效果，不同的一面是王熙鳳取笑他人而劉姥姥則取笑自己。劉姥姥與薛蟠相同的一面在於都以自身充當笑料，不同之處則在於薛蟠乃本色如此而劉姥姥卻有意為之。總之，王熙鳳是以其精明來製造喜劇氣氛，薛蟠是以其糊塗來充當喜劇角色，而劉姥姥則以其精明的糊塗來發揮她作為一個喜劇演員的藝術天才。

談到劉姥姥充滿喜劇意味的精彩表演，我們只要看看《紅樓夢》第四十回就足夠了。當鳳姐將一盤子花橫七豎八地插了她一頭的時候，劉姥姥明明知道自己醜陋不堪，卻打趣說：「我這頭也不知修了什麼福，今日這樣體面起來。」「我雖老了，年輕時也風流，愛個花兒粉兒的，今兒老風流才好。」當鳳姐與鴛鴦商議定了，單拿一雙老年四楞象牙鑲金的筷子與她時，劉姥姥又打趣說：「這叉爬子比俺那裡的鐵鍁還沉，那裡強的過他。」後來，她乾脆站起身來，高聲說道：「老劉，老劉，食量大似牛，吃一個老母豬不抬頭。」還故意鼓著腮幫子不語，引起哄堂大笑。接著，她又拿起那不聽使喚的筷子去揀那極不聽話的鴿子蛋，還說道：「這裡的雞兒也俊，下的這蛋也小巧，怪俊的。我且肏攮一個。」當鳳姐有意打趣她，說這蛋「一兩銀子一個」時，劉姥姥又滿碗裏鬧了一陣，好不容易撮起一個來，才伸著脖子要吃，偏又滑下來滾在地下，她又湊趣說：「一兩銀子，也沒聽見響聲兒就沒了。」惹得眾人已沒心吃飯，都看著她笑。

劉姥姥如此糟蹋自己，洋相百出，其目的何在？事後，當鴛鴦向她陪不是的時候，劉姥姥才說出心裏話來：「姑娘說那裡話，咱們哄著老太太開個心兒，可有什麼惱的！你先囑咐我，我就明白了，不過大家取個笑兒。我要心裏惱，也就不說了。」正因如此，她才在鳳姐、鴛鴦的導演下，心甘情願地充當一個臨時喜劇演員，出色地完成了以自己的醜態博得賈府太太小姐們一笑的艱難任務。劉姥姥的裝呆賣傻，她自以為是「聰明的糊塗」，殊不知，這正是一種「糊塗的聰明」。以侮辱自己的方式來討得賈府的一杯殘羹，她得到了什麼，又失去了什麼？這得到的與失去的在人性的天平上孰輕孰重？劉姥姥根本無法明白。但是，每一個有良心的讀者，讀到這種地方時，心靈深處都會引起一陣悸動。為了最基本的生存要求，一個來自鄉村的老嫗竟然如此自覺地將自己的人格尊嚴出賣得乾乾淨淨，這還是「人」的世界嗎？

四

在《紅樓夢》這麼一個悲劇人生的大舞臺上，作者何以要通過王熙鳳、薛蟠、劉姥姥等形形色色的人物來體現一些喜劇意味？或許是害怕讀者過分沉溺於悲傷情調之中不能自拔，故爾增添一點喜劇色彩來提醒人們的精神吧。或許是如人們常常稱道的「嬉笑怒罵皆成文章」吧。其實並不盡然。透過《紅樓夢》中這一層層喜劇的紗幕，我們看到的仍然是作者心頭無盡的悲哀。當作者寫到王熙鳳這位權傾一時的管家婆居然要以調笑作為手段來鞏固自己的地位的時候，心頭是否漾過一絲封建世家正常的凝聚力已無濟於事的憂傷？當作者寫到薛蟠小丑一般的表演的時候，恐怕在他心頭也會掠過一陣陣封建世家子弟（他自己也曾經是其中的一員）竟如此下流而無能的隱痛。當作者寫到劉姥姥這一個自以為聰明而實際糊塗的老人家百般自我凌辱的情景時，他的靈臺應當是悸動的，因為這正是人性中的真誠、善良、正直向著虛偽、醜惡、扭曲的墮落。曹雪芹是一個人道主義者，他對舊制度、舊思想的批判，是以人道主義精神為思想武器的。他對他曾經賴以生存的那個階級是進行了回身痛擊，但在這奮然一擊的同時，他的手在顫抖、心在顫抖，這是因為他的悲哀大於憤怒。他悲哀時代的不幸、社會的不幸，歸根到底，乃是悲哀這時代、社會中的人性的毀滅。他只能「趁著這奈何天，傷懷日，寂寥時，試遣愚衷，因此上，演出這懷金悼玉的《紅樓夢》。」（第五回）這種悲哀至極的心理狀態，使作者在他的《紅樓夢》中從來未曾流露出真正意義上的開懷大笑；即便是書中那些令人捧腹大笑的喜劇場面和情節，其底蘊也仍然是一個大大的「悲」字。

以「樂」寫「哀」，以喜劇筆法寫悲劇內涵，固然體現了作者對藝術辯證法的深刻領悟與成功實踐，但何嘗不又是作者痛苦的創作心理、創作過程的一個標誌？儘管作者心境悲涼，卻要打起精神去再現那往日的繁華與歡樂；明明作者的心在流血，卻要把筆下的故事寫得令人捧腹開顏。這是何等痛苦的創作過程啊！對作者而言，這種以心中之悲寫紙上之樂的創作狀況較之於字裏行間直抒胸臆的寫法，不知要痛苦與艱難多少倍。

（原載《說部門談》，中國文聯出版社，2000 年 10 月出版）

說不完道不盡的世界
——《紅樓夢》影響述略

　　一部《紅樓夢》，作者尚未輟筆，就已經在社會中不脛而走。其流傳之廣、影響之大，在中國文學史上實屬罕見。

　　《紅樓夢》出現後，在社會上引起了強烈反響。上自宮廷帝王、官僚貴族，下至普通百姓乃至婦人女子，都有不少人接觸到這部小說。據蔣瑞藻《小說考證拾遺》引《能志居筆記》載：「曹雪芹《紅樓夢》，高廟末年，和珅以呈上。」高廟即乾隆皇帝，據此而言，乾隆曾接觸過《紅樓夢》。吳雲在《從心錄題詞》中記述：「士夫幾於家有《紅樓夢》一書。」可見士大夫對《紅樓夢》的喜愛。還有人說：「《紅樓夢》一書，近世稗官家翹楚也。家弦戶誦，婦庶皆知。」（道光年間《文章遊戲》初編卷六《紅樓夢歌》後按語，繆艮語）

　　當時社會各階層的人們，不僅讀《紅樓》，而且熱心於評《紅樓》，甚至產生激烈的爭辯，以至為書中人物而瘋、而死。鄒弢《三借廬筆談》載：「余與伯謙論此書，一言不合，遂相齟齬，幾揮老拳，而毓仙排解之。於是兩人誓不共談《紅樓》。」老朋友之間討論《紅樓夢》，意見不一，幾乎要老拳相揮，也是認真得可以了。又據樂鈞《耳食錄》載，一個「癡女子」讀《紅樓夢》，「反覆數十百遍，卒未嘗終卷，乃病矣。父母覺之，急取書付火，女子乃呼曰：『奈何焚寶玉、黛玉？』」最後，這個女子竟為此而發瘋、致死。《紅樓夢》真可謂深入人心。

　　此外，《紅樓夢》對後世文學藝術也有深遠的影響。自《紅樓》一出，其

續著、仿作、改編、移植的作品層出不窮、汗牛充棟。據不完全統計，其續書至少有三十餘種，其仿作亦不在少數，如《鏡花緣》、《花月痕》、《青樓夢》、《一層樓》、《泣紅亭》等等均是。另外，根據《紅樓夢》改編、創作的戲劇、電影、小說、曲藝、繪畫、泥塑、刺繡、木雕等多種藝術形式的作品，直至目前正在放映的電視連續劇，更是不勝枚舉。

《紅樓夢》不僅給後世的文藝創作提供了大量的素材，而且還以其傑出的現實主義成就，為後代作家提供了豐富的藝術經驗。魯迅在《中國小說的歷史的變遷》中說：「自有《紅樓夢》出來以後，傳統的思想和寫法都打破了。」可以說，《紅樓夢》不僅是我國古典小說創作的高峰，而且對後世文學創作有著重大的啟示。我國現代文學史上，就有許多作家深受《紅樓夢》的影響，並取得相當高的成就。如巴金的「激流三部曲」《家》、《春》、《秋》就是十分典型的例子。

《紅樓夢》不僅在我國，而且在世界上也產生了廣泛的影響。十九世紀以來，出現了日文、英文、德文、法文等多種《紅樓夢》的全譯本或節譯本。近年來，隨著中外文化的交流與發展，《紅樓夢》一書在國際文化學術界引起了極大的重視，出現了令人矚目的「紅學」熱。尤其是 1980 年 6 月，在美國麥地生市威斯康新大學舉行了一次國際《紅樓夢》學術研討會後，國際性的《紅樓夢》研究會和學術交流活動已越來越多。目前，「紅學」已成為一門具有世界性的學問。《紅樓夢》，不愧為中華民族文學發展史上一顆極其璀璨輝煌的明珠。

（原載《黃石日報》1987 年 6 月 17 日第三版）

羽狀結構，不落窠臼
——《歧路燈》藝術淺談之一

　　《歧路燈》，正如同它的書名一樣，是一盞世家子弟走上歧路時的指燈。這是一部企圖說明「成立之難如登天，覆敗之易如燎毛」，奉勸封建世家的失足青年猛回頭、重做人的淑世小說。它與《儒林外史》、《紅樓夢》產生於同一時代。其作者李海觀（1707～1790），河南汝州寶豐縣人。

　　《歧路燈》在思想方面雖然有不少落後的東西，但是，在客觀上它卻從某些方面揭露了康熙、雍正、乾隆三朝在所謂「鼎盛」的畫皮下掩抑著的政治之腐敗、社會之黑暗、人心之混亂的真實情況，尤其是在表現廣闊的社會生活方面還彌補了中國其他古典小說之不足。在藝術方面，也在很多地方有它的獨到之處。這裡，僅就結構問題來談談這部小說的創造性。

　　談到情節結構，中國幾部著名的長篇古典小說可算是各具特色，而且，它們的結構形式又往往與其所要表現的內容有著密切的聯繫。

　　《三國演義》描寫的是東漢末年割據群雄，尤其是魏、蜀、吳三國之間在政治、軍事、外交諸方面的鬥爭。它用的是繩辮式結構，曹、劉、孫三個政治集團的故事象繩辮一般扭在一起，你中有我，我中有他，在多數情況下，其中一國的故事都與其他二國有著不可分割的聯繫。

　　《水滸傳》描寫的是一百零八條好漢通過不同的道路走向梁山的故事，許多人的故事不好混在一起來寫，因此，它用的是扣環式結構。眾多英雄的事蹟，先後次第寫來，一個人的故事將完，又引出下一個人的故事，　一環扣一環，環環相扣，最後齊集梁山，成為一個整體。

　　《西遊記》主要寫的是唐僧師徒四人在往西天取經路上所遇到的九九八十一難，作者採用的是珠鏈式結構，以西天取經一事為線索，將幾十個如同珍珠般的小故事連成一串，顯得五光十色，絢爛多彩。

　　《儒林外史》是抨擊科舉制的小說，裏面的各個小故事單獨看來並無聯繫，但作者把它們集在一起，便構成一幅光怪陸離的儒林群醜圖，「如集諸碎錦，合為帖子」。（魯迅《中國小說史略》）它的結構，可謂之集錦式。

　　《紅樓夢》是羅網式結構，以賈府由盛到衰的過程為其綱，以其他大大小小的故事為其目，綱舉而目張，經緯分明，有條不紊，形象地再現了封建制度瀕於滅亡的歷史趨勢。

　　《歧路燈》的結構與它們都不相同，它是羽毛式結構。

　　《歧路燈》故事的主體是孝廉之子譚紹聞的生活經歷。書中將他的大半生分為三個階段：第一回至十二回寫譚紹聞十三歲以前的事，主要包括他的家世、從師、進學等情況，可謂之少年階段；第十三回至第八十六回，寫譚紹聞十三歲至三十歲的事，寫他由一個「好學生」墮落為一個紈絝子弟的詳細經過，可謂青年階段；八十七回至一百零八回是寫譚紹聞三十歲以後的事，寫他的重新做人以及兒子中進士一類的事情，謂之壯年階段可矣。全書的故事情節就是以譚紹聞少年、青年、壯年三個階段的生活情況作為主幹來展開的。其中主要寫了兩股社會力量對譚紹聞的爭奪。一方面，寡母王氏的溺愛，表兄王隆吉糊塗的引薦，貴公子盛希僑豪華生活的誘惑，幫閒篾片夏逢若一而再再而三的欺騙，賭棍張繩祖設圈套的坑害，戲霸茅拔茹無恥的訛詐，皮匠高鵬飛的借機勒索等等。這一切，使譚紹聞一遭一遭地陷於墮落的泥潭之中。另一方面，父執之輩如程嵩淑等正人君子經常的管束，老師婁潛齋不時的訓導，忠僕王忠屢次的規勸，賢妻孔慧娘婉轉的匡助，族兄譚紹衣大力的提攜等等。這一切，又一次一次地把譚紹聞從泥潭中拔救出來。這兩股力量拉鋸似地爭奪，就構成了譚紹聞墮落——上當——反悔——又墮落——又上當直至徹底悔悟、重新做人這樣多次反覆的生活道路。同時，也形成了他言不由衷、朝三暮四、優柔寡斷、反覆猶疑、愛虛榮、爭閒氣、說硬話、做孬人的性格特徵。譚紹聞的故事，在書中約佔了百分之七十左右的篇幅，從結構上來看，譚紹聞的生活經歷，就是這羽毛式結構的羽軸。

　　除了這根羽軸之外，書中還寫了若干個大大小小的故事。在這些故事中，主人公譚紹聞都沒有充當角色，但每個故事又都與他有著直接的聯繫。如第

五十六回寫智萬周被誣陷的故事就是如此。這個小故事的主要人物智萬周本來好好兒地在譚家當家庭教師，忽然被一個市井無賴貂鼠皮誣陷說：「智師爺五六十年紀，況且在外教書，總不該老有少心。俺家小媳婦子上中廁，為啥該伸著頭兒向裏邊望？俺家媳婦子才想惡口，認的是智師爺，不好意思。」其結果，智萬周只好捲起鋪蓋滾蛋。在這個故事中，譚紹聞既不是造謠者，也不是被誣陷者，並未在中間充當一個角色。但是，聯繫上下文一看就明白了，這智萬周的被誣陷正與譚紹聞有著直接的聯繫。貂鼠皮一夥想再次誘使譚紹聞賭博，但譚紹聞卻不敢來，為什麼？因為有一位嚴厲的先生智萬周管束著他。因此，這夥無賴才採用釜底抽薪的辦法，以誣陷的手段趕走了智萬周，然後就可以隨心所欲地來引誘譚紹聞了。其實，貂鼠皮根本就沒有老婆，這位倒楣的智老頭兒又到哪裏去偷看「小媳婦子上中廁」呢？像這樣的故事，在《歧路燈》中有幾十個，如祥符縣舉孝廉的故事（第五回、第六回），巫婆跳神的故事（十一回），薛媒婆巧言賣婢女的故事（十三回），盛希僑偶遇王隆吉的故事（十五回），惠人也嘔心負兄長的做事（三十八至四十一回），河陽驛拐帶人命案的故事（四十五回），竇又桂因賭自縊的故事（五十一回），夏逢若集匪遭暗羞的故事（六十回），張類村家事不和的故事（六十七回、六十八回）等等都是如此。這些故事，就好比羽毛上的羽支，本身並不等於羽軸，但又附在羽軸之上，與羽軸有著直接的聯繫，離開了羽軸，它們就會零亂紛飛，不成為一個整體。另一方面，這些羽支反過來又豐富了羽軸。這些故事加在一起，為譚紹聞的生活道路展開了一個龐大的、五光十色的社會背景，使讀者看到了主人公所生活的那個封建末世千奇百怪的社會狀況，使譚紹聞的故事更為豐富，更為真實。

不難想像，如果羽支離開了羽軸，就會雜亂無章，不成體統；反過來，假若羽軸缺少了羽支，也就顯得光禿精直，單調非常。可見，羽毛式結構的這種羽軸與羽支的關係，乃是一種辯證的、相輔相成的關係。

與前面提到的五部小說一樣，《歧路燈》這種羽毛式的結構，是由它要表現的內容決定的。作者要通過一個世家子弟墮落、省悟的過程來給敗家子們以當頭棒喝，但同時又必須寫出造成主人公墮落的社會因素。這樣的內容，決定了作者必須既用大量的篇幅寫出譚紹聞個人的生活道路，又要用相當的筆墨來描寫廣闊的社會背景。這就形成了某個人的大故事與某些人的小故事的結合，形成了狀似羽毛的結構形式。

　　《歧路燈》這種羽毛式的結構，較之它以前和同時代的小說都有不同。它是新奇的、獨特的，並沒有落入傳統寫法的窠臼。羽毛式結構與繩辮式、扣環式、集錦式的不同是顯而易見的，但是，與珠鏈式、羅網式卻有很多相近的地方，容易混淆。然而，它們畢竟是不同的，區別如下：

　　羽毛式與珠鏈式結構的主要區別在於：珠鏈式中的主人公（如唐僧四眾）在每一個小故事中都充當角色，主要線索（西天取經）是直穿顆顆珍珠的中心而過的。而《歧路燈》中的譚紹聞並未在每一個羽支的故事中充當角色，主人公的生活經歷這根羽軸並不是穿每根羽支而過，反過來，倒是每根羽支依附在這根羽軸上面。

　　羽毛式與羅網式結構的根本不同在於：羅網式的每一個目不一定非結在綱上不可，有時是綱連目，有時則是目再連目，其經緯縱橫交錯。賈府的興亡這個中心事件並不一定與《紅樓夢》中的每一個小故事直接連在一起，而這些小故事之間也並不一定相互保持獨立性，它們彼此之間也可以聯繫在一起。《歧路燈》則不然，那些小故事幾乎都與譚紹聞的生活道路有直接的聯繫，而這些小故事之間卻並沒有直接聯繫，它們都是並排地植生在羽軸之上的。

　　總之，《歧路燈》這種羽毛式的結構，是必要的，也是新穎的，是這部小說在藝術上的一大長處。

（原載《黃石師範學院學報》1982 年第二期）

描寫人情，千態畢露
——《歧路燈》藝術淺談之二

　　有人說：「《歧路燈》一書，雖寓言，而描寫人情，屈曲相盡。」（耿興宗《中州珠玉錄》卷二）的確，《歧路燈》一書在塑造人物方面，是有較高成就的。尤其是當我們把這部小說放在我國古典小說發展的長河中去鑑賞、比較、分析時，更可以看出它寫人藝術的不可低估的價值。

　　眾所周知，我國古典白話小說發展到明代，已完成了由群眾口頭創做到文人整理、加工乃至再創造的過渡。一些帶有總結性的代表作已經形成，如歷史小說《三國演義》、英雄傳奇小說《水滸傳》、神魔小說《西遊記》等。另一方面，像《金瓶梅》這樣的由文人單獨創作的世情小說也開始出現。從人物塑造這個角度看問題，世情小說雖吸收了其他題材小說的一些手法，但比較而言，它少一些對史實的依傍，少一些傳奇的色彩，少一些神化的想像，而更多一些看似瑣屑但卻能反映當時社會現實的日常生活描寫。

　　世情小說最大的一個特點就是寫世情，也就是著重通過布帛菽粟這樣一些日常瑣事來刻畫人物。《歧路燈》集中反映的就是圍繞著主人公譚紹聞這個書香子弟到底走怎樣的生活道路問題的矛盾和鬥爭。書中絕大部分的篇幅寫的就是兩種社會力量對譚紹聞拉鋸式的爭奪。而潭紹聞幾番墮落、幾經悔悟這樣反覆多次的性格發展進程，以及爭奪譚紹聞這兩種社會力量的代表人物各自的性格特徵，而這一切，又全是通過一些生活小事來反映的。

　　譚紹聞的墮落，是由於貴族後裔盛希僑豪華生活的引誘，由於幫閒篾片夏逢若的欺騙，由於市井賭棍張繩組的撥弄，由於糊塗母親王氏的嬌寵等

等。正是在一頓頓酒筵，一番番甜言，一次次聚賭，一回回放任之中，譚紹聞在生活的迷津中陷了下去。同樣，也正是在對這些豪飲、蜜語、詭計、溺愛的描寫過程中，作者使盛希僑之豪縱驕奢，夏逢若之卑鄙下流，張繩祖之陰毒狡詐，王氏之愚蠢庸俗以及譚紹聞之優柔寡斷的個性一一凸現出來。

譚紹聞的悔悟，是由於忠僕王象藎的諫阻，賢妻孔慧娘的匡勸，父執程嵩淑的刺激，先生婁潛齋的教誨等等。而這些諫阻、匡勸、刺激、教誨又無一不是在家庭日常事務，夫妻閨房生活，主客隨意閒談，師生正常交往中來進行、來體現的。正是在這些日常生活瑣事中，這些人又使譚紹聞在人生的道路上爬起來。同樣，王象藎的忠直，孔慧娘的賢惠，程嵩淑的豪爽，婁潛齋的曠達，以及譚紹聞的納言自省的性格，也在這些淺言絮語中一一凸現出來。

《歧路燈》中是充滿著矛盾和鬥爭的，但是，這些矛盾鬥爭的表現形式往往並不是劍拔弩張而是悶香藥酒。《歧路燈》中的人物，往往不是在驚濤駭浪中搏鬥，而是在暗流漩渦中浮沉。在暴風驟雨中寫出傑出的人物固然不易，然而，於酒汁湯飯中寫出平凡而又個性鮮明的人物似乎更難。《金瓶梅》雖然在這方面初露端倪，但其中太多自然主義的描寫，太多對於醜的美化、丑的欣賞，太多對畸形人物性格的陶醉，而所缺少的，也正是那麼一種批判醜惡的現實主義的力量與精神。因而，《金瓶梅》全書雖然也可以幫助我們認識封建社會，但十分可惜的是並沒有給我們留下多少成功的人物典型。《歧路燈》呢？雖然是淑世之作，雖然書中所讚揚的並不是什麼新鮮東西，而是那種封建主義者所認為的美德，是我們今天所認為的腐朽落後的東西。但是，這些正人君子們除了具有濃厚的封建思想之外，大多還具有各自獨特的個性，甚至其中某些人物還在某些方面擺脫了正統思想的束縛，這些在書中還是次要的。更重要的是，在《歧路燈》中，充滿著對醜的人、丑的事、丑的社會現實的鞭闢入裏的批判，其現實主義精神比《金瓶梅》強烈得多。此外，作者對當時中下層社會中各種人物的描寫，更構成了一幅生動的風俗畫卷，這樣的社會風俗畫卷，不僅《金瓶梅》中的世情描寫趕不上它，就是《歧路燈》以前出現的任何一部小說也是無與倫比的。因此，《歧路燈》中的人物遠比《金瓶梅》中的人物有價值、有意義。可以說，在生活瑣事中塑造人物，《歧路燈》雖然受了《金瓶梅》的影響，但卻比《金瓶梅》前進了一大步。至於《儒林外史》、《紅樓夢》這樣的現實主義傑作，因為它們與《歧路燈》差不多同時產生，而

三位作家又無萍水相逢的機會，三者之間並無相互影響。明確了《歧路燈》在我國小說創作尤其是白話小說發展史上的這麼一個位置之後，我們才能承認《歧路好》是一部「開近世平民文學之先聲」（李敏修《中州文獻彙編總序》）的作品。

　　正如功臣良將離不開金戈鐵馬的戰爭，起義英雄離不開血濺火燃的反抗，神仙魔怪離不開雲蹤霧跡的鬥法一樣，《歧路燈》中的那些平民，那些生活於社會中下層的人物，離不開他們布帛菽粟的環境。作者李海觀在塑造人物時，善於從某個人物特定的環境中寫出其特殊的個性，而這種特定的環境和人物又往往能本質性地反映社會，反映歷史。甚至有的人物，一出場時就處於他特定的生活環境之中，好比戲劇舞臺上，已先有適合這個人物表演的布景或氣氛時，人物才登臺演出一樣。這種環境與人物水乳般的融合，可以幫助讀者認識這個人物特有的地位、身份、性格，可以使這個人物一出現便帶有深刻的社會性。

　　書中第三回寫譚紹聞的舅舅王春宇就是如此，在王春宇未出場之先，作者盡力描繪了一幅三月三吹臺大會的熱鬧場景。只見「黑鴉鴉的，周圍有七八里大一片人，好不熱鬧」。演梨園的如何如何，跑馬解的怎樣怎樣，做買賣的如此如此，趁熱鬧的這般這般，端的是「積氣成霧，哈聲如雷，亦可稱氣象萬千」。就是在這樣的場景中，王春宇出現了。王春宇是一個「伏侍著增福財神」的商人，他在這樣繁雜的廟會中忙碌奔波，是極自然、極平常、極合理的。這樣的環境，就是產生王春宇這樣的生意人的土壤，這樣的環境，就是王春宇的環境。作者在寫了一大片城市經濟繁花競開的園地之後，再把王春宇這麼一株茁壯成長的市井商人的樹兒特別指給人們看。這樣，讀者既可以看到成片的花草樹木，又可以細緻地看清楚這一棵樹到底是什麼樣子。可見，作者在把這株樹栽入自己的作品中時，是帶著樹根上的土壤一起移進來的。這樣的樹苗，成活率就高；這樣的人物，成功的可能性就大。進而言之，這樣的場景描寫，除了能夠更好地服務於人物塑造之外，不是也生動地反映了當時城市資本主義萌芽、發展，市民階層日益壯大的社會實際、歷史真實嗎？

　　第十八回寫夏逢若猛上廁新盟一段也是如此。當盛希僑、譚紹聞、王隆吉這三個新結拜的弟兄在蓬壺館中吃席面、看戲文的時候，夏逢若這個幫閒篾片出現了。他來得真是巧極了、妙極了。地點是在酒樓之中，人物是三個

憨頭狼（傻公子或傻小子），戲文又演的是「戲叔」、「殺嫂」一類世俗的節目。這樣的環境、氣氛，對於一個幫閒者來說，真是「英雄」大有用武之地。果然，夏逢若上來第一件事就是叫賣瓜子的撮了一盤。說道，「煩堂倌，與我送到正廳上，我與那三位少爺湊個趣兒」。接下去，就是這位綽號兔兒絲的夏幫閒一連串湊趣兒的表演：敬酒、獻菜、請看戲、結兄弟，甚至自己年紀最長，反而爭排第四位，願當「老弟」，真是無恥已極。「湊趣兒」，是幫閒篾片的看家本事，但也必須有適當的時間、地點、對象、氣氛，而這些不是在夏逢若出現時都已具備了嗎？真是萬事齊備，只欠東風了。在這裡，特定的環境與特殊的人物之間的關係處理得多麼好啊！真是以其境出其人，以其人活其境。夏逢若在這樣的氛圍中出現，一開手就幹這種湊趣的事兒，他的為人還用得著作者細表端詳嗎？進而言之，這種環境除了為夏逢若而設之外，不是也反映了當時由於封建經濟畸形發展而孳生這種畸形人物的客觀事實嗎？

作為世情小說的《歧路燈》，其中大都是一些平凡的人、平常的事。於布帛菽粟之中，作者不能寫出書中人物叱吒風雲的氣概、龍騰虎躍的精神、踢天弄井的手段，而只能是「出以淺言絮語，口吻心情，各如其人。」（楊淮《國朝中州詩抄》卷十二）而這恰恰就是《歧路燈》寫人藝術的一個特點。

先請看第十五回貴公子盛希僑與小商人王隆吉的一段對話：

> 到了春盛號鋪門，公子勒住馬，問道：「鋪裏有好鞭子沒有？」
>
> 王隆吉道：「紅毛通藤的有幾條，未必中意。」公子道：「拿來我看。」
>
> 隆吉叫小夥計遞與馬上，公子道：「雖不好，也還罷了。要多少錢？」
>
> 隆吉道：「情願奉送。若講錢時，誤了貴幹，我也就不賣。」公子道：
> 「我原忙，回來奉價罷。」

買一條馬鞭，真是小事，但盛希僑的大模大樣、豪縱驕奢，王隆吉的起篾賣乖、善於應對，不是全都通過淺言絮語而躍然紙上了嗎？這樣的描寫，淡不淡呢？淡。奇不奇呢？奇。淡中見奇，就是作者的本領。更有甚者，作者還可以用淡淡幾筆寫出四、五個人的口吻心情，面目各如其人。請看第二十二回中，當譚紹聞糊裏糊塗地答應戲主茅拔茹將全班人馬住進他那個書香之家以後，作者寫道：

> 茅拔茹哈哈大笑道：「明早就起箱去。爽快我有一句話，一發說了罷。九娃過來，你就拜了譚爺做個乾兒子罷。」紹聞這一驚不小，方欲回言，九娃早已磕了四個頭；起來靠住紹聞站著。店主起來作

捭，說與紹聞道喜，紹聞囂的耳朵稍都是紅的。逢若指定九娃道：

「好孩子，有福！有福！」

這裡，不過百把多個字，而茅拔茹這個江湖戲霸得利後的狂喜，進一步籠絡對方的險惡用心，假作豪爽而實藏陰毒；九娃這個小戲子的乖巧，伶俐；譚紹聞這個書香子弟初近匪人，涉世未深的羞澀、驚懼、茫然；店主人的逢迎、湊趣；夏逢若的厚顏無恥，兩面討好等等，種種情態都在結拜乾兒這麼一件小事上一齊生動地表現了出來。

作者那枝筆，不僅能將背景和人物渲染得渾然一體，能把人物的口吻心情描寫得微妙微肖；還能漫畫式地勾出人物的嘴臉、靈魂。「他那一管道學先生的筆，頗有描寫事物的能力，其中並且含有許多刺。」（馮友蘭《歧路燈序》）作者繼承、發揚了《西遊記》中那種「諷刺揶揄則取當時世態，加以鋪張描寫」（魯迅《中國小說史略》）的傳統，直接以諷刺的手法來塑造人物，來批判醜惡的、畸形的黑暗社會。

《歧路燈》中的諷刺，不如《西遊記》中那麼詼諧，不如《西遊補》中那麼憤激，也不像《斬鬼傳》中那樣謾罵，它是一種冷峻的諷刺，使人讀了之後感到不僅可笑而且可悲，不單憤怒而且憎惡。

先看書中第四回，當新任縣學教諭考慮譚孝移這個人能否舉孝廉時，順便問一個老門斗是否熟悉此人。門斗說：「這譚鄉紳是蕭牆街一位大財主，咱的年禮壽禮，他都是照應的。就是學裏有什麼抽豐，惟有譚鄉紳早早的用拜帖匣送來了。所以前任爺甚喜歡他。」人家問的是孝廉候選人的品行，而他卻回答什麼譚鄉紳的送禮、抽豐，真是反其問而答之。作者正是通過這幾句牛頭不對馬嘴的答語，活活勾畫出了一個貪財愛便宜的門役可笑而又可憎的面目，可鄙而又可悲的靈魂。老門斗的邏輯雖然荒唐，但這並不是他自己的邏輯，而是從前任爺們那裡看來的、聽來的、學來的。他說的「所以前任爺甚喜歡他。」喜歡譚鄉紳的什麼呀？還不是錢財！僅此一句我們就可以從中看到：當作者諷刺老門斗時，不是已把筆鋒指向那些拜倒在孔方兄面前的封建官員，指向那銅臭薰天的黑暗社會了嗎？這樣的諷刺，完全可以說是冷竣的、深刻的。

作者不僅可以通過書中人物的幾句話達到強烈的諷刺效果，而且在更多的地方是以一幅幅的漫畫來諷刺那些畸形社會造成的畸形人物，作者寫他們的奇談怪論、奇形怪狀，達到了神情畢肖的境地。

　　書中第六十一回，寫譚紹聞葬父時請了一位堪輿家胡其所看地，我們來看看這位胡先生帶著徒弟白如鵬在譚氏墳地上的表演吧：

> 　　只見胡其所四外瞭望，將身子轉著，眼兒看著，指頭點著，口內念著，唧唧噥噥，依稀聽的是「長生沐浴冠帶臨官」等字。忽而將身子蹲下，單瞅一處。忽而將首兒昂起，瞭望八方。遲了一會，只見胡其所向西北直走起來。譚紹聞方欲陪行，胡其所道：「你不用來，說著你也不省的。」又走了兩三步，扭項道：「你各人的大事，省的省不的，走走也是你分所應當」。三人同行，走到西北一個高處站下，胡其所向墳上一望，搖搖頭道：「咳！大錯了，大錯了！」又向白如鵬道：「你看見錯了麼？」白如鵬也看了一會，說道：「有點兒錯。」胡其所道：「你怎的只說一點兒錯？書本兒上說，『差若毫釐，謬以千里。』這錯大著哩。你不信，只到穴場，用羅經格一格，便知道錯了幾個字。」……只見師徒用一根線兒，扯在羅經上，端相了一會。胡其所道：「何如？如鵬你看，難道說這只是一點兒麼？」

　　看了這師徒二人煞有介事的雙簧表演，我們簡直好像聽到他們的聲音，看到他們從書中走了下來。作者寫得是何等的傳形傳神，何等的有諷刺味兒，又是何等的冷峻深刻啊！諸如此類的描寫，《歧路燈》全書不在少處，如第十一回寫庸醫董橘泉、寫巫婆趙大娘，第二十四回寫錢萬里、淡如菊等幾個賭鬼，第三十回寫談、姚二皂役，第三十四回寫紈絝子弟管貽安，第三十八回寫酸腐秀才惠人也，以及許多寫夏逢若、張繩祖、茅拔茹等人的地方都是如此。作者諷刺的這些人物，有的可恥、有的可恨、有的可笑、有的可憐，但無論如何，他們都是生活在所謂封建盛世的城市居民，他們的畸形性格，全都是畸形社會擠、壓、雕、塑的結果。《歧路燈》，簡直可以稱為社會渣滓、畸形人物的諷刺畫卷，可以稱為庸風惡俗、畸形社會的諷刺畫卷。

　　這種漫畫式的傳形傳神的人物勾勒，這種純熟的諷刺藝術的運用，在《歧路燈》產生的當時，恐怕只有《儒林外史》能夠比得上它、超得過它。然而，《歧路燈》的作者李海觀與吳敬梓卻從無一面之交，他也從未看過《儒林外史》，二者完全可以說是具異曲同工之妙。從詼諧的諷刺、憤激的諷刺、謾罵的諷刺一直到《歧路燈》、《儒林外史》中這種憤激於中、冷峻於外的爐火純青的諷刺，可以說是我國章回小說發展過程中諷刺藝術向前推進的

一大步。

此外，在《歧路燈》中，諸如以對比的手法寫人，寫出人物性格的多側面，人物言行個性化的描寫，甚至連人物的綽號、癖好、口頭禪都用來為塑造人物服務等等，作者都用到了。但因為在《歧路燈》以前的小說創作中這些方法的運用都已有成功的經驗，故而不一一詳述了。

總之，《歧路燈》的寫人藝術，最顯著、最集中、最明確地表現在一個「淡」字上。書中沒有什麼奇人，多是那些平凡的人；書中沒有什麼奇事，多是那些平常的事；書中沒有什麼驚人之筆，多是淡淡的寫來，淡淡的收去。然而，正是這些平凡的人，平常的事，經作者淡筆傳真之後，便產生「奇」的效果。魯迅先生說：「諷刺的生命是真實，⋯⋯它所寫的事情是公然的，也是常見的，平時是誰都不以為奇的，而且自然是誰都毫不注意的。不過這事情在那時卻已經是不合理，可笑，可鄙，甚至於可惡。但這麼行下來了，習慣了，雖在大庭廣眾之間，誰也不覺得奇怪；現在給他特別一提，就動人。」（《且介亭雜文二集·什麼是「諷刺」》）魯迅先生這裡雖然指的是諷刺而言，但我們看了《歧路燈》之後可以聯想到：作者筆下的人物之所以動人，關鍵的一點，就在於作者將那些「誰也不覺得奇怪」的事情「特別一提」，「奇」就從「淡」中產生了。然而，就在這「特別一提」中，包含著作者多少對現實生活的細心觀察、深入剖析乃至於親身體驗啊！

《歧路燈》的作者希望自己的小說能「寫出忠孝節烈，而善者自卓千古，醜者難保一身，使人讀之為軒然笑，為潸然淚⋯⋯田父所樂觀，閨閣所願聞。」（綠園老人《歧路燈自序》）這實際上是思想內容和藝術效果的雙重要求。讀了《歧路燈》之後，我們發現這雙重要求是矛盾的，是作者封建主義的世界觀和現實主義的創作方法之間的矛盾。由於這個矛盾，使《歧路燈》既是一部封建倫理的教科書，又是一幅當時社會的風俗畫。就前者而言，《歧路燈》無甚可取之處，且應予以批判；但如果就後者而言，這部書則完全稱得上「描寫人情，千態畢露，亦絕世奇文也」。（蔣瑞藻《小說考證》卷八引《缺名筆記》）

（原載《黃石師範學院學報》1983 年第四期）

析《廿載繁華夢》第一回

　　《廿載繁華夢》於 1905 年連載於廣州革命黨人主辦的《時事畫報》上，共四十回，作者黃小配（一說無名氏）。全書通過周庸祐一生榮辱盛衰的描寫，深刻反映了晚清官場的黑暗和腐朽，同時，也在客觀上描述了當時社會的人情冷暖、世態炎涼，具有十分深刻的認識價值。這部小說的出現，既顯示了黃小配小說創作的良好開端，也體現了其小說創作的顯著特點。黃小配的許多小說作品，都以鼓吹反清革命為創作宗旨，在突出這一政治主題時，他往往將對現實的批判建立在對當時重要人物、重要事件的描寫過程中。這樣，就形成了黃小配小說的主體風格：以真人真事為基礎，通過多種藝術手段的運用，本質地反映現實生活中的重大問題，進而達到批判現實、鼓吹革命的目的。《廿載繁華夢》既是這方面的開山之作，也是這方面的代表作品。

　　《廿載繁華夢》中的主人公周庸祐是一個典型的帶有半封建半殖民地時代特色的小人，作品中的他，可謂壞事幹盡。他用欺騙的手段「收購」他的恩人兼舅舅傅成的生財之道——「庫書」一職，他趁機霸佔了準備為他進京謀求一官半職而又病死在半路的另一個恩人晉祥的愛妾香屏和四十萬家私，在氣得結髮妻子鄧氏吐血身亡後他又續娶了時任「關裏巡河值日」的馬竹賓的妹妹馬秀蘭，他結交官紳十一人連同自己稱為「十二友」而橫行社會……如此等等，不一而足。他姨太太娶到十多房，吃喝嫖賭更是必修課，他的拿手好戲是招搖撞騙、吹牛拍馬、巴上踩下、落井下石，是一個典型的陰謀家、大馬扁。黃小配筆下的周庸祐，既是中國近代社會許多無恥小人的典型代表，又是頗具個性特徵的「這一個」。

　　周庸祐的性格特徵，在我們這裡所選的《廿載繁華夢》第一回中就得到了充分的顯現。該回書主要寫的就是周庸祐「匿金欺舅父」而謀得「庫書」一職的過程。通過這一過程的描寫，作者讓讀者對周庸祐這一人物有了初步的瞭解。開篇處，作者就簡要地交代了周庸祐的基本性格特點：「生平不甚念書，問起愛國安民的事業，他卻分毫不懂。惟是弄功名，取富貴，他還是有些手段。」隨後，作者又寫他在將財產揮霍光了以後去投靠舅父傅成。一開始，他還是很謹慎小心的：「由臺階直登正廳上，早見著傅成，連忙打躬請一個安，立在一旁。」隨後，當傅成推薦他到關部工作以後，周庸祐的手段開始施展開來：「那周庸祐偏又有一種手段，卻善於籠絡。因此庫書裏的人員，同心協謀，年中進項，反較傅成當事時，加多一倍。」特別是當傅成害怕張總督檢查，準備暫時躲避香港而請外甥周庸祐交代有關事務時，周庸祐卻萌發了不良的念頭：「此時傅成斷留不得廣東。難道帶得一個庫書回去不成？他若去時，乘這個機會，或有些好處，若是不然，哪裏看得甥舅的情面？倒要想條計兒，弄到自己的手上才是。」後來，周庸祐果然用欺騙的手段從舅父手上奪得了這一肥缺。最有諷刺意味的是最後舅甥二人就這一肥缺所值的討價還價。傅成開價十二萬銀兩，周庸祐殺半，只給六萬。傅成想翻成七萬，周庸祐卻回答只能給四萬現錢，其他三萬先欠著。最終，實際上是四萬成交。通過這一過程的描寫，周庸祐的醜惡形象就躍然紙上了。

　　作者在這段書中對周庸祐行為歷程的描寫，有兩點值得我們注意：

　　其一，作者始終按照人物性格發展的邏輯來寫人物，並沒有強行塞給人物一些什麼東西。周庸祐的一言一行、一舉一動都是自然而然的。

　　其二，作者在塑造周庸祐及其舅父傅成這兩個人物時，主要運用了白描手法，沒有絲毫的誇張、渲染、變形，也沒有將人物漫畫化。作者所展現的完全是生活的本來面目。

　　而這兩點，正是黃小配許多小說作品所共有的藝術特點，也是黃小配與某些作家絕不相同之處。

（原載《中國古代小說鑒賞辭典》，上海辭書出版社，2004 年 12 月出版）

銀子的本色——好動不喜靜

銀子的「好動不喜靜」，在較早的時候，是以一種「詩意」的面目出現的。

唐人蘇鶚《杜陽雜編》中記載了唐穆宗時代這樣一個故事：「上於殿前種千葉牡丹，及花始開，香氣襲人，一朵千葉，大而且紅。上每睹芳盛，歎人間未有。自是宮中每夜，即有黃白蝴蝶萬數，飛集於花間，輝光照耀，達曙方去。宮人競以羅巾撲之，無有不獲者。上令張網於宮中，遂得數百。於殿內縱嬪御追捉，以為娛樂。遲明視之，則皆金玉也。其狀工巧，無以為比。而內人爭用絲縷絆其腳，以為首飾，夜則光起於妝奩中。其夜開寶廚，視金屑玉屑藏內，將有化為蝶者，宮中方覺焉。」（《太平廣記》卷二百二十七《韓志和》）

美麗的蝴蝶在宮中飛來飛去，忙壞了眾位宮娥采女。大家在嬉鬧之中抓到了一些蝴蝶，卻原來是金玉的幻化，而金玉其實也就是金錢的另一種表現形式。這裡，作者所描繪的畫面無疑是非常美麗的，但不知是作者有意還是無意，這則故事在客觀上卻是顯示了金錢的飄忽不定，反映了金錢「好動不喜靜」的本質。

比蘇鶚稍晚的由南唐入宋的徐鉉，在他的《稽神錄》一書中，則記下了一個更為世俗的關於金錢「好動不喜靜」的故事：「建業有庫子姓邢，家貧，聚錢滿二千，輒病或失去。其妻竊聚錢，埋於地中。一日，忽聞有聲如蟲飛自地出，穿窗戶而去。有觸牆壁墮地者。明旦視之，皆錢也。其妻乃告邢，使埋瘞之，再視，則皆亡矣。」（《邢氏》）

這一段故事，當然是充滿宿命色彩的，亦即民間所謂「命中只有八角

米，走遍天下不滿升」的意思。主人公的錢財永遠不能聚積到二千錢以上，超過了，錢就要飛走，即便埋在地下，它也要破土而出，穿窗而飛，或者，乾脆化為烏有。這個故事的主觀命意是什麼，那只有去請問徐鉉先生了。但在客觀上卻可以使我們感覺到似乎在教育人們不要過多地積聚餘財，尤其是家貧者，好不容易積攢一點錢，說不定就會被一場「天災人禍」給毀掉。這種觀點，一般的窮苦出身的讀者是不容易接受的，但它確實有一定的道理。

人生在世，免不了與錢財打交道，誠所謂「世道艱難錢作馬」是也。對於赤貧者而言，一般沒有多餘的錢財，只好隨賺隨用。但在更多的時候，人們在必須的用度之餘，也會對錢財稍有積攢。至於中產以上的人家，多餘錢財的保管就更是必然的了。

那麼，古人怎樣處理生活必需以外的「餘財」呢？大致不外乎兩種方式：積攢和使用。而使用的方式又不外乎兩種：投資和消費。消費的方式又不外乎二道：自己消費和贈送他人。

最為有趣的是，以上各種對待「餘財」的態度，在中國古代小說作品中都有所反映，並且，在這些描寫的片斷中，又深刻地反映了作者們對金錢的一種「前列」意識。

《金瓶梅》中的西門慶是最會賺錢的，同時，也是最會用錢的。使用「餘財」最常見的幾種方式，都可以從他身上見到。

西門慶絕不願意讓他的銀子在一個地方呆著不挪窩，更不會愚蠢到挖個地窖將銀子藏起來傳給兒孫後代，他的銀子是用來再生產、再投資、擴大經營項目和規模的。西門慶的父親只是一個販賣藥材的商人。但是到西門慶手上以後，他們家的生意發展緞子鋪、絨線鋪、綢絨鋪、印子鋪、生藥鋪以及松江船上，他還和親家喬大戶合夥做淮鹽生意。由此可見，西門慶的生意是不斷擴大的，其主要資金也是用來擴大經營項目和規模的，而且是那種賺錢最快的投資。

與此同時，西門慶還是一個極其「現實」的享樂主義者。他抓緊時間儘量地吃喝嫖賭，盡情地享受著人世間可能得到的他所認為的一切美好「享受」。他能夠運用一切手段去掠奪錢財，也能夠採取一切方式去消費錢財。他不僅自己享受，而且往往「仗義疏財」，將銀子大把大把地送給自己的狐朋狗友用，以博得他們的敬重和滿足自己的自尊。

西門慶為什麼能做到這些？因為他對錢財有著最本質的認識。有一次，

西門慶送給「十弟兄」之一的常峙節十二兩零碎紋銀。當常峙節接過放在衣袖裏，作揖謝了之後。西門慶與另一個兄弟應伯爵有這樣一番對話：

> 常峙節又稱謝不迭。三個依舊坐下，伯爵便道：「多少古人輕財好施，到後來子孫高大門閭，把祖宗基業一發增的多了。慳吝的積下許多金寶，後來子孫不好，連祖宗墳土也不保。可知天道好還哩！」西門慶道：「兀那東西，是好動不喜靜的，怎肯埋沒在一處。也是天生應人用的，一個人堆積，就有一個人缺少了。因此積下財寶，極有罪的。」（第五十六回）

銀子這個東西，「是好動不喜靜的，怎肯埋沒在一處」。這真是一語中的，道出了錢財的本質。在中國古代小說中，與西門慶觀點相近者大有人在。如《雲仙笑》一書的作者就有過類似的表達：「大凡錢財要流通於世，不是一人刻剝得盡的。若千方百計，得一求十，得十求百，勢必至招人怨恨，有家破身亡的日子。可知錢財如糞土這句是教人善於出納，如糞土之生生不窮，即此便是成家的秘訣。」（《雲仙笑》第五冊《厚德報》）

更有甚者，有一篇擬話本小說居然編造了一個故事，形象化地說明銀子「好動不喜靜的」道理。書中說有一積善行德的生意人施潤澤，因為好事做得多，掙起很大一個家業，甚至無緣無故地在「豎柱安梁」時發現了大批銀兩。後來，有一老漢找上門來，給他講了一個「銀子好動不喜靜的」的故事，而且，這件事是在夢境中發生的。

> 老兒道：「有個緣故。老漢叫做薄有壽，就住在黃江南鎮上，止有老荊兩口，別無子女。門首開個糕餅饅頭等物點心鋪子，日常用度有餘，積至三兩，便傾成一個錠兒。老荊孩子氣，把紅絨束在中間，無非尊重之意。因牆卑室淺，恐露人眼目，縫在一個暖枕之內，自謂萬無一失。積了這幾年，共得八錠，以為老夫妻身後之用，盡有餘了。不想今早五鼓時分，老漢夢見枕邊走出八個白衣小廝，腰間俱束紅條，在床前商議道：『今日卯時，盛澤施家豎柱安梁，親族中應去的，都已到齊了，我們也該去矣。』有一個問道：『他們都在那一個所在？』一個道：『在左邊中間柱下。』說罷，往外便走。有一個道：『我們住在這裡一向，如不別而行，覺道忒薄情了。』遂俱復轉身向老漢道：『久承照管，如今卻要拋撇，幸勿見怪！』那時老漢夢中，不認得那八個小廝是誰，也不曉得是何處來的。問他道：

　　『八位小官人，是幾時來的？如何都不相認？』小廝答道：『我們自
到你家，與你只會得一面，你就把我們撇在腦後，故此我們便認得
你，你卻不認得我。』又指腰間紅絛道：『這還是初會這次，承你送
的，你記得了麼？』老漢一時想不著幾時與他的，心中止掛欠無子，
見其清秀，欲要他做個乾兒，又對他道：『既承你們到此，何不住在
這裡；父子相看，幫我做個人家？怎麼又要往別處去？』八個小廝
笑道：『你要我們做兒子，不過要送終之意。但我們該旺處去的，你
這老官兒消受不起！』道罷，一齊往外而去。老漢此時覺道睡在床
上，不知怎地，身子已到門首，再三留之，頭也不回，惟聞得說道：
『天色晏了，快走罷！』一齊亂跑。老漢追將上去，被草根絆了一
交，驚醒轉來。與老荊說知，就疑惑這八錠銀子作怪。到早上拆開
枕看時，都已去了。」（《醒世恒言·施潤澤灘闕遇友》）

銀子「好動不喜靜的」的最高境界是投資再生產，也就是民間所謂讓銀錢生
兒子。在另一篇擬話本小說中，作者對此進行了生動的描寫。該篇說有一經
商在外的沈某，因故將二百兩銀子寄存在開寓所的孫老那兒，離開後長期沒
有回來。作為同樣是生意人的孫老是怎樣處理這筆錢財的呢？請看：

　　光陰迅速，倏忽一年。孫老想道：「銀錢是流通之物，何不動銀
代置貨物，翻出些利息與他，不柱（枉）一番知交？」隨動銀買貨
營運，本利約有加倍。（《通天樂》第六種《討債兒》）

從西門慶的「兀那東西，是好動不喜靜的，怎肯埋沒在一處」，到孫老兒的
「銀錢是流通之物，何不動銀代置貨物，翻出些利息與他」。這樣的意識觀
念，正代表了中國古代的商人對銀錢最本質的認識以及在如何使用錢財的道
路上大踏步前進的足跡。不管是「惡人」西門慶，還是「善人」施潤澤，以及
與人為善的孫老兒，他們對銀錢的基本認識卻是一致的。而這，又體現了商
人的本性。

　　這種商人本性以及由這種本性所導致的對錢財「好動不喜靜」的本質認
識，是一隻強有力地推動社會前進的看不見的「手」。

　　　　　　　　　（原載《稗史迷蹤》，中州古籍出版社，2012 年 6 月出版）

誘人而又害人的正途「當官資格」

　　《儒林外史》中「范進中舉」的故事如今已是家喻戶曉。其實，受到中舉喜訊的強刺激而產生極度反常行為的豈止一個范進？清初擬話本小說《照世杯》中有一篇作品中的男主人公阮江蘭的表現也比范進好不到哪裏去。

　　　　忽聽耳根邊一派喧嚷，早有幾個漢子從被窩裏扶起來，替他穿了衣服鞋襪；要他寫喜錢。阮江蘭此時如立在雲端裏，牙齒捉對兒的打交，渾身發痁兒的縮抖，不知是夢裏還是醒裏。看了試錄，見自家是解元，才叫一聲慚愧，慌忙打點去赴宴。(《七松園弄假成真》)

所謂「發痁兒」就是瘧疾，俗稱打擺子。當然，像范進那樣中舉而「發瘋」或者像阮江蘭這樣中舉而「發抖」者可能是少數，但當時中舉者反響強烈，應該是一種普遍現象。值得進一步探討的問題是，范進、阮江蘭他們為什麼對「中舉」有如此強烈的反映。

　　在大學生作為天之驕子而當紅的時代，曾經有人將考上大學比喻成「中舉」，因為那個時候的大學生包分配工作，而且是相當不錯的工作。故此，考上大學並順利畢業就等於有了「金飯碗」，就等於「吃皇糧」。如今不行了，考上大學與「中舉」沒的比了，其中最主要的一點就是大學畢業後還得自謀生路，比明清時中個把舉人可差遠了。

　　何以見得？還是讓吳敬梓和《照世杯》的作者酌元亭主人來回答。

　　在范進中舉以後，《儒林外史》中有這樣一段文字：「自此以後，果然有許多人來奉承他：有送田產的，有人送店房的，還有那些破落戶，兩口子來投身為僕圖蔭庇的。到兩三個月，范進家奴僕、丫鬟都有了，錢、米是不消說

了。張鄉紳家又來催著搬家。搬到新房子裏，唱戲、擺酒、請客，一連三日。」
（第三回）

而在阮江蘭中舉以後，書中也有這樣的描寫：「一走進應天府，只見地下跪著幾個帶紅氈帽的磕頭搗蒜，只求饒恕。阮江蘭知道是昨日扯著要賠錢的軍健，並不較論。吃宴了畢，回到寓所，同鄉的沒一個不送禮來賀。阮江蘭要塞張少伯的口，急急回家。門前早已豎了四根旗竿。」

為什麼中了舉人就如此威風？就有這麼多人來巴結討好？原因很簡單，按照明清兩代的規定，中了舉人如果不想更進一步中進士的話，就以舉人的身份便可當官，當知縣。《明史》與《清史稿》中的《選舉制》對此都有明確規定：

「外官知州、推官、知縣，由進士選。外官推官、知縣及學官，由舉人、貢生選。」（《明史》卷七十一）

「進士用主事、知縣，舉人用知縣、教職。」（《清史稿》卷一百零六）

所以，考上舉人以後，從理論上講，他就與縣太爺在政治上平起平坐了，不然，胡屠戶為什麼口口聲聲稱中舉以後的女婿范進為「賢婿老爺」呢？

中個舉人便如此了得，如若中了舉人的「上峰」進士那豈不是更不得了了嗎？如若中了進士中的「極品」狀元，那不是了不得加不得了了嗎？正是！

> 白氏問了詳細，知得丈夫中了頭名狀元，以手加額，對天拜謝。整備酒飯，款待報人。頃刻就嚷遍滿城，白氏親族中俱來稱賀。那白長吉昔日把醪叔何等奚落，及到中了，卻又老著臉皮，備了厚禮也來稱賀。那白氏是個記德不記仇的賢婦，念著同胞分上，將前情一筆都勾。相見之間，千歡萬喜。白長吉自捱進了身子，無一日不來揠臀捧屁。就是平日從不往來，極疏冷的親戚，也來殷勤趨奉，到教白氏應酬不暇。（《醒世恒言‧獨孤生歸途鬧夢》）

由此，亦可見得舉人之富，進士之貴了吧！說到這裡，又使人想起「自古道」的另一句話：「窮秀才，富舉人」。秀才為什麼窮？因為他沒有當官。因此，為了能當官，能發財，能出人頭地，就必須繼續考下去，不中舉人誓不罷休。而當時的科舉制度規定，每三年一次的考舉人的「鄉試」，得中者都是有指標限定的。只有極少數人才能「秋闈得中」。秀才出貢者，也有嚴格的指標限制。（貢生是一種特殊秀才，按照當時的規定，有了貢生的資格再加上秀才

「齡」在十年以上者，便可當官，但一般情況下只能擔任相當於副縣長的縣丞或者縣官屬下的相對於正副「科級」的學官教喻、訓導）對此，明眼人早已看出其中的問題：

> 開國百有五十年，承平日久，人材日多，生徒日盛，學校廩增正額之外，所謂附學者不啻數倍。此皆選自有司，非通經能文者不與。雖有一二倖進，然亦鮮矣。略以吾蘇一郡八州縣言之，大約千有五百人。合三年所貢不及二十，鄉試所舉不及三十。以千五百人之眾，歷三年之久，合科貢兩途而所拔才五十人。夫以往時人材鮮少，隘額舉之而有餘。顧寬其額，祖宗之意誠不欲以此塞進賢之路也。及今人材眾多，寬額舉之而不足，而又隘焉幾何而不至於沉滯也。故有食廩三十年不得充貢，增附二十年不得升補者。（文徵明《三學上陸冡宰書》，見《莆田集》卷二十五）

這麼一來，老秀才困於場屋的事就屢見不鮮了。而這種社會現象，也就在明清的通俗小說、筆記小說中被反反覆覆地展現。

還是先回到《儒林外史》，書中著名的「儒林二進」——周進、范進。他們二位剛出場時都沒有「進學」，連秀才都不是，但年齡可都老大不小了。周進「年紀六十多歲」，「卻還不曾中過學」。那種「風度」真是與眾不同：「眾人看周進時，頭戴一頂舊氈帽，身穿元色綢舊直裰，那右邊袖子同後邊坐處都破了，腳下一雙舊大紅綢鞋，黑瘦面皮，花白鬍子。」（第二回）范進呢？那副尊容與他的老師也不相上下：「落後點進一個童生來，面黃肌瘦，花白鬍鬚，頭上戴一頂破氈帽。廣東雖是地氣溫暖，這時已是十二月上旬，那童生還穿著麻布直裰，凍得乞乞縮縮。」至於他的年齡，請看「范學生」對「周老師」的坦誠相告：「童生冊上寫的是三十歲，童生實年五十四歲。」他還向老師如實彙報：「童生二十歲應考，到今考過二十餘次。」（第三回）

看到這裡，似乎感到「儒林二進」真是太稀奇古怪了。五十四歲、六十多歲，那都是當爺爺、太爺爺的人了，怎麼還都是「童生」一個，還沒有「進學」，連個正規的「生員」都不是。這種人物，殊為罕見。

如果這樣看問題，可就大錯特錯了，在明清兩代，老童生、老秀才真不知有多少。「儒林二進」既非前無古人，亦非後無來者，他們最多算得上「承前啟後」「繼往開來」而已。

早於《儒林外史》的，有一部擬話本集《石點頭》，開卷第一篇《郭挺之

榜前認子》就寫有郭喬字挺之者，「學中雖還掛名做了個秀才，卻連科舉也出不來了，白白的混了兩科。這年是五十六歲，又該鄉試。」他對宗師說得更為慘切：「生員自十六歲進學，到今五十六歲，在學中做了四十年生員，應過舉十數次，皆不能僥倖，自知命中無分，故心成死灰。」

這位郭挺之先生實在是太可憐了，但他畢竟沒有到「眾叛親離」的地步。在當時，如果一位讀書人考不上舉人或者挨不上貢生的話，僅憑一個「白衣秀士」的身份，有時會窮得連飯都吃不上。這樣一來，就又用得上中國古代的一句「常言道」了：「酒肉朋友，柴米夫妻。」作為七尺男兒的丈夫如果連飯都不能讓妻子吃飽，那可就別怪她另謀出路了。明末清初有一部擬話本小說集《醉醒石》，其中第十四回《等不得重新羞墓，窮不了連掇巍科》就是專門寫這種事的。

該篇講到一位蘇秀才，娶妻莫氏，這女人很能幹，也很賢惠，「家中常用衣食，親戚小小禮儀，真都虧了個女人。」不料蘇秀才屢試不第，仍苦讀不輟，其妻也竭力支持，使他沒有後顧之憂。「哄得這女人，怕把家事分了他的心，少柴缺米，纖毫不令他得知。」所有的努力，只是希望丈夫「定要中個舉人，與我爭氣」。不料丈夫一次又一次名落孫山，結果呢？「前次莫氏夢裏苦，如今日裏哭。弄得個蘇秀才，也短歎長籲」。如此，一次一次地希望，一次一次地失望，最終，這個女人絕望了：「剔起雙眉，怒著眼道：『人生有幾個三年？這窮怎的了。』」當然，在行動上，就是「把蘇秀才衣食，全不料理」。最終，這個女人在「十來年那日得個快意」的前提下，再也「窮守不過」，「竟嫁了酒家郎」。不料這蘇秀才在妻子改嫁之後，居然一路青雲，很快變成了蘇舉人、蘇進士，並續娶了「同年沈舉人」的妹子為妻。最後，莫氏在旁人的當面嘲笑之下，實在難以忍受這種屈辱和悔恨，「到了夜靜更深」時，「懸樑自縊了」。

作者寫這篇小說，其立足點基本上是站在蘇秀才一邊的，我甚至懷疑作者本身就是一個不遇的童生或秀才。作品的主旨是諷刺那些等不得丈夫青雲直上的女人，沒有耐心，不守貞節，不講感情，不盡義務。最終還不是自食苦果？正如作品中所說：「平白把一個奶奶讓與人。」正如輕薄少年所嘲笑的：「大嫂，仔麼這等性急！只因性急，脫去位夫人奶奶，還性急？」然而，這篇作品在客觀上所具有的意義卻遠遠超出了作者這一點可憐的創作企圖。它真實地反映了科場失利的讀書人痛苦不堪的家庭生活，在中國小說史上，在《儒

林外史》出現以前，還沒有任何一篇作品能以如此短小的篇幅寫出如此豐富真切的關乎科舉的內容。

「儒林二進」也罷，郭挺之也罷，蘇秀才也罷，他們最後都發達了，但是，他們發達以前漫長的人生歷程卻是異常痛苦心酸的，也是萬分屈辱的。你想，一個四十多歲、五十多歲、六十多歲乃至更大年齡的老者，花白的鬍鬚，沒日沒夜黃卷青燈地苦讀那些聖賢的文章，結果聖賢卻長期讓他們處於半「絕食」狀態，有的根本養不活老婆孩子，有的甚至還會失去妻兒。這難道不是「讀聖賢書」者最為痛苦的一件事嗎？更為可怕的是，這樣的人物，可不是小說作品中所寫的一個兩個，而是現實生活中十個百個，甚至數以千萬計！謂予不信，咱們拋開小說創作，來看看當時現實生活中的幾個例子：

> 高詠字阮懷，別號遺山，宣城人。……阮懷十五省試不售，年近六旬，始歲貢入太學。(鈕琇《觚剩》卷四《燕觚》)

> 乾隆間，粵東諸生謝啟祚，年九十八，猶入秋闈。以年例，當早邀恩賜。大吏每列其名，輒力卻之曰：「科名定分也，老手未頹，安見此生不為者儒一吐氣？」丙午鄉試，果中式。(陳康祺《郎潛紀聞初筆》卷六《謝啟祚耄年登第》)

> 夫吳蘭陔者，時文中之名手也。其門下從學之徒數百人，發科甲、入詞林者甚眾。惟先生落筆高古，屢困場屋。時年已五旬外矣，功名之念甚切。(宣鼎《夜雨秋燈錄》三集卷二《科舉五則》)

這裡有五旬開外者，有年近六旬者，甚至還有「年九十八，猶入秋闈」者。什麼是「秋闈」？就是鄉試，就是考舉人的考試，三年一次的考試！

如果哪位讀者還在說：上面這些人物，名氣太小，人們根本不知道，不可能產生震撼效果。好，那麼筆者就舉出幾位重量級「文化名人」，來看看他們的科舉窘況吧！

吳承恩有名吧！他屢試秋闈不第，在年約四十七歲時，以歲貢入都。在年約五十九歲時，入京候選。三年後，也就是在大約六十三歲時，他才以貢生的身份當上了浙江長興縣丞。(據蘇興《吳承恩年譜》)

馮夢龍也很有名吧！他久困諸生（秀才）間，直到五十七歲才補上歲貢。次年，出任丹徒縣學訓導。(據高洪鈞《馮夢龍年譜》，見高洪鈞編著《馮夢龍集箋注》)

凌濛初的名氣也不算小吧！他四十四歲以前曾經「四中副車」，沒奈

何，於四十四歲那年入京候選，中又幾經波折，最終在五十五歲那年以副貢授上海縣丞。（據葉德均《凌濛初事蹟繫年》，見葉德均著《戲曲小說叢考》）

吳承恩、馮夢龍、凌濛初還算幸運的，苦撐到五六十歲，畢竟當官了！另外一位著名的小說作家蒲松齡可就倒楣透頂了。這位聊齋先生年輕時有過短暫的輝煌：「先生初應童子試，即以縣、府、道三第一補博士弟子員。」（張元《柳泉蒲先生墓表》），這一年，蒲松齡只有十九歲。此後幾十年的時間，他屢試不第，直到「康熙五十年（1711），蒲松齡不顧七十二歲的高齡，冒嚴寒有青州之行，並獲得了個歲貢生的科名」。（袁世碩《蒲松齡與其諸子及家孫》，載《蒲松齡事蹟著述新考》一書）但蒲松齡當不成官了，因為當時又有規定，入仕者年七十而致仕（退休）。誰叫這位蒲老先生在退休年齡以後兩年才弄到做官資格呢？

在那樣的時代，要當官當然不止弄個舉人、貢生這一條道路，還可以借助父祖的「蔭庇」，還可以發揮孔方兄的力量捐官，如此等等，不一而足。但在古人看來，惟科舉取得一官半職才是「正途」。更何況，那些沒有考上的窮秀才們哪裏來的輝煌的父祖和迷人的孔方兄呢？因此，他們只有「考」「考」「考」，考它一輩子，考到老，考到死！真正是「春蠶到死絲方盡，蠟炬成灰淚始乾」了。

對於考生而言，發榜是至為關鍵的一刻，就像我們今天各種升學考試以後考生千方百計想盡早知道自己的成績一樣。古時的科舉發榜，那可是一道亮麗的風景線，我們不妨攝取其中一次熱鬧的場景貢獻給讀者吧！

> 頃刻間，便有千萬人，擠擠擁擁，叫叫呼呼，齊來看榜。初時但有喧鬧之聲，繼之以哭泣之聲，繼之以怒罵之聲。須臾，一簇人兒各自走散：也有呆坐石上的；也有丟碎鴛鴦瓦硯；也有首發如蓬，被父母師長打趕；也有開了親身匣，取出玉琴焚之，痛哭一場；也有拔床頭劍自殺，被一女子奪住；也有低頭呆想，把自家廷對文字三回而讀；也有大笑拍案叫「命，命，命」；也有垂頭吐紅血；也有幾個長者費些買春錢，替一人解悶；也有獨自吟詩，忽然吟一句，把腳亂踢石頭；也有不許僮僕報榜上無名者；也有外假氣悶，內露笑容，若曰應得者；也有真悲真憤，強作喜容笑面。獨有一班榜上有名之人：或換新衣新履；或強作不笑之面；或壁上題詩；或看自

家試文，讀一千遍，袖之而出；或替人悼歎；或故意說試官不濟；
或強他人看刊榜，他人心雖不欲，勉強看完；或高談闊論，話今年
一榜大公；或自陳除夜夢讖；或云這番文字不得意。(《西遊補》第
四回）

親愛的讀者，親愛的參加過各種考試的讀者，親愛的尤其是曾經參加過高
考的讀者，親愛的特別是新近參加過「考碩」「考博」「考公務員」「考副縣
級」「考副廳級」……的讀者，你在得知自己的考試成績（相當於看榜）的
一剎那，你的心情和表現是屬於上面哪一類？是哪一類都不要緊，也不要
悲哀，也不要羞愧，也不要驕傲，也不要自戀，因為這一切都不是我們自己
造成的。就書中人物而言，他們的表演無論多麼醜惡，也都不是他們自己造
成的。

只有一點值得我們永遠可悲、自卑，那就是上述每一種看榜者的心態、
形態，都有人傳宗接代，而且不知要「傳」到什麼時候。

（原載《閒書謎趣》，河南人民出版社，2010 年 4 月出版）

「能員」面面觀

　　什麼是「能員」？最簡明的解釋就是能幹的官員，包括官吏及其屬員。

　　「能員」在中國古代小說中頗為多見。我們不妨先來領略一下在欽差大臣領導下的能員們的精彩表現：

　　　　況且隨帶的那些司員，又都是些精明強幹、久經參案的能員，哪消幾日，早問出許多贓款來。欽差一面行文，仍用名帖去請河臺過來說話。（《兒女英雄傳》第十三回）

　　　　這麼一起奉旨查辦的案件，現任臬臺的親屬，這郅太守只審了一堂，便審得清清楚楚，據實錄了供招，呈與欽差。欽差說他真是能員，當即斟酌出奏。（《宦海鍾》第十六回）

這裡所說的乃是欽差大人隨帶或派遣的辦事很有效力的能幹吏員。不僅欽差們如此，有時候，就連皇帝老兒也巴不得有能員來幫他處理各種事務，尤其是緊急軍務。如：

　　　　到了次日，龐太師奏知聖上道：「三十萬軍衣，已經製備完成，惟缺能員押解。臣通觀滿殿文武，皆不可領此重任，惟狄王親、石郡馬智勇雙全，此去可保萬全，乞吾主准奏。」（《萬花樓》第二十一回）

　　　　天子聞言大驚道：「徐皇兄乃久戰之士，怎麼失機於胡人？二卿速保能員前去救皇兄還朝。」（《五美緣》第七十八回）

至於皇帝或地方大員在聖旨或公告中派遣能員處理某種常規性工作的例子則在古代小說中更為多見。

如《綠野仙蹤》第六十八回有一道聖旨是這樣寫的：「今封如玉為甘棠侯，領大丞相之銜，子孫世襲罔替。著丞相海中鯨，速揀能員，動支內庫銀兩，於甘棠鎮內營造駙馬府第，務須規模廣大，華美壯觀。」

再如《八洞天》卷二《反蘆花》一篇中也展示了一道河北節度使的榜文，其中寫道：「乃武安縣署印知縣長孫陳及守將尚存誠，棄城而逃，以至百姓流離，城池失守，殊可痛恨。今尚存誠已經擒至軍前斬首示眾，長孫陳不知去向，俟追緝正法。目下縣中缺官失印，本鎮已札委能員，權理縣事，安堵如故。」

還有被上司派遣具體審問某犯人的能員，請看吳趼人筆下所寫：「道光初，山東捕獲林清餘黨張七，亦黨魁也，法當死。而張七不自承為張七，承審者易十餘員，皆不得實。時胡君仕魯，有能名，大吏以委之。」（《中國偵探案·審張七》）

以上例子中所涉及的「能員」都是正面形象，是貨真價實的能員——能幹的官員。當然，在有的小說作品中則不稱他們為「能員」，而稱之為「能臣」，意思也是差不多的。其中，可能成為「能臣」之最有名者，當然是《三國志通俗演義》中的曹操了。該書卷之一寫道：「汝南許劭有高名，操往見之，問曰『我何如人耶？』劭不答。又問，劭曰：『子治世之能臣，亂世之奸雄也。』操喜而謝之。」許劭的答語有兩個假設，如果處於天下太平的時代，曹操就是一位「能臣」；如果處於天下大亂的時代，曹操就是一個「奸雄」。可惜的是，曹操生逢亂世，畢竟沒有當成「能臣」，而只能當一個大大的「奸雄」。

《三國志通俗演義》而外，其他小說作品中也多次有「能臣」的用法。聊舉一例：

> 兩臣奏道：「以事揣來，或是雲豹做來，亦未可定。況犯人所說，係雲豹的手下人，或與尚傑無與，如我主著一有智有謀的能臣，並假降一度聖旨，說召雲豹回朝議事，看他動靜若何？」（《繡戈袍全傳》第十三回）

在有的小說作品中，既不稱「能員」，也不稱「能臣」，而是將這些能幹的官員稱之為「幹員」，亦舉二例以為證：

> 卻說省城裏各大憲，頭二天接到單太爺的公事，連忙傳知練軍營，預備星夜馳往剿捕。正打點開差動身，卻又接到第二次的排單，說是閤境肅清的話，上司大喜，著實的誇讚他幾句，說他能弭患於

無形，逼真是通省第一幹員。(《活地獄》第二十二回)

　　大先生得了此電，很為著急，在省城裏疊派幹員偵查，雖有些風言霧語，到底探不出個實在，所以打了一個萬急電，託威毅伯順便偵探，如能運動日政府將陳千秋逮捕，尤為滿意。(《孽海花》第二十九回)

從老百姓的角度出發，當然希望真正的「能員」「能臣」「幹員」更多一些。因為那些真正的能員在幫助朝廷治理天下的同時，其實也在客觀上為民眾造福。但是，在沒有民主的時代，人民的願望往往都是泡影。人們所希冀的能臣或者寥若晨星，或者竟是騙人的「水貨」。更有甚者，相當數量的頂著「能員」光環的封建官吏，居然是地地道道的貪官酷吏。

　　上述例子中的某些「能員」「幹員」，已經是以次充優或以假亂真了，但還有更為惡劣者，而且是形形色色的「惡劣」。

　　有的是地地道道的「水貨」能員，甚至連他們的推薦者都不得不承認：

　　龐國丈看罷大驚，想道：只說孫武材幹能員，豈知是個無用東西，今日駕前文武眾多，叫我如何對答當今？(《萬花樓》第四十三回)

有的則是浪得「能員」之浮名，其實對於具體事務是一竅不通者，如：

　　且說毛維新在南京候補，一直是在洋務局當差，本要算得洋務中出色能員。當他未曾奉差之前，他自己常常對人說道：「現在吃洋務飯的，有幾個能夠把一部各國通商條約肚皮裏記得滾瓜爛熟呢？但是我們於這種時候出來做官，少不得把本省的事情溫習溫習，省得辦起事情來一無依傍。」於是單檢了道光二十二年「江寧條約」抄了一遍，總共不過四五張書，就此埋頭用起功來，一念念了好幾天，居然可以背誦得出。他就到處向人誇口，說他念熟這個，將來辦交涉是不怕的了。後來有位在行朋友拿他考了一考，曉得他能耐不過如此，便駁他道：「道光二十二年定的條約是老條約了，單念會了這個是不中用的。」他說：「我們在江寧做官，正應該曉得江寧的條約。至於什麼『天津條約』、『煙臺條約』，且等我兄弟將來改省到那裡，或是諮調過去，再去留心不遲。」(《官場現形記》第五十三回)

你看這位毛維新先生，「一直是在洋務局當差，本要算得洋務中出色能員」，

究其實，卻是一個形而上學的教條主義者，他搞洋務的業務基礎就是背誦「各國通商條約」，而且還只是背誦其中的一部，以不變應萬變。猶具諷刺意味的是，他還自稱這種「學問」是因地制宜：「我們在江寧做官，正應該曉得江寧的條約。」如此能員，真讓人笑掉大牙。

但是且慢，還有更為「學問空疏」的能員。他的一切，都是說大話、發空炮騙了來的。且看這一位：

> 傅二棒錘回到南京，制臺又謬採虛聲，拿他當作了一員能員，先委了他幾個好差使。隨後他又上條陳，說省城裏這樣辦得不好，那樣辦得不對，照外國章程，應該怎樣怎樣。制臺相信了他的話，齊巧製造槍炮廠的總辦出差，就委他做了總辦；又撥給許多款項，叫他隨時整頓。不久又兼了一個銀元局的會辦，一個警察局會辦。這幾個差使都是他說大話、發空議論騙了來的。（《官場現形記》第五十六回）

如此說大話、發空議論騙了「能員」名頭的人，雖然可恨，但他畢竟付出了「勞動」，也算是勞而有功吧。更令人匪夷所思者，還有那種不勞而獲的能員：

> 晉祥聽得，不覺笑道：「兄弟忒呆了，試想做官有什麼種子？有什麼法門？但求幕裏請得兩位好手的老夫子，幫著辦事，便算是一個能員。」（《廿載繁華夢》第三回）

原來如此！能幹的官員是要靠「秘書」的。精明的師爺與貪鄙的主官狼狽為奸、沆瀣一氣，恐怕是當時官場的一種常規組合了。

當然，要想當一個四海揚名的能員，僅僅只有一兩位精明能幹的師爺還是不夠的，還需要很多水磨工夫。

首先得有大人們的保舉，說你是能員，你才能留在官場，才能有英雄用武之地。請看一位深知內情者向兩個門外漢的諄諄教誨：

> 金東崖道：「做官的人匿喪的事是行不得的。只可說是能員，要留部在任守制，這個不妨，但須是大人們保舉，我們無從用力。若是發來部議，我自然效勞，是不消說了。」（《儒林外史》第七回）

既然當能員的關鍵來自上憲，那麼，巴結討好上司就是能員們的必修課了：

> 原來這位夏口廳馬老爺在湖北廳班當中，也很算得一位能員，上司跟前巴結得好，就是做錯了兩件事，亦就含糊過去了。（《官場

現形記》第四十回）

上面這位馬老爺做得已經相當不錯了，但相較於以下這位楊老爺，那可是小巫見大巫了：

> 這位署首縣的，姓楊名諤，是有名的一位幹員，手裏也有幾個錢，便格外的討好。不但房屋的裱糊都是花綾子的，就是下而至於毛廁裏頭，也都是紅氈鋪地。至於制臺帶的人，自朋友以及三小子，無不都有一分應酬。果然錢可通神，新制臺面前，自然是譽言日至。制臺也覺得好，便狠狠稱讚了幾次。接過印，也不問軍情賑務，先招呼藩臺第一句，是把楊諤調個最優的缺。……這位楊諤，是四川省裏第一個滑吏，不論什麼上司沒有一個敷衍不好。自到省第二年之後，一連十二年，沒有空過。（《糊塗世界》卷之十）

說了半天，原來所謂能員、幹員什麼的，只不過就是一些「滑吏」，善於討好上司的滑吏。你看，這位楊老爺對上司的巴結討好可謂深入骨髓，可謂無微不至。但是，他的巴結手段還只是淺層次的、表面化的，還有比這深刻得多的能員訣竅：

> 這位木師老爺和宣制軍賓東相處多年，很知道宣制軍的性格，明曉得宣制軍辦起事來是望精刻一路走的，他便先意承旨的迎合宣制軍的意思。他常常對著一班幕府裏頭的朋友講道：「你們要老帥信任你們，是容易得很的，待我來傳授你們一個法兒：譬如一件案子，照例定起罪來，不過是個斬監候，你只要說斬監候失之太輕，一定要辦他一個立決，方足以懲戒後來；又譬如一件參案，照例奏參起來，不過是個降級調用，你只要說降級調用未免便宜他，一定要參他一個革職永不敘用，方足以肅清仕路。一連這樣的胡弄幾回，老帥只說這個人精明幹練，以後，遇有什麼緊要的事兒，一定要來和你商議的了。……你們只要依著我的說話試他一試，包管不到一個月，老帥就把你當做天字第一號的能員。」（《宦海》第十回）

這位「木師爺」的「能員經」就是善於揣摩上司的心理。而僅僅如此卻仍然不夠，能員最大的本領乃是在掩人耳目的前提下讓上司利益最大化。下面這位紐道臺就是個中高手，他居然神不知鬼不覺地將巨大的「贓款」從山東「打」到了上司的北京帳戶之中。這真是超前的現代化受賄手段：

> 紐道臺便告訴了底細：「為的是在山東耳目昭彰，種種不便的

緣故，早已打聽得欽差是同他號裏來往，故一逕匯到京裏。只要他來個電報給欽差，這不是神不知鬼不覺麼？」王子寬道：「好好，紐大哥！看你不出，你倒早已安排好了，怪不得欽差說你是山東第一個能員呢！」（《中國現在記》第十回）

為了巴結上司、迎合上司，這些能員們可謂嘔心瀝血、機關算盡。更有甚者，有的能員還得昧著良心、出賣感情：

這件事刁邁彭是早已知道的了。三人之中，黃保信黃道臺還同他是把兄弟。依理，老把兄遭了事情，現在首府看管，做把弟人就該應進去瞧瞧他，上司跟前能夠盡力的地方，替他幫點忙才是。無奈這位刁邁彭一聽撫臺有卸罪於他三人身上的意思，將來他三人的罪名，重則殺頭，輕則出口，斷無輕恕之理，因此就把前頭交情一筆勾消，見了撫臺，絕口不提一字，免得撫臺心上生疑，這正是他做能員的秘訣。（《官場現形記》第四十八回）

能員巴結討好上司是竭盡全力的，而上司當然也會給能員們以回報，或委以重任，或授以高官，或分以利益。請看：

劉瞻光也將他姓名報與眾人，說：「這位陶大人是山東撫院派來辦機器的，是山東通省有名的第一位能員，小弟素來仰慕的。」（《官場現形記》第七回）

他到這江蘇來，做了幾任的知縣，他為人精明強幹，會鑽營，會應酬，……所以上司倒十分器重，說他是個能員，替他補了缺。歷任幾個衝繁疲難的大縣，總算他力能勝任，一連得了兩個保舉，引見出來，升了知府，仍在這江蘇候補。（《黑籍冤魂》第十四回）

夏鼎道：「你還想價麼？這修理衙署，也是上司大老爺，照看屬員的法子。異日開銷清冊，磚瓦木料石灰價，泥木匠工價，桐油皮膠錢，小宗兒分注各行，合總兒共費了幾千幾百幾十兩，幾錢幾分幾釐幾毫幾塵幾沙，上司大老爺再檢核一番，去了些須浮冒，歸根兒是絲毫不虧百姓；究其實俱是苦百姓的。賢弟你如何知道兒，是這個做法？像這樣做，才算是能員哩；這才剋扣下錢，好奉上司，才能陞轉哩。」（《歧路燈》第八十一回）

當然，並非每一個能員都像上面這幾位這麼走運，有的可能拍馬屁拍到馬腿上，結果當然也就是賠了夫人又折兵了。以下這位能員陸儉叔就是這麼一位

倒楣蛋。

> 忙了一會，文琴的車夫引了一個人進來，文琴便連忙起身相
> 見，又指引與洞仙及我相見，一一代通姓名。又告訴洞仙道：「這
> 便是敝友陸儉叔，是湖北一位著名的能員，這回是明保來京引見
> 的。」又指著洞仙和儉叔說道：「這一位惲掌櫃，是周中堂跟前頭一
> 個體己人，為人極其豪爽，所以我今兒特為給你們拉攏。」……儉
> 叔道：「一言難盡！我這封信是化了不少錢的了。……前前後後，化
> 上了二萬多，連著那一筆贄見，已經三萬開外了！滿望可以過班的
> 了，誰知到了引見下來，只得了『仍回原省照例用』七個字。你說
> 氣死人不呢！」（《二十年目睹之怪現狀》第七十六回）

正因為當能員也有一定的風險，因此，那些沒有靠山又不會經營之人就該老
老實實做個「呆官」，不要去做能員的美夢了。下面這位被後代作家「顛覆」
過的林黛玉形象就替丈夫賈寶玉作了量體裁衣的考慮和安排：

> 黛玉這個人玲瓏剔透，沒一件事情不知道，打諒得寶玉這個光
> 景，斷然不能為官辦事，就到翰林衙門裏也多有翰林裏的能員，如
> 何走得上，也防的人要擠他，不如小小的完了這件，不高不低，逍
> 遙自在，也完了父母的盼望，也沒有什麼別的差使，可以守著自己
> 家園。（《後紅樓夢》第十九回）

這位《後紅樓夢》中的林黛玉與曹雪芹筆下的林瀟湘截然不同，她簡直就是
一個祿蠹，如此精通官場，如此處心積慮。如果曹雪芹看到自己筆下的瀟湘
妃子居然變成這個樣子，一定會氣得個「發昏章第十一」的。不料，還有更令
曹雪芹氣憤的。在這一部《紅樓夢》的續書中，高潔的林黛玉不僅對官場洞
若觀火，知道賈寶玉當不了能員，而且她自己卻當上了大觀園的管家婆，並
被她的嫂子李紈略帶諷刺地奉為「能員」。這真是天大的笑話！

> 李紈笑道：「林丫頭，你且說出個種蘭的好處來。」黛玉道：「我
> 還有句話，差不多我的生日也近了，你們大家也不要替我做生日，
> 就將這分子鬥起來辦這一件頑兒，連我的生日也就雅極了。」李紈
> 笑道：「咱們瞧他管賬的心機兒，處處打算，還說雅呢，好個能員派
> 兒。」（《後紅樓夢》第二十八回）

說林黛玉有「能員派兒」，真讓曹雪芹哭笑不得，但還有讓曹先生哭也沒有眼
淚的事：晚清居然有兩個妓女先後取「芳名」為「林黛玉」！

有一部名叫《九尾狐》的晚清小說，其中的女主人公姓潘，淪為妓女，藝名就叫「林黛玉」。後來，她又更名「胡寶玉」，而她「林黛玉」的藝名，又被另一名妓女剽竊。該書第十一回詳細介紹了這一過程:「黛玉心中亦甚快活，命阿金去定做一塊特別商標，取名叫做『胡寶玉』。從此之後，書中無『林黛玉』三字名詞，到底叫他胡寶玉了。⋯⋯後來有個妓女羨慕寶玉的名頭，又不便就叫寶玉，因他尚在申江，故取名叫林黛玉，欲思步他後塵，媲美前人，果然有志竟成，芳名大噪，得在四金剛之列，與寶玉後先輝映，至今猶存。」

更令人匪夷所思的是，在晚清的另一部小說《九尾龜》中，就有關於「四大金剛」中那位林黛玉的描寫，而且，作者竟然稱她為「能員」，而且，這稱謂明顯是一種戲謔:

> 這一年，邱八到了上海，正值林黛玉也在申江懸牌應客。黛玉是風月場中的老手，應酬隊裏的能員，況且盛名之下，自然枇杷門巷，車馬紛紛。(《九尾龜》第二十二回)

真是沒有想到，「能員」竟隨著林黛玉一起，「墮落」到煙花隊中、狹邪巷裏。當然，這只是屬於特殊現象，就一般情況而言，「能員」之所指，仍然是混跡官場中的能幹人員。

接下來的問題是，這些「能員」除了上文所說的巴結上司而外，還有什麼板眼呢?當然有!那就是禍國殃民而陞官發財。否則，他們費盡心機當上「能員」幹什麼呢?這方面的例子實在太多，聊舉一二:

> 王太守送到城外回來，果然聽了蘧公子的話。釘了一把頭號的庫戥，把六房書辦都傳進來，問明了各項內的餘利，不許欺隱，都派入官。三日五日一比。用的是頭號板子，把兩根板子，拿到內衙上秤，較了一輕一重，都寫了暗號在上面。出來坐堂之時，吩咐叫用大板，皂隸若取那輕的，就知他得了錢了，就取那重板子打皂隸。這些衙役、百姓，一個個被他打得魂飛魄散。合城的人無一個不知道太爺的利害，睡夢裏也是怕的。因此，各上司訪聞，都道是江西第一個能員。(《儒林外史》第八回)

> 文澤對子雲道:「張老二實在算一把好手，各樣精明。出去不消說是個能員，將來必定名利雙收的。」子雲笑道:「名利是一定雙收，上司一定歡喜，就是百姓吃苦些。」(《品花寶鑒》第二十五回)

這樣一批禍國殃民的「能員」，其言行舉止不僅有令人觸目驚心的「殘暴」，還有其令人嗤之以鼻的「醜惡」。我們不妨再來看看能員們把官場搞的烏煙瘴氣的醜態：

> 更可笑者，不說娶妾，而曰「討小」；不說混戲旦，而曰「打彩」。又其甚者，則開口「嚴鶴山先生」，閉口「胡楚濱姻家」。這都是抖能員的本領，誇紅人兒手段。（《歧路燈》第九回）

> 如今的官場，……滿口的南腔北調，滿心的陞官發財，說出來的說話都是那鑽營門路、剝削地皮的話兒，差不多他的臉上就有鐵皮包著一般，不曉得一些廉恥！若要認真的辦起公事來，也不管什麼有用無用，只要磕頭磕得爛熟，請安請得圓轉，就是個有一無二的能員。（《傀儡記》第九回）

> 過了一天，玉山又上了一個摺子，保舉他是本省第一個能員。安尊榮當了洋務局的總辦，……見了洋人，亦是同見中國上司的規矩一樣，放了馬蹄袖，用手本稟見。見了面，也是一樣的請安，稱他們是「大人」，自己稱「卑府」。他說：「是外國的人，就是商人，亦是有功名的，什麼子爵、男爵，見了他們，理應謙恭點。」（《中國現在記》第十一回）

上面的《歧路燈》中提到「紅人兒」，並與「能員」相對，更為有趣的是，還有一部小說乾脆稱這種人為「紅員」。且看：「筱蓉棠本是妓界中一個出色人才，曉得貴精是個江西紅員，現奉著天子第一號優差，自然是萬分巴結，格外殷勤。」（《十尾龜》第三十七回）

好了！夠了！再這樣喋喋不休地引用下去會使讀者大倒胃口了！為了讀者的身心健康，筆者只好打住。

但是，在打住之前筆者還得囉嗦幾句，因為有一個嚴重的問題必須提出。那可不是簡單的大倒胃口的問題，而是可能讓廣大讀者切膚之痛甚至痛徹肝腸的大問題：

這些禍國殃民的「能員」斷子絕孫了嗎？

沒有！

（原載《稗史迷蹤》，中州古籍出版社，2012 年 6 月出版）

「尋人啟事」與「失鶴零丁」

　　清初擬話本小說集《醉醒石》第三回「假淑女憶夫失節，獸同袍冒姓誆妻」中，有這樣一個情節：秀才錢岩的妻子被人拐走，朋友們有勸他告狀的，也有勸他出張「招子」的。最後，錢秀才還是出了張招子：「登時寫張招子起來。竟不是如今的格式，卻是十多句話兒：『錢岩自不小心，於今端陽之夜，有妻馮氏淑娘，二十一二年紀，不知何物奸人，輒敢恣行拐去。房奩不剩分毫，首飾盡皆搬訖，爭奈孤子寒儒，欲告官司無力。倘有四方君子，訪得行蹤去跡，情願謝銀若干，所貼招子是實。』」

　　平心而論，這張「招子」還是寫得挺不錯的。交代清楚了失妻的時間、地點，以及妻子的年齡、姓名，還說明了犯罪現場的「洗劫一空」以及自己的痛苦與窘迫。最後，還說提供線索者，定有重金酬謝。可謂動之以情，曉之以理，誘之以利，只是有點兒丟人現眼。

　　中國古代小說中什麼樣的怪事都有可能發生，上述秀才尋妻的「招子」已經夠令人哭笑不得了，殊不知還有更令人啼笑皆非的尋夫的「招子」。當然，能創造出這樣的「招數」的恐怕也只有說部叢中的大笑星李漁了。他有一部擬話本小說集《連城璧》，其中第九回「寡婦設計贅新郎，眾美齊心奪才子」，是一篇故事性很強，但思想內容很庸俗的作品。主要寫的是一位寡婦與一群妓女爭奪一個風流才子的故事。當書中寫到寡婦曹婉淑追求新郎而不得的時候，「有個惡少，假捏他的姓名，做一張尋人的招子，各處黏貼起來。」這就是一張所謂的尋夫啟事：

　　　　立招子人曹婉淑，今因白不小心，失去新郎一個，名喚呂哉生。
　　頭戴黑飄巾，身穿玄色襖，腳踏大紅鞋，腰間並無財物，只有相親

絕句一首。忽於贅婚之日，未及到門，即被奸人拐去。屢次訪尋，
不知下落。此係急切要用之人，斷斷不容久匿。如有四方君子，知
風報信者，願謝白銀三十兩；收留送出者，願謝黃金五十兩，決不
食言，請揭招子為證。

以上兩篇擬話本作品的調笑詼諧或者無聊下流，我們且不去論他。筆者所關
注者，乃是前一篇中秀才的招子前面的那句話：「竟不是如今的格式。」

明末清初時的「尋妻啟事」「尋夫啟事」該如何寫法，小說作品中並沒有
提供一個格式樣本，倒是二百多年以後的一篇小說作品《孽海花》告訴我們，
古代的「招子」（尋人尋物啟事）的正格應該是個什麼樣子：

敬白諸君行路者：敢告我昨得奇夢，夢見東天起長虹，長虹繞
屋變黑蛇，口吞我鶴甘如蔗，醒來風狂吼猛虎，鶴蘺吹倒鶴飛去。
失鶴應夢疑不祥，凝望遼東心慘傷！諸君如能代尋訪，訪著我當贈
金償！請為諸君說鶴狀：我鶴翩躚白逾雪，玄裳丹頂腳三節。請復
重陳其身軀：比天鵝略大，比駝鳥不如，立時連頭三尺餘。請復重
陳其神氣：昂頭側目睨雲際，俯視群雞如螞蟻，九臯清唳觸天忌。
諸君如能還我鶴，白金十兩無扣剝；倘若知風報信者，半數相酬休
嫌薄。（第二十五回）

這篇「招子」的題目叫做《失鶴零丁》，作者是書中所寫的大司農（戶部尚
書）龔平（字和甫）。據有關專家考證，這位龔和甫大人影射的就是清代光
緒皇帝的師傅翁同龢（字叔平）。而在當時，身為軍政大臣、協辦大學士兼
戶部尚書的龔和甫居然置國家大事於不顧，寫了這樣一份頗具閒情逸致的
《失鶴零丁》（《尋鶴啟事》），這就難怪書中人物要對他頗有微詞了：「當此內
憂外患，接踵而來，老夫子係天下人望，我倒可惜他多此一段閒情逸致！」
（同上）

話說回來，龔司農的這篇《失鶴零丁》雖然在內容上有點小題大做，甚
至帶有幾分無聊的名士派頭，但在形式上卻絕對是那種尋人尋物「招子」的
正格。這一點，書中人物也說得明明白白：「好一篇模仿後漢戴文讓的『失父
零丁』！不但字寫得好，文章也做得古拙有趣。」（同上）

這裡提到了「後漢戴文讓的『失父零丁』」。也就是說，龔司農的這篇《失
鶴零丁》所模仿的居然是後漢時代一個名叫戴文讓的人所寫的《失父零丁》
（《尋父啟事》），這真是一個極其強烈的諷刺。然而，當我們讀過戴文讓的《失

父零丁》以後，卻發現這種諷刺感驟然消失了。因為戴某人的文章其實也是一篇頗帶遊戲意味的應用文。

戴良字文讓，其《失父零丁》曰：「敬白諸君行路者，敢告重罪，自為積惡，致天災困我。今月七日失阿爹，念此酷毒，良可痛傷。當以重幣贈用相賞，請為諸君說事狀：我父軀體與眾異，脊背傴僂卷如戚。唇吻參差不相值，此其庶體何能備？請復重陳其面目，鴟頭鵠頸獦狗髆。眼淚鼻涕相追逐，吻中含納無齒牙。食不能嚼左右蹉，頗似西域脊駱駝。請復重陳其形骸，為人雖長甚細材。面目芒蒼如死灰，眼眶陷如米羹杯。」（《太平御覽》卷五百九十八「零丁」）

讀了戴文讓的這篇《失父零丁》，我們可以明白龔司農的那篇《失鶴零丁》的確是淵源有自了。二者從立意到句法，從趣味到形式的確大有相通之處。

剩下的問題是：「零丁」是什麼意思？或者說，為什麼把「招子」叫做「零丁」？對此，明代有兩個人作出了回答。

一位是梅鼎祚，他編了一部《隋文紀》，該書卷八全文照錄戴良的《失父零丁》，只個別字詞與《太平御覽》微有不同。更重要的是，梅鼎祚在題目下面注曰：「零丁，猶今招子也。」由此可知，古人也管「招子」叫「零丁」。

如果我們進一步問：為什麼給「招子」取「零丁」這麼個怪名字呢？那就要看另一位明代文人方以智的回答了。方以智曾撰《通雅》一書，其卷五《釋詁·古雋》曰：「尋人招帖，一曰零丁。升菴引齊諧曰：有失兒女零丁。謝承《後漢書》：戴良有《失父零丁》，猶今之尋人招子也。蓋古以紙書之，縣（懸）於一竿，其狀零丁然。」

原來是懸在竹竿上的「尋人招子」很有點孤立零丁的樣子，故而乾脆就將它叫「零丁」吧。更何況凡是尋人者，在貼出「招子」的時候，心情一定也「零丁」得很。

方以智的《通雅》中又提到：「升菴引齊諧曰：有失兒女零丁。」升菴即明代著名文學家楊慎，他所提到的《失兒女零丁》，其實是一個與「招子」相關的勇士救助被精怪拐走的幾十名女孩兒的故事，這個故事也保存在《太平御覽》卷五百九十八「零丁」條中：

國步山有廟，有一亭，呂思與少婦投宿，失婦。思遂覓，見大

城，有廳事，一人紗帽憑幾。左右競來擊之，思以刀斫，計當殺百餘人，餘者便乃大走，向人盡成死狸。看向廳事，乃是古時大冢，冢上穿，下甚明，見一群女子在冢裏；見其婦如失性人，因抱出冢口，又入抱取在先女子，有數十，中有通身已生毛者，亦有毛腳面成狸者。須臾，天曉，將婦還亭，亭長問之，俱如此答。前後有失兒女者，零丁有數十。吏便斂此零丁至冢口，迎此群女，隨家遠近而報之，各迎取於此。後一二年，廟無復靈。（據魯迅校錄《古小說鈎成·齊諧記》）

關於「尋人啟事」和「失鶴零丁」的故事就講到這裡。最後需要補充說明的是，錢秀才的「尋妻招子」和曹寡婦（惡少代擬）的「尋夫招子」，明明是尋人，卻大不「零丁」；而龔司農的「失鶴零丁」，明明是尋鶴，卻極其「零丁」。這不知是表現了秀才惡少的無能無賴呢？還是表現了學士尚書的無聊無恥？抑或是表現了幾位小說作者的其他的什麼什麼。

（原載《閒書謎趣》，河南人民出版社，2010 年 4 月出版）